KATE WHITE

LÜGE NIE!

aufbau taschenbuch

KATE WHITE war mehrere Jahre lang Chefredakteurin bei Cosmopolitan. Ihre Bücher sind in dreizehn Ländern erschienen. Heute lebt sie in New York.

Bryn Harper sitzt im Wagen, als der Fahrer aus ungeklärten Gründen einen Unfall verursacht, bei dem sie sich gerade noch aus den Flammen retten kann. Sie will den Sommer mit ihrem Mann in einer Kleinstadt außerhalb von Manhattan verbringen, um sich dort zu erholen. Doch schon bald häufen sich bedrohliche Vorkommnisse: Bryn erhält anonyme Hinweise auf den Unfall, die ihr zusetzen. Nach einer Dinnerparty in ihrem Haus wird die Köchin ermordet. Als Bryn an den Tatort gelockt wird, ist sie sicher, dass jemand sie in den Wahnsinn treiben will. Und plötzlich hat die Polizei sie im Visier, da sie die Tote zuletzt gesehen hat.

KATE
WHITE

LÜGE NIE!

THRILLER

Aus dem Amerikanischen
von Matthias Frings

atb aufbau taschenbuch

Die Originalausgabe unter dem Titel
The Secrets You Keep
erschien 2017 bei Harper Paperback, New York.

MIX
Papier aus verantwortungsvollen Quellen
FSC® C083411

ISBN 978-3-7466-3427-2

Aufbau Taschenbuch ist eine Marke
der Aufbau Verlag GmbH & Co. KG

1. Auflage 2018

Umschlaggestaltung und Covermotiv
von www.buerosued.de, München
Gesetzt in der Whitman durch Greiner & Reichel, Köln
Druck und Binden CPI books GmbH, Leck, Germany
Printed in Germany

www.aufbau-verlag.de

KAPITEL 1

Ich wache auf, weil es verbrannt riecht. Zuerst nur schwach, aber es reicht, um mich aufzuscheuchen. Ich schrecke hoch, die Augen aufgerissen. Auf die Ellbogen gestützt verharre ich ein paar Sekunden und versuche, einen klaren Gedanken zu fassen. Habe ich einen Kochtopf auf dem Herd stehen lassen? Ich will die Beine aus dem Bett hieven, verheddere mich aber in den Laken und muss daran zerren, damit ich meine Füße auf den Boden bekomme. Während sich meine Augen an die Dunkelheit gewöhnen, wird mir klar, dass ich nicht zu Hause bin. Ich befinde mich in einem Hotelzimmer. Ich war auf Geschäftsreise … kann mich aber nicht erinnern, wohin sie führte. Der Brandgeruch wird intensiver, dringt in meine Nase, lässt mich nach Luft schnappen. Panik erfasst mich. Feuer, denke ich. *Feuer.* Mit den Händen taste ich mich so schnell wie möglich am zweiten Doppelbett in diesem Zimmer entlang. Gedankenfetzen schießen mir durch den Kopf, Verhaltensregeln, die ich gelesen oder gehört habe: Fülle die Badewanne mit Wasser, mache ein Handtuch nass und halte es dir vor den Mund. Aber dafür ist keine Zeit. Ich muss hier *raus*. Dann ein Geräusch, ein Hämmern, jemand klopft an die Tür. Hotelangestellte vielleicht, die ihre Gäste warnen. »Ich bin hier drin«, rufe ich. »Nicht weggehen, ich komme.«

Jetzt kann ich sogar sehen, wie mir Rauch entgegenwabert. Ich stoße mir die Zehen an der Außenwand des Badezimmers, laufe aber weiter, stürze mich geradezu nach vorn.

Und dann hinter mir aus dem Hotelzimmer die Stimme eines Mannes.

»Bryn, ist alles in Ordnung?«

»Ja«, rufe ich. »Aber wir müssen hier weg.«

»Warten Sie«, sagt er. »Da ist etwas …«

»Ich kann nicht. Wir müssen rennen. Schnell.«

Am Ende des Flurs schlage ich wie von Sinnen auf die Wand ein, bis ich den Lichtschalter erwischt habe, aber als ich ihn betätige, tut sich nichts. Der Strom ist ausgefallen. Ich schreie verzweifelt auf.

Endlich finden meine Finger den Sicherheitsriegel der Tür. Ich lege ihn um, greife nach der Türklinke. Sie fühlt sich warm an, aber zu meiner Erleichterung nicht heiß. Ich lasse ein paar Sekunden verstreichen und versuche, mir das rote Exit-Schild im Korridor zu vergegenwärtigen. Zeigte es nach rechts oder nach links? Gott, ich habe keinen Schimmer. Ich kann mich immer noch nicht an das Hotel oder die Stadt erinnern, nicht einmal daran, an der Rezeption eingecheckt zu haben. Ich drücke die Türklinke mit zitternden Fingern nach unten.

Entsetzt fühle ich, wie sie sich auflöst. In Sekundenschnelle ist nichts mehr von ihr übrig als ein Klümpchen, weich und warm wie geschmolzenes Wachs. Es gibt keinen Ausweg.

KAPITEL 2

Kurz darauf kämpfe ich mich aus einem Gespinst aus Schlaf. Mir wird klar, dass ich einen Alptraum hatte, ich bin jetzt hellwach. Mein Herz hämmert in meiner Brust. Meine Haut glüht, als wäre ich zu lange in der Sonne gewesen, und mein T-Shirt ist schweißnass.

Ich blicke mich um, immer noch unsicher, wo ich bin. Es ist hell, vielleicht später Nachmittag. Und dann weiß ich es. Ich befinde mich auf der abgeschirmten Veranda des Hauses, das wir in Saratoga Springs gemietet haben. Neben mir liegt eine abgegriffene Ausgabe von *House Beautiful*. In der Ferne höre ich das Dröhnen eines Rasenmähers und das Bellen eines Hundes.

Mein Herz schlägt immer noch wie wild. Ich stehe auf und atme tief durch die Nase ein, durch den Mund wieder aus, eine Technik, die mir Dr. G. gleich bei unserer ersten Sitzung beigebracht hatte.

Schließlich beruhigt sich mein Puls. Ich greife nach Stift und Block, die auf dem Beistelltisch bereitliegen, und notiere Fragmente meines Traums: Hotelzimmer, Rauch, schmelzende Türklinke, eine Wand aus Flammen. In den letzten Wochen hatte ich schon mehrfach diesen oder ähnliche Alpträume. Dr. G. hat vorgeschlagen, die Träume aufzuzeichnen. Sie scheinen wegen des Feuers etwas mit dem Unfall zu tun zu haben, den ich vor drei Monaten hatte.

Sie glaubt, dass mich das Niederschreiben der Träume

beruhigen würde – und mit Glück auch einige meiner Erinnerungslücken füllen könnte.

Ich schließe meine Augen und versuche, weitere Details festzuhalten, aber der Traum zerfällt in meiner Erinnerung wie ein Haufen toter Blätter, die vom Wind verweht werden.

Ich zwinge mich dazu, von der Liege aufzustehen, und trotte in den Haupttrakt des Hauses. Vor etwas über hundert Jahren ist es im viktorianischen Stil erbaut worden. Es gibt nicht viele Zimmer, aber sie sind geräumig und elegant, mit hohen Decken, aufwändigen Stuckverzierungen und Wandverkleidungen. Nicht die Art von Haus, für die ich mich entschieden hätte – es ist alles so steif und ordentlich –, aber angenehm für einen Sommer.

Ich gehe in die Küche. Die weißen Fliesen unter den Hängeschränken glänzen in der Junisonne. Ich öffne den Kühlschrank und nehme den Krug mit Eistee heraus, gieße mir ein Glas ein und trinke es aus.

Der Tee löscht meinen Durst, vertreibt aber nicht mein Unbehagen. Ich schaue auf die Uhr. Es ist sechzehn Uhr dreißig. Guy wird gegen sechs zu Hause sein. Vielleicht können wir sogar noch draußen auf der Veranda essen, es wird ein lauer Abend werden.

Ich zwinge mich aufzustehen und das Geschirr abzuspülen. Dann nehme ich zwei Hühnerbrüste aus dem Kühlschrank und schnipple die grünen Bohnen, die ich vorhin gekauft habe.

Als ich damit fertig bin, gehe ich nach oben und mache das Bett. Aber während ich den Stoff geradeziehe, wird mir zum ersten Mal die totale Lächerlichkeit – und auch Ironie – dessen bewusst, was ich da tue. Im übertragenen Sinn war mein Leben bisher nichts als eine Abfolge ungemachter Betten, für die ich viel zu beschäftigt war und einfach nur glücklich, am Ende eines verrückten Tages hineinzufallen. Aber ich weiß genau, warum ich mich jeden Tag aufs Neue dieser Aufgabe widme. Es lenkt mich davon ab, was ich *eigentlich* machen sollte.

Dieser Sommer in Saratoga in einem zauberhaften Ferienhaus sollte mir die Gelegenheit geben, wieder auf die Beine zu kommen, nachdem meine Knochenbrüche größtenteils verheilt sind. Außerdem wollte ich an einem Exposé für mein neues Buch arbeiten, womit ich schon längst begonnen haben wollte, bevor dann der Unfall dazwischenkam. Aber es soll wohl nicht sein. Ich habe permanenten Jetlag wie ein Reisender, der aus einem Flugzeug taumelt, nachdem er ein Dutzend Zeitzonen durchflogen hat.

Und dann ist da noch meine Schreibblockade. Ich hatte befürchtet, dass es eine Weile dauern würde, bis es wieder rund läuft, aber inzwischen habe ich schon ganze Tage damit verbracht, auf einen leeren Computerbildschirm zu starren. Manchmal kommt es mir vor, als hätten Aliens mein Gehirn leergesaugt. Wenn die Panik mich überrollt, stelle ich mir vor, dass ich nie wieder ein Wort würde schreiben können, nie wieder mit jemandem teilen könnte, was ich gelernt habe, nie wieder in einem Raum voller Zuhörer sprechen könnte.

Nach einem letzten Aufschütteln des Federbettes erhasche ich einen flüchtigen Blick in den Spiegel über der Kommode. Weil ich bis vor kurzem noch einen Gipsarm hatte und meine Haare trotzdem waschen und föhnen musste, habe ich vor drei Monaten mein braunes Haar ziemlich kurz schneiden lassen. Die Frisur ist ganz nett, aber weil ich viel Gewicht verloren habe, sehe ich ein wenig mitgenommen aus.

Handyklingeln reißt mich aus meinen Gedanken. Als

ich es aus der Tasche meines Sweatshirts ziehe und Guys Namen auf dem Display sehe, muss ich unwillkürlich lächeln.

»Hallo, Schatz«, sagt Guy. »Ich habe dich nicht bei einer Siesta gestört, oder?«

Glaubt er, dass ich mir jeden Tag ein Mittagsschläfchen gönne? Nun ja, im Grunde mache ich das wohl auch.

»Nein, ich erledige nur gerade ein paar Sachen.«

»Ich habe hier ein Problem mit einem Geldgeber, aber ich gehe davon aus, dass ich es lösen kann.«

Guy leitet das Fundraising von Saratogas kleiner, aber renommierter Opernkompanie. Sein Job ist es, Geldgeber an Land zu ziehen und sie bei der Stange zu halten.

»Wie ärgerlich. Um welchen Geldgeber geht es?«

»Ja, der Typ, der letzte Woche hunderttausend geben wollte. Ich muss ihn wohl auf ein paar Drinks einladen und ihn beruhigen.«

»Heute Abend?«

»Ja, tut mir wirklich leid, aber hier brennt die Luft.«

Bei dieser Wortwahl zucke ich zusammen und registriere, wie er sich auf die Zunge beißt und überlegt, ob er sich entschuldigen soll, doch dann entscheidet, dass das die Sache nur schlimmer machen würde.

»Du schaffst das bestimmt, Liebling«, sage ich.

»Hoffentlich. Ich werde heute Abend einen der Sänger einladen. Mario vielleicht.«

»Mario kann Menschen doch gut um den Finger wickeln, oder?«

Er gluckst, und ich habe das Grinsen auf seinem hübschen Gesicht genau vor Augen. Guy ist ein Improvisationstalent, jemand, der unverdrossen Probleme löst, von denen die meisten von uns in den Wahnsinn getrieben würden –

gestrichene Flüge, verlorenes Gepäck, Kreditkartenkatastrophen.

Er fragt nach meinem Tag, und ohne es zu wollen, erwische ich mich dabei, wie ich die Einzelheiten aufhübsche. Ich sage »Ich war heute Morgen einkaufen« anstatt »Ich habe einen Beutel grüne Bohnen gekauft.« Ich sage »Ich habe einen kleinen Spaziergang gemacht« statt »Ich stand im Garten und habe dem Farn dabei zugesehen, wie es sich im Wind bewegt«.

»Wie läuft es mit dem Schreiben?«, fragt Guy. »Geht es dir schon wieder leichter von der Hand?«

»Ja, es wird besser. Ich habe mir Notizen für das neue Buch gemacht.« Auch das stimmt nicht wirklich. Ich habe lediglich das Wort Neuanfang mit einem Fragezeichen aufgeschrieben und siebenundzwanzig Minuten lang darauf gestarrt.

»Soll ich mit dem Essen warten, bis du zu Hause bist? Mir macht es nichts aus, später zu essen.«

»Nein, warte nicht. Ich weiß wirklich nicht, wie lange es dauern wird. Stell mir einfach was in den Kühlschrank, okay?«

»Mache ich«, antworte ich und versuche, mir meine Enttäuschung nicht anmerken zu lassen.

»Alles in Ordnung wegen morgen Abend?«

»Ja, sicher. Ich freu mich drauf.« Morgen werde ich hier zum ersten Mal die Gastgeberin einer Dinnerparty spielen, die wir für zwei Geldgeber und ihre Frauen geben. Guy kann mit dem Haus ein wenig angeben, und er hofft, es wäre eine gute Gelegenheit für mich, wieder in die Gänge zu kommen und ein paar Einheimische kennenzulernen. Sein Büro sorgt für das Catering, also muss ich nichts vorbereiten, einfach nur einen Abend lang mit Gästen plaudern, genau die Art von Aktivität, die ich bis zum März dieses Jahres sowohl privat als auch professionell *genossen* habe. Jetzt aber graut es mir vor der seelischen Anstrengung, die mir das abverlangen wird.

»Was mich daran erinnert«, füge ich hinzu, »dass ich im Esszimmer nach Servietten suchen sollte. Beide Geldgeber bringen ihre Frauen mit, richtig?«

»Ja, obwohl es außer uns eigentlich fünf sind«, sagt er. »Ich habe noch diesem Professor für Journalistik vom Ballston College eingeladen, Derek Collins. Ich habe ihn kennengelernt, als er mit seinem Kurs eine Diskussionsveranstaltung im Theater besucht hat. Er ist ein großer Fan deiner Bücher.«

»Bringt er niemanden mit?«

»Nein, er ist Single und meinte, er würde lieber allein kommen.«

»In Ordnung. Dann bis später.«

»Ja, ich freu mich. Ich liebe es, dich neuerdings jeden Abend für mich zu haben.«

Bis vor drei Wochen hatten wir zwei Jahre lang eine Fernbeziehung geführt. Er hatte Verständnis dafür, dass ich für einen Umzug in eine Kleinstadt nicht zu haben bin, und war mehr als glücklich, an den Wochenenden nach Manhattan zu kommen, bis er sich irgendwann einen Job in der Stadt suchen würde. Und obwohl wir mit der Fernbeziehung gut klarkommen, sind sieben gemeinsame Tage pro Woche statt zweieinhalb eine nette Abwechslung für uns. Außer wenn Guys Arbeit mal wieder dazwischenfunkt.

»Dito.«

Nachdem ich aufgelegt habe, plagt mich ein schlechtes Gewissen, weil ich wegen meines Tages geschwindelt habe. Ich belüge ihn nicht gerne, weil es das Vertrauen, das zwischen uns gerade herrscht, nur belastet. Aber seit etwa einem Monat spüre ich einen winzigen Riss in seinem Geduldsfaden, einen leisen Missmut wegen meiner Untätigkeit und weil ich den Neuanfang einfach nicht schaffe. Geschieht es nicht oft, dass Mitleid sich am Ende gerne in Genervtheit verwandelt? Man tut anderen aufrichtig leid, aber sie wollen auch irgendwann damit aufhören, sich Sorgen zu machen, wie sehr sie einen auch lieben. Sie wollen, dass man ihnen versichert, dass die Sorgen unbegründet sind, dass die Krise vorübergeht und dass man bald wieder man selbst ist. Also laden sie Journalistikprofessoren ein, um dich anzustacheln, wieder an die Arbeit zu denken.

Ich muss einfach meine alte Energie, meine Lebensfreude wiederfinden, dann gibt es keinen Grund mehr, Guy anzuschwindeln.

Ich gehe wieder nach unten in das kleine Zimmer neben der Küche, das ich als Büro nutze. Als Guy das Haus für uns gefunden hatte, schwärmte er von einem perfekten Ort zum Schreiben. Im Sinn hatte er dabei das Turmzimmer, das man vom zweiten Stock aus über steile Stufen erreichen kann. Wie gemacht für eine Schriftstellerin, sagte er, aber ich fand es nur verstaubt und klaustrophobisch eng. Ich wollte lieber im Erdgeschoss sein. Also habe ich stattdessen das winzige Zimmer gegenüber der Küche in Beschlag genommen, eine ehemalige Abstellkammer, wie ich annehme, und einen Schreibtisch hineingestellt. Nicht wirklich ideal – ein penetranter Geruch von nasser Wolle und Plastikstiefeln strömt aus der Vertäfelung –, aber ich bezweifle, dass ich gerade an *irgendeinem* Ort schreiben könnte.

Ich checke meine Mails, leite allerdings das meiste davon gleich an meine Assistentin in New York weiter. Ich antworte nur Freunden, die sich erkundigen, wie es mir geht, und meinem Bruder Will, der im dritten Jahr für eine Bank in Djakarta arbeitet. Es gibt mehrere Interviewanfragen, die ich höflich ablehne, und zwei Angebote für gutbezahlte Vorträge. Auch die schlage ich aus. Öffentliche Vorträge über die Themen, über die ich in meinen Büchern schreibe, haben mich immer begeistert, aber momentan kann ich nicht genügend Energie aufbringen, um auch nur den Mund aufzukriegen.

Mein Blick fällt auf das Ordner-Symbol, unter dem ich die Datei mit dem Exposé abgelegt habe. Vielleicht sollte ich noch einen Versuch starten, bevor ich das Abendessen vorbereite. Aber nur beim Gedanken daran verkrampft sich mein Magen.

Mein Telefon klingelt und erlöst mich. Es ist Casey, meine Agentin.

»Wie geht es dir da oben. Hast du dieses Pferd gesehen, wie hieß es noch mal? Seabiscuit?«

Ich lache über ihren kleinen Scherz. »Seabiscuit starb in den Vierzigern. Aber es gibt im Ort eine große Statue von ihm. Ich habe sie schon mehrfach gestreichelt.«

»Hört sich an, als ob du viel herumkämst.«

»Ja, ich taste mich heran.« Nach drei gemeinsamen Büchern ist Casey für mich auch zu einer Freundin geworden. Sie ist mit zweiundvierzig nur drei Jahre älter als ich und hat mir stets den Rücken freigehalten, aber ich bin trotzdem vorsichtig, wie viel ich ihr von meinem Zustand erzähle. Ich habe zugegeben, dass es länger dauert, als ich gehofft hatte, wieder in die Gänge zu kommen. Der Ausdruck, den ich ihr gegenüber aber nie erwähnt habe, lautet *Posttraumatisches Stresssyndrom*. Oder was für Casey noch schlimmer wäre: Schreibblockade.

»Mal einen Sommer rauszukommen, wird dir sicher gut

tun. Der Verlag will bei einem Meeting die Buchpremiere des Taschenbuchs besprechen, aber ich habe ihnen gesagt, sie sollen eine Weile alles per Telefon erledigen. Du wirst nicht demnächst mal wieder in der Stadt sein, oder?«

»Nein, nicht vor September ... Übrigens, weißt du, ob sie inzwischen einen Nachfolger für Paul eingestellt haben?«

»Äh, ich habe gehört, dass sie seine Vertretung befördert haben«, sagt sie nach kurzem Zögern.

»Eine gute Lösung. Er wirkt robust.« Einen Moment lang suche ich nach Worten. »Ich habe darüber nachgedacht, Pauls Witwe zu kontaktieren, Stephanie. Ich wollte gerne mal deine Meinung dazu hören. Ich habe ein schlechtes Gewissen, weil ich nicht an der Beerdigung teilnehmen konnte.«

Vielleicht ist es wegen meiner Träume, dass ich zurzeit viel an Stephanie nachdenke, obwohl ich ihr noch nie begegnet bin. Ich habe die Hoffnung, dass ein Gespräch mit ihr uns beiden guttun und mir vielleicht helfen könnte, mit meinem Leben weiterzumachen.

»Ihr einen Brief schreiben, meinst du? Ich dachte, das hättest du schon vor drei Monaten nach dem Unfall längst getan.«

»Ja, aber ich meinte eher ein persönliches Gespräch.«

Am anderen Ende herrscht Stille. Ich schaue auf das Display, um sicherzustellen, dass die Verbindung nicht unterbrochen wurde.

»Ich weiß nicht«, sagt Casey. »Ich habe gehört, dass sie immer noch ziemlich verstört ist. Vielleicht ist die Zeit noch nicht reif.«

»Ich verstehe.« Ihre Antwort überrascht mich etwas, aber ich vertraue Caseys Einschätzung.

»Bevor ich auflege: Darf ich dich ein wenig antreiben?«

Oh Gott, ich hätte wissen müssen, dass das passieren würde, sobald ich sie am Telefon habe.

»Langsam werden sie ungeduldig wegen eines Exposés. Ich habe sie mehrfach hingehalten, und bisher waren sie verständnisvoll, aber du hast einen Vertrag für ein weiteres Buch, und sie könnten sich noch viel mehr vorstellen.«

»Casey, an ein Exposé ist in nächster Zeit überhaupt nicht zu denken. Ich … ich habe noch nicht einmal angefangen.«

»Hast du wenigstens eine Idee? Einen Arbeitstitel?«

»Wie wäre es mit *Von einer Ratgeberautorin, die keinen Rat mehr weiß*?«

»Du hast wirklich gar nichts?«

Sie fragt sich jetzt bestimmt, warum die Frau, die einen Bestseller zum Thema Entscheidungen schrieb, selbst keine Entscheidung treffen kann.

»So eine Idee habe ich schon.«

»Okay, mehr brauchst du eigentlich nicht. Ich weiß, dass du deine Exposés gerne wasserdicht hast, aber sie wären schon mit fünf Seiten mehr als zufrieden. Es würde sie beruhigen. Und vielleicht löst das ja auch deine Hemmungen.«

»Hm, das müsste zu machen sein.« In Wahrheit beginnt mein Herz so zu rasen, dass ich höre, wie das Blut in den Ohren rauscht. »Gibst du mir zwei Wochen?«

»Hört sich gut an.«

Nachdem wir uns verabschiedet haben lege ich meinen Kopf auf den Schreibtisch, eine Wange auf der kalten Oberfläche. Wie soll ich je die Energie für fünf Seiten aufbringen? Ich weiß noch nicht einmal, ob mir die Idee gefällt, die ich mir aus den Fingern gesogen habe.

Schließlich zwinge ich mich dazu, das Büro zu verlassen und Abendessen zu machen. Hühnchen kurz anbraten, dazu grüne Bohnen. Einen Teller für Guy stelle ich in den

Kühlschrank und meinen nehme ich mit auf die Veranda, dazu ein Glas Wein.

Die Veranda ist mein Lieblingsort im Haus, mit ihrer antiken eisernen Liege und der schwarzen Korbgarnitur, darauf die Kissen mit dem verblassten Blumenmuster. In Manhattan hatte ich ganz vergessen, dass es solch gemütliche Plätze noch gibt.

Als es dämmert, bleibe ich einfach im Dunkeln sitzen und lausche den Kinderstimmen in der Nachbarschaft. Spielen die Kinder immer noch »capture the flag«, frage ich mich?

Von dem Moment an, wo ein Nachbarskind uns dieses Spiel beibrachte, war ich davon wie besessen. Während andere zwölfjährige Mädchen schon den Jungs hinterherliefen, habe ich dieses Spiel noch lange Zeit geliebt. Ich mochte den Rausch, der sich beim Herumrennen durch die Dunkelheit einstellte, liebte es, dem Fänger wieder und wieder zu entkommen, Leute aus dem Gefängnis zu befreien und vor allem, dem anderen Team die Fahne zu klauen und damit zum eigenen Stützpunkt zurückzurennen. Im Grunde spiegelte das Spiel meine Art wieder, wie ich mit den Herausforderungen des Lebens umging: zuerst die Lage einschätzen, sich dann furchtlos hineinstürzen und jede Sekunde davon genießen.

Ich war nicht so naiv zu glauben, dass diese Strategie auch nach dem Unfall noch funktionieren würde. Aber ich sagte mir, wenn ich mich nicht in Selbstmitleid suhle und einfach nur einen Fuß vor den anderen setze, wird es mit der Zeit schon besser werden.

Der Unfall passierte an einem eiskalten Tag im März, ungefähr eine Stunde südwestlich von Boston. Anlässlich meines Buches *Twenty Choices* sollte ich dort einen Vortrag halten. Wie gewöhnlich bestand das Publikum hauptsächlich aus Frauen, von denen viele hofften, sie hätten noch genügend Zeit für Veränderungen, die ihr Leben oder ihre Karriere zu dem machten, was sie sich einmal ausgemalt hatten. Ich mochte es, bei Vorträgen wie diesem eine Verbindung zu den Frauen herzustellen, liebte ihre Kommentare beim anschließenden Signieren. Und ich fand es aufregend, wenn ich durch meine Anmerkungen Anstöße geben konnte.

Ich war erstaunt, als Paul Dunham, der Leiter der Taschenbuchabteilung des Verlags, neben meinem Tisch auftauchte, während ich die letzten Exemplare signierte. Er war groß, hatte breite Schultern und kurzes blondes Haar und war der Typ, der im College Football gespielt hatte. Er sei zufällig beruflich in der Stadt, wohne in einem Hotel und habe sich spontan entschieden vorbeizuschauen. Es sei eine gute Gelegenheit, mich sprechen zu hören und meine Fans etwas näher kennenzulernen. Das könne sich für die geplante Paperbackausgabe als hilfreich erweisen. Als er mich zum Essen einlud, erklärte ich ihm, dass ich schon verabredet sei, nahm aber seine Einladung an, am nächsten Tag mit ihm zurück nach Manhattan zu fahren. Angenehmer als der Zug, dachte ich mir.

Aber es war ganz und gar nicht angenehm gewesen. Auf einem vollkommen trockenen Teilstück des Massachusetts Turnpike war Paul von der Straße abgekommen und in eine Leitplanke gerast. Sogar mit gebrochenem Arm, einem gebrochenen Becken und einer leichten Gehirnerschütterung hatte ich mich irgendwie aus dem Airbag befreien und auf die Straße torkeln können, wo ich zusammengebrochen war. Jedenfalls hat man es mir später so erzählt. Ich erinnere mich an nichts, weder an die Minuten vor dem Unfall, noch daran, was unmittelbar danach passiert ist. Nur unklare Erinnerungen an Hitze und Flammen und dunklen Rauch, der aufstieg. An Sirenen. Später wachte ich im Krankenhaus auf und musste erfahren, dass Paul den Unfall nicht überlebt hatte.

Ich brauchte keinen Psychiater, um zu begreifen, dass mich danach mehr als nur Trauer quälte. Ich hatte tonnenweise Schuldgefühle. Ich lebte, und Paul war tot. Und ich hatte noch immer keine Ahnung, warum er die Kontrolle über sein Auto verloren hatte.

Wie niedergeschlagen ich mich auch fühlte, ich sah es als Teil eines Prozesses. Es würde dauern, bis es mir besser ging, körperlich und seelisch. Mich in die Arbeit zu stürzen, würde mir dabei helfen. Einen Monat später jedoch, kurz nachdem mein Leben sich wieder zu normalisieren schien, verwandelte meine Trauer sich in etwas anderes. Immer wieder wurde ich von Panikattacken heimgesucht, gefolgt von Taubheitsgefühlen und Teilnahmslosigkeit. Als ich schließlich wieder mit dem Schreiben beginnen wollte, kam einfach nichts. Der Versuch, Worte aus mir herauszupressen, war so unmöglich, wie wenn man während eines Spaziergangs an einem kalten Herbsttag versuchte, sich trotz nassgeregneter Kleidung warm zu fühlen.

Schließlich stehe ich auf und schalte eine Lampe ein. Dabei fällt mein Blick auf den Block mit den dahingekritzelten Traumnotizen. Ich nehme ihn und starre auf die Wörter: *Hotelzimmer, Rauch, schmelzende Türklinke, Wand aus Flammen.* In meinen Träumen kommen all diese beängstigenden Elemente vor, aber stets neu angeordnet, als ob mein Gehirn mich jedes Mal mit einer neuen Variante quälen will: Ich befinde mich immer in einem Hotelzimmer und weiß nicht, was ich dort mache. Es gibt immer Rauch und Flammen und nie kann ich aus dem Raum fliehen, aber immer aus anderen Gründen. Einmal war es, weil die Tür zu schwer war und ich sie nicht öffnen konnte, ein andermal gab es überhaupt keine Tür, nur eine undurchdringliche Wand.

Und dann erinnere ich mich plötzlich. In meinem heutigen Traum gab es ein Detail, das ich nicht notiert habe: der gesichtslose Mann, der nach mir ruft.

Das ist neu. Bis jetzt war nie jemand mit mir im Raum, ich war immer allein. Ich glaube nicht, dass der Mann Guy war. Die Stimme gehörte jemand anderem. Keine Stimme, die ich zuordnen kann, aber auch nicht die eines Fremden. Nichts an dem Mann machte mir Angst …

Wer war er? Mein Herz setzt einen Moment aus. Und warum bestand er darauf, dass ich warte?

KAPITEL 3

Bei Guys Eintreffen schlafe ich schon und zucke zusammen, als er unter die Bettdecke schlüpft. Er legt sich dicht hinter mich und fährt mit den Fingern leicht durch mein Haar. Beruhigt schmiege ich mich an seinen Körper.

Am nächsten Morgen ist seine Seite des Bettes leer. Als ich sehe, dass es schon acht ist, zucke ich zusammen. Guy muss bald los, und ich möchte vorher wenigstens etwas Zeit mit ihm verbringen. Ich schließe die Augen noch einmal kurz und versuche, mich zu erinnern, ob ich einen weiteren Traum hatte, aber nein, nichts. Nur verschwommene, bedeutungslose Bilder.

Ich schlage das Laken zurück, kämpfe mich hoch und schlüpfe in Jeans und Baumwollpulli. Ein paar Minuten später treffe ich Guy in der Küche, wo er mit einer Kaffeetasse in der Hand die Nachrichten auf seinem iPad liest. Er trägt einen seiner perfekt geschnittenen dunkelblauen Anzüge und ein blau-weiß kariertes Hemd. Keine Krawatte heute.

Zum ersten Mal fällt mir auf, dass sein Gesicht schon ein wenig Farbe bekommen hat, hauptsächlich von den abgezweigten Stündchen hier und da auf dem Tennisplatz. Als er mit seinen leicht verschleierten blaugrauen Augen aufschaut, habe ich ein Déjà-vu. Vor zwei Jahren war es ebenfalls im Juli, als ich auf der Terrasse meiner Freundin in Rhode Island stand und sah, wie er die Glastür beiseiteschob und nach draußen trat. Groß und mit seiner guten Figur war er damals tiefbraun gebrannt, und seine vollen, umwerfenden Lippen waren von Wind und Sonne ein wenig rissig. Er sah mich an und lächelte. Im Bruchteil einer Sekunde wusste ich, dass es zwischen uns gefunkt hatte. Und er wusste es auch.

Ja, ich konnte sehen, dass er älter war als ich – sieben Jahre, wie ich später herausfand –, was mir aber nichts ausmachte. Es wurde Zeit für einen Kerl, der reif genug war, sich in seiner Haut wohl zu fühlen, und den mein Erfolg nicht verschreckte, so wie bei meinem letzten Freund Marc. Ich wollte jemanden, der sich eine wirkliche Partnerschaft vorstellen konnte.

»Morgen«, sagt Guy und lässt ein Lächeln aufblitzen. »Ich hatte schon befürchtet, es würden mehr als vierundzwanzig Stunden vergehen, bevor ich diese babyblauen Augen wieder zu Gesicht bekomme.«

Ich beuge mich hinab und gebe ihm einen Kuss. Er riecht frisch geduscht mit einem Hauch Zitrus von seinem Cologne.

»Ich habe noch nicht mal gehört, wie du dich angezogen hast«, sage ich.

»Muss dran gelegen haben, dass ich inzwischen ein Talent entwickelt habe, mich mucksmäuschenstill fertig zu machen.«

»Weck mich in Zukunft, wenn du aufstehst, hörst du? Auch wenn ich laut fluche.«

»Sicher? Du sahst ziemlich erledigt aus.«

»Ja, bitte.« Mein Blick fällt auf den Platz, wo ich gewöhnlich meinen Morgenkaffee trinke. Auf dem Teller liegt ein riesiger, lecker aussehender Scone.

»Oh mein Gott, was ist das denn? Himmlisches Manna?«

Guy lacht. »Manna vom *Mrs. London's Bakery*. Ich bin gestern nach dem Mittagessen vorbeigefahren und habe ein paar Scones mit Blaubeeren geholt.«

»Das ist lieb von dir, Schatz. Du weißt, wie gern ich die mag.« Guy und ich haben unsere Hochzeitsreise in London und in den schottischen Highlands verbracht, und ich habe dort fast täglich Scones mit Clotted Cream verschlungen.

Ich schenke mir Kaffee ein und öffne die Kühlschranktür, um Butter herauszunehmen. »Erzähl mir von gestern Abend. Bist du vorangekommen?«

»Sieht ganz danach aus. Ich konnte Mario dazu überreden, zu uns zu stoßen, und er hat sogar ein paar Takte gesungen. Die Leute waren begeistert. Ich werde morgen erfahren, ob der Geldgeber wieder an Bord ist, aber ich würde darauf wetten.«

»Phantastisch.«

Ich wollte ihm von meinem Traum berichten, vielleicht könnte er etwas zu dem unbekannten Mann sagen, aber er stürzt den letzten Schluck Kaffee herunter und ist offensichtlich startklar.

»Wegen heute Abend«, sage ich stattdessen, »wie fein werden die Leute angezogen sein?«

»Nicht so sehr, jedenfalls im Vergleich zu New York. Die Männer im Jackett und die Frauen schick, aber wahrscheinlich konservativ. Derek allerdings nicht. Die wenigen Male, die ich ihn gesehen habe, trug er alte Cordhosen und einen Pullover – und meistens denselben.«

Ich muss lachen. »Okay, konservativ also. Dann lass ich die schlampigen Oberteile im Kleiderschrank.«

»Aber nur bis zum Wochenende, okay?« Er lächelt und schaut auf die Uhr. »Ich sollte lieber los. Termin um halb neun.«

Er schaltet sein iPad aus, steht auf und gibt mir einen Abschiedskuss.

Als er weg ist, gehe ich duschen und ziehe mich an. Als ich wieder unten bin, überfliege ich die Online-News und gehe dann in der Küche noch mal alles durch, um sicherzugehen, dass das Catering alles findet, was es brauchen wird. Irgendwann bin ich auch damit fertig und zwinge mich dazu, mich an den Schreibtisch zu setzen. Ich starre wieder auf das Wort Neuanfang, das ich gestern geschrieben habe. Es ist kein brandneues Konzept, aber ich glaube, dass ich einen frischen Blick darauf entwickeln könnte. Und dennoch hockt das Wort nur auf der ansonsten leeren Seite, als würde es zurückstarren. Kaum zu glauben, dass ich einmal stundenlang ohne Pause schreiben konnte, sogar in Flugzeugen oder an Flughäfen oder in überfüllten Cafés. Im Moment jedoch fühle ich mich wie jemand, der versucht, in einer Sprache zu schreiben, die er nicht spricht. Ich schließe die Datei und spring vom Schreibtisch auf.

Nach einem frühen Lunch schlüpfe ich in meine Jacke und schnappe mir den Rucksack, den ich benutze, seit mein Arm geheilt ist. Mit dem Smart, den wir für den Sommer gemietet haben, fahre ich in die Stadt, halte zuerst am Geldautomaten und dann bei einem Blumenladen. Vor dem Geschäft stehen zahllose Tulpensträuße. Aus einer Laune heraus kaufe ich mehr als geplant: vier Dutzend weiße Tulpen für das Esszimmer und zwei Dutzend in Rosa für das Wohnzimmer.

Zu Hause decke ich den Tisch mit Tellern, Besteck, Gläsern und den perfekt gestärkten weißen Servietten ein, die ich gestern in einer Schublade entdeckt habe. Dann arrangiere ich die Blumen in einer Vase. Mit dem vielen Weiß – Servietten, Tulpen und Kerzen – sieht der dunkle Tisch umwerfend aus. Er erinnert mich an etwas, was meine Mutter einmal sagte, als sie noch am Leben war: »Manchmal ist mehr eben doch mehr.« Obwohl sie seit zwölf Jahren tot ist, höre ich ihre Stimme immer noch, wie sie kleine Weisheiten mit mir teilt.

Ich betrachte den Tisch und verspüre einen Adrenalinstoß wie seit der Zeit vor dem Unfall nicht mehr. Vielleicht muss ich einfach nur versuchen, in Bewegung zu bleiben, schießt mir durch den Kopf. Ich muss mir jeden Tag etwas vornehmen, dazu körperliche Aktivität. Laufen ist fürs Erste verboten – etwas, das ich bitter vermisse –, aber ich könnte meinen Hintern wenigstens einmal täglich für einen Spaziergang auf die Straße schieben. Doch sobald ich die anderen Tulpen im Esszimmer arrangiert habe, versickert meine Energie so schnell wieder, dass es mir fast den Atem verschlägt. Ich stolpere auf die Veranda und lasse mich auf die Liege sinken. Eine Weile liege ich dort und lausche dem höhnischen Ruf eines Blauhähers im Hof. Und dann höre ich ein Klopfen. Jemand ist an der Eingangstür. Ich schaue auf die Uhr. Zu früh für das Catering.

Als ich die Holztür öffne, sehe ich hinter dem Fliegengitter eine Frau. Sie ist Anfang vierzig, groß und hält sich sehr gerade, ihr Haar ist schwarz und hat einen schönen Schnitt. Sogar durch das Gitter kann ich sehen, dass sie eine kleine Einkaufstasche in der Hand hält. Lavendelfarbenes Seidenpapier lugt oben heraus.

»Es tut mir so leid«, sagt sie. »Hoffentlich störe ich nicht.«

Vermutlich hat sie sich gefragt, ob sie mein Nachmittagsschläfchen unterbrochen hat. Ich hätte nicht zur Tür gehen sollen.

»Kann ich Ihnen helfen?«

»Ich bin Sandra Dowd. Sind Sie Bryn? Bryn Harper?«

»Ja?«

»Ich bin vom Komitee des Saratoga-Kunstbeirats und wollte etwas für Sie abgeben im Namen von uns allen.«

»Oh, das ist nett von Ihnen«, sage ich. Obwohl ich mich am liebten wieder auf der Liege verkriechen würde, wäre es unhöflich, ihr nicht die Fliegengittertür zu öffnen. Ich bitte sie in den Flur. Sie ist elegant gekleidet: eine Bluse in Granatapfelrot, die sie mehr als ausfüllt, eine cremefarbene Hose und hautfarbene Pumps mit mindestens Acht-Zentimeter-Absätzen. Nur ihre Nase passt nicht recht ins Bild. Sie ist fast vertikal, ganz gerade von oben bis unten, als wäre vor Jahren ein Höcker entfernt worden.

»Das Letzte, was Sie jetzt brauchen, ist wahrscheinlich ein Wilkommenskomitee, das Sie am helllichten Tag überfällt«, sagt sie leichthin mit verschwörerischer Miene. »Aber einem unserer Mitglieder ist zu Ohren gekommen, dass sie in die Stadt gezogen sind und das Haus der Jessups gemietet haben. Wir dachten, Sie könnten ein paar Informationen über die Gegend brauchen.« Sie reicht mir die Tasche. »Ein Kalender mit den Veranstaltungen, die im Sommer stattfinden, so etwas. Und ich habe meine Karte dazu gesteckt.«

In meinem Hinterkopf blitzt ein Gedanke auf, aber ich kann ihn nicht festhalten. »Vielen Dank. In den letzten Jahren habe ich ein paar Wochenenden hier verbracht, aber sonderlich gut kenne ich mich in der Gegend noch nicht aus.«

»Um ehrlich zu sein«, sagt sie und schaut, als wäre sie kurz davor, etwas Unanständiges zu enthüllen, »würden wir uns sehr freuen, wenn wir Sie bei Gelegenheit mit Fragen löchern dürften. Aber keine Eile, vielleicht nachdem Sie sich eingelebt haben.«

Mit meiner derzeitigen Trägheit kann ich mir nicht vorstellen, dass ich etwas Interessantes zu erzählen hätte, aber ich möchte sie nicht zu offensichtlich abblitzen lassen.

»Mal sehen, wie der Sommer sich entwickelt, okay?«

»Sie sind also nur für eine Saison da?«

»Ja. Mein Mann arbeitet unter der Woche in Saratoga und kommt an den Wochenenden in die Stadt. Ich habe mich entschieden, den Sommer hier oben zu verbringen. Ich bin erst vor drei Wochen angekommen.«

»Er ist sicher begeistert, Sie in der Nähe zu haben.«

»Es ist eine nette Abwechslung, ja.«

»Ich habe selbst eine Fernbeziehung geführt und kenne die Schwierigkeiten.« Ihr Blick wandert durch die große Eingangshalle mit ihren edel gestreiften Tapeten und der Mahagonitreppe. »Was für ein beeindruckendes Haus. Ich bin oft vorbeigefahren, war aber noch nie drin.«

»Wir hatten Glück. Guy hat natürlich hier vor Ort ein Apartment, aber es ist winzig, und es gibt dort für mich kaum Platz zum Arbeiten. Hier konnte ich mir ein kleines Büro in der Küche einrichten. Möchten Sie … möchten Sie ein Glas Eistee haben?« Es wäre wohl unhöflich, nicht zu fragen.

»Das ist sehr nett, aber dummerweise muss ich gleich wieder los. Eine Geschäftsreise.«

»Arbeiten Sie für eines der Colleges?«

»Nein, ich habe eine kleine Firma. Public Relations.«

Wundert mich nicht, dass sie eine Geschäftsfrau ist. Sie wirkt sehr selbstsicher und voller Energie. »Ich würde es aber liebend gern auf ein andermal verschieben, oder vielleicht wollen wir uns mal zum Lunch in der Stadt treffen«, fügt sie hinzu. Sie hebt ihr Kinn und deutet in Richtung Wohnzimmer. »Das muss ein perfekter Platz sein, um Gäste zu empfangen.«

»Wir geben heute Abend unsere erste Dinnerparty.«

»Oh je, dann sollte ich Sie nicht länger aufhalten. Kochen Sie selbst?«

»Gott sei Dank nicht. Wir haben einige Klienten meines Mannes zu Gast, und er hat ein Catering bestellt.«

»Das ist der Trick, nicht wahr?« Sie blickt mich so verschwörerisch an wie schon zuvor. »Ich hoffe, Sie haben eine passende Firma gefunden. Wir scheinen endlich ein paar Caterer in der Stadt zu haben, die etwas mehr zu bieten haben als Nudelauflauf und pappiges Hühnchen Marsala.«

»Mein Mann kennt die Firma von der Arbeit und schwört, dass sie gut sind.« Endlich fällt mir ein, was mich schon die ganze Zeit so irritiert hat. »Woher wusste Ihre Bekannte eigentlich, dass ich hierhergezogen bin?«

»Der Buschfunk funktioniert gut, nehme ich an. Sie liebt Ihre Bücher, besonders das neue über Entscheidungen. Ich habe es leider noch nicht gelesen, aber gerade online bestellt.«

»Fühlen Sie sich bitte nicht verpflichtet.«

»Oh, ich will es unbedingt lesen! Peinlich genug, dass ich es noch nicht kannte, besonders weil es so ein großer Erfolg ist.«

»Warum nehmen Sie nicht eines meiner Exemplare mit? Sie könnten die Bestellung stornieren oder das Buch einer Freundin schenken.«

»Macht es wirklich keine Umstände?«

»Es ist mir ein Vergnügen. In einem der vielen Schlafzimmer steht ein ganzer Karton davon.«

Ich hole eines der Bücher und bin außer Atem, als ich die Treppe wieder hinabsteige. Ich signiere das Buch für sie.

Als ich ihr hinterherblicke, wie sie den Gehweg entlang eilt, finde ich die Vorstellung nett, sie bei Gelegenheit einzuladen oder mit ihr zu Mittag zu essen. Sie wirkt wie jemand voller Energie, die vielleicht ansteckend ist. Dieser Gedanke wird jedoch schnell von einem anderen abgelöst. Könnte es sein, dass Guy jemanden vom Beirat gebeten hat, mich für eine ehrenamtliche Tätigkeit zu gewinnen? Er hat da natürlich seine Kontakte. Ist das sein heimlicher Plan, damit ich langsam wieder den Hintern hochkriege? Vielleicht meint er es gut, aber ich mag das nicht. Ich gehe zurück auf die Veranda, fühle mich aber merkwürdig aufgekratzt und kann nicht schlafen.

Um fünf Uhr stehen zwei Kellner in der Küchentür, beide in schwarzen Hosen, weißen Hemden und mit schmalen schwarze Krawatten. Einer ist wahrscheinlich Anfang dreißig, dunkelhaarig mit Schnäuzer und kurz geschorenem Bart, dazu eine Tätowierung, die bei jeder Bewegung wie eine Eidechse aus seinem Hemdkragen huscht. Sein Name sei Conrad, sagt er. Der andere Typ ist blond und schlaksig und wahrscheinlich erst Anfang zwanzig. Hoffentlich ist er erfahrener, als er aussieht.

Sie laufen ein paarmal zum Lieferwagen, holen Pfannen aus Aluminium und eine Kühlvorrichtung auf Rädern. Sofort beginnen sie damit, die Pfannendeckel zu lüpfen und allerlei Lebensmittel im Kühlschrank zu stapeln. Der Duft von Mandeln steigt mir in die Nase.

»Ich habe keine Ahnung, was es heute Abend gibt«, sage ich. Weil es sich um ein Arbeitsessen handelt, hat Guy alles organisiert.

»Am besten erklärt Eve Ihnen das«, sagt Conrad.

»Eve?«

»Eve Blazer, die Chefin und Köchin. Sie wird gegen sechs hier sein.«

Als ich eine Stunde später wieder in die Küche komme,

ist sie da und verteilt Olivenöl in einer Pfanne. Sie ist hübsch und kurvenreich, eine Frau, die sich offensichtlich nicht vom Probieren ihrer Kreationen abhalten lässt. Passenderweise hat ihr Haar die Farbe von frischer Butter, obwohl das meiste davon unter einer kleinen weißen Kochhaube versteckt ist.

Zu meiner Überraschung fällt ihre Begrüßung sehr kühl aus. Sie wendet den Blick gleich wieder ab, als wäre ich nur zuständig für die Garderobe.

»Soll ich Ihnen zeigen, wo alles steht?«, frage ich.

»Wir kommen schon zurecht«, sagt sie. »Das Dinner beginnt um acht, oder hat sich etwas geändert?«

»Ja, das stimmt wohl.« Guy hatte mir erzählt, die Gäste würden gegen viertel nach sieben eintrudeln. »Was servieren Sie heute Abend?«

»Hat Ihnen das niemand gesagt?«, fragt sie, als wäre ich die Ahnungslose, die einfach nicht weiß, was heutzutage angesagt ist. Es ist mir unverständlich, warum sie diesen Ton anschlägt. Vielleicht ist sie wirklich nur erstaunt, dass man mich im Dunkeln gelassen hat, halte ich ihr zugute.

»Nein, die Sekretärin meines Mannes hat alles arrangiert.«

»Tajine mit Huhn. Und eine Crème brulée zum Dessert.«

»Hört sich gut an. Dann lasse ich Sie lieber wieder arbeiten.«

Ich gehe nach oben, um mich umzuziehen – schwarze Leggins, Pumps und eine lockere weiße Seidenbluse. Minutenlang sitze ich auf der Bettkante und versuche, aus irgendeinem Geheimreservoir des Universums Energie zu saugen. Ohne Erfolg. Sehnsuchtsvoll streiche ich über den Leinenbezug des Oberbettes. Ich würde nichts lieber tun, als ins Bett zu sinken und die Augen zu schließen. Das unablässige Ticken der Digitaluhr auf dem Nachttisch treibt mich an, und schließlich stehe ich auf und gehe nach unten. Bei einem letzten Gang durchs Haus überprüfe ich, ob die Zimmer ordentlich und die Lichter eingeschaltet sind. Auf der Veranda fällt mir der Block ins Auge, auf den ich meinen Traum notiert habe. Als ich ihn mir schnappe, bemerke ich einen Schatten, und ich fahre herum. Guy steht in der Tür.

»Da bist du ja«, sagt er. »Tut mir leid, dass ich spät dran bin. Alles unter Kontrolle mit dem Catering?«

»Sieht so aus. Ich habe versucht, der Köchin zu zeigen, wo alles ist, aber sie wollte keine Hilfe.«

»Sie ist sicher ein Profi im Erkunden fremder Küchen.«

»Jedenfalls ist sie nicht sonderlich freundlich. Aber wenn das Essen gut ist, will ich ihr das nicht nachtragen.«

»Wahrscheinlich ist es nur der Stress«. Ich kann sehen, wie müde er ist.

»Wie war dein Tag?«

»Gut, gut.« Er geht durch den Raum und gibt mir einen kleinen Kuss. »Und du? Hast du etwas geschrieben?«

»Nicht wirklich.« Es tut gut, die Wahrheit zu sagen. Dann wird mir klar, dass er den Notizblock in meiner Hand meint. »Oh, das. Ist nur ein Traum von gestern, derselbe wie immer.«

»Der Feuertraum? Im Hotel?«

»Ja, aber bei diesem war etwas eigenartig. Da war ein Mann im Zimmer und bat mich zu warten.«

»Sollte ich mir Sorgen machen?« Guy lächelt.

»Sei nicht albern, Schatz. Träume darf man nicht so genau nehmen. Aber irgendwas war an diesem Mann, das mir wichtig schien. Ich habe allerdings keine Ahnung, warum.«

Er atmet tief durch, und ich spüre, wie er seine nächsten Worte abwägt: »Dr. Greene hält das wirklich für eine gute Idee?«

»Ganz bestimmt. Sie sagt, obwohl die meisten unserer Träume im Grunde nur Müll verwerten, lohnt es sich, die wiederkehrenden genauer unter die Lupe zu nehmen. Das Unterbewusstsein könnte versuchen, eine Nachricht zu senden.«

»Ich mache mir nur Sorgen, dass alles wieder aufgewirbelt wird.«

»Offen gestanden habe ich nichts dagegen. Es kann mir helfen, mich zu erinnern.«

»Aber könnte es nicht sogar besser sein, wenn du dich nicht erinnerst? Vielleicht will deine Psyche dir auf diese Weise nur die schrecklichen Einzelheiten ersparen.«

»Ich will diese Einzelheiten aber erfahren. Ein Unfall ist passiert, ein Mann ist verbrannt, und ich weiß immer noch nicht genau, warum.«

Er legt eine Hand auf meine Schulter.

»Du hast solche Fortschritte gemacht, Bryn. Ich möchte einfach nur, dass du nach vorne schaust und nicht zurück.«

Wirft das Traumtagebuch mich tatsächlich in die Vergangenheit zurück? Könnte das der Grund sein, warum ich mich sogar noch lethargischer fühle, seit ich hierhergezogen bin?

»Ich spreche nächste Woche noch mal mit Dr. Greene darüber, okay?«

Aber schon während ich es sage, weiß ich, dass ich mit den Notizen weitermachen werde. Ich weiß, dass der Mann im Hotelzimmer eine Botschaft für mich hat.

»Hört sich gut an«, sagt Guy. »Ich sollte mich jetzt besser umziehen.«

Ich stecke den Notizblock in die Schublade eines Beistelltisches, bleibe einen Moment sitzen, um Kraft zu sammeln, und gehe dann in den Haupttrakt des Hauses zurück. Im

Speisezimmer treffe ich auf die Köchin, die den Esstisch begutachtet, die Arme in die Seiten gestemmt. Ich folge ihrem Blick. Irritiert bemerke ich, dass sie die Servietten neu gefaltet hat. Aus den schlichten Vierecken hat sie steife Bischofshüte hergestellt. Und dann sehe ich die Vasen. Sie stehen nicht mehr auf dem Tisch. Wie Kinder, die auf einer Party bei den Erwachsenen unerwünscht sind, wurden sie auf einen Nebentisch verbannt.

»Was machen Sie da?«, frage ich.

Sie wendet sich mir nur halb zu, als verdiente ich nicht mehr Aufmerksamkeit.

»Ich bereite den Tisch vor.«

»Aber ich habe ihn schon eingedeckt.«

»Normalerweise decken wir ihn ein und dekorieren ihn ein wenig.«

»Aber warum haben Sie die Blumen weggenommen?«

Jetzt wendet sie sich mir vollständig zu. Ihre Lippen sind trotzig aufeinandergepresst, und ihre grünen Augen mustern mich kühl.

»Wir dekorieren unsere Tische nicht mit Blumen. Ihr Geruch überlagert den Duft des Essens.«

Es macht mich sprachlos, dass sie alles umarrangiert hat, ohne mich zu fragen. Und dann diese blödsinnige Blumenregel.

»Bitte stellen Sie die Vasen wieder zurück«, sage ich zu ihr. »Blumen auf dem Tisch sind vollkommen in Ordnung.«

»Selbstverständlich.« Ein Tonfall wie ein Schulterzucken. Während sie die Blumen zurückstellt, wirkt sie unbeeindruckt und macht keine Anstalten, sich zu entschuldigen. Als Guy kurz darauf den Raum betritt, würdigt sie ihn keines Blickes, sondern verschwindet still durch die Schwingtür in der Küche.

Er wartet, bis sie den Raum verlassen hat, bevor er etwas sagt. »Was ist passiert?«

»Diese Frau, Eve«, antworte ich mit gesenkter Stimme, »ich weiß nicht, was für ein Problem sie hat.«

»Was ist mit ihr?« Er runzelt die Stirn.

»Sie hat den Tisch umdekoriert, obwohl ich mir damit solche Mühe gegeben habe. Und sie reagierte unverschämt, als ich sie darauf ansprach.«

Er wirkt sichtlich verblüfft, und dann wird mir klar, dass diese Reaktion mir gilt.

»Bryn, Caterer sollen nun mal den Tisch dekorieren. Wahrscheinlich ist sie verärgert, dass du dich in ihre Arbeit eingemischt hast.«

Ich kann nicht glauben, dass er sich auf ihre Seite schlägt.

»Es ist nicht immer ihr Job«, sage ich. »Sie hätte mich fragen können, bevor sie alles umstellt.«

Er hebt resigniert die Hände hoch.

»Nie kann ich es dir recht machen, Bryn«, schnauzt er mich an. »In einem Moment musst du dich erholen, im nächsten ärgerst du dich, wenn dir jemand hilft. Was, um Himmel willen, soll ich denn tun?«

Ich bin so erschüttert, dass mir der Mund offen stehen bleibt. Ich setze gerade zu einer Antwort an, als ich sehe, wie die Schwingtür zur Küche ganz leicht schwingt. Als hätte eine Hand sie berührt. Als hätte jemand dahinter gelauscht.

KAPITEL 4

Ich werfe Guy einen Blick zu und wende mich wütend ab.

»Bryn, warte doch!«

»Vielleicht sollte ich mich für heute zurückziehen, schließlich ist das deine Party.«

Und schon eile ich an ihm vorbei auf die Veranda. Ich bin sauer und fassungslos. In den zwei Jahren, die wir zusammen sind, hatten wir natürlich unsere Meinungsverschiedenheiten, aber wir haben es nie so weit kommen lassen, uns anzuschnauzen. Guys Worte verletzen mich noch mehr als sein Ton. Mit einer einzigen brüsken Bemerkung bestätigt er all meine schlimmen Vermutungen, dass es ihn frustriert, wie lange ich brauche, um mich von dem Unfall zu erholen.

Anfangs wollte er ganz für mich da sein. Als man mich endlich aus dem Krankenhaus in Massachusetts entlassen hatte, drängte ich ihn, unter der Woche nach Saratoga zurückzukehren, aber er lehnte ab. Er beantragte sogar Urlaub, um bei mir in der Stadt zu sein, und noch einen Monat später nahm er den Zug nach New York stets schon am Donnerstagabend statt am Freitag. Es war meine Idee, nicht seine, meinen Sommer in Saratoga zu verbringen, aber er strahlte, als ich es ihm vorschlug. Fühlt er sich in die Rolle einer Krankenschwester gedrängt?

»Bryn.« Guy ist auf die Veranda getreten.

»Ich fasse es nicht, wie du mit mir geredet hast.«

»Ich weiß, es war unmöglich. Es tut mir sehr leid.«

»So fühlst du dich also? Frustriert?«

»Nein, ich schwöre es. Schon gar nicht wegen dir, es ist eher wegen meiner Unfähigkeit, dir zu helfen. Es ist schrecklich, dich kämpfen zu sehen, und ich wünschte, ich wüsste, was ich tun soll.«

»Du kannst nichts tun, außer einfach nur noch eine Weile Geduld zu haben, okay? Es dauert länger, als mir selbst lieb ist, aber ich habe das Gefühl, dass es langsam besser wird, wirklich.«

Nicht ganz die Wahrheit, denke ich, aber ich muss ein wenig schummeln.

Er zieht mich zu sich heran und nimmt mich in die Arme.

»Für dich habe ich alle Geduld der Welt, Bryn. Ich finde nur ... ich weiß nicht ... wir sollten über das alles etwas mehr reden, damit ich weiß, wie es dir geht und was du brauchst.«

Um ihn nicht noch mehr zu belasten, habe ich ihm in letzter Zeit allerlei Halbwahrheiten erzählt, die unter Umständen alles schlimmer machen könnten. Ich muss in Zukunft ehrlicher sein, offener. Genau genommen müssen wir beide das.

»Hast du jemanden vom Saratoga-Kunstbeirat vorbeigeschickt, um mich für ehrenamtliche Arbeit zu begeistern?«

»Was? Natürlich nicht.«

»Eine Frau namens Sandra kam heute mit Broschüren vorbei. Ihnen sei zu Ohren gekommen, dass ich hierhergezogen bin.«

»Von mir haben sie das bestimmt nicht.« Er grinst. »Ich kann wirklich nichts dafür, wenn sämtliche Frauen der Gegend etwas von deiner Weisheit abbekommen wollen.«

Erleichtert lächle auch ich. Ich habe von Guy erwartet, dass er mir eine kleine Pause gibt, und vielleicht muss ich ihm das auch ermöglichen. Ich weiß, dass ihn meine Tatkraft von Anfang an angezogen hat, und es muss schwer für ihn sein, dass ich im Moment gar nicht ich selbst bin. Aber meine Lebensfreude wird zurückkommen. Sie muss einfach.

»Kannst du meine Entschuldigung annehmen, Liebes?«, fragt Guy.

»Natürlich.«

»Das Dinner ist nicht zu viel für dich?«

»Nein, lass uns einen schönen Abend haben.«

Kaum habe ich das gesagt, klingelt es an der Tür.

Die beiden Paare sind gleichzeitig angekommen, obwohl die Donaldsons hier im Ort leben und die Emerlings aus einer Vorstadt in Albany kommen. Guy stellt mir alle vor – die Paare scheinen sich zu kennen –, und wir führen sie durch die Eingangshalle ins Wohnzimmer.

Ich atme tief durch, während ich in einem der Sessel Platz nehme. *Zeig dich interessiert*, trichtere ich mir ein. *Sei präsent*. Als der Kellner Conrad nach unseren Getränkewünschen fragt, bitte ich aus Angst, dass Wein mich zu apathisch machen könnte, um Mineralwasser. Ich bin froh, dass Guy anfangs das Gespräch in die Hand nimmt. Nach vielen Jahren im Fundraising ist er ein Meister des Small Talk. Er erzählt ihnen vom kommenden Opernprogramm und erzählt interessante Anekdoten über die Sänger.

Alle vier sind Anfang vierzig. Da Guy mir erzählt hat, dass Jerry Donaldson ein erfolgreicher Anwalt ist, bin ich überrascht, wie zurückhaltend er ist, er flüstert fast. Seine Frau Barb ist eine dieser großherzigen blonden Plaudertaschen, die keine Pause aufkommen lassen. Sie beantwortet sämtliche Fragen für sich und für Jerry gleich mit, aber er scheint damit kein Problem zu haben.

Die Emerlings sind da etwas geschliffener. Nick hat sein Geld mit Gewerbeimmobilien gemacht. Er hält mit seiner Meinung nicht hinter dem Berg und ist ganz offensichtlich gerissen, die Sorte Mann, die dir alles verkaufen könnte. Seine Frau Kim ist modischer als Barb, ebenfalls blond, trägt aber eine Frisur, die ihre braunen Augen noch größer erscheinen lässt. Beim Platznehmen sagt sie kein einziges Wort. Ich habe das Gefühl, dass sie etwas abwägt, obwohl ich keine Ahnung habe was.

»Ich bin in Saratoga groß geworden und habe immer von diesem Haus geträumt«, sagt Barb, während die Kellner die Tabletts mit den Horsd'œuvres herumgehen lassen. »Ich wollte das Türmchen als Schlafzimmer haben.«

»Es sieht romantisch aus, nicht wahr?«, sage ich, erleichtert darüber, endlich etwas beitragen zu können. »Leider ist es als Schlafzimmer zu klein. Ich hatte überlegt, dort meinen Schreibtisch aufzubauen, aber es ist schrecklich eng, deshalb arbeite ich in einem Raum, der an die Küche anschließt.«

»Wofür wird das Türmchen dann benutzt?«, fragt Barb.

Ich lache. »Vielleicht einfach nur, um den Nachbarn nachzuspionieren? Es ist leer, und ich glaube, das war es schon immer.«

»Vielleicht gibt es dort Geister«, schlägt Kim vor. Zuerst denke ich, dass sie scherzt, aber in ihren Augen sehe ich kein Lächeln.

Schließlich trifft Derek Collins ein, fünfzehn Minuten zu spät und voller Entschuldigungen. Er ist auf eine Art attraktiv, die ich nicht genau beschreiben kann, jünger als erwartet, wahrscheinlich gerade einmal vierzig. Im Gegensatz zu Guys Prophezeiung kommt er nicht in Cordhosen und Pullover, sondern in Jeans und blauem Blazer. Sein längeres braunes Haar ist nach hinten gekämmt und berührt gerade den Hemdkragen. In der Hand hält er einen Strauß Tulpen.

»Oh je,«, sagt er, als er meine rosa Blumen entdeckt. »Kann man zu viele Tulpen haben außerhalb von Holland?«

»Ganz und gar nicht«, sage ich.

»Da hat sie recht«, meint Barb. »Und mir gehört ein Blumenladen!«

Ich reiche Conrad die Blumen mit der Bitte, eine Vase zu finden. Guy stellt Derek den anderen Gästen vor, und ich bemerke, wie Kim ihn von Kopf bis Fuß mustert.

Als ich mich wieder setze, kann ich geradezu fühlen, dass meine Energie aus mir entweicht wie Luft aus einer Luftmatratze mit Loch. Ich nehme zwei große Schlucke Wasser und hoffe, dass es mich erfrischt. Guy sucht meinen Blick und lächelt. Obwohl ich mich wegen unseres Krachs immer noch unwohl fühle, war es wahrscheinlich eine gute Sache, die Dinge anzusprechen. Jetzt können wir einen Schlussstrich darunter ziehen.

Kurz vor acht verschwindet Guy kurz und verkündet dann, dass das Abendessen serviert ist. Im Esszimmer ist das Licht gedämpft, und der Raum leuchtet im Kerzenlicht.

»Wie hübsch!«, ruft Barb.

»Meine Frau kann nicht nur mit Worten gut umgehen«, sagt Guy, »sondern auch mit Tischdekoration.«

Ich erwidere sein Lächeln, dankbar, dass er sich bemüht, gute Stimmung zu verbreiten. Ich sitze gegenüber von Guy am anderen Ende der Tafel. Derek ist zu meiner Linken platziert, eine Erleichterung, da sich mit ihm gut reden lässt. Während der Cocktails hat er sich tapfer gehalten, sogar beim Thema steuerliche Absetzbarkeit von Spendenquittungen, und er strahlt eine natürliche Wärme aus. Kim sitzt zu meiner Rechten. Trotz ihrer anfänglichen Zurückhaltung stellt sie sich als gesprächig heraus, aber anders als Barb. Ihr Geplauder funktioniert wie ein Echolot, als wolle sie die Schwächen eines jeden Anwesenden messen.

»Sind Sie für immer hierhergezogen?«, fragt sie, als die Spargelcremesuppe serviert wird.

»Nein, eigentlich nur über den Sommer.«

»Wie schade, der Herbst ist herrlich hier.«

»Oh, ich weiß. Aber im September erwarten mich in New York einige Projekte. Außerdem vermisse ich die Stadt, wenn ich zu lange weg bin.«

»Wirklich? New York kommt mir so schmutzig vor. Ich kann wirklich nicht verstehen, warum Leute es so lieben.«

Ich halte mich zurück, und bevor ich mir eine Frage an sie zurechtlegen kann, hat sie schon eine weitere für mich.

»Warum haben Sie sich entschlossen, ein Buch zum Thema Entscheidungen zu schreiben?«

»Es gab in letzter Zeit einige interessante Untersuchungen zu der Frage, warum es uns heutzutage so schwerfällt, Entscheidungen zu treffen, weil wir so viele Möglichkeiten haben. Ich fand es faszinierend, das Ganze von einer anderen Seite zu beleuchten. Ich wollte den gemeinsamen Nenner von zehn Menschen finden, die Entscheidungen getroffen haben, mit denen sie glücklich sind, und denselben Versuch mit zehn Menschen wiederholen, die ihre Wahl bereuen.«

Sie starrt mich mit ausdruckslosem Gesicht an, als hätte ich Flämisch gesprochen.

»Schreiben Sie täglich?«, fragt sie schließlich.

»Äh, ich versuche es. Nicht den ganzen Tag. Normalerweise schaffe ich nur vier bis fünf Stunden, dann gibt mein Hirn auf.« Natürlich beziehe ich mich hier auf die

Vergangenheit, darauf, wie ich vor dem Unfall gearbeitet habe. Es kommt mir vor, als wäre es ein anderes Leben gewesen.

»Man muss sich sehr einsam fühlen, so ganz allein mit seinen Gedanken in einem Raum. Wie schaffen Sie das?«

Ist sie immer so, frage ich mich, oder hat sie sich gerade entschlossen, mich nicht zu mögen? Unter anderen Umständen hätte ich jetzt einen flotten Spruch von mir gegeben, aber dafür bin ich im Moment nicht schlagfertig genug. Davon abgesehen ist sie die Frau eines Geldgebers, und ich muss mich schon wegen Guy am Riemen reißen.

»Man kann sich schon manchmal einsam fühlen, aber ich höre Musik, mache Pausen. Doch genug von mir. Erzählen Sie mir von Ihren Kindern. Guy sagt, Ihr Sohn wäre ein toller Hockeyspieler.«

Eine Weile schwärmt sie von ihren Kindern und bombardiert dann Derek mit einer Reihe von Fragen über das Unterrichten. Sie ist immer noch etwas zu neugierig, ihm gegenüber verhält sie sich aber ein wenig koketter. Derek lässt sich freundlich auf sie ein, zeigt aber nicht den Enthusiasmus, den sie sich wohl erhofft hat. Schließlich gibt sie sich geschlagen und wendet sich dem anderen Tischende zu. Gut. Guy wird schon wissen, wie man ihre verbalen Stinkbomben entschärft, und ich muss mich nicht weiter mit ihr herumschlagen. Meine Energie verpufft immer mehr, und ich schenke Derek meine ganze Aufmerksamkeit in der Hoffnung, dass er den Löwenanteil des Gesprächs bestreitet.

»Was für ein phantastisches Abendessen«, sagt er. »Es stellt das Kantinenessen des Ballston College drastisch in den Schatten.«

»Freut mich, dass es Ihnen schmeckt.«

Er lächelt mich so freundlich an, als spüre er, dass ich etwas Aufmunterung brauche. Ich kann mir immer noch keinen Reim darauf machen, warum seine Gesichtszüge so ein harmonisches Bild ergeben. Er hat sanfte haselnussbraune Augen, aber seine Augenbrauen hängen etwas herab, und seine Nase ist riesig. Insgesamt aber sieht er sehr attraktiv aus.

»Haben Sie das Tajine selbst gemacht?«, fragt er.

»Himmel, nein, in der Küche arbeitet eine Köchin. Ihr gehört ein Laden namens *Pure Kitchen Catering*. Kennen Sie sie?«

Er wirkt plötzlich nachdenklich.

»Ja, in der Tat«, sagt er nach einer kleinen Pause. »Ich selbst habe noch nie mit ihr zusammengearbeitet, aber ein Freund von mir hat sie einmal engagiert.«

»Und?« Ich habe den Eindruck, als hielte er etwas zurück.

»Soweit ich weiß, war er zufrieden.«

»Mit der Köchin hatte ich leider keinen glücklichen Start«, sage ich mit gesenkter Stimme, »aber ich muss zugeben, dass das Hühnchen unglaublich ist. Eines der Gerichte, die einen Mann dazu bringen könnten, der Frau, die es ihm serviert, einen Heiratsantrag zu machen.«

»Sie würden das nicht gutheißen, oder?«, fragt er mit schelmisch hochgezogenen Augenbrauen.

»Kochkünste als Lockmittel für einen Heiratsantrag? Hört sich ziemlich harmlos an, außer natürlich, man kocht das Gericht danach nie wieder.«

Er lächelt. »Nicht exakt das, was ich erlebt habe, aber fast.«

»Wie meinen Sie das?«

»Ich habe meiner Exfrau einen Heiratsantrag gemacht,

nachdem sie mir ein unvorstellbar gutes Brathähnchen serviert hat. Später musste sie zugeben, dass es ein Hähnchen aus dem Supermarkt war, die Sorte, die sich in Delikatessenabteilungen auf Spießen drehen.«

Ich lache. »Na ja, hat sie behauptet, es selbst gekocht zu haben?«

»Nicht direkt, aber es wurde in einer großen Pfanne mit Rosmarin und geröstetem Gemüse aufgetragen.«

»Aber das war nicht der Grund für Ihre Trennung, nicht wahr?«

»Nein, nein. Sie ist eine tolle Frau, wir waren beide nur viel zu jung und kannten uns kaum.«

»Lebt sie hier in Saratoga?«

»Sie wohnt immer noch in Kalifornien. Ich habe dort drüben ein paar Jahre als Reporter gearbeitet. Zuerst in San Diego, dann in L. A.«

»Wie lange unterrichten Sie schon hier in Ballston?«

»Drei Jahre. Ich hatte schon immer den geheimen Wunsch zu unterrichten und kannte den Leiter der Journalistikabteilung. Ich mag es sehr. Die Schule kann Skidmore nicht das Wasser reichen, aber es ist eine tolle Aufgabe. Viele der Kids kommen aus unterprivilegierten Elternhäusern und sind wild darauf, etwas zu lernen.«

»Könnten Sie sich vorstellen, für immer in Saratoga zu bleiben?«

»Irgendwann würde ich gerne in New York City leben, dort unterrichten und schreiben.« Er macht eine Pause, als müsse er etwas abwägen. »Sollte ich es dorthin schaffen, habe ich das auch Ihrem Buch zu verdanken.«

»Wirklich?«, sage ich gerührt. »Wieso das?«

»Mir ist klar, dass eher Frauen Ihre Zielgruppe sind, aber ich habe mir eines Ihrer Bücher geholt, als ich vor einigen notwendigen Entscheidungen stand und feststeckte. Das Buch hat mich dazu inspiriert, meinen Roman fertigzustellen.«

»Phantastisch. Haben Sie schon einen Verlag gefunden?«

»Ja, er wird diesen Winter veröffentlicht.« Er lacht. »Ich war noch nicht einmal gezwungen, ihn im Selbstverlag herauszubringen.«

»Glückwunsch, Derek! Ich kann es kaum erwarten, ihn zu lesen.«

Und das meine ich ernst. Seine Worte haben mich gerührt, die Tatsache, dass mein Buch ihn angespornt hat. Außerdem ist es viele Wochen her, seit ich jemand Neues kennengelernt und seine Gesellschaft genossen habe.

»Ich vermute, dass Sie das schon haben kommen sehen, aber ich würde mich sehr freuen, wenn Sie vor einem meiner Sommerkurse sprechen würden. Einer heißt ›Mit Vergnügen schreiben und Geld damit verdienen‹, und die Studenten könnten eine Menge von Ihnen lernen. Unglücklicherweise können wir kein Honorar zahlen. Ich kann Ihnen höchstens einen Schirm mit dem Collegelogo anbieten. Ist immerhin einer dieser monströsen Golfschirme, unter die mindestens fünfzehn Leute passen. Verreisen Sie vielleicht im Rudel?«

»Nur wenn ich auf Beutefang bin«, antworte ich lächelnd. »Aber lassen Sie mich drüber nachdenken, okay?« Ich würde ihm gerne helfen, aber im Moment fällt mir die Vorstellung schwer, auch nur genügend Kraft für den Weg zum Campus aufzubringen, geschweige denn einen Kurs zu unterrichten. Allein der Gedanke daran verursacht mir Kopfschmerzen.

»In Ordnung, aber ich warne sie: Ich bin ausdauernd wie ein Hund mit seinem Knochen.« Er kritzelt seine Mailadresse auf einen Fetzen Papier, den er aus seiner Jackettasche gezogen hat, und ich gebe ihm im Gegenzug meine. Kurz breitet sich verlegenes Schweigen zwischen uns aus, doch dann zieht Guy mit einer Frage an die Runde die Aufmerksamkeit auf sich. Ich nutze den Moment, um ins Badezimmer zu huschen und zwei Ibuprofen zu schlucken. Einige Minuten bleibe ich auf dem Rand der Badewanne sitzen und versuche, mich wieder zu fassen.

Im Eingangsbereich treffe ich auf Nick Emerling, der vermutlich aus der Gästetoilette neben der Küche kommt. Ob ihm Kims kleine Spielchen heute Abend aufgefallen sind? Das meiste fand wohl außerhalb seiner Hörweite statt, aber sicher kennt er sie inzwischen ganz gut.

»Toller Abend«, sagt er. Mir fällt auf, dass er mit seinem gegelten braunen Haar ein wenig nach Fernsehmoderator aussieht. »Schade, dass wir noch nicht die Gelegenheit hatten, länger miteinander zu reden.«

»Finde ich auch«, sage ich. »Dann müssen wir das einfach nachholen.«

»Das nächste Mal bei uns, okay?«

Kurz nachdem wir wieder Platz genommen haben, wird das Dessert serviert. Crème brulée mit einem Hauch von Mango. Inzwischen kann ich gut nachvollziehen, warum *Pure Kitchen* so erfolgreich ist. Das heißt allerdings nicht, dass ich sie unbedingt noch einmal buchen würde.

Beim Kaffee redet man kurz über die bevorstehende Rennsaison. In Saratoga gibt es eine legendäre Rennbahn.

»Wo wir gerade bei wilden Tieren sind«, sagt Barb, »wir haben einen schwarzen Labrador, der noch mal raus muss. Ich fürchte, wir müssen uns verabschieden.«

Das ist das Signal für alle. Man erhebt sich, steht im Eingangsbereich noch eine Weile beieinander, verabschiedet sich und verteilt Komplimente. Im Esszimmer klappert Geschirr. Guy umarmt mich.

»Das lief doch großartig. Und du warst phantastisch, Bryn. Vielen Dank dafür.«

»Ich fand auch, es lief gut. Und ich habe mich prima mit Derek unterhalten. Ein interessanter Typ.«

»Ich dachte, es wäre schön für dich, außer den Geldgebern noch jemanden zum Reden zu haben. Obwohl die Frauen sehr nett wirkten. Vielleicht wäre es ja schön, dich mal mit einer von ihnen zu verabreden?«

»Bestimmt.« Ich erwähne nicht, dass ein Treffen mit Kim so unterhaltsam wäre wie ein chirurgischer Eingriff ohne Anästhesie. Warum die Stimmung verderben?

In der Küche klirren Gläser.

»Wir sollten ihnen ein Trinkgeld geben«, sagt Guy.

»Allen dreien?«, frage ich. In Bezug auf Eve kann das nicht sein Ernst sein.

»Nein, nur den Kellnern. Die Köchin ist sowieso längst weg. Ich laufe nach oben und schaue mal in meine Brieftasche.«

»Ich habe ein paar Zwanziger in meinem Büro, ich hole sie.«

Guy nickt, und ich gehe in mein Büro. Ich hatte das Geld in die Schreibtischschublade gesteckt, sehe aber zu meiner Überraschung, dass es nicht mehr da ist. Ich ziehe die Schublade weiter auf, doch die Scheine fehlen. Stattdessen liegt etwas in der Schublade, das ich nie dorthin gelegt hätte – eine Schachtel Streichhölzer. Ich bekomme Gänsehaut.

Ich nehme die Schachtel in die Hand, das Etikett ist rot, blau und gold, quer darüber ein Banner mit der Aufschrift *Strike Anywhere*. Die Schachtel kommt mir nicht bekannt vor, ich habe sie noch nie gesehen. Wie um alles in der Welt kommt sie hierher?

Instinktiv schüttle ich sie kurz. Irgendetwas darin klappert, fühlt sich aber merkwürdigerweise leichter an als Streichhölzer. Ich hole einmal tief Luft und ziehe die kleine Schachtel auf.

Darin liegen mindestens hundert Streichhölzer, alle abgebrannt. Sie sehen aus wie unzählige winzige verkohlte Körper.

Aus der Schachtel dringt ein bitterer, ekelhafter Rauchgeruch.

KAPITEL 5

Ich lasse die Schachtel fallen. Haufenweise Streichhölzer liegen verstreut auf dem Tisch. Mir wird heiß, und die Hitze steigt in mein Gesicht. Der Geruch wird immer intensiver, bis meine Nase nur noch den beißenden Geruch von verbranntem Gummi wahrnimmt. Irgendetwas steht in Flammen.

Ich drehe mich auf dem Absatz um und suche das Zimmer mit den Augen ab. Kein Rauch, kein Anzeichen eines Feuers. Mir wird klar, dass mein Kopf mir einen Streich spielt. Ich stütze mich an der Tischkante ab und atme tief ein. Und noch einmal. Und noch einmal.

Von hier aus kann ich durch die Halle in die Küche sehen. Der ältere der beiden Kellner, Conrad, zieht gerade den Reißverschluss seiner Kapuzenjacke hoch, der jüngere glotzt auf sein Handy. Einer von beiden muss die Geldscheine genommen und die verbrannten Streichhölzer in die Schublade gelegt haben. Um mich verrückt zu machen.

Oder vielleicht war es Eve höchstpersönlich.

Ich atme noch einmal tief durch, durchquere die Halle und betrete die Küche. Der jüngere Typ liest weiter, aber Conrad schaut hoch. Ich will den Diebstahl und die Streichhölzer zur Sprache bringen, weiß aber nicht wie, solange ich den Schuldigen nicht kenne. Vielleicht verrät er sich ja.

»Gute Nacht«, sage ich kühl, obwohl mein Puls rast.

»Gute Nacht«, antwortet Conrad. »Hoffentlich war alles nach Ihren Wünschen.«

Ich versuche, ihre Körpersprache zu deuten. Falls sie schuldig sind, lassen sie sich jedenfalls nichts anmerken. Sie scheinen auch nicht sauer zu sein, dass sie kein Trinkgeld bekommen haben. Sie schleppen den Servierwagen und die Kühlvorrichtung zum Lieferwagen.

Ich kehre ins Wohnzimmer zurück, wo Guy an meinem Gesicht erkennt, dass etwas nicht stimmt.

»Bryn, was ist los?«

»Einer von ihnen hat es genommen«, sage ich erregt. »Oder vielleicht waren es auch alle.«

»Das Geld?«

»Ja. Sämtliche Scheine sind aus meiner Schublade verschwunden.« In diesem Moment hören wir, wie der Lieferwagen die Auffahrt verlässt. Reflexartig schaut Guy in die Richtung.

»Ich kann mir nicht vorstellen, dass sie ihre Jobs wegen eines Diebstahls aufs Spiel setzen«, sagt er. »Sicher taucht das Geld irgendwo wieder auf.«

»Es geht nicht nur darum. Komm, ich zeig's dir.«

Ich laufe los, Guy im Schlepptau. Die Aufregung hat meine Erschöpfung nach dem langen Abend verscheucht.

»Haben sie etwas kaputtgemacht?«, fragt Guy hinter mir.

»Nein, schlimmer.«

In meinem Büro, das fast zu klein für zwei ist, weise ich auf die Schachtel und die überall verstreuten abgebrannten Streichhölzer. »Das haben sie für mich liegen lassen.«

»Wahrscheinlich wussten sie nicht, wohin sie gehören«, sagt Guy. »Bestimmt hat einer der Kellner sie benutzt, um die Kerzen im Esszimmer anzuzünden.«

Offensichtlich begreift er nicht, dass dahinter teuflische Absicht steckt.

»Aber alle Streichhölzer sind *verbrannt.*«

»Wahrscheinlich der jüngere Kerl, der so dumm wie Brot aussah.« Missmutig schüttelt er den Kopf. »Die Streichhölzer hätten nach dem Gebrauch kurz in Wasser getaucht werden müssen.«

»Guy, es geht nicht darum, was ein Feuerwehrmann davon halten würde. Diese Sorte Streichhölzer haben wir noch nicht mal im Haus. Wer immer das Geld genommen und die Schachtel hierhin gelegt hat, wollte mich verrückt machen. Er muss etwas über den Unfall wissen, über das Auto und das Feuer.«

Als Guy endlich begreift, worauf ich hinauswill, steht er mit offenem Mund da. Er streckt die Arme aus und zieht mich an sich.

»Liebling, das hat dich aus der Bahn geworfen, ich weiß«, sagt er, »aber es muss eine einfache Erklärung geben. Sogar wenn einer der Kellner das Geld geklaut hat, warum sollte er dich ärgern wollen? Wie sollte er überhaupt von dem Unfall erfahren haben?«

Ich starre ins Leere und überlege. Gibt es eine andere Erklärung, die ich vor Erschöpfung nicht sehe?

»Also, die Köchin hat ein Motiv«, sage ich nach einer Pause. »Sie war wegen der Tischdekoration eingeschnappt.«

Er neigt skeptisch den Kopf.

»Schau mal, ich weiß, dass es eine Auseinandersetzung gab, aber sie würde doch eine Geschäftsbeziehung nicht durch so einen Streich gefährden. Vielleicht trägt einer der Kellner bei der Arbeit immer Streichhölzer mit sich herum und steckt die gebrauchten gewohnheitsmäßig in die Schachtel zurück. Beim Aufräumen hat sein Kollege sie entdeckt, angenommen, dass sie zum Haus gehören und in die Schublade gesteckt.«

»Und dabei das Geld geklaut?«

»Möglicherweise, obwohl ich davon ausgehe, dass es wieder auftauchen wird. Vielleicht hast du es irgendwohin gelegt und kannst dich nicht erinnern.«

»Hm, mag sein«, sage ich und frage mich, ob ich die ganze Angelegenheit zu sehr aufgebauscht habe. Vielleicht hat meine Abneigung gegenüber der Köchin mich zu einer albernen Schlussfolgerung gebracht.

»Warum gehen wir nicht nach oben?«, sagt Guy und legt seinen Arm um meine Schultern. »Morgen machen wir uns dann noch mal Gedanken darum.«

Während er sich im Badezimmer die Zähne putzt, suche ich mein Portemonnaie und schaue nach. Keine Zwanziger. Später im Bett kann ich geradezu hören, wie Guy in den Tiefschlaf abdriftet: der leise Seufzer, als er seinen Körper in die Matratze drückt, die regelmäßigen Atemzüge und schließlich das leichte Schnarchen. Ich liege mit weit aufgerissenen Augen neben ihm, aufgedreht wie nach einer Überdosis Koffein, hat mich die Erschöpfung ausnahmsweise einmal nicht im Griff. Ich bekomme die Streichhölzer und das Geld nicht aus dem Kopf. Andererseits hat Guy recht: Die Vorstellung, dass jemand von der Küchenmannschaft sie bewusst hätte liegen lassen, um mit meinem Kopf irgendwelche Psychospielchen zu treiben, ergibt nüchtern betrachtet wenig Sinn. Dennoch lässt mein Bauchgefühl mir keine Ruhe. Es sagt mir, dass meine allererste Vermutung nicht falsch war.

Selbst wenn Eve bis heute Abend nichts von meinem Unfall wusste, hätte sie es aus meinem Gespräch mit Guy heraushören und nach mir googeln können. Gerne würde ich das überprüfen, weiß aber nicht wie.

Am nächsten Morgen rotiert mein Kopf immer noch. Ich sehe, wie Guy seine Krawatte bindet – schnelle, ruckartige Bewegungen, als mache er ein Boot am Dock fest. Er sei spät dran, sagt er, habe ein wichtiges Meeting und keine Zeit zu frühstücken. Ich stehe auf, und wir verabschieden uns mit einem Kuss. Wir hatten darüber gesprochen, abends vielleicht auswärts zu essen, und er verspricht vor sieben zu Hause zu sein. Alles scheint wieder wie immer zu sein. Doch der Vorfall mit den Streichhölzern lastet weiterhin auf mir, als wäre er selbst im Schlaf durch meinen Kopf gekreist.

Bevor ich Kaffee mache, schnappe ich mir meine Handtasche und schaue nach, ob ich die Zwanziger nicht hier hinein gestopft habe. Nein. Ich greife auch in die Hosentaschen der Jeans, die ich gestern getragen habe. Nichts, nur die Quittung des Geldautomaten. An einem Ort habe ich noch nicht gesucht. Ich gehe in mein Büro, wo die Schachtel immer noch auf dem Schreibtisch liegt, daneben ein Dutzend verstreuter Streichhölzer. Mit spitzen Fingern sammle ich sie auf, stecke sie zurück in die Schachtel und lege sie zur Seite. Dann ziehe ich die Schublade komplett heraus, um sicherzustellen, dass die Scheine nicht zwischen die unbenutzten Visitenkarten, Büroklammern und Stifte geraten sind.

Inzwischen habe ich mich entschlossen, meinem ersten Gefühl zu trauen. Einer von ihnen hat es genommen. Und die verbrannten Streichhölzer enthalten eine Botschaft. Vielleicht wusste niemand von dem Unfall, aber das alles fühlt sich an wie eine Drohung: Spiel nicht mit dem Feuer, sonst könntest du dich verbrennen.

Ich muss mich entscheiden, was ich unternehmen will. Es scheint nur zwei Möglichkeiten zu geben: dranbleiben oder aufhören nachzuforschen. Oder Eve zur Rede stellen. Mein

Bauchgefühl rät mir, es mit Letzterem zu versuchen, denn ich weiß, dass ich sonst keine Ruhe finden werde.

Während ich eine zweite Tasse Kaffee trinke, suche ich die Adresse ihrer Firma heraus. Sie ist recht zentral gelegen und befindet sich in einer Straße, die ich kenne. Kein Problem also, den Weg dorthin zu finden.

Es ist windig heute, und als ich die Jacke zuknöpfe, denke ich über meine Vorgehensweise nach. Ich weiß, dass Eve sich nicht in die Ecke drängen lässt. Sie scheint mir der Typ Frau zu sein, der beißt, wenn er angegriffen wird, also werde ich es anders versuchen. Ich stopfe die Streichhölzer in meine Tasche und mache mich auf den Weg.

Das Büro befindet sich in einem kleinen blauen Einfamilienhaus mit Schindeldach. Sobald ich jedoch auf die Veranda trete, kann ich durch die Fenster sehen, dass die gesamte erste Etage entkernt und durch eine Küche ersetzt wurde.

Gerade als ich nach dem Türknauf greifen will, öffnet sich die Tür, und ein Mann tritt heraus. Es ist Conrad, der ältere der beiden Kellner von letztem Abend. Alles in mir zieht sich zusammen. Er sieht mich ausdruckslos an, und ich begreife, dass er mich außerhalb meiner häuslichen Umgebung nicht wiedererkennt.

Und dann scheint er im Bruchteil einer Sekunde die Verbindung herzustellen.

»Hallo«, sagt er und schaut mir in die Augen. Souverän, selbstsicher. »Kann ich Ihnen helfen?«

»Eigentlich suche ich Eve.«

»Sie ist drinnen.«

»Danke.«

Während ich die Tür öffne, höre ich seine Schritte auf der Veranda und spüre regelrecht, wie er sich umdreht und mir hinterherschaut.

Die Küche ist eindrucksvoll. Nicht hypermodern, aber ausgestattet mit Qualitätsgeräten, darunter einige Küchenherde in Restaurantausführung, eine große Anrichte und drei Stahlregale auf Rädern voller Tabletts mit Nahrungsmitteln. Trotz des vielen Metalls im Raum, hat sie etwas von dem Kitsch einer Landhausküche. An der Wand hängen ein Blumenkranz und eine rotgelbe Kuckucksuhr.

Zwei junge Frauen sind bei der Arbeit, beide in Jeans und weißen Schürzen. Die eine zerkleinert Möhren mit einem großen Schneidemesser, die andere löst ein Stück Frischhaltefolie von einem großen Metallbehälter ab. Als ich eintrete, schauen sie gleichzeitig hoch.

Ich will gerade nach Eve fragen, als diese auch schon in die Küche tritt. Sie strafft sich, als sie mich sieht. Auch sie hat eine Schürze um ihre Taille gebunden, die obere Hälfte nach unten gefaltet. Oben trägt sie einen engen rosa Pullover mit Rundhalsausschnitt, der ihr beeindruckendes Dekolleté betont.

»Ja?«, fragt sie, während sie auf mich zukommt, ohne sich um ein Lächeln zu bemühen. Sie weiß, dass ich nicht gekommen bin, um sie nach dem Rezept der Crème brulée zu fragen.

»Haben Sie eine Minute Zeit?«, frage ich. »Ich würde gerne etwas mit Ihnen besprechen.«

»Geht es um das Essen gestern Abend?«

»Ja, gewissermaßen.«

»In Ordnung. Kommen Sie doch bitte mit.«

Sie wirkt überhaupt nicht nervös, das muss ich ihr lassen. Ich folge ihr und sehe, wie ihr langer blonder Zopf hin- und herwippt. Die beiden Frauen nehmen ihre Arbeit wieder auf, aber ich spüre ihre Neugierde. Vielleicht tauschen sie sogar Blicke. Sie wissen, dass irgendetwas nicht stimmt.

Eve betritt ein mittelgroßes Büro, ich folge ihr. Es gibt nur einen Schreibtisch im Raum und einen kleinen Tisch mit einem Computer, vielleicht für einen Buchhalter. Der Rest des Raums ist mit Papier vollgestopft, Akten und Ablagekästen. Eve setzt sich halb auf die Kante des Schreibtischs, ohne mir einen Platz anzubieten.

»Gibt es ein Problem?«, fragt sie.

»Ja, schon.«

»Wenn Ihnen das Essen oder der Service nicht zusagte, hätte ich mir gewünscht, Sie hätten es gleich gestern Abend zur Sprache gebracht. Nur so kann ich ein Problem auch lösen.«

»Es geht nicht um das Menu oder den Service.« Ich greife in meine Tasche und hole die Streichholzschachtel heraus. »Die fand ich gestern in meiner Schublade.«

Sie nimmt die Streichhölzer nicht entgegen, sondern begnügt sich mit einem flüchtigen Blick. Ich achte auf irgendeine Reaktion, aber sie lässt sich nichts anmerken.

»Tut mir leid«, sagt sie nach einem Moment, obwohl davon nichts zu spüren ist. »Ich verstehe nicht.«

»Ich habe mich gefragt, wer von Ihrem Team sie dorthin gelegt hat.«

»Von meinem Team? Wir benutzen Feuerzeuge, keine Streichhölzer.« Um ihre Mundwinkel entdecke ich den Hauch eines Lächelns, als wäre sie amüsiert. »Sie können sie gerne behalten.«

»Sie sind alle schon benutzt. Und eigentlich ist die Sache ein wenig komplizierter. Aus derselben Schublade fehlen hundertsechzig Dollar.«

Das Lächeln verschwindet, als wäre es nie da gewesen.

»Wollen Sie behaupten, dass einer meiner Kellner das Geld gestohlen hat?«

»Nun, das ist zumindest denkbar. Vor dem Essen war das Geld noch da, aber als ich um halb elf die Schublade öffnete, war es verschwunden.«

»Ich habe mit diesen beiden Mitarbeitern noch nie ein Problem gehabt. Sie sind unglaublich vertrauenswürdig.«

»Wo soll das Geld dann sein? Und wer hat die Streichhölzer dagelassen?«

Sie verschränkt die Arme und schaut einen Moment ins Leere, bevor sie mir direkt in die Augen blickt.

»Ich würde vorschlagen, Sie fragen Ihren Mann«, sagt sie.

KAPITEL 6

»Was soll das denn heißen?« Ich kann es nicht fassen. Ist sie so verrückt, Guy zu beschuldigen?

Ihre Augen verengen sich. Eine Weile sagt sie nichts, dann öffnet sie die Lippen.

»Es soll heißen, dass Sie ihn nach den Leuten fragen sollten, die er eingeladen hat – einer von ihnen könnte das Geld genommen haben.«

Ungläubig schüttle ich den Kopf, aber ihre Bemerkung hallt in meinem Kopf nach. Hätte ich das wirklich in Betracht ziehen sollen?

»Ich habe gesehen, wie eine der Frauen das Bad benutzt hat«, fügt sie hinzu. »Und ich habe gehört, wie auch später jemand dort war.«

Gegen Ende des Abends war ich für etwa zehn Minuten oben, also weiß ich nicht, welchen weiblichen Gast sie meint. Natürlich bin ich in der Halle auf Nick gestoßen. Die Toilette liegt gegenüber der Küche, genau vor meinem Büro. Und während der Cocktails hatte ich erwähnt, dass mein Büro sich im Parterre befindet. Aber der Gedanke, einer der Gäste wäre dafür verantwortlich, ergibt keinen Sinn.

»Keiner von ihnen hätte einen Anlass, hundertsechzig Dollar zu stehlen. Ihre Bemerkung überrascht mich, ehrlich gesagt. Ich dachte, es würde Sie interessieren, dass einer Ihrer Mitarbeiter möglicherweise ein Dieb ist.«

Sie blockt alles, was ich sage, ab, aber ich spüre, dass

etwas in ihrem Verhalten sich ändert. Sie will sich nicht mit jemandem anlegen, jedenfalls nicht mit der Frau eines Kunden, der sie regelmäßig bucht.

»Lassen Sie mich das überprüfen«, sagt sie. »Ich spreche mit den beiden und melde mich wieder bei Ihnen.« Plötzlich klingt sie durch und durch geschäftsmäßig.

»Das wäre sehr nett. Und falls jemand es zugibt, würde ich gerne wissen, warum die Streichhölzer in der Schublade zurückgelassen wurden.«

Sollte allerdings Eve selbst die Schuldige sein, werde ich es wohl nie erfahren.

Ich drehe mich auf dem Absatz um und durchquere eilig die große offene Küche. Die beiden Mitarbeiterinnen halten den Blick gesenkt, aber ihre Bewegungen werden nachlässiger, das Hacken und Schlagen langsamer. Sie fragen sich wohl, was im Büro gerade passiert ist.

Möglicherweise haben Sie etwas Ähnliches schon häufiger beobachtet, denke ich, als ich die Tür hinter mir schließe. Nicht unbedingt jemand, der sich über gestohlenes Geld und dubiose Küchenstreichhölzer beschwert, sondern eher ein missmutiger Kunde, der wegen Eves nicht gerade einnehmender Art sauer ist. Wahrscheinlich meist Frauen, denn es ist schwer vorstellbar, dass sie gegenüber einem männlichen Kunden die Zicke spielt.

Ich gehe nicht gleich nach Hause. Stattdessen fahre ich zum Broadway, der Hauptstraße des Ortes. Rechts und links wird er von viergeschossigen Backsteingebäuden aus dem frühen neunzehnten Jahrhundert gesäumt. Ebenerdig befinden sich Geschäfte, die alles von Honig über Olivenöl bis zu Gitarren anbieten. Daneben gibt es eine scheinbar unendliche Zahl von Cafés. Anders als in vielen nordöstlichen Städtchen hat Saratoga seinen historischen Charme über die

Jahre sogar noch gesteigert. Einige Häuser sind noch unsaniert, andere zeigen eine renovierte Front in Moosgrün oder Beige, und die meisten haben über den Läden Markisen in Blau oder Grün oder Granatrot.

Ich parke auf dem Broadway gleich neben einem der Cafés. Obwohl es heute Morgen eher frisch ist, stehen Tische und Stühle auf dem Bürgersteig. Ich nehme Platz und bestelle eine Latte.

Das Gespräch mit Eve zerrt ein wenig an meinen Nerven, und das nicht nur, weil sie mich hat abblitzen lassen. Es geht um ihre Bemerkung über unsere Gäste. Könnte jemand von ihnen der Dieb sein?

Ich wäge die Möglichkeit ab. Dass einer von ihnen verzweifelt Geld braucht, ist ziemlich unwahrscheinlich, also könnte es sich nur um Bosheit handeln. Ich kann mir jedoch beim besten Willen nicht vorstellen, was Guy oder ich getan haben könnten, um so etwas zu verdienen. Da ist natürlich noch Kim und ihre eigenartige Ablehnung, die sie mir entgegengebracht hat. Kaum zu glauben allerdings, dass sie deshalb in mein Büro gehuscht ist, das Geld gestohlen und eine hässliche Botschaft hinterlassen hat. Und ganz bestimmt trug sie nicht eine große Schachtel Küchenstreichhölzer in ihrer Abendhandtasche herum.

Nein, es kann weder sie noch einer der anderen Gäste gewesen sein. Es muss einer der Kellner getan haben – oder Eve selbst. Und die Befürchtung, dass ich es wohl nie herausfinden werde, macht mich wahnsinnig.

Ein Windstoß fegt durch die Straße, fährt unter die Markise, unter der ich sitze, und lässt die Papierservietten von den Tischen fliegen. Eine Gruppe junger Mädchen eilt vorbei, lauthals über etwas lachend, was eine von ihnen auf ihrem Handy zeigt. Ich kann mich nicht erinnern, wann ich in letzter Zeit *geeilt* wäre oder so glücklich ausgesehen hätte. Soll ich wirklich meinen Sommer in Saratoga verschlafen und mir über Probleme den Kopf zerbrechen, die ich nicht lösen kann?

Ich setze den Ellbogen auf den Tisch, lege mein Kinn in die Hand und denke nach. Mir wird klar, dass ich endlich aktiv werden muss, das habe ich schon beim Kauf der Blumen und dem Dekorieren der Tische bemerkt. Das würde mich wieder etwas in Schwung bringen.

Dereks Kurs. Das ist eine Idee. Vielleicht sollte ich zusagen, selbst wenn ich wie ein Seehund über den Fußboden seiner Klasse robben muss. Ich könnte mich nächste Woche mit ihm treffen und alles besprechen. Und dann ist da noch die Frau, die gestern vorbeischaute, Sandra Sowieso. Ich bin momentan nicht scharf auf ein Lunch mit Fremden, aber sie schien bemüht, und es wäre immerhin eine Aktivität.

Wieder zu Hause, bleibe ich erstaunlicherweise motiviert. Ich schicke sofort eine Mail an Derek, eigentlich zwei. Er hat schon heute Morgen sowohl an Guy als auch an mich geschrieben, um sich für das Essen zu bedanken. Ich antworte ihm und teile ihm in einer zweiten Nachricht mit, dass er mein Interesse geweckt hat und ich bei Gelegenheit gerne mit ihm über seinen Kurs sprechen würde.

Vielleicht wäre Derek sogar ein guter Interviewpartner für mein neues Buch. Wenn ich nur endlich das Exposé auf die Reihe kriegen würde.

Ich öffne das Dokument, und während ich an Derek und seinen Roman denke, tippe ich ein paar Sätze darüber, dass Neuanfänge nicht immer bedeuten müssen, etwas völlig Neues zu beginnen. Es kann auch ein alter Traum sein, den man aus der Vergessenheit zerrt und weiterverfolgt.

Dann krame ich aus der Kommode im Flur Sandra Dowds Tüte hervor. Ich finde keine Visitenkarte, aber eine Notiz mit ihrem Namen plus Telefonnummer. Nach dem vierten Klingeln antwortet sie mit einem einfachen »Hallo?«

»Sandra?«

Eine Pause entsteht, und ich merke, wie sie versucht, meine Stimme zuzuordnen.

»Ja?«

»Hier ist Bryn Harper.«

»Oh, hallo! Wie nett, von Ihnen zu hören.«

»Ich wollte einfach Ihre Idee aufgreifen, zusammen etwas zu Mittag zu essen.«

»Das wäre wunderbar. Der Haken ist nur, dass ich immer noch geschäftlich in Syracuse bin. Ich sollte eigentlich nur einen Tag bleiben, aber jetzt sieht es eher so aus, als würde ich erst am Sonntag zurückkommen. Kann ich zurückrufen, wenn ich meine Termine kenne?«

»Natürlich.«

»Wie war übrigens die Dinnerparty? Waren Sie mit dem Catering zufrieden?«

»Unglücklicherweise gab es ein paar kleine Probleme.«

»Du meine Güte. War das Essen nicht gut?«

»Schon, aber ich glaube, jemand vom Personal hat Geld gestohlen.« Ich bereue die Bemerkung, schon während ich sie ausspreche. Ich sollte nicht klatschen.

»Das ist ja schrecklich.«

»Die Chefin kümmert sich darum, und es klärt sich hoffentlich auf. Rufen Sie mich an, wenn Sie zurück sind, okay?«

»Sicher.«

Ich gebe ihr meine Nummer und habe kaum aufgelegt, als eine Antwortmail von Derek eintrudelt, in der er mich

Lunch am Montag einlädt, um die nächsten Schritte zu echen. Ich sage zu. Mir ist von diesem Produktivitätsausbruch geradezu schwindelig.

Gegen drei überfällt mich dagegen eine Welle von Müdigkeit wie ein Tsunami. Ich betrete die Veranda und lasse mich auf die Liege sinken. Sekunden später bin ich auch schon eingeschlafen.

Als ich endlich wiederaufwache, ist es schon fast halb fünf. Mein Telefon klingelt. Ich sehe Guys Namen auf dem Display.

»Hoffentlich macht es dir nichts aus«, sagt er, »aber Nick Emerling will mich heute Abend zu einer Cocktailparty ins Dance Museum entführen. Ich weiß, dass wir essen gehen wollten, aber wahrscheinlich ist es besser, ihm keine Abfuhr zu erteilen.«

»Natürlich, geh ruhig hin«, sage ich, obwohl ich nicht begeistert darüber bin, dass bereits das zweite gemeinsame Abendessen dieser Woche wegen Guys Arbeit platzt. »Es gibt noch Hühnchen von gestern Abend, und es wäre schade, es umkommen zu lassen. Ich kann es später für uns aufwärmen.«

»Hört sich gut an.«

Da ist ein merkwürdiger Unterton in seiner Stimme.

»Ist irgendwas passiert?«

»Das nicht, aber ich bin ein wenig überrascht. Ich habe eben gehört, dass du im Büro der Cateringfirma warst und die Köchin beschuldigt hast, Geld gestohlen zu haben.«

»Hat diese Eve dich angerufen?« Warum bin ich erstaunt darüber? Ich hätte wissen müssen, dass sie zu allen Mitteln greift.

»Nicht mich direkt, aber sie hat mit Miranda gesprochen«, sagt er. Damit meint er seine Assistentin.

»Ich habe sie nicht ausdrücklich beschuldigt, ihr aber gesagt, dass das Geld verschwunden ist, während ihr Team in unserem Haus war. Ich habe heute Morgen übrigens alles noch einmal abgesucht.« Während ich das sage, wird mir klar, dass ich Guy wahrscheinlich hätte vorwarnen sollen.

»Ich wünschte nur, du hättest mit mir gesprochen, bevor du etwas unternimmst. Das betrifft mich schließlich auch beruflich. Falls die Cateringfirma das in den falschen Hals kriegt, können wir sie möglicherweise nie wieder engagieren.«

»Nun, falls sie das Geld genommen haben, würdest du sie wohl kaum weiter beschäftigen wollen, oder? Aber du hast recht, ich hätte dich informieren sollen. Die Frau hatte übrigens die Frechheit, mir vorzuschlagen, *dich* über die Sache zu befragen.«

»Was?«

»Sie meinte, ich solle dich nach unseren Gästen fragen, weil einer von ihnen das Geld gestohlen haben könnte.«

»Das ist doch absurd.«

»Ist es das?«

»Natürlich, ich glaube nicht, dass unter unseren Gästen ein Kleptomane war.«

»Warum hat sie angerufen? Um sich über mich zu beschweren?«

»Laut Miranda war sie aufgebracht. Wahrscheinlich macht sie sich Sorgen um ihr Geschäft. Wie seid ihr verblieben?«

»Sie wollte sich kümmern und mit den Kellnern sprechen.«

»Was auch immer sie sagt, bitte lass die Sache auf sich beruhen. Es sind nur hundertsechzig Dollar, es ist nicht das Ende der Welt.«

»Es geht mir nicht so sehr um das Geld, es sind vielmehr die Streichhölzer, die mir Sorge bereiten. Sie sind eine Art Drohung, ich kann es spüren.«

»Ich denke immer noch, dass es nur ein blöder Zufall ist. Pass auf, ich muss wieder an die Arbeit. Ich sehe dich so gegen acht, in Ordnung?«

Den frühen Abend verbringe ich damit, E-Mails von meiner Assistentin zu beantworten, die Art von Beschäftigung, die ich früher als willkommene Abwechslung vom Schreiben gesehen habe, die mich jetzt aber nur noch anstrengt. Als ich mit allem fertig bin, lehne ich mich gemütlich zurück, um meinem Bruder auf seine Mail von gestern zu antworten. Wegen der verrückten Zeitverschiebung zwischen hier und Djakarta sind Telefonate schwierig, deswegen kommunizieren wir viel per Internet.

Ich liebe meinen Bruder abgöttisch, und obwohl wir uns immer nahestanden – er ist nur zwei Jahre jünger als ich, hat der Tod unserer Mutter vor zwölf Jahren und nur ein Jahr später der Tod unseres Vaters unseren Zusammenhalt noch gestärkt. Ich hasse es, dass er so weit entfernt lebt, und ihm geht es genauso. In ein paar Jahren will er wieder zurück in die Staaten kommen.

So nah wir uns auch sind, so unterschiedlich haben wir die Dinge immer angepackt. Für Will stellte der doppelte Verlust eine Leerstelle dar, die verzweifelt gefüllt werden musste. Nach dem Tod unseres Vaters war er binnen sechs Monaten mit seiner Freundin verlobt, was ich nie für eine gute Idee gehalten habe. Aber irgendwie scheint es zu funktionieren, denn sie haben schon zwei kleine Kinder.

Was mich betrifft, sehnte ich mich nach dem kompletten Gegenteil: durch nichts und niemanden mehr gebunden zu sein. Ich verließ den Mann, mit dem ich seit sechs Monaten zusammen war, und kündigte meine Stelle als Zeitungsreporterin, um an meinem ersten Buch zu arbeiten. Als die Recherche abgeschlossen war, reiste ich fast ein Jahr lang durch Europa und erledigte die eigentliche Schreibarbeit dort. Die ständige Bewegung von einer Stadt zur nächsten, das Schreiben in einer nicht enden wollenden Abfolge unterschiedlicher Cafés und das allabendliche Laufen durch die Parks in der Nähe machten meiner Trauer den Garaus oder hielten sie vielleicht auch nur in Schach. Deshalb frustriert mich meine Antriebslosigkeit so sehr. Sie ist überhaupt nicht gut für mich.

Ich erkundige ich mich nach Wills Job und seiner Familie und erzähle ein paar launige Geschichten über Saratoga. Seit dem Unfall macht er sich Sorgen um mich – er war gerade auf einem Flug nach New York, als ihn die Nachricht erreichte. Es wäre schön, ihm anzuvertrauen, wie erstarrt ich mich fühle, aber ich will ihn nicht beunruhigen. Zwischen uns liegen Kontinente, was kann er schon tun?

Als Guy eher kurz vor neun als kurz nach acht eintrudelt, scheint er in Gedanken zu sein. Ich frage mich, ob er wegen der Sache mit Eve immer noch gereizt ist. Sobald er das Haus betreten hat, stürmt er nach oben. Aus der Küche höre ich die Dusche laufen. Als er zurückkommt, trägt er schmale beige Khakihosen, einen hellblauen Kaschmirpullover und riecht nach Grapefruit-Duschgel. Er nimmt den Teller, den ich ihm reiche, lächelt und sieht ganz und gar nicht verärgert aus.

Während ich ihn mit seinem nach hinten gekämmten Haar und der noch immer feuchten Haut betrachte, geht mir durch den Kopf, dass wir seit einer Woche keinen Sex mehr hatten. Wegen meines gebrochenen Beckens hing unser Sexleben zwei Monate lang in der Warteschleife, doch mit dem Segen meines Arztes haben wir vor ungefähr einem Monat behutsam wieder damit begonnen. Ich will mir nichts vormachen: Seit dem Unfall habe ich mich auf Sex eingelassen, nicht weil ich wirklich Lust darauf habe, sondern um Guy einen Gefallen zu tun. Ich frage mich, ob er sich zurückgehalten hat, weil er meine Unlust spürt?

Wir essen das Tajine von gestern vom Kaffeetisch im kleinen Lesezimmer und schauen dabei einen Dokumentarfilm, den Guy immer schon sehen wollte. Eigentlich passt es mir gut, dass wir nicht in ein Restaurant gegangen sind. Hier ist es netter und mit weniger Aufwand verbunden. Nach etwa einer Stunde legt Guy seine Hand auf meinen Schenkel und gibt mir einen liebevollen Klaps.

Ich werfe ihm heimlich einen Blick zu. Er hat etwas sehr Anziehendes an sich, und ich meine damit nicht sein Aussehen, sondern seine gesamte Persönlichkeit. Manches davon kommt von seiner Ausbildung zum Fundraiser – man muss die Geldgeber in Grund und Boden charmieren können –, aber in Guys Fall geht es eher darum, was für ein Mensch er ist. Heute Nacht möchte ich Liebe machen, mich diesem magnetischen Sog hingeben und ihn voll auskosten.

»Bereit nach oben zu gehen?«, frage ich, sobald der Film zu Ende ist.

»Ja, aber ich muss noch für eine Weile an den Computer.«

Diesmal bin ich tatsächlich enttäuscht, dass seine Arbeit mal wieder dazwischenfunkt. Als wir von der Couch aufstehen, bemerke ich in seinen Augen ein Hauch von Besorgnis.

»Alles in Ordnung?«

»Ja. Nein, nicht wirklich. Ich mache mir Sorgen, dass ich mich vielleicht bei einigen Posten verrechnet habe, und das nagt schon den ganzen Abend an mir. Ich würde mir gerne noch ein paar Tabellen anschauen, bevor sie Brent vorliegen.«

Brent Hess ist Guys sechzigjähriger Boss. Er leitet die Firma seit Jahren, scheint sehr erfahren zu sein, ist aber auch launenhaft und schnell genervt. Und in solchem Fall kann er zum Berserker werden.

»Kann ich dir irgendwie helfen, Liebling?«

»Wärm einfach schon mal das Bett vor, okay?«

Ich lese noch ein paar Minuten im Bett, aber mitten auf einer Seite fallen mir die Augen zu, und ich höre gerade noch, wie das Buch auf den Boden knallt. Nachts werde ich einmal vom Geräusch des Regens wach, der gegen unsere Scheiben prasselt, und nehme Guy wahr, der reglos neben mir liegt. Doch als ich gegen sieben wieder aufwache, ist er schon aufgestanden. Noch im Pyjama gehe ich nach unten. Bis auf ein regelmäßiges Tropfgeräusch, das von der Regenrinne draußen kommt, ist es im Haus ganz still. Wo er wohl ist? Angst flackert kurz in mir auf, wie Licht in einer kaputten Lampe. In der Küche finde ich eine mit dem Salzstreuer beschwerte Nachricht.

Musste heute schon früh ins Büro. Habe das Problem wohl gelöst und will es vor Montag erledigen. Rufe dich an, xo.

Und das tut er eine halbe Stunde später auch, als ich mich nach dem Duschen gerade abtrockne.

»Alles geschafft?«, frage ich.

»Ja, ich habe es hinbekommen. Sieht aus, als wären aus Versehen ein paar Zahlen vertauscht worden. Es machte den Eindruck, als hätten wir gegenüber den Spenden vom letzten Jahr weniger eingenommen. Brent hätte getobt.«

»Sollen wir uns auf ein frühes Mittagessen in der Stadt treffen?«

»Solange ich hier bin, möchte ich noch etwas Papierkram

erledigen. Ich werde am frühen Nahmittag zurück sein. Und lass uns heute wirklich ausgehen. Du kannst ja eins von deinen schlampigen Oberteilen anziehen.«

Ich verabschiede mich und bin froh, dass er sein Problem gelöst hat. Sein Job ist ihm wichtig, die letzte Karrierestufe, bevor er seine eigene Firma eröffnet oder darum gebeten wird. Die Voraussetzungen müssen stimmen. Und ich mag, dass er sich ein freizügiges Oberteil wünscht. Unser Sexleben kann etwas frischen Wind gebrauchen.

Kaum habe ich das Telefon weggelegt, klingelt es schon wieder. Eine unbekannte Nummer.

»Mrs. Carrington?«, fragt eine weibliche Stimme.

»Ja?« Ich benutze Guys Nachnamen nie, deshalb muss es jemand sein, der mich nicht wirklich kennt.

»Ich arbeite für Eve beim *Pure Kitchen Catering.*« Die Stimme klingt dünn, sehr mädchenhaft.

»Ja?«, sage ich noch einmal. Ich frage mich, ob es sich um eine der Küchenhilfen von gestern handelt.

»Eve hat etwas für Sie. Könnten Sie hier vorbeikommen?«

Ihre Assistentin also. Vielleicht hat Eve herausgefunden, was Donnerstagnacht geschehen ist.

»Geht es um das Geld?«

»Das hat sie mir nicht gesagt. Aber es ist ihr wichtig, Sie noch heute Morgen zu treffen.«

»Haben Sie geöffnet? Am Samstag?«

»Ja.«

Ich habe zwar noch nicht einmal meinen Kaffee getrunken, kann es aber nicht abwarten. Ich bin viel zu neugierig.

»Prima, ich bin gleich da.«

Also hat mein Gefühl mich nicht getrogen. Einer der Kellner muss den Diebstahl zugegeben haben, und hoffentlich auch, was es mit den Streichhölzern auf sich hat. Ich erlaube mir einen kurzen Moment der Genugtuung. Also habe ich mir die ganze Sache doch nicht eingebildet. Ich bin versucht, Guy anzurufen, warte damit aber lieber, bis ich Genaueres weiß.

Inzwischen hat es aufgehört zu regnen, aber draußen ist es diesig. Leichter Nebel sitzt in den Bäumen wie Baumwolle. Als ich das blaue Haus mit dem Schindeldach erreiche, finde ich gleich davor einen freien Parkplatz. Es ist erst neun Uhr. Kaum vorstellbar, dass die Mitarbeiter schon bei der Arbeit sind, außer natürlich, sie richten einen Lunch aus. Mir fällt auf, dass ein Fahrrad an der Veranda lehnt. Vielleicht gehört es Eve oder der Frau, die mich angerufen hat.

Als ich die Stufen hochsteige, bin ich erstaunt, dass drinnen kein Licht brennt. Hat das Mädchen von einem anderen Ort angerufen und angenommen, Eve wäre heute hier? Aber da steht ein Fahrrad, also muss jemand hier sein. Ich drücke die Klinke nach unten, öffne die Tür und trete ein. Die Küche ist leer.

Doch dann höre ich etwas rascheln und wende mich schnell nach links. Im Halbdunkel am anderen Ende der Küche mache ich eine junge Frau aus, die vor Eves Büro steht. Den Rücken mir zugewandt, trägt sie ein loses Oberteil und Yogahosen. Zu ihren Füßen steht eine dunkle Stofftasche, aus der mehrere Baguettes ragen.

Sie hat mich wohl auch gehört, schreckt zusammen und fährt herum. Ihr langes, lockiges braunes Haar schwingt wie ein Faltenrock. Sie hat die Hände zu Fäusten geballt und starrt mich mit weit aufgerissenen Augen an. Offensichtlich habe ich sie erschreckt.

»Tut mir leid«, sage ich. »Ich bin auf der Suche nach Eve.« Ich nehme an, dass es sich um das Mädchen handelt, das mich angerufen hat, vielleicht gehört ihr auch das Fahrrad. Aber sie sagt kein Wort. Stattdessen gibt sie ein gurgelndes Geräusch von sich.

»Ist alles in Ordnung?«, frage ich und gehe auf sie zu. Erst jetzt sehe ich, dass sie zittert. Ich strecke einen Arm aus, um sie zu beruhigen, als mein Blick auf die offene Tür zu Eves Büro fällt.

Im Zimmer brennt Licht, und sofort registriere ich, dass der Raum anders aussieht als gestern. Der Schreibtisch ist ein einziges Chaos, überall verstreute Papiere, als hätte jemand wild mit dem Arm darüber gewischt. Irgendetwas wurde verschüttet, Wein oder Essen vielleicht. Die Unterlagen sind fleckig, als wäre eine Flüssigkeit darüber versprüht worden.

Ich trete näher, und mein Blick fällt auf etwas auf dem Boden. Eve liegt mit dem Gesicht nach oben auf dem Linoleum. Ich ringe nach Luft.

Aus ihrem Gesicht ragt eine Axt. Sie steckt dort, als wäre ihr Kopf ein Holzklotz. Blut quillt rundherum heraus und ist an den Rändern schon verkrustet. Auf einer Gesichtshälfte befindet sich eine klaffende vertikale Schnittwunde, die sich über Augenhöhle und Wange zieht. Überall verkrustetes, dunkles Blut.

Jemand hat mit einer Axt auf ihr Gesicht eingeschlagen, ist einen Schritt zurückgetreten und hat es noch einmal getan. Und sie dann einfach hier liegen lassen.

KAPITEL 7

Einen Moment lang stehe ich einfach auf der Türschwelle und starre. Ich warte darauf, dass die Szene sich zu dem Bild verändert, das ich eigentlich erwartet hatte. Aber das geschieht nicht. Eine Panikwelle überrollt mich wie Wasser ein viel zu kleines Boot auf hoher See.

Nein, denke ich, das kann nicht sein. Mir dreht sich der Magen um. Ich muss würgen. Ich halte mir den Mund zu und kämpfe das Gefühl nieder. Gleichzeitig trete ich einen Schritt zurück und drehe mich um. Das Mädchen mit den Locken. Sie steht noch da, wiegt sich vor und zurück. Und ich sehe, dass sie etwas in der linken Hand hält. Für den Bruchteil einer Sekunde frage ich mich, ob sie diejenige ist, die Eve das angetan hat, aber dann sehe ich, dass es nur ein Telefon ist.

Ist der Mörder noch *hier*? Wir müssen hier raus, raus aus dem Haus. Vor Angst stehe ich wie erstarrt, reiße mich dann aber los, packe das Mädchen am Arm und schleife sie fast durch die Küche. Hektisch blicke ich mich um, während ich renne. Wir erreichen die Eingangstür, und ich greife nach der Klinke. Sie bewegt sich nicht. Es ist wie in meinem Traum. Die Tür lässt sich nicht öffnen. Ich stoße einen Schrei aus und rüttle wie wild daran. Schließlich gibt es einen Ruck, und die Tür fliegt auf.

»Wir müssen die Polizei rufen«, sage ich, als wir auf die Veranda stürmen.

»Ich … ich hab schon«, flüstert sie mit klappernden Zähnen.

»911?«

Sie schaut mich verwirrt an, als hätte sie nicht einmal die Frage verstanden. Ich greife schon in die Tasche, um nach meinem eigenen Handy zu suchen, als sie endlich nickt. »Ja, 911.«

Sie beginnt wieder, sich vor und zurück zu wiegen.

»Und haben sie gesagt, dass sie kommen? Sofort?«

»Ja. Oh Gott, jemand hat ihr das angetan. Jemand hat sie umgebracht.«

Ich schaue mich um. Niemand weit und breit, nicht die geringste Bewegung hinter den Fenstern der Häuser.

»Wir laufen besser zu meinem Auto, okay?«, sage ich, als mir klar wird, wie mitgenommen das Mädchen ist.

Ich führe sie zur Straße, öffne die hintere Tür meines Wagens und helfe ihr, sich auf die Rückbank zu setzen, den Körper zu mir gewandt, die Füße noch auf dem Gehweg. *Warm*, denke ich. Menschen im Schockzustand müssen warm gehalten werden. Ich ziehe meine Jacke aus und wickle das Mädchen darin ein. Dann schnappe ich mir eine Flasche Wasser aus der Türablage. Zum ersten Mal fällt mir auf, dass auch meine Hände zittern.

Ich blicke zum Haus, um sicherzugehen, dass niemand herauskommt. Ein Teil von mir ist von den Geschehnissen überwältigt und panisch, ein anderer Teil handelt wie losgelöst und tut auf eigenartig besonnene Art, was getan werden muss.

»Haben Sie jemanden gesehen?«, frage ich mit Blick auf das Mädchen. Ich öffne den Verschluss der Wasserflasche und reiche sie ihr. »Im Haus oder wie jemand wegrennt?«

Sie schüttelt den Kopf.

»Im Haus war keiner«, sagt sie. Unbeholfen trinkt sie einen Schluck Wasser, als ob sie vergessen hätte, wie das geht. »Außer … außer Eve.«

»Sie waren gerade erst angekommen? Kurz bevor ich kam?«

»Ja, ich … ich habe laut gerufen, aber keine Antwort erhalten. Dann habe ich im Büro Licht gesehen. Oh Gott, ich krieg das nicht aus dem Kopf.«

»Haben Sie mich angerufen und mich gebeten hierherzukommen?«

»Was?«

»Sie arbeiten hier, nicht wahr? Haben Sie mich heute Morgen angerufen? Ich bin Bryn … äh … Mrs. Carrington.«

»Nein, ich arbeite nicht hier. Ich liefere nur das Brot.«

Ich erinnere mich an die Baguettes, die aus ihrer Tasche lugten. Davon abgesehen kann sie auch nicht die Anruferin gewesen sein. Die Frau am Telefon hatte eine fast kindliche Stimme, nicht so wie dieses Mädchen.

Von wo aus also hat diese Person angerufen? Und wo ist sie jetzt? Ich schaue die Straße entlang und frage mich, warum die Polizei so lange braucht. Bis auf uns beide ist die Straße menschenleer.

»Wie heißen Sie?«, frage ich schließlich.

»Sara. Sara Cummings. Wer hat ihr das bloß angetan?«

»Ich weiß es nicht.« Vor meinem geistigen Auge sehe ich das Bild wieder vor mir. Eves zerfetztes Gesicht, wüste Spritzer von rostrotem Blut.

Eine Erinnerung steigt in mir hoch. Ich vor drei Monaten in einem Krankenhaus in Massachusetts. Gekleidet in einen grünen Krankenhauskittel war ich in der Dämmerung aufgewacht, spürte überall pochenden Schmerz. Man hatte mich zwar gewaschen, aber als ich meinen Arm hob, sah ich dort noch Blut vom Unfall. Es hatte eine braune Farbe, genau wie das Blut in Eves Büro. Sie muss schon vor Stunden ermordet worden sein.

»Sara, war Eve verheiratet, wissen Sie das?«, frage ich. »Oder mit jemanden zusammen?«

»Weiß ich nicht. Ich glaube nicht.«

Ich schaue die Hausfassade hoch zum zweiten Stock. »Hat sie hier gewohnt?«

»Ja, über der Küche.«

Vielleicht war es ein Einbruch? Sie könnte gestern Abend heruntergekommen sein und einen Einbrecher überrascht haben, der auf die Einnahmen der Cateringfirma aus war.

Aber all das Blut … die Grausamkeit. Hier geht es nicht um einen Einbruch, das hier ist etwas Persönliches. Ich muss schon wieder würgen und versuche, dagegen anzukämpfen.

Ich greife jetzt selbst nach dem Wasser, und als ich den Verschluss aufschraube, kommt mir ein anderer Gedanke: Ich habe die Kellner beschuldigt, Geld gestohlen zu haben. Nach dem Telefonanruf von heute Morgen gehe ich davon aus, dass Eve sie zur Rede gestellt und einen von ihnen vielleicht sogar veranlasst hat, das Geld zurückzugeben. Könnte er in Rage geraten und zurückgekehrt sein?

Wäre das der Fall, dann hätte *ich* das alles in Gang gesetzt und ihren Tod verursacht. Nein, bitte, das kann nicht sein … erst Pauls Tod und dann das.

Ich muss Guy anrufen, doch gerade als ich nach dem Handy greifen will, höre ich einen Wagen. Ein schwarz-weißes Polizeiauto rast in unsere Richtung. Es kommt mit einem Ruck zum Stehen, und kurz darauf steigen zwei Polizisten aus, beide haben ihre Hände in der Nähe der Waffe. Die Polizistin ist sehr groß und blond, und ihr dunkelhaariger Kollege hat ein pockennarbiges Gesicht.

»Haben Sie 911 angerufen?«, fragt die Frau. Ihr Namensschild weist sie als Robichaud aus.

»Ich war das«, sagt Sara mit klappernden Zähnen. Mit dem Kinn deutet sie auf das Haus. »Sie haben sie mit einer Axt getötet.«

»Sie haben das gesehen?« fragt der Polizist. »Sind sie noch drin?«

»Weiß ich nicht. Ich kam mit dem Brot.«

Bevor ich etwas erklären kann, wenden sich beide Polizisten gleichzeitig mir zu, als hofften sie, ich könnte besser erklären, was hier geschehen ist. Das ist doch absurd, denke ich. Ich, psychisch im Moment ziemlich angeschlagen, bin hier also die fähigste Person.

»Sie hat nur eine Lieferung zugestellt«, erkläre ich, »und ich bin kurz darauf dazugekommen. Wir haben Eve Blazers Leiche im Büro gefunden. Sonst scheint niemand da zu sein.«

Robichaud fragt nach unseren Namen, notiert sie und weist uns an, hier zu warten, während sie und ihr Partner das Haus durchsuchen.

»Sprechen Sie mit niemandem«, fügt sie hinzu. »Das schließt Telefongespräche mit ein.«

Die Polizisten wechseln einen Blick und eilen zum Haus.

Sara stöhnt und lässt sich wieder auf den Rücksitz fallen. Ich lehne mich an die Karosserie. Die Polizisten sind jetzt im Haus. Durch das große Fassadenfenster kann ich ihre dunklen Umrisse erkennen. Bald werden sie Eve finden, sehen, was wir sahen. Und wieder drängt sich dieses schreckliche Bild in mein Bewusstsein.

Ein paar Häuser weiter tritt eine Frau auf die Veranda und

schaut neugierig in unsere Richtung. Ich möchte unbedingt Guy erreichen, ihm erzählen, was geschehen ist, habe aber noch Robichauds Warnung im Ohr.

Und dann fällt mir das Mädchen wieder ein, das mich heute Morgen angerufen hat. Ich erinnere mich genau, dass sie mich gefragt hat, ob ich »hier vorbeikommen« könnte. Wenn sie also von »hier« aus angerufen hat, müsste sie dann nicht die Leiche gesehen haben?

Nach etwa zehn Minuten kommen die Cops wieder aus dem Haus, doch anstatt zum Auto zurückzukehren, beginnen sie damit, das Haus und den Garten mit gelbem Band abzusperren. Ein Transporter trifft ein, dessen dreiköpfige Besatzung ich ihrer Kleidung nach für Tatortspezialisten halte. Ich schaue ihnen hinterher, wie sie ins Haus stapfen.

Inzwischen hat sich eine Menschenansammlung gebildet, von Neugierde beflügelte Erwachsene und auch Kinder, einige auf Fahrrädern, die auf dem nassen Asphalt Tricks mit ihrem Hinterrad vollführen. Gott, denke ich, das sieht hier langsam wie ein Straßenfest aus, gleich wird jemand irgendwo Kuchen und Limonade verkaufen.

Nachdem alles abgesperrt ist, kommen die Polizisten zurück zu Sara und mir, um sich unsere Adressen und Telefonnummern zu notieren. Sara will unbedingt nach Hause, aber sie fordern uns auf, noch auf die Detectives zu warten, die uns befragen müssen. Sie würden jeden Moment eintreffen.

Wie sich herausstellt, handelt es sich nur um einen Detective, eine Frau in ihren Vierzigern, mit olivfarbener Haut, dichten Augenbrauen und kurzem brünettem Haar, das am Ansatz weiß ist. Sie trennt uns sofort und bringt Sara zu einem der Polizeiautos. Ihrem entgeisterten Gesichtsausdruck entnehme ich, dass die zwei Polizisten wohl Ärger bekommen werden, weil das nicht längst erfolgt ist. Mir stellt sie sich als Detective Corcoran vor und erklärt, dass sie mit uns beiden sprechen wird, sobald sie den Tatort begutachtet hat.

Es dauert noch einmal eine Viertelstunde, bis sie zurückkehrt. Sara wird zuerst befragt, wahrscheinlich weil sie die Erste am Tatort war. Nach etwa zehn Minuten kommt Corcoran endlich zu mir.

»Wie geht es Ihnen?«, fragt sie. »Das muss schlimm für Sie sein.«

»Geht schon irgendwie«, antworte ich, dankbar für ihr Mitgefühl. Ich erzähle ihr, was passiert ist, von meinem Treffen mit Eve wegen des fehlenden Geldes bis zum Anruf heute Morgen. Die abgebrannten Küchenstreichhölzer erwähne ich nicht. Ich kann mir nicht vorstellen, dass sie etwas mit dem Mord zu tun haben könnten, und es scheint mir klüger zu sein, etwas so Persönliches nicht preiszugeben.

»Und Sie haben niemanden hier in der Nähe gesehen, weder bevor noch nachdem Sie das Haus betreten haben?«, fragt Corcoran.

»Keine Menschenseele.«

»Hat die Anruferin ihren Namen genannt?«

»Nein, nicht, dass ich wüsste.«

»Und Sie haben sie hier nirgendwo gesehen, als Sie ankamen?«

»Nein.« Zum ersten Mal kommt mir der Gedanke, ob mit der Anruferin alles in Ordnung ist. Was, wenn der Mörder ihr auch etwas angetan hat?

Corcoran runzelt die Stirn und ist von dieser eigenartigen Unstimmigkeit offenbar genauso irritiert wie ich.

»In Ordnung«, sagt sie schließlich. »Danke für Ihre Mithilfe. Es ist wichtig, dass Sie mit niemandem über Einzelheiten des Tatortes sprechen. Und es kann gut sein, dass wir Sie noch einmal befragen müssen.«

»Natürlich.« Obwohl die Polizisten schon nach meinem Namen und meiner Nummer gefragt haben, bittet sie mich darum, beides in ihr Notizbuch zu schreiben. Beim Schreiben merke ich, dass meine Hände immer noch ein wenig zittern.

Corcoran geht zurück ins Haus, und ich seufze vor Erleichterung. Endlich kann ich gehen. Obwohl ich mich verzweifelt nach Guy sehne, sollte ich Sara wohl anbieten, sie nach Hause zu bringen. Ich schaue mich um, aber sie und ihr Fahrrad sind schon verschwunden. Immerhin kann ich jetzt direkt zu Guys Büro fahren. Ich möchte ihm die ganze Geschichte lieber persönlich erzählen. Als ich losfahre, parkt der Übertragungswagen einer Fernsehstation aus Albany gleich an der Stelle, an der vorher mein Wagen stand.

Auf halber Strecke fällt mir ein, dass ich Guy zuerst anrufen sollte. Er arbeitet im Parterre des Gebäudes, und das Theater dürfte heute geschlossen sein. Ich halte am Straßenrand. Zu meiner Überraschung geht er nicht ans Handy. In meinem überdrehten Zustand nervt mich das. Warum hat er sein Handy nicht dabei? Als Nächstes versuche ich es auf seinem Geschäftstelefon.

Noch eine Überraschung: Guys Assistentin geht ran, zumindest glaube ich, dass sie es ist. Sie meldet sich mit »Hallo«, nicht mit dem üblichen »Guy Carringtons Büro«. Mir ist schleierhaft, warum sie am Wochenende arbeitet.

»Miranda?«, frage ich.

»Oh, Bryn! Ja, ich bin es. Ein paar von uns sind heute hier. Soll ich Guy für Sie holen?«

»Ist er nicht im Büro?«

»Er ist kurz nach oben auf die Bühne gegangen. Dort findet heute eine Stellprobe statt, und er wollte mit einem der Darsteller über ein Dinner reden.«

»Sagen Sie ihm einfach, dass ich unterwegs bin. Es ist dringend!«

»Du meine Güte, kann ich helfen?«

»Sie könnten mich reinlassen.«

»Die Tür zum Seiteneingang ist wegen der Probe offen. Ich suche Guy und sage ihm, dass Sie unterwegs sind.«

Als ich kurz darauf mein Auto parke, steht Guy in Jeans und blauweiß gestreiftem Hemd im Seiteneingang und macht ein sorgenvolles Gesicht. Er schaut in die andere Richtung, weil er vermutet, dass ich von zu Hause komme. Ich bin schon fast am Eingang, als er mich bemerkt.

»Was ist los?«, fragt er sofort.

»Etwas Schreckliches ist passiert. Nicht mir, jemand anderem.«

Ich trete eilig ein. Bevor ich lossprudeln kann, trotten zwei Crewmitglieder vorbei. Auf einem Handwagen schieben sie ein Bühnenbildelement. Entfernt höre ich den Refrain einer Arie.

»Lass uns in dein Büro gehen«, sage ich.

Guy führt mich den endlosen Flur mit dem Betonfußboden entlang zu seinem Büro. Miranda sitzt im Vorzimmer über einem Stapel Papiere. Auch sie trägt Jeans – ich nehme an, weil es Samstag ist. Ausnahmsweise hat sie ihr rotes Haar zu einem Pferdeschwanz gebunden. Obwohl sie in ihren Vierzigern und Mutter von zwei fast erwachsenen Kindern ist, wirkt sie recht jugendlich und ist laut Guy auf der Suche nach einer neuen Beziehung. Sie grüßt freundlich, wendet sich dann aber wieder ihrer Arbeit zu. Sie spürt wohl, dass dies kein guter Moment für Small Talk ist.

»Was ist passiert?«, fragt Guy, nachdem er die Tür zu seinem Büro geschlossen hat.

»Die Köchin, Eve. Sie ist ermordet worden. Jemand hat sie in ihrer Küche umgebracht.«

Einen Moment lang starrt er mich so verständnislos an, als hätte er Mühe, meine Worte zu entziffern. Er wirkt genauso schockiert wie ich heute Morgen, als ich den grausamen Anblick einfach nicht fassen konnte.

»Großer Gott«, sagt er schließlich. »Wo hast du das gehört?«

Ich schüttle den Kopf, und zum ersten Mal an diesem Morgen schießen mir Tränen in die Augen.

»Ich habe es gesehen«, sage ich mit erstickter Stimme. Ich erzähle ihm alles über den Anruf, das verstörte Mädchen in der Küche, die grauenhafte Szene im Büro.

Guy greift hält sich an der Schreibtischkante fest.

»Gott … du hast die Polizei gerufen, nehme ich an?«

»Dieses Mädchen Sara hatte das schon getan. Ich wollte dich anrufen, aber wir durften nicht telefonieren, bis wir befragt worden sind. Die Polizei ist immer noch da, und inzwischen natürlich auch die Presse.«

»Das ist ja verrückt, vollkommen verrückt«, sagt er und starrt in die Ferne. Schließlich schaut er mich an und scheint endlich zu begreifen. »Und du? Wie geht es dir?«

»Keine Ahnung. Es war einfach grauenvoll. Ich habe immer noch weiche Knie.«

»Ist es gerade eben passiert? Gott, Bryn, du könntest in Gefahr gewesen sein.«

»Nein, das Blut war schon verkrustet. Es sah aus, als wäre sie schon vor Stunden getötet worden. Vielleicht gestern Abend … Guy, da gibt es etwas, was wir in Betracht ziehen müssen.« Meine Stimme droht wieder zu versagen.

»Ihr Tod könnte etwas mit dem gestohlenen Geld zu tun haben.«

»Wie meinst du das?«

»Wenn Eve uns entschädigen wollte – und so hörte es sich in dem Telefonat mit ihrer Assistentin an –, ist sie wahrscheinlich einem der Kellner auf die Schliche gekommen. Was, wenn der Dieb sie ermordet hat?«

»Wegen hundertsechzig Dollar? Schwer zu glauben, ich meine …«

»Angenommen, er ist süchtig und hat das Geld für Drogen gestohlen. Vielleicht ist er gestört. Oder gewalttätig.«

Er presst die Lippen so fest aufeinander, dass sie weiß werden.

»Das ist nicht gut«, sagt er. »Falls herauskommt, dass ihr Tod etwas mit dem Opernhaus zu tun hat, bin ich erledigt.«

»Das ist doch nicht unsere Schuld. Sich an Eve zu wenden war das einzig Richtige.«

»Geldgeber hassen jede Art von Unstimmigkeit, ganz gleich, ob man einen Fehler gemacht hat oder nicht. Ich schlage vor, wir warten ab, was passiert. Falls die Polizei den Killer schnell findet und die Sache mit uns in keiner Weise zu tun hat, müssen sie von dem Geld nichts erfahren. Wenn aber niemand festgenommen wird, sind wir gezwungen, den Fall zur Sprache zu bringen, und ich muss Schadensbegrenzung betreiben.«

»Aber ich habe den Gelddiebstahl schon gemeldet.« Schwer zu glauben, dass er mir gerade vorgeschlagen hat, gegenüber der Polizei ein wichtiges Detail zu verschweigen. »Die Streichhölzer habe ich nicht erwähnt, aber ich habe ihnen von dem fehlenden Geld erzählt. Deswegen bin ich heute Morgen zum Büro der Firma gefahren.«

»Aber warum um alles in der Welt musstest du die Büchse der Pandora öffnen?«

»Warum nicht? Es könnte mit ihrem Tod in Verbindung stehen. Und ich musste erklären, warum ich dort innerhalb von zwei Tagen zweimal auftauchte.«

Genau wie gestern Abend im Esszimmer flackert in seinem Gesicht Verbitterung auf, kurz nur, doch schnell wird seine Miene wieder weich, und er atmet schnaufend aus.

»Natürlich, natürlich«, sagt er. »Du hast das Richtige getan. Die Sache hat mich einfach total umgehauen.«

»Zumindest mussten sie über die Frau Bescheid wissen, die mich angerufen hat. Das war so merkwürdig. Am Telefon erweckte sie den Anschein, als wäre sie auf dem Grundstück, aber als ich zehn Minuten später dort ankam, war da nur Sara.«

Er hört mir nur mit halbem Ohr zu und schaut auf seine Uhr. »Brent hat heute im Büro einen Überraschungsbesuch gemacht und will mich um die Mittagszeit sprechen. Ich sollte lieber los. Willst du auf mich warten, und wir fahren danach gemeinsam nach Hause?«

Ich spüre inzwischen die Erschöpfung, und mein Körper fühlt sich an, als wäre er mit nassem Sand gefüllt. Im Moment möchte ich nur auf der Liege sein und in den Kissen zerfließen.

»Ich glaube, ich muss gleich zurück. Wir sehen uns dann dort.«

»Sicher? Bist du soweit in Ordnung?«

»Ja, es geht schon. Einfach nur erledigt.«

»Gib mir eine halbe Stunde mit Brent, dann komme ich nach.« Er nimmt mich zum Abschied in die Arme.

Leider tröstet mich seine Umarmung ganz und gar nicht. Als ich ein paar Minuten später auf den Parkplatz trete, macht mir Guys Verhalten immer noch Sorge. Warum sollte ich die Polizei im Dunkeln lassen? Guy ist sicher kein Moralapostel, aber ich habe ihn stets für jemanden gehalten, der weiß, was richtig und falsch ist. Vielleicht fährt er gelegentlich zu schnell, aber er würde sich nie bockig verhalten, wenn ein Streifenpolizist ihn anhielte. Die Polizei zu beschummeln wäre dumm gewesen, egal wie viel Schadensbegrenzung er dafür wegen seines Jobs leisten muss.

Sein Job. Zum ersten Mal frage ich mich, ob Guy mehr Druck ausgesetzt ist, als er mir gegenüber zugibt. Seine Befürchtungen wegen der falschen Zahlen kommen mir in den Sinn, der Grund, warum er an diesem Wochenende arbeiten muss. Es ist sicher nicht angenehm, mit einem so launenhaften Mann wie Brent zusammenzuarbeiten.

Auch frage ich mich, ob es seine Arbeit beeinträchtigt, dass er für mich die Krankenschwester spielen muss.

Quatsch, denke ich. Ich fange schon an, überall nur Tod und Zerstörung zu wittern.

Fast schon am Auto merke ich, dass ich meine Tasche in Guys Büro liegen gelassen habe. Also stapfe ich zurück durch das weitläufige Foyer, aber Guy ist schon bei seiner Unterredung mit Brent. Miranda jedoch steht hinter ihrem Schreibtisch und starrt ins Leere. Bei meinem Anblick fährt sie zusammen.

»Tut mir leid, ich habe meine Tasche vergessen.« Ich husche in Guys Büro, um sie mir zu holen.

Als ich zurück bin, kommt Miranda mit gerunzelter Stirn hinter ihrem Schreibtisch hervor und berührt mich am Arm. So nah war ich ihr noch nie. Auf ihrer wunderschön zarten Haut kann ich einzelne Sommersprossen ausmachen.

»Guy hat mir die Neuigkeiten erzählt«, sagt sie, »dass die

Chefin der Cateringfirma, die wir manchmal engagieren, ermordet wurde.«

Ich frage mich, ob es Teil von Guys Schadensbegrenzung ist, im Büro die Ereignisse sofort von sich aus anzusprechen. Ich bezweifle allerdings, dass er ihr auch erzählt hat, dass ich am Tatort war.

»Ja, es ist schrecklich.«

»Sie haben sie getroffen, nicht wahr? Als sie diese Partys in ihrem Haus ausgerichtet hat?«

Ich stutze. Eve war nur einmal bei uns zu Hause.

»Partys?«

»Die Dinnerparty gestern. Und dann die Cocktailparty vor ein paar Wochen? Die für den neuen Direktor?«

Was?, denke ich, lasse mir aber nicht anmerken, dass ich überrascht bin.

Wenn Eve Blazer noch eine andere Party in unserem Haus ausgerichtet hat, muss sie vor meiner Ankunft stattgefunden haben.

Und Guy hat kein Wort darüber verloren.

KAPITEL 8

Mir gefällt nicht, was ich da gerade gehört habe. Warum sollte Guy mir eine Party verschweigen?

»Ja, ich habe sie getroffen.« Mehr sage ich nicht. Das Letzte, was mir in den Sinn käme, wäre Miranda darüber auszuhorchen und ihre Neugier zu wecken. Nach einem knappen Abschiedsgruß eile ich zurück zum Wagen. Als ich mich hinters Steuerrad setze, bin ich vollkommen erschöpft.

Auf der Heimfahrt spiele ich noch einmal im Kopf meine erste Begegnung mit Eve durch. Ich bin mir sicher, dass sie, als ich ihr die Küche erklären wollte, etwas sagte wie *Geht schon*. Von ihr kam kein Hinweis darauf, dass sie sich hier auskannte. Und später, als ich es Guy erzählte, meinte er nur, dass Caterer so etwas wie Profis im Durchforsten fremder Küchen seien, nicht: Nein, sie kennt sich im Haus aus, weil sie hier schon einmal gekocht hat.

Es ist kein unentschuldbares Verschweigen, wie wenn er ganz vergessen hätte zu erwähnen, dass er in Buffalo noch Frau und Kinder hätte, aber es ist sonderbar. Und es beunruhigt mich.

Im Haus überfällt mich schlagartig Unbehagen. Wenn einer der Kellner Eve wegen des Geldes getötet hat, müsste er dann nicht auch auf Guy und mich wütend sein? Möglicherweise sind auch wir in Gefahr. Ich verriegle die Küchentür und vergewissere mich, dass die beiden anderen Türen gesichert sind.

Inzwischen könnte ich vor Müdigkeit in Ohnmacht fallen. Ich sehne mich nach der Liege auf der Veranda, weiß aber, dass ich mich dort nicht sicher fühlen würde. Also stolpere ich in das kleine Lesezimmer hinter dem Wohnzimmer und lege mich dort aufs Sofa. Ich versuche, an nichts zu denken, doch schnell schleicht sich ein Bild ein und wird von den Rändern her immer schärfer: Eve, wie sie in ihrem Büro steht, süffisant und selbstzufrieden. Und dann spaltet eine Axt mit einem furchtbaren Krachen ihr Gesicht.

Bin ich schuld? Habe ich diese schreckliche Sache losgetreten, weil ich wegen Geld und ein paar Streichhölzern so viel Stunk gemacht habe? Ich stelle mir vor, wie es passiert sein könnte, wie Eve die beiden Kellner in ihr Büro ruft wahrscheinlich einzeln, damit sie sich nicht absprechen können. Vielleicht hat sie wieder halb auf dem Schreibtisch gesessen, ganz nah, um einschüchternd zu wirken.

Und zimperlich wäre sie bestimmt nicht gewesen. Sie hätte auf der vollen Wahrheit bestanden. Vielleicht hat einer von ihnen die Tat gestanden, bevor er gefeuert wurde. Auch wenn der Dieb nicht ausgepackt hat, könnte er befürchtet haben, dass Eve die Lüge riecht und es nur eine Frage der Zeit sei, bevor er seinen Job verliert. Vielleicht hat er sie nicht gleich getötet, sondern ist später mit der Axt zurückgekehrt. Oder er hat die Axt auf dem Grundstück gefunden.

Wenn ich nur die Frau kontaktieren könnte, die hier angerufen hat. Ich habe inzwischen den Eindruck, dass sie von einem anderen Ort aus telefoniert hat. Vielleicht weiß sie irgendwas, was helfen könnte, den Mörder zu schnappen. Wie auch immer, es wäre nicht klug, sie anzurufen, es würde mir sicher Ärger mit Corcoran bescheren.

Natürlich ist es auch möglich, dass keiner der beiden Kellner etwas mit dem Mord zu tun hat. Der Mörder könnte auch jemand sein, der im Haus arbeitete, ein Liebhaber vielleicht, ein grauenvolles Verbrechen aus Leidenschaft. Ich atme tief ein, so wie Dr. Greene es mir beigebracht hat, und zähle langsam von zehn rückwärts. Vor lauter Erschöpfung beruhigt sich mein Herz schließlich, und ich schlafe ein.

Beim Aufwachen zucke ich zusammen, weil Guy mich sanft an der Schulter rüttelt. Das T-Shirt klebt mir feucht am Körper, und ich richte mich mühsam auf. Es braucht nur den Bruchteil einer Sekunde, bis mir der Horror dieses Morgens wieder vor Augen steht. Ich stöhne bei dieser Erinnerung auf.

»Tut mir leid, dich aufzuwecken«, sagt Guy. »Aber ich wollte wissen ob es dir soweit gutgeht.«

»Danke, Schatz. Gibt es Neuigkeiten?«

Irgendwie schwebt da noch eine ganz andere Frage im Raum, eine sehr dringliche, aber ich bekomme sie nicht zu fassen.

Er seufzt. »Gar nichts. Im Radio haben sie über den Mord berichtet, aber kein Wort über einen Verdächtigen.«

»Glaubst du, die lokale Polizei ist in der Lage, den Mörder zu fangen?«

»Hoffentlich … brauchst du etwas? Einen Eistee vielleicht?«

»Das wäre nett.« Koffein hilft vielleicht gegen meine Benommenheit.

Während Guy sich vom Sofa erhebt, liegt mir die Frage, die an mir nagt, endlich auf der Zunge.

»Hat Eve noch eine Party für dich ausgerichtet?«, frage ich. »Vor dem Dinner letzten Donnerstag?«

»Mehr als eine. Ich habe dir doch erzählt, dass sie für diverse Partys der Oper das Catering gemacht hat.«

»Ich meine hier im Haus, bevor ich nach Saratoga gekommen bin. Miranda erzählte etwas von einer Cocktailparty.«

Er kneift die Augen zusammen, als ob die Antwort längeres Nachdenken erfordern würde, und nickt schließlich.

»Ja, das stimmt. Vor ein paar Wochen hat sie eine sehr kleine Cocktailparty ausgerichtet. Ich hatte mich kurzfristig entschlossen, auf das Wohl des neuen Direktors anzustoßen.«

Die Unruhe, die ich im Auto empfunden hatte, ist plötzlich wieder da.

»Warum hast du mir nichts davon erzählt?«

»Habe ich das nicht? Wahrscheinlich habe ich am Telefon einfach nicht daran gedacht.«

»Aber als ich dir gestern sagte, dass Eve die Küche nicht erklärt haben wollte, meintest du, sie würde sich in fremden Küchen sicher schnell zurechtfinden.«

»Na ja, sie hat hier gar nicht richtig gekocht. Auf der ersten Party wurden nur Häppchen serviert, und die waren bestimmt schon vorher zubereitet worden.«

»Aber nachdem das Geld gestohlen wurde? Hast du es denn nicht der Erwähnung wert gefunden, dass sie und ihr Team schon einmal hier waren?«

»Ich habe es ehrlich gesagt vergessen, Schatz. Wenn ich es genau überlege, hatte sie an dem Abend anderes Personal dabei, zwei Frauen.«

Vielleicht ist mein Verhalten albern. Es gibt so vieles, worüber ich mir momentan Sorgen machen sollte, ich muss die Angelegenheit wirklich abhaken.

»Okay.« Ich schiebe die Wolldecke, unter der ich geschlafen habe, zur Seite. »Wie ist denn dein Treffen mit Brent ausgegangen?«

»Gut. Er wollte nur eine zweite Meinung zu unseren neuen Anzeigen einholen. Bei ihm weiß man nie, woran man ist. In einem Moment lächelt er und macht einem Komplimente, im nächsten ist er ein menschlicher Flammenwerfer.«

Ich kann mir vorstellen, wie anstrengend das sein muss, und verstehe allmählich, was für eine Last dieser Chef für Guy geworden ist.

»Ist ja nicht für ewig. Willst du dich gegen Jahresende immer noch nach einem neuen Job umsehen? In New York?«

»Vielleicht sogar schon früher, im Herbst.«

»Ach, die Idee gefällt mir! Wir beide in unserem richtigen gemeinsamen Zuhause.«

»Mir auch. Ich hole dir den Eistee.«

»Guy«, sage ich, als er das Zimmer verlässt. »Lass uns auch am Tag die Türen abschließen, okay? Wir wollen nichts riskieren.«

Er braucht einen Moment, um zu begreifen und nickt dann verständnisvoll.

»Wird gemacht.«

Den Rest des Nachmittags bleibe ich im Lesezimmer, beantworte E-Mails und lese einige Artikel zum Thema Neuanfang. Ich versuche, sämtliche Gedanken an den Mord von mir fernzuhalten, aber es gelingt mir nicht. Immer wieder überfallen sie mich. Ich überfliege die Meldungen der Polizei auf der Website des *Saratogian* nach den neuesten Entwicklungen.

»Prominente Köchin erschlagen aufgefunden« lautet der Aufmacher. Die Axt wird nicht erwähnt, nur dass Eve Blazer brutal ermordet wurde. Bisher gibt es keinen Verdächtigen. Keine Erwähnung von Sara oder mir. Oder irgendeiner anderen Frau, die sich am Tatort befunden haben könnte.

Als ich mich in das Kissen kuschle, höre ich wieder Saras Worte: »Wer hat ihr das bloß angetan?«

Obwohl wir eigentlich zum Essen ausgehen wollten, hat keiner von uns Lust dazu. Guy besorgt zwei Steaks aus einer Fleischerei und schmeißt sie für uns in die Pfanne. Ich schiebe ein paar Bratkartoffeln in die Mikrowelle und mache einen kleinen Salat mit Vinaigrette.

Später im Bett umschlingt Guy mich ganz eng von hinten, und ich frage mich, ob er auf Sex aus ist. Aber innerhalb von ein, zwei Minuten höre ich lange, tiefe Atemzüge, das Zeichen, dass er tief schläft. Sosehr ich mir unser Sexleben zurückwünsche, so wenig glaube ich, dass ich es heute ertragen hätte.

Der nächste Tag ist regnerisch. Guy und ich verbringen ihn fast ausschließlich mit Büchern und Filmen im Lesezimmer. Er trägt Jeans, ein rostrotes Henley-Hemd und ist barfuß, wie ich ihn am liebsten mag.

Mitten im dritten Film werfe ich ihm einen Blick zu und ertappe ihn dabei, wie er ins Nichts starrt.

»Wo bist du denn?«

»Hm?«

»Du bist ganz in Gedanken.«

»Ach, ich denke nur an die Arbeit. Schreckliche Angewohnheit am Sonntagabend.«

»Das Problem mit den Zahlen konntest du lösen, oder?«

»Ja, Gott sei Dank alles klar.«

»Beschäftigt dich der Mord? Hast du immer noch Angst, dass er sich auf deinen Job auswirken könnte?«

»Unter Umständen, aber ich will mir nicht unnötig Sorgen machen. Abwarten und Tee trinken.«

Am nächsten Morgen, als Guy das Haus verlassen hat, entdecke ich eine E-Mail von Derek Collins. Als Ort für unser Mittagessen schlägt er *Maestro's* vor, ein Restaurant im Erdgeschoss eines alten Hotels auf dem Broadway. Verdammt, den Lunch mit ihm hatte ich ganz vergessen. Zuerst will ich absagen, überrede mich dann aber selbst, doch lieber hinzugehen. Ich sollte zu meinem Vorsatz stehen, aktiver zu werden, auszugehen, mein Leben wieder in die Hand zu nehmen.

Es ist ein angenehm sonniger Tag bei einundzwanzig Grad, also entscheide ich mich für ein Baumwollkleid und Sandalen. Als ich schon fast aus der Tür bin, klingelt mein Handy.

»Ms. Harper? Guten Morgen, hier ist Detective Corcoran. Wir haben am Samstag miteinander gesprochen.«

Sie hatte zwar angekündigt, sich vielleicht noch einmal zu melden, dennoch bringt mich ihre Stimme aus dem Gleichgewicht.

»Guten Morgen.«

»Vielen Dank für Ihre Mitarbeit neulich, aber ich hätte noch einige Fragen.«

Ob es um das gestohlene Geld geht? Alles in mir zieht sich zusammen, wenn ich daran denke, dass der Mord wirklich auf Guy und mich zurückfallen könnte. Vielleicht sind wir tatsächlich in Gefahr.

»Selbstverständlich. Was möchten Sie wissen?«

»Können wir das von Angesicht zu Angesicht besprechen? Möglicherweise ist es nötig, dass Sie sich einige Fotos anschauen.«

In meiner Brust zieht sich etwas zusammen.

»Fotos? Meinen Sie Fotos der Kellner?«

»Das erkläre ich besser, wenn Sie hier sind.«

»Ist gut. Ich habe gleich eine Verabredung, könnte aber danach vorbeischauen. Etwa gegen halb drei, geht das?«

Sie willigt ein und nennt eine Adresse in der Lake Street, die direkt vom Broadway abgeht und unweit des Restaurants liegt. Nachdem ich aufgelegt habe, versuche ich, keine vorschnellen Schlüsse zu ziehen. Möglicherweise haben sie einen Verdächtigen, und sie will wissen, ob ich die Person in der Umgebung gesehen habe.

Ich versuche, Guy auf seinem Handy zu erreichen, um ihn vorzuwarnen, aber es geht nur die Mailbox ran. Ich hinterlasse eine Nachricht mit der Bitte um Rückruf. Dasselbe mit seinem Geschäftstelefon.

Ich schließe das Haus ab und sprinte zum Auto, während ich mich aufmerksam umschaue.

Im *Maestro's* wartet Derek schon auf mich. Er sitzt auf der Veranda des Hauses, das früher angeblich ein berühmtes Hotel war. Bei meinem Anblick lächelt er warmherzig, erhebt sich und rückt einen der Rattansessel für mich zurecht. Die berüchtigte Montur aus Cordhose und Pullover trägt er immer noch nicht, sondern einen Pullover mit V-Ausschnitt über einem T-Shirt.

»Hier wollte ich immer schon mal essen«, sage ich und setze mich.

»Sagen Sie mir nicht, dass die Kunde des gemischten Salats schon bis nach Manhattan gedrungen ist.«

»Nicht, dass ich wüsste. Vielleicht wollte ich auch einfach nur auf dieser Veranda sitzen. Beim Vorbeifahren habe ich immer Gäste aus dem neunzehnten Jahrhundert vor Augen, die hier den Sommer genießen.«

»Legen Sie noch ein paar Jährchen drauf, das Gebäude stammt aus der Zeit vor dem Bürgerkrieg.«

»Sie scheinen sich gut auszukennen?«

»Ziemlich, und es ist faszinierend. Ist Ihnen bewusst, dass die Schlacht von Saratoga ein Wendepunkt im Unabhängigkeitskrieg war?«

»Wow! Ich meine mich zu erinnern, aber eher vage.«

»Das war im Jahr 1777, und die Kolonisten waren demoralisiert. Als sie bei Saratoga gewannen, hat es ihnen mächtig Auftrieb gegeben und natürlich die Welt für immer verändert.«

Die Kellnerin unterbricht ihn, und wir bestellen.

»Ich war noch nicht auf dem Schlachtfeld«, sage ich, nachdem sie gegangen ist. »Guy wohl auch nicht. Zu beschäftigt, seit er hierhergezogen ist.«

»Er kommt ursprünglich nicht von hier?«

»Nein, Kalifornien. Vor und nach der Wirtschaftsschule hat er allerdings in Chicago gearbeitet und dann in Miami. Er hat dort eine Agentur geleitet, Fundraising für kleinere Unternehmen, die sich kein eigenes Team leisten können.«

»Diese Frau, Kim, hat er neulich jedenfalls phantastisch gebändigt. Ich persönlich musste mich zurückhalten, nicht einen Löffel Crème brulée in ihre Richtung zu schießen.«

»Ich wünschte, Sie hätten sich nicht zurückgehalten.«

Er lächelt, und im Sonnenlicht sehe ich, dass seine Augen in Wahrheit grün sind, nicht braun.

»Abgesehen von ihr war es ein großartiger Abend.«

Ich hatte vor, den Mord unerwähnt zu lassen, aber es wäre zu schräg, das Thema unter den Tisch zu kehren, besonders weil Derek und ich beim Dinner über Eve gesprochen haben.

»Ich nehme an, Sie haben von dem Mord gehört? «, sage ich.

Seine Miene verdüstert sich. »Ja, ich wollte es gerade zur Sprache bringen. Muss merkwürdig für Sie sein. Sie war ja gerade erst bei Ihnen im Haus.«

»Merkwürdig, ja, und beängstigend dazu.«

»Das College macht sich selbstverständlich Sorgen. Die Sicherheit in den Studentenwohnheimen wird für den Fall verstärkt, dass sich da draußen ein Irrer rumtreibt. Haben Sie Angst, tagsüber so alleine im Haus zu sein?«

»Ja, ein wenig. Und es hilft nicht gerade, dass ich am Tatort war. Ich habe die Leiche gesehen.«

»Was?«

»Am Samstagmorgen habe ich beim Cateringservice vorbeigeschaut, um noch einmal einen Vorfall beim Dinner durchzusprechen – und ich kam genau in dem Moment an, als eine andere Frau die Tote gefunden hatte. Es war grauenhaft.«

»Oh, Bryn, das ist schrecklich.« Er nimmt die Gabel in die Hand und spielt nervös mit ihr. »Haben Sie eine Ahnung, was passiert ist? Ich meine, war es ein Einbruch?«

»Ich … ich darf nicht darüber sprechen. Die Polizei hat uns gebeten, keine Einzelheiten auszuplaudern, aber glauben Sie mir, es war brutal, und es sieht nicht nach der Tat eines Einbrechers aus.«

»Gibt es schon Spuren?«

»Nein«, sage ich und beschließe, meine Verabredung mit der Polizei nicht zu erwähnen. »Sie hatten erwähnt, dass ein Bekannter Eve engagiert hatte. Wissen Sie etwas über sie?«

»Nein, eigentlich nicht. Es war wohl nur einmal, glaube ich.«

Wie erwartet, werfen die Geschehnisse einen Schatten auf unser Treffen. Glücklicherweise kommt schon bald unser Essen, und Derek schneidet ein anderes Thema an.

»Wie könnte ich Sie denn nun dazu überreden, vor eine meiner Sommerklassen zu treten und mich zum Held meiner Studenten zu machen?«

»Sie müssen mich nicht überreden. Ich mache es gern.«

»Phantastisch! Sie retten mir den Tag.«

»Sie erwähnten, der Titel des Kurses sei ›Mit Vergnügen

schreiben und Geld damit verdienen‹. Soll ich mich auf das Vergnügen oder eher auf den Profit konzentrieren?«

Er lacht.

»Beides! Vielen dieser Kids liegt das Schreiben sehr am Herzen, und obwohl das auf eine Art fabelhaft ist, kann es einen auch einschränken. Nicht allen gelingt es, so erfolgreich wie Sie zu werden, aber ich will ihnen zeigen, dass man mit harter Arbeit und guter Marktbeobachtung auch gutes Geld verdienen kann.«

»Glauben Sie, der Printjournalismus stirbt?«

»Genau. Schwer zu glauben, aber einige von ihnen sind immer noch in die Idee verliebt, ausschließlich für Zeitungen und Zeitschriften zu arbeiten. Ich versuche, ihnen beizubringen, dass sie die unterschiedlichsten Medieninhalte bedienen und dabei sehr beweglich bleiben müssen. Es wäre schön, wenn Sie über Ihren eigenen Weg und Ihre Strategien sprechen könnten.«

Ich zucke die Schultern. »Vieles an meinem Erfolg war einfach nur Glück und günstige Umstände.«

»Sie sind zu bescheiden.«

»Schauen Sie, ich gebe zu, dass ich stets ehrgeizig war, und ich habe mir während meiner Jahre als Journalistin den Arsch abgearbeitet. Ich hege auch keine Illusionen darüber, wie sich der Zeitschriftenmarkt verändert hat. Als ein Buchlektor einen Text von mir las und mir einen Vertrag anbot, habe ich sofort zugegriffen, weil ich wusste, dass ich einen Plan B brauchte. Aber irgendwie muss ich einer Fügung für den ersten Erfolg danken, der dann zum nächsten und wieder zum nächsten Buch führte.«

Mit interessiertem Blick schaut er mich an. »Wie das?«

»Meine Mutter starb, als ich in meinen Zwanzigern war, und zwölf Monate darauf mein Vater. Eigentlich wollte ich das Buch neben meiner Festanstellung schreiben, aber nach dem Tod meines Vaters habe ich gekündigt und mich voll auf die Recherche eingelassen. Mein Blickwinkel veränderte sich. Nun hatte dieses Buch Priorität und wurde zu meiner Leidenschaft. Leute zu interviewen und ihre Geschichten aufzuschreiben hat mich fasziniert. Mit einem Mal alle Zeit der Welt dafür zu haben, machte den Unterschied aus für mich persönlich und auch für das Buch.«

»Würde es Ihnen etwas ausmachen, darüber vor den Studenten zu sprechen? Letztlich geht es im Leben doch immer darum, mit den Karten zu spielen, die einem das Schicksal austeilt.«

»Sicher, wir können über alles reden, was Sie als hilfreich empfinden. Aber wenn möglich, würde ich es gerne erst in ein paar Wochen angehen. Ich war in letzter Zeit ein wenig angeschlagen und möchte nur teilnehmen, wenn ich auch voll einsatzbereit bin.«

Derek wird einen Moment still und lässt seine Augen auf mir ruhen.

»Ich habe über den Unfall gelesen«, sagt er. »Ich wollte nicht neugierig sein, aber nach unserer Verabredung zum Lunch habe ich ein wenig nachgeforscht. Was Sie innerhalb eines Jahres erleben mussten, hört sich grauenvoll an.«

»Ich versuche, es hinter mir zu lassen. Ich meine, es ist immerhin schon drei Monate her.« Zu meiner Überraschung zittert meine Stimme.

»Das ist doch keine lange Zeit. Es gibt sicher nicht wenige Tage, an denen alles Sie wieder einholt.«

Seine Bemerkung überrascht mich. »Ja. Ja, so ist es wohl.«

»Möchten Sie darüber reden?«

»Nein, aber ich bin froh, dass Sie fragen.« Und ich bin es wirklich. Es ist, als hätte er mir die Erlaubnis erteilt, mich so beschissen zu fühlen, wie ich mich immer noch fühle. »Aber genug von mir. Erzählen Sie mir von Ihrem Roman, wenn es Ihnen recht ist.«

Er lächelt. »Das ist jetzt wahrscheinlich eine große Überraschung, aber er handelt von einem Typen Ende dreißig, der irgendwo in der Nähe von Saratoga seine Wunden leckt.«

»Wurde er von einem Grillhähnchen betrogen?«, frage ich.

»Haha, nein. Das Buch spielt 1777, und die Hauptperson hat gerade die Schlacht von Saratoga überlebt.«

»Oh, beeindruckend, ein historischer Roman also.«

»Hm. Ich kann gut nachempfinden, was sie eben über das Recherchieren gesagt haben. Schon als Journalist habe ich diesen Teil der Arbeit gemocht. Es baut nicht nur sehr gut Stress ab, es inspiriert mich geradezu.«

»Wie schön, dass jemand anders es auch so empfindet. Ich fühle mich immer wie ein Nerd, wenn ich das zugebe.«

Ich frage ihn nach seinem Schreibprozess, und Derek berichtet über seine Forschungen zum Thema. Ihm zuzuhören ist nicht nur spannend, es entspannt mich auch zugleich. Erst beim Kaffee werfe ich wieder einen Blick auf die Uhr. Erschrocken sehe ich, dass es zwanzig nach zwei ist.

Als er meine Eile bemerkt, winkt er die Kellnerin herbei. Ich will die Hälfte der Rechnung bezahlen, aber er besteht darauf, dass das College das übernimmt. Wir verabschieden uns hastiger, als mir lieb ist, wollen aber wegen seines Kurses in Kontakt zu bleiben.

Ich gehe zu Fuß zur Polizeiwache. Sie befindet sich hinter dem Rathaus, ein rotes Backsteingebäude, das die Hälfte eines Blocks ausmacht. Ich gehe durch eine Glastür und trete in das nichtssagende Foyer. Hinter einer halb durchsichtigen Trennwand sind einige Schreibtische zusammengeschoben worden, an denen uniformierte Polizisten arbeiten, alles Männer. Es dauert fast eine Minute, bis einer von ihnen mich bemerkt und in meine Richtung schlendert.

Ich erkläre, warum ich hier bin, und er bittet mich zu warten. Ich nehme auf einer Holzbank im Foyer Platz. Hoffentlich kann ich nicht nur der Polizei helfen, sondern auch in Erfahrung bringen, ob Guy und ich in Gefahr sind. Was, wenn einer der Kellner wirklich einen Mord begangen hat? Und was, wenn er immer noch flüchtig ist? Das würde erklären, warum ich mir Fotos anschauen soll. Mir fällt ein, dass Guy sich nicht gemeldet hat, was zusätzlich an meinen Nerven zerrt.

Es dauert fast zehn Minuten, bis Detective Corcoran durch die billige Sperrholztür tritt und mich an einem Labyrinth von Schreibtischen vorbei zu ihrem eigenen führt. Darauf steht ein eimergroßer Plastikbecher mit etwas, das wie Eiskaffee aussieht. Während ich mich setze, trinkt sie einen Schluck durch einen Strohhalm.

»Wie geht es Ihnen heute?«, fragt sie und stellt den Becher ab. »Fühlen Sie sich etwas besser?«

»Ein wenig, danke.«

Corcoran nimmt ein Notizbuch zur Hand, blättert ein wenig und studiert mit aufeinandergepressten Lippen ihre Aufzeichnungen.

»Wie ich schon am Telefon sagte, möchte ich noch ein paar Einzelheiten mit Ihnen durchgehen. Ich fasse zusammen: Sie haben am Freitag Ms. Blazer aufgesucht, um ihr mitzuteilen, dass am Donnerstagabend hundertsechzig Dollar aus Ihrem Haus gestohlen wurden?«

Also geht es doch um das Geld.

»Das ist richtig.«

»Sie hatten einen oder gleich beide Kellner in Verdacht?«

»Ja, aber ich konnte es nicht beweisen.« Natürlich hatte ich auch Eve in Verdacht, aber das lasse ich beiseite. »Möchten Sie, dass ich mir irgendwelche Fotos anschaue?«

»Fotos?«

»Am Telefon sagten Sie etwas von Fotos.«

»Das ist nicht mehr nötig. Und dann ... lassen Sie mich nachschauen ... erhielten Sie am nächsten Morgen einen Anruf von einer Frau. Wie stellte die sich noch einmal vor?«

»Wie ich schon sagte, glaube ich nicht, dass sie ihren Namen genannt hat.«

»Aber sie gab an, für Ms. Blazer zu arbeiten?«

Merkwürdig, diesen Namen zu hören. Sie kam mir nicht wie Ms. Blazer vor, sondern wie eine Eve.

»Korrekt.«

Corcoran presst die Lippen wieder aufeinander und wirkt verwirrt. Mein Atem geht etwas schneller. Irgendetwas an dem Notizbuch und dem Stift und ihrer gerunzelten Stirn erinnert mich an mein Krankenhaus in Massachusetts, wo ein State Trooper Einzelheiten über den Unfall aus mir herausquetschen wollte, während mein Kopf schier explodierte.

»Und Sie sind sich ganz sicher?«, fragt sie.

»Sicher?« Ich weiß nicht, worauf sie hinaus will.

»Sind Sie sicher, dass sie angab, für Ms. Blazer zu arbeiten?«

»Nun ja, sie hat nicht explizit gesagt ›Ich arbeite für Eve Blazer‹, aber sie erweckte diesen Eindruck. Sie sagte, Eve möchte, dass ich sie aufsuche.«

»Ich verstehe.«

»Haben Sie Schwierigkeiten, sie zu finden?«

»Das kann man so sagen. Wir haben mit allen Frauen gesprochen, die für *Pure Kitchen Catering* arbeiten, aber keine von denen hat Sie angerufen.«

KAPITEL 9

Ich gebe einen überraschten Ton von mir, reiße mich dann aber zusammen. Ein inneres Alarmsignal schrillt und warnt mich vor einer vorschnellen Reaktion. Ich zerbreche mir den Kopf, wäge jedes Detail des Telefongesprächs ab, das die Sache aufklären könnte, ohne Erfolg.

»Ich hatte den Eindruck, sie wäre eine Assistentin«, sage ich. »Oder sogar eine der Frauen, die ich in der Küche gesehen habe. Aber vielleicht geht es auch um etwas anderes.«

»Wie meinen Sie das?«

»Vielleicht … vielleicht ist sie nur eine Aushilfskraft, ich weiß es nicht. Oder eine Freundin. Kann sein, dass die Chefin eine Freundin gebeten hat, den Anruf zu erledigen.«

Corcoran verschränkt die Finger, die Zeigefinger weisen nach oben, und legt sie an die Lippen, während sie darüber nachdenkt.

»Eine Freundin«, sagt sie und lässt das Wort im Raum schweben. »Es wäre doch irgendwie seltsam, eine Freundin darum zu bitten.«

Das alles ergibt keinen Sinn. Ob eine der Frauen in der Küche lügt? Und dann fällt es mir ein.

»Oh, einen Moment! Ich habe doch die Nummer dieser Frau, natürlich! Sie hat auf meinem Handy angerufen.«

Ich wühle in meiner Tasche nach dem Handy und durchsuche die Anrufliste. Wahrscheinlich hat die Cateringfirma eine Festnetznummer, und die Anruferin hat von dort aus angerufen, aber wenigstens wäre die Nummer registriert.

Ich finde die Nummer schnell, da ich mein Handy seitdem selten benutzt habe. Der Anruf lief am Samstag um 9:17 Uhr ein.

»Hier ist der Anruf«, sage ich und halte Corcoran das Display hin. »Soll ich es aufschreiben?«

»Nein danke, bin schon dabei.« Sie schnappt sich einen Stift aus einer Keramiktasse und notiert die Nummer.

»Und sie hat keinen Namen genannt, nicht einmal ihren Vornamen?«

Ich habe diese Frage schon zweimal beantwortet, heute und am Samstag.

»Wie gesagt, ich glaube nicht, dass sie ihn genannt hat, und wenn doch, habe ich nicht aufgepasst. Ich erinnere mich, dass sie sich jung anhörte, mit so einer Kleinmädchenstimme. Ich habe gefragt, ob es um das Geld geht, und sie sagte, sie wisse es nicht, nehme es aber an.«

Ich fange an zu schwafeln, aber ihr Ton macht mich befangen. Als hätte ich einen peinlichen Schmutzfleck auf dieser Untersuchung hinterlassen oder wäre nicht ganz ehrlich. Der State Trooper kommt mir wieder in den Sinn mit seinem misstrauisch schief gelegten Kopf, als würde ich etwas verheimlichen.

»Ich möchte noch einmal auf das Geld zurückkommen. Seit dem Donnerstagabend war es verschwunden, richtig? Während der Party, bei der Ms. Blazer gekocht hat.«

Okay, auch das habe ich Corcoran am Samstag erzählt, und das alles steht in ihrem kleinen Notizbuch. Aber vielleicht will sie nur auf Nummer sicher gehen.

»Ja, das ist richtig.«

»Was für eine Party war das? Welcher Umfang?«

»Eine Dinnerparty für sieben Leute.«

»Haben Sie eingeladen?«

»Nun ja, mit meinem Mann zusammen. Er arbeitet hier für das Opernhaus.«

»Und auf der Party, hatte Ms. Blazer mit den anderen Gästen Kontakt?«

Sie hält meinen Blick, wobei ihre Augen fast von ihren dichten dunklen Brauen verdeckt werden. Himmel, lass sie bloß nicht nach dem Namen der Gäste fragen, bete ich zu mir selbst.

»Nein, sie war die ganze Zeit in der Küche.« Ich halte den Atem an, als könnte das sie davon abbringen, den eingeschlagenen Pfad weiterzuverfolgen.

Ohne den Kopf zu bewegen, lässt Corcoran den Blick wieder auf ihre Notizen wandern. »Sie haben angegeben, dass Sie nach dem Verlust des Geldes nicht sofort mit den Kellnern gesprochen haben.«

Die Gästeliste scheint also kein Thema zu sein. In der Hoffnung, dass man mir meine Erleichterung nicht ansieht, atme ich langsam aus.

»Nein, ich wollte das Haus später noch einmal durchsuchen, um sicherzugehen, dass ich es nicht irgendwo verlegt hatte. Allerdings war ich ziemlich sicher, dass das nicht der Fall war.«

»Und als das Geld nicht wieder auftauchte, haben Sie entschieden, mit Eve Blazer Kontakt aufzunehmen. Laut Angaben der beiden Küchenhilfen sind Sie gegen zehn Uhr eingetroffen. Haben Sie vorher angerufen?«

»Nein, ich wollte die Sache persönlich klären.«

»Und wie ging das aus? Wie hat sie reagiert?«

Auf was will sie denn hinaus?

»Sie war nicht gerade begeistert. Sie meinte, sie arbeite oft mit diesen Kellern zusammen und es habe noch nie Probleme gegeben.« Dass Eve fragte, ob einer unserer Dinnergäste das Geld genommen haben könnte, lasse ich unerwähnt. Ich wollte ihre Aufmerksamkeit nicht wieder auf die Gästeliste lenken, und außerdem spielt es keine Rolle.

»Sie war also sauer?«

»Ja, ein bisschen.« Wahrscheinlich hat die Mitarbeiterin in der Küche meinem Gespräch mit Eve gelauscht und es ebenfalls so beschrieben. »Aber am Ende hat sie versprochen, sich darum zu kümmern.«

»Und der Telefonanruf kam am nächsten Tag?«

»Richtig. Wenn Sie die Frau finden, kann sie Ihnen noch mehr Informationen geben.«

Corcoran nickt kurz. Ich kann nicht feststellen, ob sie mir zustimmt oder einfach nur meine Aussage bedenkt.

»Glauben Sie, einer der Kellner hat es getan?«, frage ich. Mehr will ich im Moment gar nicht wissen. Wenn das im Bereich des Möglichen liegt, müssen Guy und ich uns besser schützen.

»Ms. Harper, bitte verstehen Sie, dass ich mit Ihnen nicht über potentielle Verdächtige reden kann.«

»Aber wenn einer von ihnen der Mörder ist und es mit dem Geld zu tun hat, könnten mein Mann und ich in Gefahr sein.«

»Ich kann Ihnen nur denselben Rat wie jedem in Saratoga geben: Seien Sie vorsichtig. Sichern Sie Ihre Türen, irgendwo ist ein Killer unterwegs.«

Oh, das hilft. Als Nächstes sagt sie mir noch, ich sollte nachts das Licht auf der Veranda anlassen.

Sie presst die Lippen wieder aufeinander und blättert in ihrem Notizbuch.

»Ich denke, das war's fürs Erste«, sagt sie. »Sie erwähnten neulich, dass Sie den Sommer über hier sind. Wenn wir also noch Fragen haben, sind Sie zu erreichen?«

»Ja, ich werde in den kommenden Monaten hier sein.«

Ich hoffe, dass sie nicht so lange brauchen werden, um den Fall zu lösen. Ein ungelöster Mord, der einen ganzen Sommer lang wie ein Damoklesschwert über uns hängt, ist eine unerträgliche Vorstellung.

Ich erhebe mich, und Corcoran zieht eine Augenbraue hoch.

»Einer meiner Kollegen erwähnte, dass Sie Buchautorin sind.«

»Ja, das ist richtig.« Ich zwinge mich zu einem Lächeln.

»Arbeiten Sie während Ihres Aufenthalts an einem neuen Buch?«

»Ja, in der Tat«, sage ich, froh, dass sie mich nicht an einen Lügendetektor anschließt.

Sie bedankt sich bei mir und schleust mich am Labyrinth der Schreibtische vorbei nach draußen. Obwohl die meisten auf ihre Arbeit konzentriert sind, mustern einige mich verstohlen. Im Foyer nickt Corcoran mir zum Abschied zu.

»Vielen Dank für Ihre Mithilfe. Ich wünsche Ihnen einen schönen Tag.«

Ich habe Zweifel, dass es ein schöner Tag wird. Beim Verlassen des Gebäudes, so hatte ich es mir vorgestellt, würde ich wissen, ob die Polizei einen der Kellner ernsthaft in Verdacht hat – oder ob er vielleicht sogar schon hinter Gittern sitzt. Aber sie hat nichts preisgegeben. Ich bin nervöser als zuvor. Dazu die merkwürdige Geschichte mit dieser geheimnisvollen Frau, die mich am Samstagmorgen angerufen hat. Glaubt Corcoran, dass sie etwas über den Mord weiß oder den Mord sogar begangen hat? Instinktiv greift meine Hand nach der Tasche, in der sich mein Handy befindet. Soll ich versuchen, die Frau zurückzurufen? Aber die Polizei würde das nicht gutheißen.

Immerhin hat Corcoran nicht nach den Namen unserer Gäste gefragt, obwohl sich das jeden Moment ändern kann. Wenn einer der Kellner wirklich der Mörder ist, werden die Cops mit jedem einzelnen Partygast sprechen wollen.

Zurück auf der Lake Street überrollt mich die Müdigkeit hinterrücks und hebt mich fast aus den Socken. Ich habe es übertrieben mit der Verabredung zum Mittagessen, meinem Besuch bei der Polizei. Wo habe ich nur mein Auto geparkt? Ich habe keinen blassen Schimmer.

Am Broadway schwanke ich ein wenig. Ich beschirme die Augen mit der Hand, schaue die Reihe parkender Autos entlang und versuche, mein eigenes zu finden.

»Bryn?«

Ich drehe mich auf dem Absatz um. Es ist Sandra, die Frau vom Kunstbeirat. Sie schleppt eine lederne Aktentasche und eine große lila Einkaufstasche, die prall gefüllt ist. Ich ringe mir ein freundliches Lächeln ab.

»Oh, hallo.« Mehr ist nicht drin.

»Was für eine nette Überraschung. Alles in Ordnung?«

Offensichtlich sehe ich so jämmerlich aus, wie ich mich fühle.

»Ja, danke. Ich bin nur ein wenig müde.«

»Aber Sie sind weiß wie ein Geist. Ist etwas passiert?« Sie schaut über meine Schulter, als ob dort eine Erklärung zu finden sei.

»Ich musste eine Aussage machen, auf der Polizeiwache. Es … es stellte sich als ziemlich anstrengend heraus.«

»Wollen wir uns nicht irgendwo hinsetzen? Es gibt da ein Café gleich um die Ecke.«

Sie rückt den Schulterriemen ihrer Aktentasche zurecht, hängt sich die Einkaufstasche an den Arm und führt mich mit dem anderen Arm den kurzen Weg den Broadway entlang. Obwohl man draußen sitzen kann, schlägt sie vor, reinzugehen, weil es dort ruhiger ist. Allein schon das Sitzen tut gut.

Sandra gibt der Kellnerin ein Zeichen und bestellt jedem von uns eine Tasse Tee und ein Glas Wasser nur für mich. Als mein Kopf klarer wird, fällt mir auf, dass sie so schick angezogen ist wie beim ersten Mal, als ich sie sah: ein marineblauer enger Rock und eine weiße Spitzenbluse mit Biesen rund um den Hals.

»Ach, das ist besser«, sage ich nach einem Schluck von dem eiskalten Wasser. Das Schwindelgefühl lässt nach.

»Ist Ihnen etwas zugestoßen? Waren Sie deshalb bei der Polizei?

»Nein, nein.« Ich erhebe das Glas, halte es gegen meine Wange und genieße die Kälte auf der Haut. »Nicht mir persönlich. Aber … nun ja … erinnern Sie sich daran, dass ich letzte Woche eine Cateringfirma engagiert hatte? Die Chefin der Firma wurde ermordet.«

»Du meine Güte, Eve Blazer, natürlich.« Sandras braune Augen weiten sich. »Ich habe es in den Nachrichten gesehen. Die Sache hat mir einen mächtigen Schreck eingejagt. Mir war nicht klar, dass sie es war, die Sie angeheuert hatten.«

»Ja«, sage ich leise. »Erinnern Sie sich, wie ich von dem gestohlenen Geld erzählte? Am nächsten Tag wollte ich der Sache nachgehen und fand dabei ihre Leiche.«

»Wie furchtbar! Und die Polizei hat Sie dazu befragt?«

»Sie haben vor Ort schon mit mir geredet, hatten aber noch weitere Fragen. Ich musste alles wieder und wieder durchkauen.«

Sie zieht eine perfekt gearbeitete Augenbraue hoch. »Das war bestimmt kein Zuckerschlecken.«

Ich lächle bitter. »Es war wie bei diesen Sicherheitsschleusen auf dem Flughafen, wenn ein Beamter einen bittet, zur Seite zu treten, und man sich fragt, ob aus Versehen eine Pistole im eigenen Rollkoffer steckt.«

»Das kenne ich. Das einzige Mal, als ich wegen zu schnellen Fahrens angehalten wurde, war ich wie besessen von der Vorstellung, dass die Polizei in meinen Kofferraum zwanzig Päckchen Heroin finden würde.«

Wir lachen, und es tut gut, nicht die einzige Person mit schlechtem Gewissen gegenüber den Ordnungshütern zu sein.

Unser Tee wird in weißen Porzellankannen serviert.

»Lassen Sie mich das machen«, schlägt Sandra vor und füllt zuerst meine Tasse. Ihre Nägel sind wunderschön in sehr blassem Pink lackiert. Es scheint Jahre her zu sein, dass ich mich um meine gekümmert habe. Genüsslich schlürfe ich einen Schluck Tee und spüre, wie das Blut in meinen Kopf zurückkehrt.

»Aber Sie haben es überlebt? Sie sind einigermaßen durchgekommen?«

»Ja, sieht so aus.«

Sie schaut mich fragend an. Vielleicht versucht sie, zwischen den Zeilen zu lesen. Ich möchte nicht den Anschein erwecken, dass es ein Problem gibt. »Es ist alles in Ordnung. Ich musste nur heute alles noch einmal durchleben.«

»Armes Ding«, sagt Sandra. Verwundert frage ich mich, ob sie mich damit meint, doch dann wird mir klar, dass sie von Eve Blazer spricht. »Ich hatte stets das Gefühl, dass sie das Unglück anzieht.«

»Welches Unglück?« Ich bekomme eine Gänsehaut.

»Ich habe nur immer wieder mal Gerüchte gehört. Einmal hat eine ehemalige Kollegin sie engagiert und danach geschworen, dass sie es nie wieder tun würde. Sie war ziemlich sauer.«

»Worum ging es?«

Sie neigt den Kopf und denkt nach.

»Ich kann mich nur erinnern, dass es nichts mit dem Essen oder dem Service zu tun hatte. Irgendwas Schräges war passiert, aber sie hat damals nicht genau gesagt, was.«

Ob vielleicht Wertgegenstände fehlten, frage ich mich? Eve hatte entschieden abgestritten, jemals Ärger mit ihren Angestellten gehabt zu haben, aber das könnte eine Lüge gewesen sein. Ganz in Gedanken habe ich die Tischplatte angestarrt, und als ich aufblicke, mustert Sandra mich aufmerksam.

»Soll ich versuchen, es für Sie herauszufinden?«, fragt sie.

Das wäre toll, aber ich will es nicht aussprechen. Außerdem möchte ich plötzlich dringend nach Hause.

»Nicht nötig«, antworte ich. »Ich war nur neugierig.«

»Kann ich Ihnen nicht verdenken. Das muss für Sie beide sehr unangenehm sein.«

»Für uns beide?«

»Für Sie und Ihren Mann. Ich nehme doch an, dass er sie zu Hause auch kennengelernt hat.«

»Ja, für ihn ist es etwas unangenehm, weil sie in der Vergangenheit hin und wieder zusammengearbeitet haben.« In der Sekunde, als ich es ausspreche, bereue ich es schon. Guy und ich wollten uns von allem, was den Mord betrifft, fernhalten – und nun mache ich genau das Gegenteil.

»Sie sind sich sicher gegenseitig eine wunderbare Stütze.«

»Auf jeden Fall, ja.« Ich muss das Thema wechseln, und

zwar sofort. Die Kellnerin taucht auf, und ich gebe ihr einen Wink. »Ich sollte Sie nicht länger aufhalten, Sandra.«

»Das hier geht natürlich auf mich, bitte«

»Das kommt nicht in Frage. Sie glauben gar nicht, wie froh ich bin, dass Sie mich gerettet haben.«

Als die Kellnerin die Rechnung auf den Tisch legt, schnappt Sandra flugs danach und lacht wieder auf ihre verschwörerische Art.

»Sie haben auch mich gerettet. Eigentlich sollte ich Geschenktüten für eine Werbeveranstaltung fertigmachen und habe verzweifelt nach einer Entschuldigung gesucht. Heutzutage sind alle scharf auf Goodie Bags. Umsonst essen und trinken allein reicht nicht mehr aus.«

»Haben Sie dafür eingekauft?«, frage ich und weise mit dem Kopf auf ihre prallvolle Tasche.

»Ja, das sind die letzten Duftkerzen, die ich bestellt habe.«

Nachdem sie bezahlt hat, bringt sie mich noch zum Auto. Glücklicherweise kann ich mich wieder daran erinnern, wo ich geparkt habe.

»War schön, Sie zu treffen«, sagt sie. »Ich bin erst gestern Abend zurückgekommen und wollte mich melden. Warum telefonieren wir nicht in ein, zwei Tagen miteinander und vereinbaren ein Mittagessen? Haben Sie eine Karte?«

»Sehr gern«, sage ich, nachdem ich in meiner Handtasche eine gefunden habe.

Sie geht los, dreht sich aber noch einmal um und tippt sich mit einem ihrer manikürten Finger auf den Mund.

»Es geht mich zwar nichts an, aber seien Sie ein wenig vorsichtig mit unserer örtlichen Polizei.«

In meinem Kopf schlägt es schon wieder Alarm.

»Oh, warum das?«

»Ich will Sie nicht beunruhigen. Es ist nur so, dass ich wegen einiger Kunden mit ihr zu tun hatte, und sie können ein wenig indiskret sein. Das brauchen Sie jetzt sicher nicht.«

»Danke, ich werde es beherzigen.«

Im Auto geht mir ihre Bemerkung nicht aus dem Sinn. Ich versuche, daraus schlau zu werden. Was genau meinte sie mit indiskret? Sollte einer der Kellner wegen Mordes unter Anklage stehen, werden Guy und ich uns in den Nachrichten wiederfinden. Nichts auf der Welt kann das verhindern, aber welche Zusatzinformation könnte die Polizei gegebenenfalls durchsickern lassen?

Der Gedanke an die Cops erinnert mich daran, dass ich Guy noch nicht von meinem Termin auf der Polizeistation berichtet habe. Es ist kurz nach vier, als ich zu Hause ankomme. Er wird in zwei Stunden nach Hause kommen. Statt ihn bei der Arbeit zu stören, kann ich ihm später alles erzählen.

Als ich die Tür aufschließe und in die Küche gehe, hat sich die Müdigkeit verabschiedet und ist einer merkwürdigen Aufgedrehtheit gewichen. Immer wieder muss ich an das Gespräch mit Corcoran denken. Warum lässt sich die Frau nicht auffinden, die mich auf Anweisung von Eve angerufen hat? Ob die Anruferin etwas mit dem Mord zu tun hat oder vielleicht selbst ein Opfer ist? Die ganze Situation ist verzwickt und droht Guy und mich mit sich zu reißen, aber ich weiß nicht, wie ich uns davor bewahren könnte.

Ich gehe in mein Büro, und mir kommt eine Idee: Nachdem die Dinnergäste uns am Donnerstagabend verlassen hatten, meinte Guy, ich könne mich doch einmal mit den beiden Frauen treffen. Es besteht zwar null Interesse meinerseits, besonders was Kim betrifft, aber inzwischen würde diese Geste Sinn ergeben. Freundschaftliche Beziehungen zu den Ehefrauen könnten vielleicht hilfreich sein. Kim ertrage ich nicht, jedenfalls nicht in dieser Woche, aber Barb sende ich eine E-Mail und schlage ein Essen oder einen Drink vor.

Ich bin noch im Büro, als ich höre, wie Guy durch die Küchentür hereinkommt. Bevor ich aufstehen kann, betritt er das Zimmer, legt beide Hände auf meine Schulter und küsst mich auf den Hinterkopf.

»Schwer bei der Arbeit, Schatz?«, fragt er.

»Ich kümmere mich nur um ein paar Sachen. Ich hatte dich vor ein paar Stunden angerufen, hast du es gesehen?«

»Ja, aber erst beim Rausgehen. Tut mir leid.«

»Ich habe auch im Büro angerufen. Hat Miranda dir nichts ausgerichtet?«

»Nein, aber sie war den ganzen Tag über mit dem Kopf irgendwo anders. War es wichtig?«

»Ja. Lass uns bei einem Glas Wein darüber reden, okay?«

Ich merke, wie angespannt er ist, als er mir in die Küche folgt und unterwegs sein marineblaues Jackett auszieht.

»Erzähl schon«, sagt er, noch bevor er den Wein entkorkt hat.

Ich berichte ihm von dem Anruf der Polizei und dass sie mich wegen zahlreicher Details über die Dinnerparty ausgefragt haben.

»Himmel«, sagt er und ringt die Hände. »Wollen die mit den Geldgebern sprechen?«

»Sieht bisher nicht so aus. Nach Namen haben sie nicht gefragt, und ich habe sie bestimmt nicht freiwillig rausgerückt. Aber falls sich herausstellt, dass einer der Kellner Eve Blazer ermordet hat, könnte sich das ändern.«

»Toll. Genau das, was ich brauche.«

Ich gieße ihm ein Glas ein und hoffe, dass es seine Nerven ein wenig beruhigt. Aber er lässt sein Glas stehen.

»Solltest du nicht Brent vorwarnen? Falls dann einer der Kellner verhaftet wird, gäbe es kein so böses Erwachen.«

»Es gibt ein böses Erwachen, wann immer er auch davon hört. Der Typ hasst jede Art von Aufregung.«

Der schrille Ton der Haustürklingel unterbricht uns. Wir fahren beide hoch. Ich schaue auf die Uhr der Mikrowelle. Es ist 19:20 Uhr. Wer würde uns um diese Zeit einen Besuch abstatten?

»Erwartest du jemanden?«, fragt Guy.

Irritiert schüttle ich den Kopf und folge ihm zur Eingangstür. Gemeinsam spähen wir durch eine der seitlich angebrachten antiken Glasscheiben.

Auf der Terrasse stehen ein Mann und eine Frau. Den Mann kenne ich nicht. Die Frau ist Detective Corcoran.

KAPITEL 10

Das kann nichts Gutes bedeuten. Vor wenigen Stunden erst war ich auf der Wache, warum also sollte Corcoran hier auftauchen, wenn nicht etwas vorgefallen wäre? Der Mann ist wahrscheinlich ihr Kollege.

»Das ist die Polizei«, flüstere ich Guy zu, der keine Ahnung hat, um wen es sich handelt.

»Und was wollen sie hier?«

»Vielleicht haben sie jemanden verhaftet.« Einerseits wäre das eine Erleichterung, aber wenn es einer der Kellner wäre, würden die Mordermittlungen direkt zu uns führen.

»Ich übernehme, okay?« Er geht um mich herum und reißt die schwere Holztür auf.

»Guten Abend«, sagt Corcoran. Sie nickt mir zu und richtet dann alle Aufmerksamkeit auf Guy. »Sie müssen Mr. Harper sein.«

»Ich bin Guy Carrington. Aber ich bin Bryn Harpers Ehemann, wenn Sie das meinen.«

Guy klingt etwas barsch, nicht sein üblicher Umgangston gegenüber Fremden. Er ist besorgt, denke ich. Genauso wie ich.

Corcoran stellt zuerst sich, dann ihren Kollegen Detective Mazzola vor. Er ist jünger als sie, vielleicht Mitte dreißig mit kurzer Igelfrisur. Er trägt Khakis, ein blaues Hemd und einen abgewetzten Ledergürtel, der den ausgeleierten

Löchern nach im Laufe der Jahre stets etwas weiter geschnallt wurde.

»Dürfen wir reinkommen?«, fragt sie. »Wir würden uns gerne mit Ihnen beiden unterhalten.«

»Darf ich fragen, worum es geht?«, sagt Guy. Wieder überrascht mich sein Ton. »Ich dachte, meine Frau hätte alles gesagt, was sie weiß.«

»Ms. Harper war sehr hilfreich, aber es gibt neue Erkenntnisse, die wir gerne mit Ihnen besprechen würden.«

Neue Erkenntnisse. Mein Magen zieht sich zusammen.

»In Ordnung, treten Sie ein«, sagt Guy. Er führt uns alle ins Wohnzimmer. Keiner der Polizisten macht eine Bemerkung über das Haus, aber ich sehe, wie Mazzola seinen Blick schweifen lässt, ohne sich etwas anmerken zu lassen.

Guy weist auf die Sessel, und die Detectives nehmen vor dem Kamin Platz. Wir lassen uns ihnen gegenüber auf der Couch nieder. Mein Herz pocht wild vor Erwartung. Ich möchte Guy jeden Ärger ersparen, aber da ist noch mehr. Ich will nicht herausfinden müssen, dass ich ungewollt der Auslöser für den Mord an Eve Blazer war.

»Wohnen Sie schon lange hier?«, fragt Corcoran. Unglaublich, dass sie jetzt mit Small Talk anfängt. So hat sie auch heute Morgen begonnen, mit einer freundlichen Frage nach meinem Wohlbefinden. Ist das eine ihrer Techniken?

»Seit etwa einem Monat«, sagt Guy. »Wir mieten das Haus über den Sommer.«

»Aber laut Ihrer Frau arbeiten Sie in Saratoga?«

»Das ist richtig. Ich bin Entwicklungsleiter des Opernhauses.«

Corcoran legt ihren Kopf schief.

Guy fasst kurz unsere Geschichte zusammen: eine Fernbeziehung, er mit seinem kleinen Apartment in der Stadt, ich den Sommer über hier, um etwas mehr Platz zu haben. Corcoran hat einen Mundwinkel nach oben gezogen, als würde sie denken: »Muss nett sein.«

Bitte, flehe ich innerlich, sag uns endlich, warum du hier bist.

»Sie sprachen von neuen Erkenntnissen«, sagt Guy.

»Ja, das stimmt.« Corcorans Ton ist höflich, aber ihr gemächlicher Tonfall macht deutlich, dass sie sich weder drängen noch bevormunden lässt. »Wir wissen, dass Ihre Frau sich Sorgen macht, weil der Mord etwas mit dem Diebstahl in Ihrem Haus zu tun haben könnte.«

»Wir machen uns *beide* Sorgen«, sagt Guy. Er nimmt meine Hand in seine. »Schrecklich, was hier geschehen ist.«

»Wie Sie sich vorstellen können, halten wir Zeugen nicht ständig auf dem Laufenden, was unsere Untersuchungen anbetrifft, aber wegen ihrer Befürchtungen in Sachen Sicherheit machen wir in diesem Fall eine Ausnahme.«

Guy sagt dazu nichts, aber ich spüre im Sofakissen ein leichtes Zittern, als er sich fast unmerklich bewegt.

»Nun, Sie können ein wenig aufatmen«, fährt sie fort. »Wie sich herausstellte, haben beide Kellner für die Tatzeit ein Alibi. Keiner von ihnen steht unter Verdacht.«

Unwillkürlich entfährt mir ein Seufzer. Also bin ich nicht für diese grauenhafte Verkettung der Ereignisse verantwortlich.

»Dann hatte das gestohlene Geld nichts mit dem Mord zu tun?«, frage ich.

»So sieht es aus.«

Ich wende mich zu Guy in der Erwartung, dass auch er sich über die Nachricht freut, aber er schweigt mit ausdrucklosem Gesicht. Schließlich nickt er, als habe es eine Weile gedauert, bis er die Neuigkeit verdaut hat.

»Vielen Dank, dass Sie uns informiert haben«, sage ich. »Es ändert natürlich nichts an den Geschehnissen, aber mir fällt ein Stein vom Herzen.«

Immer noch ungeklärt ist die Frage, ob einer der Kellner das Geld genommen hat. Wahrscheinlich werden wir nie erfahren, ob die Streichhölzer ein hämischer Streich oder einfach nur bizarrer Zufall waren.

»Ich möchte meiner Frau zustimmen«, erklärt Guy schließlich. »Wir wissen Ihre Information zu schätzen.«

Und nun dürfen Sie gehen, denke ich. Endlich können wir die Sache abschließen. Aber Corcoran bleibt sitzen.

»Natürlich müssen wir immer noch nach dem Mörder suchen«, sagt sie. »Jeder Hinweis von Ihrer Seite wäre hilfreich.«

»Hinweis?«, frage ich. Heute Morgen wollte sie gar nichts zum Stand der Untersuchung preisgeben, und nun soll ich Hilfspolizist spielen?

»Ich nehme doch an, dass Sie sich um Ms. Blazer gekümmert haben, als sie das Dinner zubereitete. Wie wirkte sie auf Sie?«

»Wie sie wirkte? Ich verstehe nicht ganz.« Will sie wissen, in welcher Stimmung Eve an jenem Abend war?

»War sie irgendwie angespannt?« Es ist Mazzola, der sich zum ersten Mal meldet und gleichzeitig Notizbuch und Stift zückt. »Besorgt?«

Was für eine alberne Frage. Glauben die wirklich, ich könnte nach einem Abend beurteilen, ob Eve Blazer sich wegen etwas Sorgen machte?

»Ich habe nur kurz mit ihr gesprochen, aber soweit ich es beurteilen kann, wirkte sie nicht angespannt.«

»Und am nächsten Tag in ihrer Firma? War etwas an ihrem Verhalten seltsam?«

»Nichts, was mir aufgefallen wäre.«

»Aber sagten Sie nicht, dass sie am Freitag wütend war?«

Jetzt spricht Corcoran. Bilde ich mir das ein, oder klingt ihr Ton so, als habe sie uns bei etwas ertappt?

»Ja, aber da ging es um das Geld. Sie war sicher nicht erfreut, dass jemand von ihrem Personal es gestohlen haben könnte.«

Corcoran macht wieder ihr Gesicht mit den zusammengepressten Lippen. Ich habe keine Ahnung, was es zu bedeuten hat. Sie lässt ihren Blick zu Guy wandern, und ich kann durch das Kissen fühlen, wie er sich versteift. Findet er die Situation auch so absurd wie ich?

»Und was ist mit Ihnen, Mr. Carrington? Sie haben mit Ms. Blazer mehrfach zusammengearbeitet.«

»Na ja, mein Arbeitgeber hat sie engagiert. Wir haben ihre Cateringfirma ziemlich regelmäßig gebucht.«

»Konnten Sie mit ihr sprechen, als sie hier war?«

»Ich habe sie gegrüßt, als ich nach der Arbeit in die Küche kam … und ich habe ihr Bescheid gegeben, als wir bereit waren zu essen.«

»Haben Sie irgendetwas Ungewöhnliches bemerkt?«

»Nicht während dieser dreißig Sekunden langen Treffen, nein. Und auch wenn wir länger gesprochen hätten, bezweifle ich, ob mir aufgefallen wäre, dass sie Angst um ihre Sicherheit hatte. Sollten Sie diese Fragen nicht eher den Angestellten stellen? Wenn sie sich Sorgen machte, hat sie vielleicht mit ihren Kollegen darüber gesprochen?«

»Wir befragen so viele Leute wie möglich«, sagt Corcoran.

Die Bemerkung hängt in der Luft wie ein Blatt, das mitten im Fallen aufgefangen wurde. Bitte, denke ich, frag jetzt nicht nach unseren Gästen.

»Natürlich«, sagt Guy. »Leider können wir über ihre Gemütsverfassung nichts weiter sagen. Gibt es sonst noch etwas, womit wir Ihnen helfen können?«

Und wieder überrascht mich sein Ton, leicht von oben herab. Corcoran wirft ihrem Kollegen einen Blick zu und richtet ihre Aufmerksamkeit dann auf mich.

»Da ist noch eine Sache. Wegen des Telefonanrufs am Samstag.«

»Ja?« Ich nehme an, dass sie die Anruferin inzwischen endlich erreicht hat.

»Sehen Sie, wir können die Frau immer noch nicht ausfindig machen. Es ist ziemlich mysteriös.«

Ein Anflug von Angst überkommt mich. Was ist hier los?

»Haben Sie es mit der Nummer versucht, die ich Ihnen gegeben habe?«

»Haben wir. Aber es handelt sich um ein Telefon mit Prepaidkarte, das nicht mehr in Betrieb ist.«

Könnte ich Corcoran die falsche Nummer gegeben haben? Aber nein, das ist nicht möglich. Dieser Anruf und der von Guy aus seinem Büro waren die einzigen, die ich am Samstagmorgen erhielt. Mir fällt auf, dass Guy schon wieder still geworden ist. Wahrscheinlich versucht er, Corcorans Worte zu interpretieren. Ich hatte einfach noch keine Gelegenheit, ihn auf den aktuellen Stand zu bringen.

»Vielleicht … vielleicht hat die Frau ihr Telefon verloren«, schlage ich vor. »Und sie hat für ein paar Tage ein Ersatztelefon benutzt.«

Corcoran antwortet nicht, fixiert mich aber, und ich muss mich hüten, mich nicht zu winden. Wie schon auf der Polizeistation gibt sie mir das Gefühl, Probleme zu machen und ihre Untersuchung zu behindern.

»Wenn die Kellner nicht unter Verdacht stehen, warum

ist es dann von Bedeutung?«, frage ich, um mich wieder sicherer zu fühlen.

»In einer Morduntersuchung ist alles von Bedeutung«, antwortet sie kühl.

Selbstverständlich, denke ich. Es war eine dumme Bemerkung. Die Anruferin hatte mehr oder weniger so getan, als befinde sie sich in dem blauen Haus und ist für die Polizei dadurch von Interesse. Ich frage mich, was als Nächstes kommt, aber Corcoran erhebt sich langsam. Mazzola ebenfalls.

»Gut«, sagt sie, obwohl nichts sich gut anfühlt. »Vielen Dank für Ihre Mühe.«

Guy bringt sie zur Tür, und ich gehe zurück in die Küche, um einen großen Schluck Wein zu trinken. Ich sollte erleichtert sein. Keiner der Kellner ist ein Axtmörder, aber das Unwohlsein, das ich vor ihrer Ankunft hatte, ist wieder ausgebrochen wie eine frische Infektion.

Alles an Corcorans Besuch fühlt sich seltsam an. Die Art, wie sie aus Guy und mir etwas über Eve Blazers Gemütsverfassung herausquetschen wollte. Wie sollen wir ihre innersten Gedanken kennen? Und dann diese ganze verrückte Sache mit der Frau am Telefon, die unauffindbar ist. Auch die Art, wie Corcoran und ihr Partner anscheinend zwei Gespräche parallel führten, verunsichert mich: Eines drehte sich um Guy und mich, das andere lief stillschweigend zwischen den beiden ab.

Eine entsetzliche Frage formt sich in meinem Kopf: Bin ich das Ziel einer Untersuchung? Immerhin habe ich die Leiche gefunden – oder war zumindest eine der ersten Zeuginnen am Tatort –, und hat die Polizei solche Personen nicht immer unter Verdacht? Aber Corcoran kann mich nicht ernsthaft verdächtigen. Welches Motiv sollte ich haben?

Guy tritt hinter mich, und ich zucke zusammen.

»Oh, ich habe dich nicht gehört. Willst du etwas Wein?«, frage ich.

»Jetzt nicht, danke. Vielleicht später.«

»Du musst erleichtert sein, oder? Da die Kellner unschuldig sind, sieht es nicht so aus, als würde die Polizei mit deinen Gästen reden wollen.«

»Wenigstens im Moment nicht.«

»Außer sie wollen sie auch noch fragen, ob die Köchin an diesem Abend besorgt wirkte«, spotte ich. »Ich glaube es einfach nicht, dass sie meinen, wir könnten das beurteilen.«

»Was ist das für eine Geschichte mit dem Telefonanruf?«

»Das hat sich heute Morgen auf der Wache ergeben, deswegen konnte ich es dir noch nicht erzählen. Sie haben wohl mit allen Mitarbeiterinnen der Cateringfirma gesprochen, aber keine will mich angerufen haben.«

Er runzelt die Stirn, als verstünde er nicht, was das bedeutet.

»Warum sollte die Person, die dich angerufen hat, das der Polizei verschweigen?«

»Keine Ahnung, aber es macht mir Sorgen. Als ich mit dieser Frau sprach, hatte ich den Eindruck, dass sie aus Eves Haus anrief. Offensichtlich wusste sie zu diesem Zeitpunkt nicht, dass Eve schon tot war. Vielleicht ist sie ja erst nach dem Anruf in Eves Büro gegangen, hat dort ihren Körper gefunden und ist dann in Panik weggerannt, weil sie mit der Polizei nichts zu tun haben wollte. Oder sie weiß etwas über den Mord und will sich so weit wie möglich raushalten.«

»Na ja, es ist Sache der Polizei, das rauszufinden.«

»Corcoran tut so, als würde ich etwas verschweigen. Ich hasse das. Auf der Wache hat sie mich auch schon gelöchert.

Meinst du, sie glaubt, dass ich etwas mit dem Mord zu tun habe?«

»Natürlich nicht, sei nicht albern. Allerdings finde ich, du solltest diese Unstimmigkeit mit Eve Blazer an jenem Abend nicht zur Sprache bringen. Du willst doch nicht, dass die Polizisten sich darin verbeißen. Ich zweifle ernsthaft an deren Fähigkeiten.«

»Natürlich hätte ich davon nichts erzählt«, sage ich und frage mich gleichzeitig, warum er es nötig findet, das zu betonen. »Es spielt überhaupt keine Rolle ... Wie sieht es mit Abendessen aus? Ich könnte uns schnell einen Salat machen?«

»Ich gehe besser nach oben und schaffe noch ein bisschen was weg. Ich mache mir später ein Sandwich.«

»Ist alles in Ordnung?«, frage ich.

»Ja, Ich möchte nur eine Weile an etwas anderes denken als an diesen ganzen Schlamassel.«

Nachdem er den Raum verlassen hat, nehme ich mein Glas mit auf die Veranda und kuschle mich in einen Korbsessel. Weil keiner der Kellner der Mörder sein kann, muss ich mir hier draußen keine Sorgen mehr machen, besonders wenn Guy im Haus ist.

Ich habe keine Lampen angezündet, und so flutet schon bald Dunkelheit die Veranda wie Nebel. Ich trinke noch einen Schluck Wein, stelle das Glas aber dann auf den Boden, weil Alkohol gegen meine Anspannung nicht hilft. Irgendetwas fühlt sich eigenartig an, so als schliefe ich auf der falschen Seite des Bettes.

Was mich beunruhigt, ist nicht nur das Verhalten der Polizisten, sondern auch Guy mit seinem heutigen Benehmen, das für ihn so untypisch ist. Dieser barsche Ton bei der Begrüßung und seine Teilnahmslosigkeit mir gegenüber, seit die Cops das Haus verließen. Er muss doch wissen, dass diese ganze Angelegenheit mich mitnimmt. Warum setzt er sich nicht eine Weile zu mir, während wir versuchen, zusammen runterzukommen?

Und da ist noch etwas anderes. Sein jähes Verstummen mitten im Gespräch, als versuche jemand angestrengt, auf ein Geräusch im Nebenraum zu lauschen. Geht es ihm nur so wie mir auf dem Revier, dieses Unwohlsein, wenn man einem Polizisten gegenübersitzt und befragt wird? Ich erinnere mich an Sandras Befürchtungen, als sie einmal wegen einer Geschwindigkeitsüberschreitung angehalten wurde.

Es ist inzwischen fast dunkel. In der Luft liegt ein Hauch von Geißblatt.

Dann packt mich wieder die Erschöpfung. Ich will aufstehen, aber meine Arme und Beine fühlen sich viel zu schwer an. Ich lasse mich in eines der Kissen sinken und schließe die Augen. Nur eine Minute, denke ich, nur so lange, bis meine Lebensgeister zurückgekehrt sind.

Und dann ein Traum, halb im Bewusstsein, dass es sich um einen Traum handelt. Ich bin wieder im Hotelzimmer. Es riecht nach Rauch. Und der Mann steht hinter mir. Er will, dass ich warte, aber ich sage ihm, dass es nicht geht. Diesmal spüre ich, wie er nach mir greift und meinen Arm berührt.

»Hören Sie zu«, sagt er. »Sie müssen mir zuhören.«

KAPITEL 11

Als ich am nächsten Morgen gegen acht aufwache, liege ich im Schlafzimmer, nicht auf der Veranda. Es dauert eine Weile, bis mir alles wieder einfällt. Ich hatte einen Alptraum, Guy hat mich schreien gehört und nach oben gebracht.

»Es ist nur ein Traum«, beruhigte er mich. Nachdem er mich zugedeckt hatte, lag ich lange wach, obwohl ich erschlagen vor Müdigkeit war. Erst gegen drei bin ich eingeschlafen. Ich gehe davon aus, dass Guy schon bei der Arbeit ist und ich in der Küche einen Zettel von ihm vorfinden werde.

So ist es auch. *Ich wünsche dir einen schönen Tag, Liebling* steht da. *Bin gegen sieben zu Hause. Ruf mich an.*

Alles wirkt normal, Guy scheint weder distanziert noch gleichgültig zu sein. Und doch bin ich wegen Corcorans Besuch immer noch verunsichert. In einer Stunde findet meine wöchentliche Sitzung mit Dr. G. über Skype statt. Ich hoffe, dass das Gespräch mit ihr meine Sorgen zerstreuen kann.

Ich fahre meinen Laptop schon ein paar Minuten früher hoch, um sicherzugehen, dass es bei Skype keine Störung gibt. Dr. G. ist zur verabredeten Zeit online, und ich bin froh, ihr warmes, freundliches Gesicht zu sehen. Sie ist um die sechzig, mit ausdrucksstarken dunklen Augen und langem schwarzen Haar, das sie gewöhnlich hochsteckt. Ihr ist eine Eleganz zu eigen, die ich vor der ersten Visite nicht erwartet hätte. Davor war ich nur ein einziges Mal bei einer Therapeutin gewesen, einer Trauerberaterin, die mir nach dem Tod meiner Eltern zur Seite stand. Bis hin zu den Feinstrickpullovern und dem ungeschminkten Gesicht entsprach sie dem klassischen Therapeutenklischee.

»Guten Morgen, Bryn«, sagt sie. »Wie geht es Ihnen?«

Normalerweise nehme ich mir Zeit und suche nach Worten, um meine Gemütsverfassung zu beschreiben, obwohl ich im Vorfeld meine Gedanken natürlich schon gesammelt habe. Aber heute beginne ich sofort zu erzählen – von dem Mord über die Dinnerparty und die verbrannten Streichhölzer in meiner Schublade bis hin zu dem entzückenden Gespräch mit der Polizei gestern Abend. Während sie zuhört, versucht sie erst gar nicht, ihre Besorgnis zu verbergen.

»Bryn, das muss Sie schrecklich mitnehmen.«

»Mich verfolgt eher die Horrorvorstellung, dass dieser Mörder immer noch frei herumläuft.«

»Beschwört das alles die Erinnerung an Ihren Unfall wieder herauf?«

»Ein wenig. Als ich einen der Kellner in Verdacht hatte, fühlte ich mich so verantwortlich, als hätte ich durch den Besuch bei der Firmeninhaberin die ganze Geschichte selbst in Gang gesetzt. Es war wie die Schuld, die ich wegen des Unfalls immer mal wieder verspüre.«

Ich erwähne den Traum von gestern Nacht und dass er etwas bedeuten muss. Ich erzähle ihr auch von dem geheimnisvollen Mann, der im Traum nach mir ruft.

»Als Sie der Mann zum ersten Mal in Ihrem Traum auftauchte, war das vor oder nach dem Mord?

»Äh, davor.«

»Gut. Obwohl der Mord den Traum in dieser Form heraufbeschwört haben kann, scheint er nicht das Thema zu sein. Haben Sie eine Idee, wer der Mann sein könnte?«

»Nein, ich erkenne ihn nie, auch seine Stimme nicht, aber irgendwie kommt er mir bekannt vor.«

»Hört sich an, als ob er Ihnen etwas Wichtiges zu sagen hat. Ich vermute, dass Sie bei Gelegenheit herausfinden werden, wer er ist, da der Traum Ihnen jedes Mal etwas mehr enthüllt. Notieren Sie weiterhin die Einzelheiten, okay?«

»Ja. Aber wenn der Traum wirklich etwas mit dem Unfall zu tun hat, warum träume ich immer von einem Hotel?«

»In Träumen vermischen sich verschiedene Elemente miteinander. Sie waren in der Nacht vor dem Unfall ja in einem Hotel.«

Auf der Uhr meines Laptops sehe ich, dass wir fast schon eine halbe Stunde miteinander gesprochen haben. Bleiben nur noch fünfzehn Minuten.

»Lassen Sie uns noch einmal über die Ereignisse bei der Dinnerparty reden«, sagt Dr. G. »Die Schachtel mit den verbrannten Streichhölzern, glauben Sie, dass jemand Ihnen Angst machen wollte?«

»Sah so aus. Einer der Kellner oder sogar diese Frau, Eve selbst. Oder vielleicht auch einer der Gäste.«

»Könnte es eine andere Erklärung geben?«

»Ich habe überlegt, ob die Person, die das Geld gestohlen hat, die Streichholzschachtel als Ablenkung dorthin gelegt haben könnte, um mich zu verunsichern, ob ich das Geld wirklich in die Schublade gesteckt habe. Aber warum sämtliche Streichhölzer abbrennen? Für mich sieht das nach einer Botschaft aus.«

»Das muss noch zu Ihrer Angst beitragen … das Befremden, warum jemand eine solche Botschaft senden würde.«

»Ja, obwohl ich gestern gar nicht so oft daran gedacht

habe. Momentan muss ich ständig an den Mord denken. Und natürlich beschäftigen mich diese absonderlichen Befragungen durch die Polizei. Es ist so bedrückend.«

»Warum bedrückend?«

Ich erzähle ihr von einigen der Fragen und der Tatsache, dass Corcoran die Frau, die mich angerufen hat, nicht aufspüren konnte.

Dr. Greene richtet sich kerzengerade auf. In ihren Augen kann ich lesen, dass sie versucht, sich einen Reim auf Corcorans Vorgehen zu machen.

»Es ist wohl kaum Ihr Fehler, Bryn, dass sie die Frau nicht finden kann.«

»Ich weiß, aber die Art, wie sie mir zusetzt, fühlt sich an, als hätte ich etwas falsch gemacht, als würde ich etwas verschweigen.«

»Könnte es sein, dass sie einfach nur wegen des Verlaufs der Untersuchung frustriert ist? Sie wird annehmen, dass diese Frau wichtige Informationen besitzt oder sogar eine Verdächtige sein könnte.«

Da ist etwas dran. »Stimmt.«

»Ich würde mich wegen der Polizei nicht sorgen. Sie haben nichts falsch gemacht. Es scheint, als hätten Sie einige Ihrer alten Ängste auf die Treffen mit den Beamten übertragen.«

»In Ordnung.« Ihr Ratschlag ist etwas, woran ich mich festhalten kann, ein kleines Rettungsfloß im Ozean.

»Wie läuft es mit dem Schreiben?

»Ich fing an, wieder besser voranzukommen, aber der Mord hat mich aus der Bahn geworfen.«

»Nehmen Sie sich vor, erst mal nur zehn Minuten am Tag zu schreiben. Und denken Sie an Ihr Atemtraining, Bryn. Üben Sie selbst beim kleinsten Anflug von Stress.«

Ich schaue auf die Uhr. Nur noch drei Minuten. Ich habe ihr noch nichts von Guy erzählt.

»Wie läuft es mit Guy?«, fragt sie. Sie hat einfach ein Talent, Gedanken zu lesen. »Steht er Ihnen in dieser Zeit bei?«

Mir entfährt ein tiefer Seufzer. Ich fahre mir mit der Hand durchs Haar.

»Es ist etwas … schwierig.«

»Inwiefern?«

»Ich kann es schlecht erklären. Anfangs war er ziemlich verstimmt, weil der Mord sich auf seine Arbeit auswirken könnte, weil seine Geldgeber bei unserem Dinner eingeladen waren. Und jetzt wirkt er sehr reserviert. Ich glaube, die Befragung durch die Polizei hat ihn ziemlich auf die Palme gebracht.«

»Wollen wir uns nächste Woche darauf konzentrieren? In der Zwischenzeit könnten Sie versuchen, Guy darauf anzusprechen.«

»Sie meinen, warum er so zurückhaltend ist?«

»Ja, aber setzen Sie ihn nicht unter Druck. Fragen Sie ihn, welchen Eindruck er von der Befragung hat, nachdem die Aufregung sich jetzt ein wenig gelegt hat. Vielleicht wird er sich öffnen.«

Noch etwas, woran ich mich entlanghangeln kann. Ein Plan.

Bevor sie sich verabschiedet, fragt sie, ob ich mit dem niedrig dosierten Antidepressivum klarkomme. Obwohl ich zurzeit so eine angenehme Gesellschaft bin wie ein Hautausschlag, will ich fürs Erste bei der Dosis bleiben.

Nach dem Telefonat fühle ich mich besser, weniger aufgewühlt. Vielleicht hat sie recht mit der Polizei. Und ich sollte wirklich mit Guy reden. Ich habe ihn mit Samthandschuhen angefasst, weil ich fürchtete, dass er beim Schneckentempo meiner Erholung ungeduldig werden könnte, und dass er zudem sauer ist, weil ich schnurstracks in Eves Büro marschiert bin.

Ich will meinen Laptop zuklappen, sehe aber, dass in den letzten Tagen eine ganze Menge E-Mails aufgelaufen ist. Viele leite ich gleich an meine Assistentin weiter, mit der Bitte, sämtliche Anfragen für Interviews und Gastbeiträge abzulehnen. Es fühlt sich an, als würde das Leben an mir vorbeirauschen. Ich möchte wieder mitspielen, aber ich kann immer noch nicht die erforderliche Energie aufbringen.

Auch eine Mail von Barb ist dabei. Statt ein Essen vorzuschlagen, fragt sie, ob ich Lust hätte, heute in ihrem Blumenladen vorbeizuschauen und mit ihr ein Glas Wein zu trinken. Vier Uhr. Weil es so aussieht, als würde die Polizei mich wegen unserer Dinnergäste unbehelligt lassen, finde ich es nicht mehr ganz so dringend, nehme die Einladung aber trotzdem an. Ein Drink mit ihr wird mich auf andere Gedanken bringen.

Das Geräusch einer neuen Nachricht ertönt, und ich schrecke hoch. Sie ist von Guy. Ich habe vergessen, ihn anzurufen.

bin in einem meeting, wollte aber checken, ob du in ordnung bist. lass von dir hören. xo

Ich antworte, dass es mir besser geht und ich mich freue, ihn heute Abend zu sehen. Dr. G. hatte recht. Ich muss mit Guy sprechen, so wie ich es früher in Beziehungen auch gehalten habe. Keine Samthandschuhe mehr. Es ist Zeit, nach vorne zu schauen. Und dann kann ich mich hoffentlich darum kümmern, auch den Unfall hinter mir zu lassen.

Barbs Blumenladen befindet sich in einem Vorort. Trotz GPS verfahre ich mich und komme zehn Minuten zu spät dort an.

»Kein Problem«, meint Barb, als sie mich an der Tür begrüßt. »Schön, dass Sie vorbeischauen konnten.« Sie trägt ein ärmelloses Kleid in Gelb und Pink, und ihr blondes Haar wird von einem rosa Band gehalten.

Ich hatte einen traditionellen Blumenladen mit Topfblumen wie Philodendron und Lilien erwartet, dazu Rosen, Astern und Chrysanthemen, aber das hier ist mehr ein charmantes Gartengeschäft. Es gibt riesige, üppige Büsche von blauen und rosa Hortensien und hinreißende, wild aussehende Blüten, deren Namen ich nicht einmal kenne. Außerdem jede Menge Gartenaccessoires und ausgefallene Gegenstände für Innen und Außen: Laternen, gebleichte Elchhörner, Seekorallen und Nachahmungen griechischer und römischer Büsten aus Gips.

Der Geruch ist berauschend, schwer und exotisch.

»Das ist absolut umwerfend, Barb!«, rufe ich. »Wie kamen Sie dazu, so einen Laden zu eröffnen?« Vermutlich hat ihr Ehemann ihr diesen Laden ermöglicht, damit sie eine Beschäftigung hat, wenn die Kinder erst zur Schule gehen.

»Kommen Sie, ich erzähle es Ihnen.« Sie wendet sich an das Mädchen hinterm Tresen. »Stacey, Liebes, ich bin im Büro und will nur gestört werden, wenn die Pflanzen anfangen ›Füttere mich!‹ zu schreien.« Sie wirft mir einen Blick zu. »Haben Sie *Der kleine Horrorladen* gesehen? Manchmal, wenn ich abends hier alleine bin, werde ich ziemlich schreckhaft.«

Ihr Büro ist gemütlich, eher ein Wohnzimmer mit rosa Couch und besticktem Ohrensessel. Auf einen Teetisch, der in Wirklichkeit ein alter Louis-Vuitton-Koffer mit Glasplatte ist, stellt sie zwei Teller mit Reiscrackern und reifem Brie sowie einen Sektkübel mit einer Flasche Chardonnay. Jedem von uns gießt sie ein Glas ein.

»Prost!«, sagt sie. »Und willkommen in unserem Städtchen.«

»Danke sehr. Sind Sie hier in der Gegend aufgewachsen?«

Sie nickt und trinkt einen Schluck. »Außer während meiner Collegezeit habe ich immer hier gelebt.«

»Erzählen Sie mir von dem Geschäft. Wie lange haben Sie es schon?«

»Erst fünf Jahre. Ich gebe zu, dass es ein Risiko war, denn wir sind nicht gerade der typische Blumenladen. Nicht einmal Nelken kommen mir über die Schwelle. Aber es läuft wirklich gut, besonders in der Rennsaison. Ich meine, niemand wird mich für einen Berg Geld hier rauskaufen wollen, aber es macht Spaß. Und es hat mich vom Investment Banking erlöst.«

»Investment Banking?« Ich habe sie vollkommen falsch eingeschätzt.

»Ich war jahrelang bei der First Albany. Aber irgendwann ist mir schlagartig klargeworden, dass ich es hasse. Bei so einem Job arbeitet man sich auf und bekommt seine Kinder nie zu Gesicht. Außerdem wollte ich etwas Ästhetisches machen. Am Banking gibt es jedenfalls nichts, was man ästhetisch nennen könnte.«

Die Geschichte eines Neuanfangs, denke ich. Auch sie käme als Interviewpartnerin in Frage. Wenn ich nur endlich das Exposé fertigstellen würde.

»Schöner als dieser Laden geht es jedenfalls nicht«, sage ich. »Hätte ich Sie doch nur schon gekannt, bevor ich die Tulpen für das Essen gekauft habe.«

Sobald ich es ausgesprochen habe, könnte ich mich dafür treten. Wie dumm von mir, das Thema Dinnerparty anzuschneiden. Das Letzte, was ich will, ist sie auf eine gewisse Frage zu bringen: *Eve Blazer war nicht Ihr Caterer, oder?*

»Oh, der Tisch war zauberhaft«, ruft Barb. »Aber falls Sie mal eine größere Gesellschaft haben, helfen wir gerne.«

»Welche Blumen sind momentan besonders gefragt?«

Sie wiegt den Kopf. »Kommt drauf an«, sagt sie. »Jemand vom Skidmore College beispielsweise steht auf Eleganz mit Understatement. Aber die Kunden, die sich während der Rennsaison etwas in der Stadt gemietet haben, können ziemlich extravagant sein.«

Ich muss über ihre Bemerkung lachen und nippe am Wein. Er schmeckt himmlisch buttrig, aber weil ich mit dem Auto hier bin, werde ich mir nur ein halbes Glas genehmigen.

»Erzählen Sie mir von sich«, sagt sie. »Schade, dass ich neulich nicht an Ihrem Tischende gesessen habe. Arbeiten Sie gerade an einem neuen Buch?«

»So ungefähr. Ein Anfang ist jedenfalls gemacht.«

»Natürlich habe ich *Twenty Choices* gelesen – mein ganzer Buchclub hat es gelesen. Bitte schlagen Sie mich nicht, aber wäre es denkbar, dass Sie auf einem unserer Treffen als Gast vorbeischauen? Alle würden ausrasten.«

»Sicher doch, gerne.« Das ist ein wenig übertrieben, aber es wird mir helfen, mich auf Dereks Kurs vorzubereiten.

»Toll. Ich hatte schon Angst, Kim hätte mich ausgestochen.«

»Was meinen Sie damit?«, frage ich überrascht.

»Um Sie in ihrem eigenen Buchclub einzuladen, würde sie wahrscheinlich morden. Sie hat alle Ihre Bücher gelesen.«

Ich höre wohl nicht recht. Das kann doch nicht dieselbe Kim sein, die mich zwischen Tajine und Crème brulée so genervt hat.

»Sind Sie und Kim befreundet?«

»Wir sind keine besten Freundinnen, aber unsere Freundeskreise überschneiden sich, und wir haben uns kurz vor Ihrer Party zufällig getroffen. Ihr war noch nicht zu Ohren gekommen, dass Sie Guys Frau sind, und sie war ganz aufgedreht. Sie wollte alles Mögliche über Sie in Erfahrung bringen.«

Alles Mögliche? Sie ist sicher über Informationen zu meinem Unfall gestolpert, bei dem das Auto in Flammen aufging.

»Und hat sie alles Mögliche herausgefunden?

»Wahrscheinlich. Das wäre typisch Kim.«

Und wie sieht es mit schmutzigen Tricks aus? Wäre das auch typisch Kim?

»Komisch, sie hat mein Buch mit keinem Wort erwähnt.«

»Vielleicht war sie in Ihrer Gegenwart ein bisschen eingeschüchtert.«

Ich wechsle das Thema, weil ich die Antworten, die ich brauche, wohl nicht von Barb erhalten werde. Sie schenkt sich nach und bietet mir ebenfalls noch einen Schluck Wein an. Ich winke ab.

Die nächste halbe Stunde verbringen wir plaudernd in ihrem Büro, oder besser gesagt, sie plaudert, und ich höre zu. Barb hört sich offenbar selbst gerne reden, aber es macht mir nichts aus. Ich frage sie nach ihren Beweggründen, die Bank zu verlassen, nach ihrem Traum von einem eigenen Laden und wie sie ihre grandiose Ästhetik entwickelt hat.

Um halb sechs breche ich auf. Ich will noch genügend Zeit haben, um für Guy und mich ein schönes Abendessen zuzubereiten, damit wir uns in Ruhe unterhalten können, wie Dr. G. es vorgeschlagen hat.

Barb bringt mich zum Auto, drückt mir einen Kuss auf die Wange und verspricht, mir Terminvorschläge für meinen Besuch bei ihrem Buchclub zu mailen.

Auf der Heimfahrt geht mir Kim nicht aus dem Sinn. Hätte sie die verbrannten Streichhölzer zurückgelassen, welches Motiv sollte dahinter stecken? Andererseits habe ich mehrfach erlebt, dass gewisse Fans einen gleichzeitig bewundern und verabscheuen können. Vor ein paar Jahren fand eine befreundete Schriftstellerin heraus, dass sie einer der Frauen, von der sie im Internet terrorisiert wurde, schon persönlich begegnet war und dass diese nicht nur behauptet hatte, ein Fan zu sein, sondern sogar ganze Passagen auswendig kannte.

Natürlich ist es fast unmöglich herauszufinden, ob Kim wirklich dahintersteckt. Ich kann sie selbstverständlich nicht zur Rede stellen, besonders weil ihr Ehemann dem Opernhaus dicke Scheine zukommen lässt. Und selbst wenn, wäre sie wahrscheinlich viel zu gewieft, um sich zu verraten.

Irgendetwas stimmt hier nicht. Wenn Kim die Diebin ist und die Streichhölzer liegengelassen hat, was wollte Eve mir dann am Samstagmorgen geben? Ich möchte den Mord hinter mir lassen, aber wie soll das bei so vielen offenen Fragen gehen?

Als ich durch die Innenstadt fahre, weckt ein Feinkostladen meine Aufmerksamkeit. Warum heute Abend nicht etwas Besonderes zubereiten? Ich entscheide mich für ein Pastagericht, das wir beide lieben, nachdem wir es am ersten Tag nach unserem Kennenlernen in einem Lokal in Rhode Island genossen haben. Ich kaufe ein Baguette, frische Fettuccini, Sahne und Gorgonzola.

Zu Hause setzte ich einen Topf Wasser auf, bereite die Cremesoße zu und stelle sicher, dass der Weißwein schön kalt ist.

Laut seiner Notiz von heute Morgen sollte Guy um sieben nach Hause kommen, aber um viertel nach habe ich immer noch nichts von ihm gehört. Ich schicke ihm eine SMS. Keine Antwort. Ich versuche es auf seinem Handy und unter seiner Büronummer. Es meldet sich nur die Mailbox. Um viertel vor acht stehe ich immer noch alleine in der Küche und bin inzwischen ziemlich sauer. Hat er seine Pläne geändert und mich einfach vergessen? Die Hälfte des Wassers ist schon verkocht.

Ich hatte gehofft, mit diesem Essen ein gutes Gespräch einzuleiten, das vielleicht sogar in Sex übergehen könnte, und ich möchte mir nicht die Laune verderben lassen.

Um acht versuche ich es noch einmal unter beiden Nummern. Wieder nichts. Zum ersten Mal verspüre ich einen Anflug von Sorge. Das ist untypisch für Guy, und ich frage mich, ob etwas passiert ist.

Und als ich dann um halb acht ein Auto in der Auffahrt höre, springe ich auf.

»Da bist du ja!«, rufe ich erleichtert, als Guy die Tür öffnet.

Er hat mich in der Küche zuerst nicht bemerkt und zuckt überrascht zusammen. Er zeigt ein Lächeln, das allerdings wenig überzeugend wirkt.

»Ist alles in Ordnung? Ich habe mir Sorgen gemacht.«

Er stößt einen tiefen Seufzer aus. Mein Herz pocht, obwohl ich nicht weiß, warum.

»Bryn, da ist etwas, worüber wir reden müssen. Ich hätte es dir am Wochenende sagen müssen, aber ich wusste nicht wie.«

Du machst mir Angst, denke ich.

»Was ist los? Hat es mit deiner Arbeit zu tun?«

»Nein, nicht mit der Arbeit. Es geht um Eve Blazer.«

KAPITEL 12

Wie erstarrt stehe ich da.

»Du meinst wegen des Mordes?«, frage ich.

»Nein, etwas anderes.«

Mein Herz rast. Guys beunruhigter Ton verstört mich. »Was ist los?«

Inzwischen hat er sein Jackett ausgezogen und über die Lehne eines Küchenstuhls gehängt. Er legt beide Hände an die Hüften und lässt die Arme dann hängen wie jemand, der komplett ratlos ist.

»Ich war etwas trinken mit ihr. Vor ein paar Wochen.«

»Wovon redest du?« Ich weiß, dass Guy manche Kolleginnen oder Geldgeber gelegentlich bei Geschäftsessen oder auf einen Drink trifft, aber Eve fällt wohl kaum in diese Kategorie.

»In einem Restaurant. Wir haben uns auf ein paar Drink an der Bar getroffen.«

Hitze schießt mir ins Gesicht, als hätte mich jemand bloßgestellt. Ich traue meinen Ohren nicht. »Du meinst, ihr hattet ein Date?«

»Nein, Gott, nein. Eines Tages rief sie mich an und erzählte von einem Veranstaltungsort, der für ein Spendendinner wie geschaffen sei, einem Ort, der auch Außengastronomie erlaube. Nachdem wir uns die Location angesehen hatten, schlug sie vor, dort einen Drink zu nehmen.«

»Warum hast du nie etwas davon erzählt?« Zu meinem

Ärger hat sich jetzt auch noch tiefe Beunruhigung gesellt. Soll ich – zum wiederholten Mal – glauben, dass er ein wichtiges Detail über Eve einfach so vergessen hat?

»Um ehrlich zu sein, wusste ich nicht, wie ich es ansprechen soll. Sobald wir an der Bar saßen, hatte ich das Gefühl, dass sie mich anmachen wollte. Mir war das schrecklich unangenehm.«

»Dir ist *nie* etwas unangenehm, Guy«, fauche ich.

Er zieht den Kopf ein. Mein Ton hat ihn kalt erwischt, so kennt er mich nicht.

»Ich meinte, wie ich es dir gegenüber ansprechen sollte, in Anbetracht dessen, was du durchgemacht hast. Ich wollte dich nicht unnötig aufregen.«

»Wie genau sah sie denn aus, diese sogenannte Anmache?«

Er zuckt mit den Schultern, als wäre er durcheinander.

»Sie hat gleich einen Martini bestellt. Das schien mir, ich weiß nicht, ein bisschen heftig für den Anlass. Als sie von einem Drink gesprochen hatte, hatte ich mir ein Glas Wein vorgestellt. Und dann berührte ihre Hand kurz meine. Beim ersten Mal glaubte ich an einen Zufall, aber als es noch einmal geschah, merkte ich, worauf sie aus war. Ich habe dann sofort die Rechnung bestellt und ihr mitgeteilt, dass ich nach Hause muss.«

Ich starre ihn an. Schon kurz nachdem wir uns kennengelernt hatten, wurden wir ein festes Paar. Und er hat mir nie Anlass gegeben, ihm zu misstrauen. Natürlich habe ich mir manchmal meine Gedanken gemacht wegen unserer räumlichen Distanz die halbe Woche über. Er ist ein charismatischer, gutaussehender Kerl, und ich weiß aus eigener Erfahrung, dass Frauen ihn interessiert mustern. Aber ich habe ihn nie ihren Blick erwidern sehen, nie etwas Verdächtiges an seinem Verhalten festgestellt, ihn nie bei einer Geheimniskrämerei erwischt.

Außer, dass er die Sache mit Eve geheim gehalten hat. Mir kommt mein erster Eindruck wieder in den Sinn, wie stutenbissig sie wirkte. Sie wäre wahrscheinlich fähig gewesen, mit dem Ehemann einer anderen zu flirten.

»Du sagtest, vor ein paar Wochen. Meinst du, bevor ich hierherkam?«

»Ja.«

»Wo? Wo hat das stattgefunden?«

»Im *Sorrel Horse Inn* – damit das klar ist, es ist eigentlich ein Restaurant, keine Pension. Es liegt an der Straße nach Schuylerville.«

»Schuylerville?« Das liegt mindestens zwanzig Minuten außerhalb der Stadt. »Warum denn so weit weg?«

»Sie hielt es für eine nette Abwechslung für die Art von Veranstaltung, die ich plante.«

Eine leise Stimme in mir flüstert: *Man trifft sich außerhalb der Stadt, wenn man nicht gesehen werden will.*

»Und warum erzählst du mir das jetzt?« Aber sobald ich es ausgesprochen habe, kenne ich die Antwort schon.

»Mir war klar, dass die Polizei Eve Blazers Leben auf den Kopf stellen würde«, sagt er. »Ich dachte, sie könnten Wind von der Sache bekommen und es dir gegenüber ansprechen. Ich wollte nicht, dass es dich aus heiterem Himmel trifft.«

Er dreht sich um und geht zum Spülbecken. Er nimmt ein Glas aus dem Geschirrschrank, füllt es mit Leitungswasser und nimmt einen großen Schluck. Normalerweise ist sein Hemd auch am Abend noch frisch, aber heute nicht. Heute ist es verschwitzt.

Ich weiß nicht, was ich sagen oder tun soll. Seine Worte

klingen so eigenartig. Verschweigt er etwas? Die Frage, die ich gleich stellen werde, macht mir Angst.

»Hattest du eine Affäre mit ihr, Guy?«

Er dreht sich so schnell um, dass ein wenig Wasser aus seinem Glas schwappt. Er wirkt fassungslos.

»Bryn, Liebling, um Himmels willen, nein! Es war ein Drink, den ich anfangs für ganz harmlos hielt. Und als ich sah, worauf sie hinauswollte, bin ich gegangen.«

»Du warst also nicht untreu?« Er schaut einen Augenblick in die Ferne, fixiert mich dann und schüttelt den Kopf.

»Absolut nicht. Du kennst mich doch.«

»Wenn dir ihr Benehmen so unangenehm war, warum hast du sie dann in unser Haus gebracht?«, sage ich und spüre schon beim Formulieren der Frage, dass mein Zorn wieder aufwallt. »Und wegen der Scheißblumen hast du sie auch in Schutz genommen.«

»Nick und Jerry waren schon eingeladen, und ich konnte ihnen nicht absagen. Ich habe Miranda gebeten, einen anderen Caterer zu finden, aber so kurzfristig war niemand frei. Also habe ich mir vorgenommen, mich so normal wie möglich zu verhalten. Deshalb habe ich mit der Frau kaum mehr als zwei Worte gewechselt. Und die Sache mit den Blumen, da ging es gar nicht um sie. Ich war einfach frustriert, weil ich nicht wusste, wie ich dir helfen sollte.«

Eine Weile stehe ich nur betreten da, meine Gefühle sind ein einziges Wirrwarr. Im Zimmer ist es mucksmäuschenstill, nur das Tropfen des Wasserhahns ist zu hören.

»Und was ist jetzt mit der Polizei?«, frage ich schließlich. »Wirst du es ihnen erzählen, bevor sie es herausfinden?«

Er streicht sich über die Stirn. »Das habe ich schon. Ich komme gerade vom Revier, deswegen ist es so spät geworden.«

»Du warst bei der Polizei?«

»Ja, es schien mir das Beste zu sein. Lieber freiwillig davon erzählen, bevor jemand von der Bar uns gesehen hat und es meldet.«

Ich atme tief durch.

»Aber Guy, hättest du nicht vorher mit einem Anwalt reden sollen? Was, wenn sie glauben, du hattest eine Affäre mit ihr? Was, wenn sie glauben, dass du sie ermordet hast?«

Beim letzten Satz wird mir eiskalt. Guy könnte zu einem Verdächtigen werden.

»Ich habe an einen Anwalt gedacht, fand aber, dass es verdächtig aussieht, gleich mit Rechtsbeistand aufzutauchen. Davon abgesehen habe ich für die Mordnacht ein Alibi. Ich war mit Nick unterwegs, erinnerst du dich? Wir waren auf der Veranstaltung des Tanzmuseums, wo mich glücklicherweise noch sechzig andere Leute gesehen haben.«

Ich erinnere mich jetzt wieder. Nick hatte Guy entführt, und als er später wieder zu Hause war, haben wir im Lesezimmer die Reste des Tajine gegessen.

»Die Cops müssen ziemlich interessiert gewesen sein, warum du den Drink mit ihr nicht schon gestern Abend erwähnt hast.« Die Bemerkung ist ziemlich spitz geraten, aber das ist mir egal.

»Ich habe ihnen gesagt, dass ich nicht gleich daran gedacht habe. Sie seien so sehr mit dem dubiosen Telefonanruf beschäftigt gewesen und was er zu bedeuten habe.«

Da stehe ich also und versuche, das alles zu verdauen. Mein Blick fällt auf den Dampf des immer noch kochenden Nudelwassers. Guy folgt meinem Blick.

»Du hast für uns gekocht. Gott, es tut mir so leid, Bryn.«

»Der Appetit ist mir vergangen.« Und so ist es. Ich bin

vollkommen durcheinander. »Du musst dir etwas aus dem Kühlschrank nehmen.«

»Lass uns wenigstens hinsetzen und miteinander reden.«

»Nein, ich möchte gerade nur alleine sein.«

Ich trete an den Herd und drehe die Flamme herunter. Guy berührt mich sanft am Arm.

»Bryn, bitte«, sagt er. Seine Berührung, zärtlich und stark zugleich, fühlt sich plötzlich fremd an. Ich ziehe meinen Arm weg. »Lauf nicht davon. Wir müssen das miteinander klären.«

»Was gibt es da noch zu sagen? Außer, du hast mir nicht alles erzählt.«

»Ich weiß, dass du böse bist, und du hast allen Grund dazu. Ich habe dir etwas verschwiegen. Aber sieh es einfach nur als kleinen dummen Fehler. Ich hatte einen geschäftlichen Drink mit einer Frau, die etwas anderes im Schilde führte. Ich habe sie nicht ermutigt. Sicher, im Rückblick hätte ich dir davon erzählen sollen, aber dir ging es nicht gut, und ich wollte es nicht noch schlimmer machen.«

Seine Stimme ist gelassen, er klingt überzeugend, der Guy, den ich so gut kenne, und ich bin versucht, mich von dieser Stimme besänftigen zu lassen. Dennoch widerstrebt es einem Teil von mir.

»Ich weiß nicht, was ich sagen soll, Guy, ich weiß es wirklich nicht. Ich muss darüber nachdenken. Und wenigstens für den Moment möchte ich alleine sein.«

Ich gehe nach draußen auf die Veranda. Die Bäume rauschen, als der Wind durch die Blätter fährt.

Mein Magen rebelliert, und ich frage mich, ob ich nicht überreagiere. Vielleicht bin ich seit dem Autounfall zu dünnhäutig, vielleicht habe ich zu viele Ängste entwickelt. Da mein Ehemann mir nie Anlass gegeben hat, ihm zu misstrauen, sollte ich ihm nicht einfach glauben? Aber da gibt es ein Problem: Ich mag seine Geschichte nicht.

Vielleicht hat er in der Bar sofort die Segel gestrichen, als Eve ihn anflirtete, aber ich verstehe nicht, warum er sich zu einer weiteren Buchung hat überreden lassen. Dazu ist er doch viel zu clever.

Ich starre in die Nacht und krame in meiner Erinnerung nach einer vergleichbaren Situation. Es gab eine Zeit ohne Guy, als ich mich auf einen freundschaftlichen Drink mit einem Kollegen eingelassen habe und es mir erst nach anderthalb Bier dämmerte, dass es nicht um den Drink ging. *Du bist so dumm*, habe ich mir hinterher gesagt, *du hättest es doch kommen sehen müssen.*

Einerseits scheint es unfair, Guy Vorwürfe für etwas zu machen, das mir selbst schon passiert ist. Und natürlich hat er diese Erfahrung nicht mit mir teilen wollen. Trübsinnig, wie ich war, hat er mich wie ein rohes Ei behandelt, und es ist kein Wunder, dass er jeden Aufruhr vermeiden wollte.

Und doch nagt Guys Beichte an mir. Die Art, wie er den Blick abwandte, als ich nachfragte, ob er mich betrogen hat.

Und noch etwas beschäftigt mich. Ich erinnere mich an Eves Worte, als ich sie wegen des Geldes zur Rede stellt: *Warum fragen Sie nicht Ihren Mann?* Hatte diese Bemerkung mehr zu bedeuten, als ich dachte?

Ein Geräusch reißt mich aus meinen Gedanken. Es sind Guys Schritte auf der Treppe. Entweder hat er ein Sandwich verschlungen, oder er hat das Abendessen ganz ausgelassen. Plötzlich wird mir klar, wie ungeschützt ich so ganz allein auf der Veranda bin, während Guy sich im zweiten Stock aufhält. Eve ist vielleicht nicht von einem der Kellner ermordet worden, aber da draußen läuft immer noch ein brutaler Mörder herum.

Ich springe auf und laufe nach drinnen. Im Wohnzimmer schließe ich die Tür und schiebe den Riegel vor.

So matt ich auch bin, fühle ich mich nicht in der Lage, neben Guy im Bett zu liegen. Eine ganze Stunde bleibe ich noch im Lesezimmer und lese ein Buch, ohne die Sätze wirklich wahrzunehmen. Um kurz vor Mitternacht gehe ich schließlich nach oben. Im Schlafzimmer ist es dunkel, und durch die halboffene Tür kann ich Guys ausgestreckten Körper sehen, mit dem Gesicht nach unten, beide Arme über dem Kopf.

Geräuschlos lege ich mich ins Bett und halte mich nahe am Rand. Das Alleinsein hat mir nicht geholfen, meine Gefühle zu sortieren. Ich habe versucht, Guys Worte abzuwägen und ihren Wahrheitsgehalt zu prüfen, aber bei dieser Aufrechnung steht mir kein Vergleich zur Verfügung. Seit zwei Jahren kenne ich ihn nur als ehrlichen und treuen Mann. Möglicherweise reicht das nicht aus.

Am nächsten Morgen werde ich vom Quietschen der Kleiderschranktür wach. Ich will die Augen aufschlagen, halte sie dann aber doch geschlossen. Während mir die Ereignisse des gestrigen Abends durch den Kopf schießen, krampft sich mein Magen zusammen. Ich höre Guys sich entfernende Schritte und wie er nach unten geht. Nur ein paar Minuten später verlässt sein Auto unsere Auffahrt neben dem Haus. Das Frühstück hat er offensichtlich ausfallen lassen.

Ich kleide mich an und gehe nach unten. Auf dem Küchentisch liegt eine Nachricht. *Bitte lass uns heute Abend miteinander reden, Bryn. Bis Mittag bin ich in Albany, aber früh zu Hause. Ich liebe dich.*

Wir müssen wirklich reden. Ich kann mich schließlich nicht ewig in anderen Zimmern aufhalten und im Bett an den Rand quetschen. Entweder akzeptiere ich seine Erklärung und entschuldige sein Verhalten als naiv, oder ich glaube, dass da noch mehr hinter der Geschichte steckt. Dann hätte er den Drink nur deswegen zugegeben, weil Eves Vorleben plötzlich unter polizeilicher Beobachtung steht.

Und wenn ich mich für Letzteres entscheide, was dann?

Um mich abzulenken, gehe ich in mein Büro, öffne den Laptop und notiere ein paar Gedanken zum Thema Neubeginn. Es wird kein Exposé, sondern hauptsächlich ein paar Ideen, die in den letzten Wochen in meinem Kopf geköchelt haben, außerdem einige Beobachtungen aufgrund dessen, was Barb gestern über ihre Entscheidung erzählte, die Bank zu verlassen und einen Laden zu eröffnen. Immerhin habe ich ein paar Worte geschrieben.

Als ich den Laptop zuklappe, klingelt mein Handy. Es ist Sandra. Ich bin für jede Ablenkung dankbar.

»Tut mir so leid, dass ich gestern nicht mehr angerufen habe«, sagt sie. »Ich hätte mich noch einmal vergewissern sollen, ob es Ihnen gut geht, habe aber den größten Teil des Nachmittags in der Hölle der Geschenktüten verbracht.«

»Machen Sie sich keine Sorgen. Eigentlich hätte ich Sie anrufen und mich für den Tee bedanken müssen. Ist alles gut gegangen mit den Tüten?«

»Sie sind nicht gerade perfekt, aber es geht. Sie haben sicher auch schon so manche von diesen Tüten bekommen, und sie sind nie so toll gefüllt, wie man hofft, nicht wahr? Gutscheine für Orte, die man nie betreten würde. Billige Stifte. Wenigstens enthalten meine eine gute Kerze.«

»Eine Frau kann nie genug Kerzen haben.«

»Sehr wahr. Und wie sieht es aus, fühlen Sie sich besser?«

»Ja, sehr. Vielen Dank, dass Sie fragen.«

»Gerne doch. Da ist noch etwas anderes, was ich ansprechen wollte. Es geht um die Köchin Eve Blazer.«

Mein Herz setzt einen Schlag aus. Hört das denn nie auf?

»Ja?«

»Ich habe mich nun doch entschlossen, ein wenig nachzuforschen.«

»Wegen des Mordes?«

»Nein, wegen Eve. Erinnern Sie sich, dass diese Bekannte von mir mit ihrer Arbeit nicht gerade glücklich war? Ich dachte, es wäre ganz gut, wenn ich etwas mehr herausfinde.«

»Oh, das war doch nicht nötig«, sage ich schnell. »Es war einfach nur Neugierde.«

Das Letzte, was ich jetzt brauchen kann, sind Polizeibeamte, die glauben, dass ich eine Freundin angestiftet habe, wegen Eve herumzuschnüffeln.

»Offen gestanden war ich auch neugierig. Es stellte sich heraus, das Eve den Ehemann meiner Freundin sehr offensiv angeflirtet hat. Deshalb wurde sie auch nicht noch einmal engagiert.«

Ich atme tief ein.

»Hat Ihre Freundin erwähnt, was passiert ist?«

»Eve hat den Ehemann naschen lassen und ist ihm dabei extrem auf die Pelle gerückt. Der Ehemann habe gesabbert wie ein erbärmlicher Welpe – die Worte der Ehefrau, nicht meine. Angesichts der Ereignisse, fand ich das ziemlich interessant. Man muss sich schon fragen, ob ihr etwas Ähnliches zum Verhängnis geworden ist, dass eine eifersüchtige Ehefrau sich gerächt hat oder ein eifersüchtiger Liebhaber.«

Ich sollte dringend das Thema wechseln, kann es aber nicht.

»Hat Ihre Freundin vermutet, dass es um mehr als nur einen Flirt ging?« Es soll beiläufig klingen, aber mein Ton verrät mich wohl.

»Dazu hat sie sich nicht geäußert. Sie hat nur gemeint, dass sie den beiden einen Blick zugeworfen hat, der ihnen hoffentlich die Wimpern versengt hat. Später hat sie ihrem Mann wohl den Ausnahmezustand erklärt. Soll ich für Sie noch etwas mehr herausfinden?«

Gott, nein.

»Oh, das ist nicht nötig. Ich bin froh, dass Sie mich ins Bild gesetzt haben, aber jetzt will ich die ganze Geschichte vergessen.«

»Das verstehe ich. Ich habe nur irgendwie gehofft, dass es eine Tat aus Leidenschaft war, damit ich mich nicht so elend fühle. Offen gestanden, will ich an meinen Türen neue Schlösser anbringen lassen.«

»Leben Sie alleine, Sandra?«

»Ja, worüber ich nie auch nur eine Sekunde nachgedacht habe. Bis jetzt. Aber genug von mir. Sind Sie immer noch für einen Lunch zu haben?«

»Furchtbar gern. Und diesmal auf meine Rechnung.«

»Soll ich Sie in ein paar Tagen anrufen, wenn ich mit meiner Veranstaltungsplanung durch bin?«

»Natürlich.«

Nachdem ich aufgelegt habe, schlendere ich nachdenklich durchs Haus. Kaum überraschend, dass Eve sich an den Ehemann herangemacht hat. Abgesehen davon, was Guy mir erzählt hat, durfte ich sie ja auch persönlich begutachten – ihre sexy Ausstrahlung, das Oberteil mit dem tiefen Ausschnitt. Erstaunlich nur, dass sie sich so im Haus von Kunden verhielt. Das ist kein Spiel mehr, sondern schon dreist. Und ich muss zugeben, dass es Guys Version der Ereignisse ziemlich glaubwürdig macht. Ist wirklich nicht mehr geschehen? Ich habe nichts als das Wort meines Mannes, dass er die Rechnung bezahlt hat und gegangen ist.

Nach einer Weile stehe ich in der Küche und starre in den Garten. Ich bin wieder bei der Ausgangsfrage: Was soll ich tun? Guys Geschichte schlucken und weitermachen? Am fernen Ende des Gartens stehen Farnbüschel, die sich leicht im Wind wiegen. In ein paar Stunden wird Guy zu Hause sein, vielleicht auch früher, weil er die Sache aus der Welt schaffen will. Ich muss mich entscheiden.

Eine Erinnerung kommt hoch. Es ist die Bemerkung einer Frau, die ich vor Jahren für mein Buch *Twenty Choices* interviewte. Sie leitete ein großes Beratungsinstitut und half Firmeninhabern bei wichtigen geschäftlichen Entscheidungen. »Unter gewissen Umständen«, erklärte sie, »ist die richtige Entscheidung trotz aller vorhandenen Informationen nicht leicht zu treffen. Was also tun? Mehr Informationen besorgen!«

Genau das brauche ich jetzt. Mehr Informationen. Ich muss irgendwie herausfinden, ob ich Guy nichts außer einer gehörigen Portion Naivität vorzuwerfen habe. Mit Blick auf die Farne im Wind kommt mir eine Idee.

Ich greife nach meiner Tasche und den Autoschlüsseln. Die Fahrt dauert nur zehn Minuten. Als ich vor einer Reihe schindelgedeckter Stadthäuser parke, sind meine Hände am Lenkrad klebrig. Ich fühle mich wie jemand, der kurz davor ist, ein Kleidungsstück zu stehlen und es unter den Mantel zu stecken.

Glücklicherweise ist außer einem mittelalten Mann auf einem mächtigen Rasenmäher niemand zu sehen. Zu dieser Stunde sind die meisten Anwohner bei der Arbeit. Ich gehe zum Hauseingang und bleibe vor einem Apartment im Erdgeschoss stehen. Guys Apartment. Ein paar Monate, bevor wir uns kennenlernten, hatte er es gemietet. Seit wir zusammen sind, bin ich ein Dutzend Mal hier gewesen, dieses Jahr wegen des Unfalls aber nur einmal. Falls Guy eine Affäre mit Eve hatte, dürfte er das Apartment benutzt haben, und dann gibt es dort vielleicht Beweise.

Ich atme einmal tief durch, finde an meinem Schlüsselbund den passenden Schlüssel und stecke ihn ins Schloss. Ich bin dabei, etwas zu tun, was ich noch nie getan habe – meinem Ehemann nachzuspionieren.

KAPITEL 13

Trotz des sonnigen Tages ist es im Apartment stockfinster. Nervös taste ich nach dem Lichtschalter. Als ich ihn endlich erwischt habe, scheint der schlagartig grell erleuchtete Flur mich fast anzuspringen.

Ich trete ins Wohnzimmer und schalte die Deckenstrahler ein. Ich verstehe, warum es hier drinnen so stockdunkel ist: Bevor wir ins Haus gezogen sind, hat Guy sämtliche Rollläden geschlossen und die Vorhänge zugezogen.

Ich schüttle meine Hände aus. Jetzt, wo ich hier bin, ist mir geradezu kalt. Genau betrachtet ist dies auch mein Apartment, ich habe also ein Recht, hier zu sein. Aber ohne Guys Wissen ist es ziemlich hinterhältig.

Also bring es hinter dich, sage ich mir. Ich lasse meinen Blick durch das L-förmige Zimmer schweifen. Alles sieht aus wie immer: die dunkelbraune Couch, zwei beige kleine Sessel aus künstlichem Wildleder, der unscheinbare Couchtisch. Nachdem er den Job im Opernhaus angenommen hatte, blieben Guy nur zwei Wochen für den Umzug aus Miami, die Wohnungssuche und die Einarbeitung bei seiner neuen Arbeitsstelle. Also hat er kurzerhand als Übergangslösung dieses Apartment gemietet. Bald darauf haben wir uns schon kennengelernt, und innerhalb kürzester Zeit verbrachte er die meisten Wochenenden mit mir in Manhattan. Plötzlich erschien es sinnlos, nach einer neuen Wohnung zu suchen, besonders falls er wirklich bald in die Stadt ziehen würde.

Ich trete ein paar Schritte vor und schaue mich um. Mir fällt ein, dass hier früher Guys Schreibtisch stand. Momentan befindet er sich bei uns im Haus im Gästezimmer.

Sonst ist alles beim Alten. Und doch … irgendetwas fühlt sich eigenartig an. Und dann fällt es mir ein. Das Apartment fühlt sich unbewohnt an. Die Bücher auf dem Couchtisch sind ordentlich gestapelt, die Kissen fein säuberlich aufgereiht. Guy ist ordentlich, aber nicht so ordentlich. Hier sieht es aus wie auf einem Foto einer Agentur für Ferienwohnungen.

Er muss eine Grundreinigung veranlasst haben. Sinnvoll, wahrscheinlich.

Ich gehe in die Pantryküche. Die Arbeitsfläche ist blitzblank, alles ist aufgeräumt. Nicht, dass hier jemals viel Nippes herumgestanden hätte. Neben dem Spülbecken stehen lediglich unbenutzte Gläser. Eines davon hebe ich hoch und schaue hinein. Wassertropfen am Boden. Ein- oder zweimal war Guy hier, um etwas zu holen, ein Kleidungsstück, das er vermisst hat. Wahrscheinlich hat er dabei ein Glas Wasser getrunken.

Ich öffne die Kühlschranktür. Nur Senf, Mayonnaise, Mineralwasser und eine verschrumpelte Limette.

Fehlt noch das Schlafzimmer. Mein Puls geht schneller. Bitte, denke ich, lass mich nichts finden. Die Tür ist zu und quietscht beim Öffnen. Wieder brauche ich eine Weile, bis ich den Lichtschalter gefunden habe.

Auch hier drinnen sind die Rollläden heruntergelassen. Das Bett ist nicht bezogen, die Überdecke liegt ordentlich gefaltet am Fußende. Nichts Ungewöhnliches.

Als Nächstes nehme ich mir das Badezimmer vor. Es ist so sauber wie die Küche, keine Anzeichen, dass irgendetwas in den letzten Wochen benutzt wurde. Hörbar atme ich aus.

Nichts lässt auf Damenbesuch schließen. Allerdings hätte es durchaus sein können, und es fehlen nur die Beweise. Guy hätte mit Eve auch zu ihr nach Hause gehen können.

Ich gehe durch das Schlafzimmer zurück, und als ich gerade das Licht ausschalten will, fällt mir ein Bild auf dem Nachttisch ins Auge, ein silbergerahmtes Foto unserer Hochzeit. Es ist ein Schnappschuss mit mir, Guy, meinem Bruder und Guys Mutter, die leider wenige Monate nach unserer Hochzeit an einem Herzinfarkt starb.

Die Zeremonie und der Empfang fanden in einem Inn an der Küste von Rhode Island statt, nahe der Stadt, wo wir uns kennengelernt haben. Wir wollten es intim halten und hatten nur etwa dreißig Freunde eingeladen. Die Hochzeit an sich hatte für mich keine sehr große Bedeutung, sondern eher das Leben mit Guy, und deshalb brauchte ich keine große Feier. Auch weil meine Eltern verstorben waren, schien es mir unpassend. Es hätte mich ihre Abwesenheit nur umso schmerzhafter spüren lassen.

Ich trete einen Schritt näher, nehme das Bild in die Hand und betrachte es. Guy trägt ein hauchdünnes weißes Hemd und weiße Hosen. Er legt einen Arm um mich und lächelt breit. Ich strahle. Ich hatte gerade einen Mann geheiratet, der auch meinen Wunsch nach Unabhängigkeit respektiert und doch in turbulenten Zeiten ein Fels in der Brandung sein kann.

Ich stelle das Foto wieder hin und will so schnell wie möglich das Apartment verlassen. Zum ersten Mal fällt mir ein schwacher ungewohnter Geruch auf, den ich nicht mit Guy assoziiere. Eher holzig, fast wie eine Räucherkerze, ein Hauch von Exotik. Ich atme tief ein, aber der Duft hat sich schnell verflüchtigt. Vielleicht habe ich es mir nur eingebildet.

Zwei Minuten später bin ich zurück im Auto und auf dem Weg nach Hause. Okay, sage ich mir, du hast das Apartment untersucht, keinen Hinweis auf eine Affäre gefunden, und jetzt musst du entscheiden, wie du dich gegenüber Guy verhalten willst. Doch als ich unsere Auffahrt erreiche, spüre ich immer noch nervöse Unruhe und begreife, was sie mir sagen will: Ich brauche noch mehr Informationen.

Im Haus gehe ich sofort in den zweiten Stock und öffne die Tür zu seinem Arbeitszimmer.

Es ist sehr groß, fast so weitläufig wie das Schlafzimmer. Dank seiner Fenster nach Osten ist es sonnendurchflutet, kein Vergleich mit dem düsteren Apartment. An den Fenstern hängen elegante cremefarbene Vorhänge, und die Wände sind mit einer Tapete im viktorianischen Stil bespannt, eine endlose Reihe blassgrüner Palmwedel.

Guy hat ein paar Veränderungen vorgenommen, um für Arbeitsatmosphäre zu sorgen. Er hat das Gästebett horizontal an die Wand geschoben, damit es nicht so weit in den Raum ragt. Der Schreibtisch steht zwischen zwei Fenstern, und er hat den Sessel und den Hocker von der Ecke mehr ins Zimmer geschoben. Auf dem Hocker liegt ein blauer Pullover, daneben ein Buch, das er gerade liest, und auf dem Kaminsims stehen zwei leere Espressotassen. Guy ist nicht unordentlich, aber er bewegt sich gern in einem entspannten Umfeld.

Auf dem Schreibtisch steht kein Laptop – er nimmt ihn jeden Tag zur Arbeit mit –, aber es finden sich mehrere Stapel Papier. Ich trete näher.

Jetzt kann ich mich nicht mehr rausreden. Das Apartment war eine Sache, Guys Büro ist eine andere – sein Arbeitsplatz ist ihm heilig. Obwohl er mir nie übel nehmen würde, hier hereinzuplatzen und einen Briefumschlag oder eine

Büroklammer zu stibitzen, sind meine Absichten heute ganz andere.

Auch bleibt mir die Ironie dieses Morgens nicht verborgen. Nach wochenlanger Trägheit bin ich mit einem Mal so aktiv wie ein Duracell-Hase, aufgedreht und pulsierend vor Energie.

Ich lasse meinen Blick über den Schreibtisch schweifen. Sämtliche Dokumente stehen in Beziehung zu seiner Arbeit: Werbematerial für die Oper, Abläufe, Tabellen und der Entwurf eines Briefes an einen Bewerber. Das einzige Element, das heraussticht, ist ein orangefarbenes Post-it, auf dem Namen und Nummer des Restaurants stehen, das wir letztes Wochenende besuchen wollten, bevor der Mord unser Leben auf den Kopf stellte.

Mir ist nicht ganz klar, wonach ich eigentlich suche. Vielleicht nach der Rechnung eines Restaurants oder einer Bar, die er nie erwähnt hat. Oder eine Notiz, die vermuten lässt, dass er und Eve mehr waren als nur Businesspartner. Aber nichts davon finde ich.

Der Schreibtisch hat eine kleine Schublade in der Mitte und zwei größere rechts und links. Ich beginne mit der mittleren. Ordentlich aufgereiht finden sich Büroutensilien: Kugelschreiber und Bleistifte, ein paar Karteikarten und eine Schachtel Heftklammern. Dann durchsuche ich die anderen Schubladen, aber in keiner von ihnen finde ich etwas von Belang. Allmählich wird mir übel. Ich wühle in den Schreibtischschubladen meines Mannes, und das gefällt mir ganz und gar nicht.

Hinter mir knarrt etwas, und ich fahre herum. Das Herz schlägt mir bis zum Hals. Den Bruchteil einer Sekunde lang fürchte ich, dass Guy schon am Mittag nach Hause gekommen ist, um mit mir zu reden, aber es war nur eines der üblichen Geräusche des Hauses. Ich schließe die Schublade und eile aus dem Zimmer.

Auf dem Weg nach unten merke ich, dass ich noch nervöser bin als vor dieser armseligen Aktion. Nicht nur hat sie keine Ergebnisse gebracht, jetzt schäme ich mich auch noch wegen meines Herumspionierens.

Auf meinem Handy finde ich eine SMS von Guy.

zurück aus albany, um 6 zu hause, bitte lass uns reden

Ich weiß immer noch nicht, wie ich mich verhalten soll. Ein Teil des Problems besteht darin, dass ich im Versuch, Guys Glaubwürdigkeit zu überprüfen, die ganze Zeit über nach Indizien gesucht und dabei gehofft habe, keine zu finden. Doch selbst wenn Guy untreu war, stünden die Chancen, Beweise zu finden, gleich Null. Es wäre klüger, seine Geschichte zu untermauern: dass er die Bar sofort verließ, als Eve ihn angemacht hat, dass er eine andere Cateringfirma finden wollte, dabei aber kein Glück hatte. Und ich kann wohl kaum einfach in diesem *Sorrel House* auftauchen und den Barmann nach einem Mann in den Vierzigern fragen, der wegen einer aufdringlichen Blondine neben ihm abgehauen ist.

Doch dann habe ich eine Idee, wie ich wenigstens einen Aspekt der Geschichte überprüfen kann. Es wäre heikel, und ich müsste behutsam vorgehen. Ich wähle Guys Büronummer.

»Hi, Bryn«, meldet sich Miranda, die offensichtlich meinen Namen auf dem Display gesehen hat. »Guy ist momentan nicht da, aber er wird gegen zwei zurück sein. Oder Sie versuchen es auf seinem Handy.«

»Eigentlich wollte ich mit Ihnen sprechen – falls Sie eine Minute Zeit haben.«

»Natürlich.« Ihr Ton ist freundlich, obwohl sie ein klein

wenig gezögert hat, vermutlich ist sie argwöhnisch, was nun wohl kommen mag. Immerhin ist sie Guys Vertraute, und sie erinnert mich nicht selten auf subtile Art daran, dass ihre Loyalität nur ihm gilt.

»Es ist etwas morbide, aber ich muss einen neuen Caterer finden. Ich brauche jemanden für eine Dinnerparty, die ich plane.«

»Oh je, wir müssen auch jemand Neues finden.«

»Ich habe mich gefragt, ob Sie nicht eine Idee hätten.«

Es entsteht eine Pause, und ich hoffe, dass sie nach einer Mappe mit den Namen verschiedenster Cateringfirmen greift, nach der sie auch gegriffen hat, als Guy angeblich nach Alternativen suchte.

»Meine Güte, ich weiß ja nicht«, sagt sie. »Wir haben *Pure Kitchen* so regelmäßig gebucht. Aber gut, dass Sie danach fragen, ich muss mir Gedanken machen, auf wen wir in Zukunft zählen können.«

Mein Magen zieht sich zusammen. Vollends verzweifelt starte ich einen letzten Versuch.

»Ähm, ich dachte, Guy hätte sich schon einmal wegen einer Alternative Gedanken gemacht.«

Noch eine Pause. Ich halte den Atem an.

»Natürlich, Sie haben recht«, antwortet sie. Ich kann meine Erleichterung fast greifen. »Für Ihre Dinnerparty wollte er gerne jemand anderes finden, aber niemand war frei. Ich kann Ihnen einige Namen nennen, allerdings ohne Gewähr. Es sind einfach nur Empfehlungen, die ich hier und da gefunden habe.«

»Das ist in Ordnung, es wäre wenigstens ein Anfang. Könnten Sie mir die Liste mailen?«

»Natürlich.«

Und nun muss ich wirklich wie auf Zehenspitzen agieren.

»Aber sagen Sie Guy nichts davon, okay? Es soll eine Überraschung werden.«

»Geht in Ordnung. Ich vergesse doch seinen Geburtstag nicht, oder? Ich dachte, der sei im September.«

»Richtig. Es geht um etwas anderes eine Party mit alten Freunden, die einen Überraschungsbesuch planen.«

Das müsste reichen. Sie ist zwar der Typ Assistentin, die ihrem Boss nichts verschweigt, dennoch würde sie ihm nicht eine Überraschungsparty verderben.

»Ich sollte Sie wirklich nicht länger aufhalten. Einen schönen Tag noch, Miranda.«

»Ihnen auch, Bryn. Ich schicke Ihnen die Mail heute Nachmittag.«

Ich bedanke mich und atme noch während ich auflege tief durch. Guy hat also die Wahrheit gesagt, zumindest, was dieses wichtige Detail angeht. Er wollte Eve vor unserer Dinnerparty feuern. Also hat ihr Verhalten wirklich Unbehagen bei ihm ausgelöst, und er wollte nicht mit ihr in einem Raum sein, falls es sich hätte vermeiden lassen.

Meine Entscheidung steht fest: Ich werde Guys Geschichte glauben und nach vorne schauen. Es gibt einfach keinen guten Grund, meinem Mann zu misstrauen. Natürlich sollten wir noch über das ein oder andere Thema sprechen. Unsere Ehe ist ein wenig aus dem Tritt geraten, und wir müssen unsere vorherige Harmonie wiederherstellen – Liebe, gegenseitige Unterstützung und ein heißes Sexleben. Ich werde mit aller Macht daran arbeiten.

Ich sende Guy eine Nachricht: *Ja, wir sollten reden. Ich liebe dich auch.*

Merkwürdigerweise fühle ich mich noch immer nicht erschöpft. Ich habe Lust etwas zu unternehmen. Der Arzt hat mir das Joggen zwar verboten, aber Gehen ist erlaubt. Ich suche meine Turnschuhe und schlüpfe hinein.

In der nächsten Viertelstunde schlendere ich durch die Nachbarschaft. Die meisten Häuser sind ziemlich nobel, die Vorgärten mit Blumen ausgestattet: Azaleen, Petunien und Springkraut.

Während ich die berauschende Sommerluft einatme, versuche ich sämtliche Gedanken an Eve Blazers Ermordung beiseitezuschieben. Gleiches gilt für das nagende Schuldgefühl wegen meiner Schnüffelei. Ich möchte es einfach nur genießen, diesen sonnigen Nachmittag nicht wie ein alter Hund auf der Liege zu verbringen. Mit ein bisschen Glück kann ich im Hochsommer wieder joggen und wieder mehr am Leben teilnehmen.

So gut ich mich auch fühle, will ich es doch nicht übertreiben. Also halte ich den Spaziergang kurz und nehme mir eine Wiederholung für den nächsten Tag vor. Ich betrete das Haus und gehe in den zweiten Stock. Noch vor dem nächsten Schritt höre ich aus dem Schlafzimmer ein klapperndes Geräusch.

Vor Angst bleibe ich wie erstarrt stehen. Einen Moment lang hörte es sich an, als wäre jemand dort drinnen. Das kann nicht sein, sage ich mir. Vor dem Spaziergang habe ich mich vergewissert, dass alle Türen verschlossen sind. Sicher wieder nur eines der üblichen Hausgeräusche. Ich halte noch kurz inne und gehe dann in Richtung Schlafzimmertür. Doch da ist das Klappern wieder, und diesmal habe ich keinen Zweifel.

Jemand ist dort drinnen.

Panisch fahre ich herum und will wegrennen, doch dann sehe ich aus dem Augenwinkel, wie Guy durchs Zimmer geht. Bei meinem Anblick zuckt er zusammen.

»Bryn, ich habe mich schon gefragt, wo du steckst.«

»Was tust du hier?«, platze ich heraus. Ich bin erleichtert, dass es sich um Guy handelt, aber gleichzeitig besorgt. Schon wieder Probleme mit der Polizei?

»Tut mir leid, dass ich dich erschreckt habe«, sagt er. »Weil du nicht unten warst, bin ich hier hochgekommen.«

»Aber warum bist du so früh zu Hause?« Ich trete über die Schwelle und sehe, dass er immer noch seinen dunkelblauen Anzug trägt.

»Auf der Rückfahrt von Albany habe ich deine SMS bekommen und ich … ich war so froh darüber. Ich wollte nur kurz vorbeischauen und Hallo sagen.«

»Wie lieb von dir.« Und ich meine es so. Der Groll von gestern Abend hat sich in Luft aufgelöst. »Kann allerdings ein paar Minuten dauern, bis sich mein Herz von dem Schock erholt hat.«

»Ich hätte dich vorwarnen sollen.« Er schaut auf meine Schuhe. »Warst du draußen?«

»Ja, ich habe deinen Wagen nicht in der Einfahrt gesehen.«

Er kommt ganz nahe an mich heran und greift nach meinem Ellbogen.

»Bryn, bitte lass mich das wieder gut machen.«

Ich schaue ihm in die Augen und spüre, wie ein intensives Verlangen sich tief in mir regt.

»Du musst nichts wieder gut machen, Guy«, sage ich. »Du musst mir nur versprechen, ehrlich zu sein.«

»Einverstanden. Mir ist klar geworden, dass ich dich in den letzten Wochen und Monaten aus Angst, die Lage noch zu verschlimmern, wie eine Porzellanpuppe behandelt habe. Aber alles läuft so viel besser, wenn wir einfach miteinander reden.«

Ich muss lächeln. Ich habe meinen Standpunkt klargemacht, und er hat verstanden. Guy schaut mich mit seinen graublauen Augen an und lächelt zurück. Er beugt sich vor und küsst mich.

Als er seine vollen Lippen auf die meinen presst, verschmilzt mein Körper fast mit seinem. Zum ersten Mal begreife ich, dass ein Teil meiner Unsicherheit auf unsere fehlende körperliche Verbindung zurückzuführen ist. Unerwartet reagiert mein Körper mit Begierde. Ich küsse Guy heftiger und lasse meine Hände über die Innenseite seiner Oberschenkel wandern.

»Ich will dich, Guy, sofort.«

Er schaut mich prüfend an, und ich küsse ihn noch einmal, diesmal noch eindringlicher. Er reißt sich fast seinen Anzug vom Leib, während ich eilig aus meinen Kleidern schlüpfe. Zuerst lieben wir uns langsam und zärtlich, bald mit einer Eindringlichkeit, die mir die Worte raubt. Als wir beide kommen, sind meine Wangen und meine Brust feuerrot. Wir rollen uns auf den Rücken, und Guy legt seine Hand leicht auf meinen Schenkel.

»Was für eine hervorragende Idee von Ihnen, Ms. Harper.« Im Halbdunkel des Schlafzimmers kann ich sein Gesicht kaum ausmachen, aber ich habe sein Grinsen genau vor Augen.

»So lasse ich mir mein Mittagsschläfchen gefallen«, sage ich.

»Ich wünschte, ich müsste nicht zurück ins wahre Leben, aber ich habe um halb fünf einen Termin mit Brent. Der Typ steht einfach drauf, ein spätes Meeting einzuberufen und einem damit den Feierabend zu versüßen.«

»Keine Sorge«, sage ich. »Ich werde ein bisschen herumhängen und nachglühen.«

»Ich sollte nicht so spät zurück sein, außer es gibt wieder Schwierigkeiten mit Brent.« Er hüpft aus dem Bett und greift nach seinen Kleidern. »Nick hat per E-Mail angefragt, ob wir ihn und Kim für ein Last-Minute-Abendessen im Saratoga Golf Club treffen wollen, aber ich habe gesagt, wir hätten andere Pläne. Ich konnte mir nicht vorstellen, dass du Lust darauf hast.«

Seit Barb Kims auffälliges Interesse an mir erwähnte, habe ich mich gefragt, ob sie es war, die die Streichhölzer hat liegen lassen. Ein Abendessen mit ihr und Nick wäre eine Gelegenheit, sie besser einschätzen zu können. Und dann gibt es noch einen anderen Grund, den ich noch nicht einmal mir selbst gegenüber eingestehen möchte.

»Ich habe nichts dagegen«, sage ich. »Kannst du ihn zurückrufen und zusagen?«

»Ehrlich? Offen gestanden wäre der Kontakt auch für mich ganz gut. Anscheinend muss man ihm das Händchen etwas länger halten, als ich dachte.«

»Dann lass es uns machen.«

Guy grinst. »Du hast was gut bei mir. Essen gegen sieben. Ich ruf dich zeitig an, um es festzumachen.«

Während er aus dem Schlafzimmer eilt, lasse ich mich genussvoll zurück ins Kissen fallen. Ich habe noch ein paar Stunden Zeit und beschließe, später noch ein wenig an meinem Exposé zu arbeiten. Doch schon werden meine Augenlider schwer. Eine sanfte Welle schwappt über mir zusammen, die berühmte Schläfrigkeit nach dem Sex. Sie erscheint mir so angenehm normal zu sein, so anders als die tiefe Erschöpfung, die mir normalerweise um diese Tageszeit auflauert, so dass ich nicht anders kann, als mich ihr hingeben. Schon bald schlummere ich ein.

Und dann kommt der Alptraum zurück. Ich erwache in

einem Hotelzimmer und rieche Rauch. Ich schlage die Decke zurück und schwinge die Beine aus dem Bett. Bitte, flehe ich, lasst mich hier raus. Meine Füße berühren den Boden, und ich bewege mich vorwärts, aber der Rauch wird dichter. Ich ringe nach Luft. Jeder Schritt Richtung Tür ist wie ein Hindernislauf auf nassem Sand. Wie soll ich jemals entkommen?

»Bryn, warten Sie!«, ruft eine Stimme hinter mir.

»Ich kann nicht«, sage ich. »Wir müssen hier raus.«

»Bitte warten Sie«, ruft er.

Aus irgendeinem Grund drehe ich mich diesmal um. Inzwischen ist das Zimmer rauchgeschwängert und von einem gespenstischen roten Glühen erfüllt. Ich kneife die Augen zusammen. Zuerst erkenne ich niemanden, dann löst sich ein Mann aus dem Dunkel. Er ist groß und breitschultrig und schaut mich besorgt an.

»Bryn, hören Sie mir zu«, flüstert er.

Mit einem Ruck schrecke ich hoch, die Augen weit aufgerissen. Ich weiß jetzt, wer der Mann ist. Es ist Paul. Paul Dunham. Der Kollege, der bei dem Autounfall gestorben ist.

KAPITEL 14

Kerzengrade sitze ich mit geballten Fäusten im Bett. Mein Herz rast.

»Paul«, sage ich laut in die Stille des Zimmers hinein.

Diese Enthüllung ist ein Schock und auch wieder nicht. Wegen des Feuers hatte ich schon die ganze über Zeit vermutet, dass der Traum etwas mit dem Unfall zu tun hat. Aber ich habe nicht damit gerechnet, dass es sich bei dem rufenden Mann um Paul handelt.

Vielleicht … vielleicht ist dieser Alptraum nichts als der Dreh- und Angelpunkt meiner fixen Idee, endlich die Wahrheit über diesen Morgen zu erfahren, den Grund, warum Paul die Kontrolle über den Wagen verloren hat. Und im Traum bittet er mich zu warten, damit er mir erzählen kann, woran ich mich nicht erinnere.

Bryn, es tut mir leid, aber mir ging es in der Nacht davor nicht gut, und ich bin am Lenkrad eingeschlafen …

Über uns kreiste ein Adler, und ich habe mich von der Straße ablenken …

In dem Moment überkam es mich – der Wunsch zu sterben. Vergeben Sie mir …

Aber warum lässt mein Unterbewusstsein diese Szene in einem Hotelzimmer spielen? Ein Mann und eine Frau zusammen in einem Hotelzimmer deutet auf Sex hin, ein verbotenes Rendezvous.

Dieser Gedanke verstört mich. Auf seine Art war Paul

attraktiv: groß, ein wenig zu kräftig gebaut, ein Kerl, der im College Football gespielt hat und auch so aussieht, obwohl sein Gesicht unter dem kurzen blonden Haarschnitt eher fein wirkt. Aber ich fühlte mich nicht im Geringsten zu ihm hingezogen. Und selbst wenn, er war ein verheirateter Mann, und ich hätte es sofort unterdrückt.

Während ich mich ans Kopfende des Bettes lehne, versuche ich, mich an den Abend vor dem Unfall zu erinnern. Ich sitze vor dem Ballsaal des Hotels, während eine Schlange voller Frauen, die ihr Buch signieren lassen wollen, langsam zu meinem Tisch vorrückt. Paul taucht aus heiterem Himmel auf – und auch mit einer etwas eigenartigen Begründung. Bei einigen Treffen im Verlag hatten wir mehrfach Konzepte miteinander entwickelt und waren sogar zweimal zum Mittagessen verabredet, aber sein Erscheinen an diesem Abend hatte mich überrascht. Seine Erklärung ergab allerdings Sinn: eine gute Gelegenheit für ihn, meine Fans besser kennenzulernen, da er sich um Marketingideen für die Taschenbuchausgabe der *Twenty Choices* kümmerte. Mit Flirten hatte das nichts zu tun, nicht der Hauch einer Anmache. Und doch wird mir nun klar, dass ich es unterschwellig irgendwie merkwürdig fand. Merkwürdig, dass er aus dem Nichts auftauchte, merkwürdig, dass er mich zum Essen ausführen wollte. Der gemeinsamen Heimfahrt hatte ich zugestimmt, weil wir Kollegen waren und es unhöflich gewesen wäre abzulehnen.

War es unterschwellig um etwas anderes gegangen, um Sex oder etwas völlig anderes? Vielleicht spielt der Traum im Hotel, weil ich Paul an jenem Abend im Hotel getroffen habe.

Ich verlasse das Bett und ziehe mich hastig an. Ein eigenartiger Moment in einem der letzten Gespräche mit Casey kommt mir in den Sinn, den ich nicht recht einordnen konnte.

Unten nehme ich das Telefon zur Hand und rufe sie an. Ihre Assistentin will mich durchstellen, obwohl Casey gerade auf einer anderen Leitung spricht. Spezialbehandlung für Bestsellerautorinnen.

»Alles okay?«, fragt Casey, als sie dreißig Sekunden später rangeht.

»Kommt drauf an. Ich habe eine Frage, und du musst mir versprechen, ehrlich zu antworten, ja?«

»Natürlich. Geht es um das Exposé?«

»Nein. Als wir letztens miteinander telefonierten, sprach ich davon, Pauls Witwe anzurufen. Du fandest das keine gute Idee. Warum?«

Stille tritt ein, genau wie damals beim Telefonat.

»Äh, wie ich dir schon sagte, ich glaube, es geht ihr gar nicht gut. Ich war der Meinung, es würde euch beiden nicht gut tun, miteinander zu reden.«

»Du hast kurz gezögert, als ob da noch etwas wäre. Stimmt das, Casey? Bitte, ich muss es wissen.«

Ich höre, wie sie tief Luft holt.

»Da gibt es tatsächlich etwas, und ich hatte wirklich vor, es zur Sprache zu bringen, aber ich wollte lieber warten, bis es dir besser geht. Du hast schon genug durchgemacht.«

»Glaubt seine Frau, ich hatte eine Affäre mit ihm?« Zum ersten Mal fällt mir auf, dass es vermutlich nicht nur mir seltsam vorkam, dass Paul während meiner Veranstaltung in Boston einfach aufgetaucht ist. »Ist es das?«

Wieder eine Pause.

»Sie hat wohl solche Befürchtungen, ja«, gibt Casey schließlich zu. »Und dummerweise gab es im Verlag Klatsch, Leute, die glaubten, dass zwischen Paul und dir etwas läuft.«

Mir wird ganz übel bei diesen Neuigkeiten. Nicht nur, weil Leute glauben, ich hätte mich unpassend verhalten, es bedeutet auch, dass Stephanie die hässlichen Gerüchte zusätzlich zu ihrer Trauer verkraften muss.

»Aber wie kommen sie darauf?«

»Offensichtlich hat Paul mit niemandem darüber gesprochen, dass er mit dir zusammen in die Stadt zurückfahren wollte, auch nicht mit seiner Assistentin.«

»Er hat es nicht erwähnt, weil ihm die Idee erst am Abend kam, als er bei meiner Lesung vorbeischaute.«

»Aber auch *das* hatte er nicht erwähnt. Es wirkte alles sehr geheimniskrämerisch.«

In meiner Brust wird es so eng, als hielte mich jemand fest von hinten umklammert.

»Das ist schrecklich«, sage ich. »Ich kann mir gar nicht vorstellen, was die arme Frau durchmacht.«

»Jetzt, wo du es weißt, sollten wir besprechen, wie wir damit umgehen. Du musst mir nicht sagen, ob das Gerücht stimmt, aber lass mich wissen, ob du denkst, man sollte es einfach ignorieren in der Hoffnung, dass der Klatsch sich legt. Oder sollen wir uns irgendeine Art von Schadensbegrenzung überlegen?«

Schadensbegrenzung. Schon wieder dieser widerwärtige Ausdruck.

»Es ist nicht wahr, Casey. Zwischen Paul und mir ist absolut nichts vorgefallen. Ich gebe zu – und das bleibt bitte zwischen uns –, dass sein Auftauchen an dem Abend mich verwundert hat, aber seine Erklärung leuchtete mir ein. Er war in der Gegend, er wollte Marketingideen für das Taschenbuch sammeln.«

»Er hat nicht versucht, mit dir zu flirten?«

»*Nein*. Er fragte, ob ich mit ihm irgendwo etwas essen

wollte, was ich abgelehnt habe, aber das hatte mit Flirten nichts zu tun. Wenn überhaupt, dann …«

Und zum ersten Mal seit jenem Abend kommt in mir eine Erinnerung hoch, als hätte sie knapp unter der Oberfläche darauf gewartet, in mein Bewusstsein zu steigen.

»Was?«

»Wenn überhaupt, schien er ein wenig geistesabwesend zu sein, als würde ihn irgendetwas beschäftigen.«

»Vielleicht hat er versucht, sich ein Herz zu fassen.«

»Ein Herz fassen für was?«, frage ich. Als ob sie einen flüchtigen Blick in das Ende meines Traums geworfen hätte.

»Ich meine, dir zu sagen, dass er von dir angezogen ist. Einen Vorstoß zu wagen.«

Obwohl wir uns nicht von Angesicht zu Angesicht sehen, schüttle ich energisch den Kopf.

»Das bezweifle ich. Und es spielt auch keine Rolle, weil zwischen uns nichts war. Ich kann es nicht ertragen, dass Stephanie glaubt, wir hätten eine Affäre gehabt.«

»Okay, mir wird immer klarer, dass wir etwas unternehmen sollten. Früher war die beste Art, mit einem Gerücht umzugehen, es in die Leere laufen zu lassen. Heutzutage ist das wegen des Getratsches in den sozialen Netzwerken anders. Wir wollen vermeiden, dass es immer größere Kreise zieht, besonders weil nichts dran ist. Ich überlege mir eine Strategie, okay?«

»Ja. Meldest du dich bald?«

»Sicher, keine Bange. Ich kümmere mich darum.«

Erschüttert lege ich auf. Leider entgeht mir auch die hässliche Ironie von Caseys Enthüllung nicht: Ich bin nicht die Einzige, die sich mit der Treue ihres Partners herumquält.

Um keine weitere Zeit zu vergeuden, schnappe ich mir

mein Notizbuch und halte die Einzelheiten meines Traums fest.

Es ist nicht nur der Traum, der mich so mitnimmt, sondern auch dieses vage Gefühl, an das ich mich nun wieder erinnere, die Empfindung, dass Pauls unangekündigtes Auftauchen merkwürdig war. Dazu die Erinnerung, wie gedankenverloren er wirkte. Caseys Bemerkung, dass er vielleicht versucht hat, sich ein Herz zu fassen, lässt mir keine Ruhe. Aber es passt nicht zu ihm. Er schien aufrichtig zu sein, ein Mann mit klarem moralischen Kompass. Als ich ihn einmal bei einem unserer Mittagessen nach seiner Familie fragte, hatte er strahlend von Stephanie und den beiden Jungs erzählt.

Vielleicht lag ihm etwas Berufliches auf dem Herzen? Oder sogar etwas Persönliches? Seit der Veröffentlichung von *Twenty Choices* hat mich mehr als einmal ein Freund oder Kollege beiseitegenommen und um Rat zu einer anstehenden Entscheidung gebeten.

Was auch immer Pauls Absichten waren, Casey muss diese Gerüchte zum Verstummen bringen, für Stephanies Seelenfrieden und für meinen.

Ich klappe das Notizbuch zu und nehme es mit nach oben, wo ich es in die Schublade meines Nachttischs stecke. Ich muss Guy von dieser Entwicklung erzählen, aber zum richtigen Zeitpunkt.

Es ist nach fünf. Ich dusche zum zweiten Mal heute, weil ich vom Sex noch verschwitzt bin. Der Abend ist warm, also suche ich ein ärmelloses schwarzes Abendkleid heraus, dazu ein paar Riemchensandalen. Seit dem Unfall habe ich mich nicht mehr so herausgeputzt.

Während ich vor dem Badezimmerspiegel etwas Make-up auftrage, registriere ich verblüfft, wie viel frischer ich heute aussehe. Und ich fühle mich auch so. Ich freue mich, dass wir ausgehen. Ich habe meine eigenen Gründe, warum ich mich mit Nick und Kim treffen will, aber da ist noch mehr. Es ist auch eine Chance, Guy bei seiner Arbeit zu unterstützen.

Als ich eine Stunde später in seinen BMW steige, hat er das Jackett ausgezogen und auf die Rückbank gelegt.

»Jackett ist wahrscheinlich überflüssig, weil Nick meinte, dass er leger angezogen ist«, sagt er zur Erklärung. »Er war heute Nachmittag Golf spielen.«

»Ich dachte, er hätte einen stressigen Job.«

»Er sitzt in der obersten Etage einer Firma, die er von seinem Vater geerbt hat. Viel Wirbel um ihn, aber ob das so stressig ist?« Er lächelt trocken. »Ich habe das Gefühl, dass er gut delegiert und sich ansonsten aus der Schusslinie hält.«

»Sollte ich besser ein Golfhemd tragen?«

Er fährt aus der Einfahrt und mustert mich von oben bis unten.

»Du siehst perfekt aus, Bryn. Davon abgesehen bin ich gespannt, was ›leger‹ bei Kim heißt. Nick deutete an, sie sei ziemlich wartungsaufwendig.«

»Nervt ihn das?«

»Kann sein. Letztens ist ihm herausgerutscht, dass sie seine Ehefrau Nummer zwei ist und ihm diesmal vielleicht der Sinn nach etwas Anspruchsvollerem stand. Manche Typen mögen das.«

Vom ersten Moment an, als ich Guy traf, war mir klar, dass er so etwas ganz und gar nicht anziehend findet. Er betont immer wieder, dass er es mag, wie locker ich die Dinge angehe. Nicht klar ist mir allerdings, ob er schlechte Erfahrungen mit der anderen Sorte Frau gemacht hat.

Eigentlich kennen wir unsere jeweiligen Vorgeschichten kaum. Er hat natürlich von Marc gehört und wie es bei uns kriselte, als mein erstes Buch Erfolg hatte. Und Guy hat ein wenig von Meg erzählt, der Frau, mit der er in Chicago verlobt war, bevor sie Schluss machte. Wegen ihr tat er sich jahrelang schwer, wieder an Heirat zu denken. Dann war da noch Julie, eine Ärztin, mit der er sich eine Weile in Miami traf. Wegen unserer stürmischen Romanze und weil wir so häufig pendeln müssen, hatten wir zu ausgiebigen Gesprächen über unsere Vergangenheit kaum Gelegenheit.

Während ich aus dem Fenster starre, wird mir bewusst, dass ich über Guys Verhalten in Bezug auf Treue nicht sonderlich viel weiß. Ich habe mich immer darauf verlassen, dass er mir treu ist, weil uns das Thema beiden wichtig ist, aber ich habe ihn nie direkt gefragt: »Hast du je deine Verlobte oder eine deiner Freundinnen betrogen?« Ich habe mich auf uns beide konzentriert, auf unsere Gegenwart. Außerdem hielt ich Guy von Anfang an für offen und ehrlich, ohne dazu viel Beweismaterial zu benötigen. Vielleicht hätte ich aber doch mehr Fragen stellen sollen. Vielleicht wird es langsam Zeit, und wenn es nur dazu diente, Guy etwas besser zu verstehen.

Der Saratoga Golf Club befindet sich außerhalb der Stadt. Als wir in die Auffahrt einbiegen, frage ich Guy, wie ich mich verhalten soll, falls Kim oder Nick den Mord ansprechen.

»Lass mich das machen«, sagt er, als mir auch schon ein Angestellter die Autotür öffnet. »Ich finde schon einen Weg, vom Thema abzulenken.«

Das Gebäude aus Stein und Holz ist eindrucksvoll. Laut Guy steht das Restaurant allen offen, es sieht aber deutlich nach Privatclub aus.

Im Clubrestaurant werden wir vom Oberkellner durch den Speiseraum auf eine geflieste Terrasse geführt, wo Kim und Nick schon an einem der Tische warten. Gleich hinter ihnen beginnt ein prächtiges grünes Fairway mit einem Teich, der im Licht der Abendsonne glitzert.

Nick erhebt sich zur Begrüßung und Kim zu meiner Überraschung auch. Sie küsst Guy und mich auf die Wange und lächelt warmherzig.

Guys Vorhersage war korrekt. Lässig sieht anders aus. Sie trägt ein elastisches rotes Bustier mit freien Schultern, dazu goldene Ohrringe in CD-Größe. Ihr Outfit ist deutlich verführerischer als neulich Abend. Nicks Ralph-Lauren-Polohemd und seine Khakihosen sind ein ziemlicher Kontrast dagegen.

»Schön, dass Sie es so spontan einrichten konnten«, erklärt Nick.

»Wie hätten wir das ablehnen können?«, fragt Guy, und weist auf das Fairway. »Tolle Gesellschaft, toller Ausblick.«

Wir nehmen Platz, und Nick gibt der Kellnerin ein Zeichen. Guy bestellt zu meiner Überraschung einen Martini, einen Drink, den ich ihn unter der Woche nie habe trinken sehen. Während ich mich für ein Glas Wein entscheide, kann ich spüren, wie Kim mich beobachtet. Doch als ich aufschaue, lächelt sie mich einfach nur freundlich an. Vielleicht war ihr Benehmen beim letzten Mal ein Zufall, oder sie verhält sich nur dann eigenartig, wenn Nick nicht in der Nähe ist.

»Haben Sie fleißig geschrieben, seit wir Sie das letzte Mal getroffen haben?«, fragt Nick mich. »Mir ist zu Ohren gekommen, dass man als erfolgreiche Schriftstellerin jedes Jahr ein neues Buch auf den Markt bringen muss.«

»Das gilt nur für bestimmte Bücher, Thriller zum Beispiel«, sage ich. »Aber bei Sachbüchern kann man sich zwischen den Titeln mehr Zeit lassen.«

»Ich bin sicher, Ihre Fans warten schon sehnsüchtig auf Ihr nächstes Buch«, sagt Kim. Wieder wirkt sie zuckersüß, verliert aber kein Wort darüber, ob sie ein Fan ist, wie sie es angeblich gegenüber Barb behauptet hat. »Haben Sie schon damit begonnen?«

»Ich bastle noch am Konzept. Aber bitte, falls Sie irgendwelche Ideen haben, nichts wie her damit.«

»Schreiben erfordert so viel Disziplin«, wirft Guy ein. »Ich bewundere Bryn, dass sie sich Tag für Tag an den Schreibtisch setzt.«

Verteidigt er mich gerade?

»Jedenfalls ist es uns eine Ehre, Sie in unserem bescheidenen Kaff zu haben«, sagt Nick. »Sind Sie zum ersten Mal hier im Clubrestaurant?«

»Ja. Ich kenne die Stadt zwar ein wenig, aber wenn ich übers Wochenende hier war, sind wir meistens zu Hause geblieben und haben gekocht.«

»Ach, stimmt ja, Sie sind praktisch noch in den Flitterwochen«, erklärt er mit leicht anzüglichem Unterton. »Sie werden es hier mögen, und Sie sollten dem Steak definitiv eine Chance geben.«

Wir studieren kurz die Speisekarte und sind, als die Kellnerin mit den Getränken kommt, bereit zu bestellen. Wir verzichten auf eine Vorspeise, und ich bin erleichtert, weil das ein relativ kurzes Essen bedeutet. Ich muss es nur zu meinen Gunsten nutzen. Ich will Kim besser einschätzen können und herausfinden, ob sie mich auf dem Kieker hat. Dazu schlägt mir noch eine andere Sache auf den Magen, wenn ich nur daran denke. Ich möchte mich vergewissern, dass Guy wirklich mit Nick an der Benefizveranstaltung für das Tanzmuseum teilgenommen hat. Noch eine Versuch, mein Vertrauen in Guy zu stärken.

Bei den Cocktails referiert Nick die Geschichte des Golfclubs. Entweder mag der Mann den Klang seiner Stimme, oder er ist von jedem Aspekt der Immobilienbranche unendlich fasziniert. Möglicherweise eine Mischung aus beidem. Guy hört begeistert zu, wie sein Job es verlangt, und ich zwinge mich dazu, interessiert zu gucken.

Von Zeit zu Zeit werfe ich einen Blick auf Kim. Als wäre sie sein größter Fan, scheint sie jedes seiner Worte für pures Gold zu halten – oder sie schwindelt hervorragend.

Guy stellt Nick eine Menge Fragen, die der eifrig beantwortet. Erst als das Essen kommt, hält Nick inne. Er nimmt Steakmesser und Gabel zur Hand und konzentriert sich voll auf das riesige Steak vor sich.

»Wie geht es den Kindern, Kim?«, frage ich. »Machen Sie in diesem Sommer einen Familienurlaub?«

Sie setzt sich ein wenig in Pose, sichtlich froh, auch mal zu Wort zu kommen. »Wir haben ein Landhaus am Lake George, und wir werden an den Wochenenden hinfahren, sobald die Schulferien begonnen haben.«

»Guy und ich waren letztes Jahr einmal am See. Es ist wunderschön dort.«

»Nicht wahr? Die Kids sind inzwischen totale Stars beim Wasserski und wollen unbedingt wieder hin. Laufen Sie Wasserski?«

»Nicht mehr, seit ich ein kleines Mädchen war.« Bei diesem Worten kommt mir eine Idee, wie ich etwas über die verbrannten Streichhölzer herausfinden könnte. »Unglücklicherweise ist das heute ausgeschlossen. Ich hatte vor ein paar Monaten einen Autounfall und bin noch auf dem Weg der Besserung.«

Guy wirft mir einen überraschten Blick zu. In der Öffentlichkeit rede ich nie über den Unfall. Er wird sich wundern, warum ich gerade jetzt davon anfange.

»Das tut mir so leid«, sagt sie. »Es ist nicht hier passiert, oder?«

Entweder hat sie wirklich keine Ahnung, oder sie verstellt sich gut.

»Nein, ich war beruflich unterwegs.«

Nick hebt seinen Kopf, als hätte etwas seine Aufmerksamkeit erregt.

»Schrecklich«, sagt er. »Ich nehme an, dass Ihre Kontakte in New York für die besten Ärzte gesorgt haben, aber in unserem Krankenhaus gibt es auch hervorragende Fachkräfte. Falls Sie eine Empfehlung brauchen, sagen Sie einfach Bescheid.«

»Sie sitzen dort im Vorstand, nicht wahr?«, fragt Guy. Sofort liefert Nick eine längere Beschreibung der Einrichtung. Guy ist ganz Ohr und stellt intelligente Fragen. Kim strahlt. Die Teller werden abgeräumt, und wir bestellen Kaffee. Eine weitere Information will ich noch bekommen, aber ich weiß nicht, wie.

Beim Kaffee höre ich Guys Handy in seiner Hosentasche brummen. Ich nehme an, dass er aus Höflichkeit nicht rangehen würde, doch er entschuldigt sich und verschwindet im Restaurant.

»Ach, das war gut«, erklärt Nick.

»Freut mich sehr, dass Sie uns eingeladen haben.« Ich warte einen Moment mit meiner nächsten Bemerkung, damit sie nicht zu auffällig klingt. »Ich weiß, dass Guy die Zeit mit Ihnen sehr genossen hat.«

»Ganz meinerseits. Und vielen Dank, dass ich ihn letzte Woche für dieses Event im Tanzmuseum ausleihen durfte –

und ich entschuldige mich dafü, dass es ein wenig spät wurde!«

Kurz fühle ich mich schuldig, weil ich Guy überprüft habe, aber augenblicklich spreche ich mich davon frei. Ich musste es einfach wissen.

»Gar kein Problem. Guy hat sich hervorragend amüsiert.«

»Ja, ihm gefiel die Tanzperformance, obwohl ich allzu viel davon nicht mitbekommen habe. Ich war hauptsächlich da, um mich sehen zu lassen.«

Guy kommt zurück und schlägt vor zu bezahlen. Nick erklärt, dass er die Rechnung schon im Voraus beglichen hat. Wir bedanken uns beide, obwohl Guys Aufmerksamkeit irgendwo anders zu sein scheint. Er knabbert kurz an seinem Daumen.

»Wollen wir?«, fragt Nick und steht auf.

Wir verlassen den Club durch den Speisesaal, der immer noch gut besucht ist. Nick fragt Guy nach dem Spielplan der Oper, und ich unterhalte mich in der Zwischenzeit mit Kim.

»Wie geht es Ihrem Freund Derek?«, fragt sie und schnurrt dabei wie ein Kätzchen. »Er schien sehr charmant zu sein.«

»Eigentlich ist er kein Freund. Guy hat ihn durch die Arbeit kennengelernt und dachte, er wäre eine nette Ergänzung für die Runde.«

»Oh, wirklich? Sie schienen so vertraut zu sein. Ich dachte, Sie kennen sich seit Jahren.«

Sobald Nick außer Hörweite ist, geht es also wieder los. Im Licht der Gerüchte über Paul und mich ärgert mich ihr Kommentar noch mehr als ohnehin schon. Aus Rücksicht auf Guy beiße ich mir auf die Zunge.

»Vielen Dank für heute Abend.« Mehr sage ich nicht. »Es war reizend.«

Wir stehen am Restauranteingang gleich neben dem Pult des Oberkellners. Guy schüttelt Nicks Hand, aber als Kim an der Reihe ist, steckt sie ihre Hand fix in eine riesige Keramikschüssel auf einem Tisch neben dem Pult.

»Bitteschön«, sagt sie, streckt ihren Arm aus und lässt etwas in meine Hand fallen. »Man weiß nie, wann man sie brauchen kann.«

Verdutzt schaue ich auf meine Hand.

Es handelt sich um eine winzige Streichholzschachtel.

KAPITEL 15

Eine Weile starre ich die Schachtel an, verblüfft von der Unverfrorenheit ihrer Geste. Als ich wieder aufschaue, schenkt Kim mir ein harmloses Lächeln und verhält sich wie die charmante Gastgeberin, die nur dafür gesorgt hat, dass ich mein hübsches Souvenir bekomme. Ich werfe Guy einen Blick zu, aber er ist in ein letztes Geplänkel mit Nick verwickelt.

»Nein, danke«, sage ich und schmeiße die Streichholzschachtel zurück in die Schüssel. »Ich habe alles, was ich brauche.«

Ich halte ihrem Blick stand und sehe, wie ihre Augen sich weiten. Meine Unverblümtheit hat sie kalt erwischt, aber das ist mir egal. Falls sie das Geld genommen und dafür die Streichhölzer liegen gelassen hat, muss ich sie ohne Rücksicht auf Guys Position komplett abblitzen lassen. Und selbst wenn es sich um einen grotesken Zufall handeln sollte, ist sie eine bösartige Frau. Ihre Stichelei über Derek und mich hat das gezeigt.

Sobald Guy und ich im Auto sitzen, platze ich damit heraus, halte aber schnell inne. Guy knabbert schon wieder an seinem Daumen, im Geiste offensichtlich Meilen entfernt.

»Ist alles in Ordnung?«, frage ich.

»Ja. Ich weiß nicht. Jetzt wünschte ich doch, wir wären nicht gekommen. Ich mag meinen Beruf zwar, aber sich bei so einem Wichtigtuer einschmeicheln zu müssen, ist doch verdammt hart.«

»Moment, willst du damit sagen, dass das Thema Gewerbeimmobilien und die Kriterien eines guten Baugrundstücks dich nicht fesseln?«

Er lächelt trocken. »Bingo.«

»Ich finde, du hast das prima gedeichselt. Aber klar ist, dass er dich gerne um sich hat und einiges tun würde, damit das so bleibt. Findest du eine Möglichkeit, ihm gegenüber ein wenig auf Abstand zu gehen?«

»Glaube ich nicht. Wenigstens nicht im Moment, vielleicht mittelfristig.« Sogar im Dunkeln kann ich sehen, wie fest seine Hand das Steuerrad umklammert.

»Ist da noch etwas?«

»Einfach nur Ärger auf der Arbeit. Ich will dich zu dem, was du sowieso schon am Hals hast, nicht auch noch zusätzlich belasten.«

»Sei nicht albern, erzähl schon. Hat es mit dem Anruf zu tun?«

»Anruf? Ach ja, genau. Noch ein Geldgeber mit kalten Füßen.«

»Wie dringend brauchst du ihn?«

»Sehr dringend, wenn ich die Einnahmen des letzten Jahres übertreffen will.«

»Du wirst es schon hinkriegen, Guy. Falls er sich zurückzieht, bleibt dir immerhin noch ein halbes Jahr, einen Ersatz zu finden.«

»Ich werde morgen ganz früh ins Büro gehen und schauen, ob ich etwas machen kann, damit er nicht so wankelmütig ist. Vielleicht kann ich ihn in Raten zahlen lassen.«

So sehr ich auch Kims Dreistigkeit ansprechen möchte, entscheide ich mich doch dagegen. Es wäre keine gute Idee, wenn Guy so gestresst ist.

Obwohl es noch nicht einmal zehn ist, als wir zu Hause

ankommen, gehen wir sofort zu Bett. Mein Körper schmerzt vor Erschöpfung, während es in meinem Kopf rumort. Handelt es sich um eine eigenartige Form von Neid? Unvermittelt kommt mir ein Vorfall aus Schulzeiten in den Sinn. Ein Lehrer hatte einen meiner Aufsätze vor der gesamten Klasse vorgelesen und ihn über den grünen Klee gelobt. Später in der Cafeteria rempelte eine Mitschülerin mich an und verschüttete ihren ganzen Orangensaft über mein brandneues Oberteil. »Oh, tut mir so leid«, meinte sie ganz zerknirscht, aber ich wusste, dass es kein Unfall gewesen war.

Während ich das Kissen in der vergeblichen Hoffnung zurechtrücke, eine komfortable Schlafposition zu finden, höre ich neben mir Guys flachen Atem. Er scheint ebenfalls noch wach zu liegen. Wahrscheinlich macht er sich Gedanken um den unsicheren Geldgeber. Zum ersten Mal frage ich mich, ob sein Job in Gefahr ist. Wenn er die Spendensumme gegenüber dem letzten Jahr nicht steigert, könnte ihn das in eine unangenehme Lage bringen. Ein schlechtes Jahr dürfte noch nicht gleich eine Kündigung nach sich ziehen, aber Brent scheint ein ziemlicher Hitzkopf zu sein, und es gibt bei ihm keine Garantie, dass er rational handelt.

Ich mache mir Sorgen um Guy. Seinen Job zu verlieren ist nicht das Ende der Welt, und es würde unsere Pläne für seinen Umzug in die Stadt beschleunigen. Dennoch hat er stets erklärt, für den nächsten größeren Karriereschritt sei es wichtig, eine dreijährige Anstellung im Opernhaus vorweisen zu können.

Endlose Minuten später schlafe ich endlich ein. Als ich am nächsten Morgen kurz nach sieben aufwache, ist Guy schon weg. Seine Seite des Bettes sieht kaum benutzt aus. Er hat kein Frühstück zu sich genommen. Im Spülbecken steht nur eine leere Espressotasse. Heute Abend werde ich ihn ermuntern, mehr über seine Arbeitssituation zu sprechen. Vielleicht kann ich ihm als Außenstehende ein wenig helfen.

Ich stecke einen Bagel in den Toaster, schlendere in mein Büro und öffne den Laptop. Ich will weiter an meinem Exposé arbeiten, schaue aber zuerst nach, ob eine Mail von Casey eingetrudelt ist.

Nein, nichts.

Unbewusst spiele ich mit der Maus herum, bis sie zufällig auf dem Adressbuch landet. Ich klicke auf das Icon und gebe Paul Dunhams Namen ein. Die Seite öffnet sich. Ich habe auch Stephanie Dunhams Privatadresse gespeichert. Sie lebt in Hastings, einer Vorstadt nördlich von New York City. Ich frage mich, ob sie weggezogen ist, weil es zu sehr schmerzt, nach Pauls Tod weiter dort zu wohnen. Aber sie hätte sicherlich entschieden, dass ein Umzug nicht gut wäre für die Kinder.

Ich lehne mich im Schreibtischstuhl zurück und denke wieder einmal über den Traum nach. Warum nur steht Paul im Hotelzimmer und ruft mir etwas zu? Was will er von mir?

Ich gehe zurück in die Küche und sehe, als ich den Bagel aus dem Toaster nehme, das rote Licht am Festanschluss blinken. Der Apparat steht ganz hinten auf dem Tresen zwischen diversen Dosen. Ursprünglich hatten wir vor, hier nur unsere Handys zu benutzen, aber da Guy ein tragbares Telefon in seinem Apartment besitzt, habe wir es hier für Notfälle angeschlossen und inzwischen mehr oder weniger vergessen. Wahrscheinlich leuchtet das rote Licht schon seit Tagen.

Ich drücke den Abspielknopf. Eine unbekannte Männerstimme erklingt.

»Guy, guten Abend, hier ist Chip Maycock. Wir müssen sofort reden. Ich habe es auf deinem Handy versucht, vergeblich. Ich versuche es in einer halben Stunde noch einmal. Ruf mich an, egal wann du nach Hause kommst. Sie bestehen darauf, dass wir morgen ganz früh antanzen, und wir sollten uns vorher noch einmal treffen.«

Der Anruf muss sich auf einen Vorfall im Opernhaus beziehen, dem Tonfall nach geht es um einen schwerwiegenden Vorfall. Für den Fall, dass Chip Maycock ihn noch immer nicht erreicht hat, sollte ich Guy sofort benachrichtigen. Ich spiele die Nachricht noch einmal ab, um zu notieren, wann er angerufen hat. Mittwoch um 20:17 Uhr. Letzte Nacht. Etwa eine halbe Stunde vor dem Anruf im Restaurant. Maycock muss der Geldgeber mit den kalten Füßen sein.

Während die Nachricht noch einmal abgespielt wird, bleibe ich beim letzten Satz hängen. »Sie bestehen darauf, dass wir morgen …« Was soll das denn heißen?

Neugierig geworden, nehme ich den Hörer in die Hand und drücke den Knopf für die Wahlwiederholung.

»Guten Morgen«, ertönt nach dem dritten Klingeln eine fröhliche Stimme. »Maycock, Villa und O'Hare.«

Hört sich nach einer Anwaltskanzlei an, und dieser Gedanke beunruhigt mich. Die Frau bestätigt auf meine Nachfrage die Vermutung, und ich lege auf. Mein Magen fühlt sich an wie eine geballte Faust. Guy hat mich glauben lassen, der Anruf stamme von einem seiner Geldgeber. Vielleicht geht es bei Maycock ja wirklich um eine Spende, aber es ist wahrscheinlicher, dass Guy einen Anwalt beauftragt hat, der ihm bei der Befragung durch die Polizei hilft.

Dann hat er mich also schon wieder belogen. Nachdem er geschworen hatte, aufrichtig zu sein.

Ich kann es nicht glauben. Ich weiß nicht, wie ich seinen Versprechungen noch trauen soll oder dem, was er mir bisher erzählt hat. Vielleicht trifft meine erste Vermutung doch zu, und er hatte wirklich ein Verhältnis mit Eve. Mich ekelt die Vorstellung, wie er Eve berührt, sie küsst, wie er Sex mit ihr hat.

Kurz darauf verändert sich meine Wut zu Furcht. Jemand besteht darauf, dass Guy und Maycock ganz früh kommen. Das könnte sich durchaus auf Corcoran und ihren Kollegen beziehen, die weitere Fragen zum Mord haben.

Ich schnappe mir meine Tasche und schließe das Haus ab. Draußen ist es heute kühler, der Himmel ist wolkenverhangen, aber ich kümmere mich nicht um einen Schirm. Ich will so schnell wie möglich zu Guy und aus seinem Mund hören, was hier los ist.

Auf der Fahrt zwinge ich mich, Ruhe zu bewahren, aber meine Gedanken kehren immer wieder zu der Dringlichkeit in Maycocks Stimme zurück. Ich habe Angst, dass dieser Morgen in seinem weiteren Verlauf mein Leben völlig auf den Kopf stellen könnte. Nachdem ich vor der Oper geparkt habe, nehme ich mir ein paar Minuten Zeit, um mich zu sammeln. Ich will keinesfalls bei Miranda den Eindruck erwecken, als wäre etwas nicht in Ordnung. Und vielleicht gibt es ja auch keinen Grund zur Sorge. Ich muss einfach Guys Erklärung abwarten.

Heute ist das Gebäude geöffnet. Ich betrete es durch den Seiteneingang und laufe den fast menschenleeren Korridor entlang bis zu Guys Büro. Vor dem Anklopfen atme ich einmal tief durch und trete dann in den Vorraum.

Miranda steht mit konzentriertem Gesichtsausdruck vor einem Aktenschrank. Sie trägt ein braunweißes Wickelkleid, das ihre kurvigen Hüften betont. Ein Hauch von Dekolleté ist zu sehen. Ihr rotes Haar hat sie hinter die Ohren geklemmt, als hätte sie den ganzen Morgen auf Hochtouren gearbeitet.

Als sie mich bemerkt, öffnet sie vor Überraschung kurz den Mund. Dies ist mein zweiter unangemeldeter Besuch innerhalb einer Woche, was sie sicher kurios findet.

»Guten Morgen, Miranda«, sage ich. »Ist Guy da?«

»Bryn, hi … Nein, leider nicht.«

»Wissen Sie, wohin? Ich muss ihn erreichen, und er geht nicht an sein Handy.« Das ist natürlich eine Lüge, aber ich möchte ihn nicht vorwarnen, sondern direkt konfrontieren.

Miranda strafft sich, und ich spüre diesen Beschützerinstinkt, der mir bei dem Telefonat kürzlich schon aufgefallen war. Sie ist ganz für Guy da, und ihrer Ansicht nach gibt es gewisse Dinge, in die ich nicht eingeweiht sein muss, und dazu gehört wohl auch sein momentaner Aufenthaltsort. Gott, vielleicht hat Guy auch ein Auge auf sie geworfen?

»Dummerweise hat er sich nicht dazu geäußert. Kann ich Ihnen vielleicht helfen?«

Ich habe den Eindruck, dass sie die Wahrheit sagt, also hat Guys Verabredung mit dem Anwalt nichts mit seinen Operngeschäften zu tun.

»Hat er gesagt, wann er zurück sein will?«

Sie steckt die Akte in den Schrank und schließt die Schiebetür. »Leider nein. Aber es kann nicht lange dauern. Er hat am späten Vormittag mehrere Verabredungen.«

»Kein Problem, ich überlege mir was.«

»Sind Sie sicher? Kann ich nicht helfen?« Ich war wohl wenig überzeugend, aber darum kann ich mich jetzt nicht kümmern. Ich verabschiede mich knapp und bin schon weg.

Zurück im Auto grüble ich minutenlang über meinen nächsten Schritt nach. Vielleicht ist Guy längst auf der Polizeiwache, und es wäre dumm, dort aufzutauchen. Mit etwas Glück ist er in diesem Anwaltsbüro. Ich gebe die Adresse im Navi ein und starte das Auto.

Die Kanzlei befindet sich in einem großen, mit Schindeln gedeckten weißen Haus weniger als eine Meile entfernt. Schon als ich näher komme, sehe ich Guys BMW. Mein Puls rast vor Beklommenheit und Wut. Guy muss gestern Abend auf der Heimfahrt vom Restaurant äußerst besorgt gewesen sein. Deshalb konnte er im Bett keinen Schlaf finden, und dennoch verliert er mir gegenüber keine gottverdammte Silbe.

Mein erster Impuls ist, dort hineinzustürmen, aber ich unterdrücke ihn. Es besteht immer noch die Chance, dass ich etwas in den falschen Hals bekommen habe. Stattdessen drehe ich mich im Sitz so, dass ich einen guten Blick auf das Gebäude habe, und warte, bis Guy herauskommt. Fünf Minuten vergehen, dann zehn. Ich stelle das Radio an, in der Hoffnung, dass es mich beruhigt, aber es klingt in meinen Ohren wie ein quietschender Fingernagel auf einer Schiefertafel, und ich stelle es aus.

Eine gute Dreiviertelstunde vergeht, bis Guy die Tür öffnet und auf die Treppe tritt. Mit seiner freien Hand fährt er sich durchs Haar. Bevor er die Stufen nimmt, schaut er sich nach beiden Seiten um. Sein Ausdruck wirkt so besorgt, wie ich ihn noch nie gesehen habe.

Ich warte, bis er den Gehweg erreicht hat, rutsche über den Sitz und stoße die Beifahrertür auf. Die plötzliche Bewegung lässt ihn zusammenfahren. Es dauert ein paar Sekunden, bis er realisiert, dass ich es bin, die aus dem Wagen steigt.

»Bryn!«, ruft er aus. Ich kann fast sehen, wie es in seinem Kopf arbeitet. Ich sehe, wie ihm langsam bewusst wird, dass dies kein Zufall ist.

»Ich will wissen, was hier gespielt wird, Guy«, sage ich. »Warum bist du hier?«

Ich kann geradezu spüren, wie er abwägt, wie viel ich wohl schon weiß und wie er sich mir erklären soll.

»Du hattest recht damit, dass ich einen Anwalt brauche. Also habe ich einen beauftragt.«

»Du hast mir letztens versprochen, ehrlich zu sein, mich auf dem Laufenden zu halten. Und nur einen Tag später suchst du hinter meinem Rücken einen Anwalt auf.« Er wirft einen schnellen Blick über die Schulter auf die Kanzlei, wahrscheinlich um zu kontrollieren, ob uns jemand beobachtet. Dann wendet er sich wieder mir zu.

»Bist du mir hierher gefolgt?« Seine Stimme klingt scharf.

»Nein, ich bin dir nicht gefolgt. Dein Anwalt hat eine Nachricht auf dem Anrufbeantworter hinterlassen. Jemand besteht darauf, euch zu sehen. Ist das die Polizei?«

»Ja, sie wollen ein weiteres Treffen«, sagt er mit weicherer Stimme. »Ich weiß, dass ich dich auf dem Laufenden halten wollte, aber gleichzeitig möchte ich dich nicht grundlos beunruhigen.«

»Grundlos? Das geht auch mich etwas an. Warum wollen die Cops dich sehen?«

Resigniert lässt er die Schultern hängen, und mein Körper kribbelt geradezu vor Angst. Da kommt etwas auf mich zu, ich spüre es. Da kommt etwas, das alles ändern wird.

»Sie haben Eve Blazers Telefonliste überprüft, SMS und Anrufe. Dem Anwalt zufolge sind sie an meinen Kontakten mit ihr interessiert.«

»Was …«

»Es ist einfach zu erklären. Die Frau hat so oft für die Oper gekocht, das erforderte Telefonanrufe zwischen uns beiden.«

»Aber ist das nicht Mirandas Job, der Kontakt mit dem Catering?«

»Im Großen und Ganzen hat sie die Verbindung gehalten, aber wie du weißt, hat Miranda um achtzehn Uhr Feierabend. Wenn also ein Essen anstand, musste ich Eve selbst anrufen, wenn ich spät dran war, beispielsweise.«

Mein Kopf schmerzt vor Anspannung, wahrscheinlich weil ich versuche, ihn auf zwei Ebenen zu verstehen. Ich konzentriere mich nicht nur auf seine Worte, sondern auch auf alles zwischen den Zeilen, auf ungewohnte Formulierungen, die noch etwas anderes bedeuten könnten. Es ist geradezu absurd, als würde ich einen Brief meines Ehemanns zu entziffern versuchen, der in Code geschrieben ist.

»Ich soll dir also glauben, das es sich nur um geschäftliche Telefonate handelte.«

»Ja, absolut. Und selbst wenn die Cops sie unbedingt missverstehen wollen, war ich zur Tatzeit mit Nick unterwegs. Ich kann gar kein Verdächtiger sein.«

Ein Wort schießt mir durch den Kopf, etwas, was Guy kurz vorher gesagt hat.

»Was ist mit den SMS? Du sagtest, sie haben sich die SMS angeschaut.«

Er blickt zu Boden und dann mit hochgezogenen Augenbrauen wieder hoch. Mein Atem friert mir in der Brust ein.

»Dummerweise lässt sich, wenn ich mich recht erinnere, eine der SMS falsch verstehen.« Er verzieht das Gesicht. »Absolut harmlos, aber du weißt, wie Corcoran ist.

»Erzähl es mir«, verlange ich.

»An den genauen Wortlaut kann ich mich nicht erinnern. Eve besprach ein Menü mit mir und wollte wissen, ob ich eine Soße, die sie bei einem Essen zuvor zubereitet hatte, zu scharf fand. Und ich habe irgendetwas zurückgeschrieben, um charmant zu sein. Das war dumm von mir.«

»Was?«

»Irgendwas Dummes, wie … wie ›Ich stand schon immer auf scharf‹.«

Es fühlt sich an, als hätte mir jemand ins Gesicht geschlagen.

»Das ist weder dumm, noch charmant, Guy, das ist *Flirten.*«

»Bryn, bitte, es war nur Quatsch, den ich spontan getippt habe. Du hast doch auch schon mal mit männlichen Kollegen herumgealbert, oder?«

Allmählich kann ich vor mir selbst nicht leugnen, welcher Eindruck sich mir aufdrängt.

»Du hast mich betrogen, Guy, nicht wahr? Ich muss es wissen.«

Instinktiv schaut er weg und dann in Windeseile wieder zurück. Mein Herz wird schwer.

»Gib es zu«, sage ich. »Du hast mit ihr geschlafen.«

»Bryn, *nein.* Ich habe es dir schon gesagt. Da war nichts zwischen mir und Eve. Du musst mir glauben.«

Aber ich glaube ihm nicht. Seine Geschichte ist gelogen. Jeden Tag erfahre ich etwas Neues, weitere verstörende Details, immer nur dann, wenn er unter Druck steht. Und die Art, wie er den Blick abwendet, zu unsicher, mir in die Augen zu schauen. Dann die SMS an Eve. Die Vorstellung, dass mein Ehemann einer anderen Frau eine solche Nachricht schickt, ekelt mich an.

»Ich will, dass du zurück in dein Apartment ziehst, Guy. Zumindest fürs Erste.« Das geht mir von den Lippen, ohne dass ich groß darüber nachdenke, aber ich bereue kein Wort davon. »Ich brauche Zeit zum Nachdenken.«

»Bryn, du …«

»In einer Stunde bin ich zurück im Haus. Bis dahin kannst du die nötigsten Sachen packen.«

Ich setzte mich ans Steuer und fahre planlos in die Innenstadt bis zum Broadway. Ein McDonalds taucht auf, und ich fahre auf den Parkplatz. In Sekundenschnelle erfüllt der Geruch von fettigen Pommes und gekochtem Fleisch das Innere des Autos und erhöht mein Unbehagen. Schnell schließe ich das Fenster.

Ist das der Anfang vom Ende unserer Ehe? Ich hoffe nicht. Ich liebe meinen Mann, und es ist hart, sich einzugestehen, dass er mich betrügen könnte. Aber wenn ich länger darüber nachdenke: Guy hat regelmäßig die sexy Besitzerin eines Cateringservice angeheuert. Er hat sie schon einmal in unser Haus geholt, ohne mich darüber zu informieren. Er war etwas mit ihr trinken und beichtete es nur, nachdem ich es wegen einer polizeilichen Untersuchung herausgefunden hatte. Er rief sie häufig an und schickte ihr eine anzügliche SMS.

Trotz seiner Beteuerungen ist das mehr als verdächtig. Und die SMS kann nur zwei Dinge bedeuten: Entweder ist mein Ehemann jemand, der sich nichts dabei denkt, beruflich eine zweideutige SMS zu versenden, oder er schickte sie an eine Frau, von der er hoffte, dass sie mit ihm schlafen würde – oder mit der er schon geschlafen hatte. Beide Männer sind mir fremd.

Wahrscheinlich war das der wahre Grund, warum er für unsere Dinnerparty eine andere Cateringfirma engagieren wollte. Er wollte nicht, dass die Frau, mit der er eine Affäre hatte oder mit der er zumindest offen flirtete, mit mir im selben Haus wäre.

Kein Wunder, dass er ungehalten war, als ich nach der Party zu Eve ging. Wenn sie eine Affäre hatten, war diese Begegnung das Letzte, was er brauchen konnte. Ihre Bemerkung kommt mir wieder in den Sinn: »Warum fragen Sie nicht Ihren Mann?« Hat sie mit mir Katz und Maus gespielt, mich herausgefordert, die Wahrheit zu entdecken?

Vielleicht war es letzten Endes sogar Eve, die das Geld genommen und die Streichhölzer hat liegen lassen. Sie könnte von Guy alles über meinen Unfall erfahren haben. Wenn sie mich als Konkurrentin sah, hat es ihr vielleicht Spaß gemacht, mich zu verunsichern?

Draußen weht eine Brise eine McDonalds-Tüte über meine Windschutzschreibe. Ich zucke zusammen. Meine Augen füllen sich mit Tränen. Aus Ärger und Verzweiflung. Vor einem Monat bin ich hierhergezogen, um näher bei Guy zu sein, um mich zu erholen und auf die Beine zu kommen. Stattdessen werde ich von der Polizei verhört und soll Antworten liefern, die ich nicht habe. Und meinen Ehemann habe ich gerade aufgefordert, aus der gemeinsamen Wohnung auszuziehen.

Ich spiele mit dem Gedanken, diesen Parkplatz zu verlassen und schnurstracks nach New York zu fahren. Ich wäre in meinem hübschen Apartment, hätte alle meine Freunde in der Nähe.

Aber wenn ich fliehe, wird das nur das Interesse der Polizei an Guy steigern, und im Endeffekt auch an mir. Um meinen möglicherweise untreuen Ehemann zu schützen, sitze ich also hier fest.

Mir wird klar, dass ich Ratschläge von Dr. G. brauche, und zwar vor unserer nächsten geplanten Sitzung. Ich sende ihr eine E-Mail und bitte um einen Notfalltermin.

Nachdem Guy wohl genügend Zeit gehabt hat, seine Sachen zu packen, starte ich den Wagen und fahre nach Hause. Ich laufe die Stufen zum zweiten Stock hoch und öffne zögerlich die Türen des Schlafzimmerschranks. Ein Teil von mir betet, dass Guys Sachen, frisch gestärkte Hemden und wunderschöne dunkle Anzüge immer noch dort hängen, dass ich mir die ganze schreckliche Geschichte nur eingebildet habe, aber viele von ihnen fehlen, genauso wie die Arbeitsutensilien auf seinem Schreibtisch.

Wieder unten, versuche ich, mich mit Büroarbeit abzulenken. Ich rufe meine Mails auf. Es gibt eine Menge neuer Nachrichten, viele von meiner Assistentin, die auf Zu- oder Absagen wartet. Einige ihrer Fragen beantworte ich. Es ist ärgerlich, aber es gibt immer noch keine Strategie von Casey, wie wir mit Stephanie Dunham verfahren sollen. Obwohl Guy und der Mord mich voll in Anspruch nehmen, möchte ich dringend Stephanies Vermutungen zerstreuen, und ich bitte Casey per Mail, sich so rasch wie möglich bei mir zu melden.

Dann wende ich mich meinem Exposé zu. Zu meiner Überraschung schreibe ich in fast manischem Tempo vier Seiten. Dieser Ausbruch von Energie nach all den Wochen, in denen ich so antriebslos war, ist zwar bizarr, aber trotzdem bin ich dankbar dafür.

Unvermittelt wird es dunkler, die Sonne geht unter. Ich stehe von meinem Schreibtisch auf und gehe in die Küche. Auch hier wird es dunkel. Schnell schalte ich das Licht ein. Ich werfe einen Blick auf den Herd, und plötzlich kommt mir ein ungebetenes Bild in den Sinn: Eve mit ihrem butterblonden Haar, die eine Pfanne mit Öl einreibt. Und dann Eve auf dem Boden ihres Büros, eine Axt im Gesicht. Ich kneife die Augen zusammen und versuche, die Bilder zu vertreiben.

Ich gieße mir ein Glas Wein ein und wandere damit herum. Im ganzen Haus schalte ich dabei das Licht ein. Mit so vielen leeren Räumen erscheint es trostlos. Als ich es zum ersten Mal sah, wunderte ich mich, warum Guy ein so großes Haus gemietet hatte. Er will diesen Sommer zu etwas Besonderem machen, sagte ich mir. Doch mit einem Mal wirkt das Haus nur noch erschlagend.

Ich schließe die Tür zu der abgeschirmten Veranda auf und trete nach draußen. Während ich eine der Tischlampen einschalte, steigt mir der nun schon vertraute Geruch von Geißblatt in die Nase. Nicht weit entfernt höre ich den Nachbarshund aufgeregt bellen. Ich betrachte die Liege, auf der ich so viele Stunden verbracht habe.

Wollte Guy mich hier überhaupt? Vielleicht hat mein Vorschlag, den Sommer in Saratoga zu verbringen, unabsichtlich seine Pläne durchkreuzt, das Bett mit der butterblonden Köchin zu teilen.

Diesmal gelingt es mir nicht, ihr Bild zu vertreiben. Sie liegt auf dem Boden, Blut strömt aus ihren Wunden.

Sie wurde aus Wut ermordet, denke ich, und es hatte offensichtlich nichts mit den Kellnern zu tun. Wahrscheinlich jemand, der vor Eifersucht oder unerfüllter Begierde kocht. Mir kommt eine Idee, und ich presse unwillkürlich eine Hand auf die Lippen. Wenn Guy mit Eve geschlafen hat, dann sind wir beiden noch deutlicher im Fokus des Mörders. Möglicherweise ist es einer ihrer ehemaligen Liebhaber oder ein gegenwärtiger, der die Affäre mit Guy herausbekommen oder sie beide zusammen gesehen hat. Kann es sein, dass Eve sogar wegen Guy getötet wurde? Und vielleicht ist Guy der Nächste. Oder ich.

Plötzlich will ich nicht mehr hier draußen sein, nicht mit einer einfachen Verriegelung an der Gartentür. Ich drehe mich um.

Und dann sehe ich es.

Der Umriss eines Mannes. Er steht im Dunkeln und starrt mich an.

KAPITEL 16

Ich springe einen Schritt zurück, als ob die Angst mich beim Nacken gepackt und nach hinten gerissen hätte. Der Umriss bewegt sich nicht. Steht da wie tot, eine Statue. Könnte das Mondlicht mir nur einen Streich spielen?

Aber dann, kaum sichtbar, nehme ich eine Bewegung wahr.

Ich fixiere die Tür zum Garten und überlege, wie lange der Mann brauchen würde, um sie aufzureißen. Ich muss sofort zurück ins Haus. Mit klopfendem Herzen trete ich ein paar Schritte zurück. Meine Kniekehlen berühren das Ende der Couch, ich stolpere. Das Weinglas gleitet mir aus der Hand, fällt auf den Steinboden und zerbricht. Scherben und Wein überall.

Ich richte mich auf und wirble herum, verzweifelt und bereit zu fliehen.

»Bryn?« Es ist der Mann im Garten. Für den Bruchteil einer Sekunde hoffe ich, es handle sich um Guy, aber das kann nicht sein.

»Wer ist da?«, rufe ich mit erstickter Stimme.

»Bryn, es tut mir so leid, wenn ich Sie erschreckt habe. Ich bin es, Derek, Derek Collins.«

Ich kann mir nicht vorstellen, was er im Dunkeln vor meinem Haus zu suchen hat.

»Ich habe mir vor Angst fast in die Hose gemacht«, keuche ich. Ich erkenne immer noch nichts als seinen Umriss.

»Ich weiß, es tut mir schrecklich leid. Ich wollte etwas für Sie dalassen, und es war blöd, diesen Weg zu nehmen.«

Ich atme aus und spüre die Erleichterung, die mich durchströmt.

»Warum kommen Sie nicht rein? Aber vorsichtig, ich habe gerade ein Glas zerbrochen.

Ich laufe über die Veranda, schiebe den Metallriegel zur Seite und drücke das Fliegengitter auf. Als Derek mit einer Mappe in der Hand ins Licht tritt, kann ich seinem Gesichtsausdruck entnehmen, wie unangenehm es ihm ist. Er will mir sofort beim Aufsammeln der Scherben helfen.

»Danke, aber ich hole lieber zuerst einen Besen.«

Kurz darauf wischen wir zusammen den Wein auf und sammeln die Glasscherben ein. Trotz der Sauerei bin ich froh, dass er hier ist. Es ist gut, heute Abend in diesem verlassenen Haus nicht allein zu sein.

»Glücklicherweise passt Weißwein hervorragend zu diesem Steinboden«, sage ich lächelnd.

»Sehr nett, dass Sie mir aus der Patsche helfen.«

»Seien Sie nicht albern. Möchten Sie ein Glas Wein? Ich nehme auch noch eins.«

»Sehr gern.«

Beim Reingehen verschließe ich die innere Tür und führe ihn dann in die Küche, wo ich zwei Gläser aus dem Hängeschrank nehme. Ich fordere Derek auf, am Küchentisch Platz zu nehmen. Er trägt Jeans und ein dunkelblaues T-Shirt. In der Zwischenzeit hat er sich die Haare etwas schneiden lassen, wahrscheinlich für den Sommer. Es betont seine markanten Gesichtszüge.

»Es tut mir wirklich leid, dass Sie wegen mir fast einen Herzstillstand hatten«, sagt er. »Ich habe diese Mappe mit mir herumgeschleppt und war heute Abend zufällig in der

Nähe Ihrer Straße. Als ich sah, dass sämtliche Lichter brennen, hielt ich es für eine gute Idee vorbeizuschneien. Ich habe die Auffahrt genommen, sah dann aber Bewegung auf der Veranda und kam hier zur Seite.«

»Um was handelt es sich denn?«, frage ich und deute auf die Mappe. Derek schiebt sie über den Tisch. Ich strecke meine Hand aus, um sie entgegenzunehmen. Als unsere Finger sich dabei zufällig berühren, entsteht ein winziger Augenblick der Befangenheit.

»Etwas über meine Studenten und die Beschreibung unserer Schwerpunkte. Ich dachte, es könnte zur Vorbereitung ganz hilfreich sein.«

»Perfekt, ich werde es mir anschauen.« Ich frage mich, ob ich in ein paar Wochen überhaupt noch in Saratoga bin, aber ich will mit Derek nicht darüber sprechen.

»Ich habe den Kids erzählt, dass eine erfolgreiche Sachbuchautorin vorbeischaut, und sie sind schon ganz wild auf Sie.«

»Hoffentlich erwarten sie nicht jemanden wie Lena Dunham.«

»Zweifelhaft. Mir scheint, dass sie mich ausgesprochen altmodisch finden – wahrscheinlich erwarten sie eine Frau, die das Buch über die japanische Kunst des Putzens geschrieben hat.«

Ich lächle wieder. Nichts an Derek finde ich altmodisch. Vielmehr scheint er in sich zu ruhen, jemand, der sich lange darüber Gedanken gemacht hat, was ihm im Leben wichtig ist: Lehrer sein beispielsweise, seinen Roman vollenden und der sich dementsprechend verhält. Er trinkt einen Schluck Wein und setzt das Glas ab. »Wo ist Guy heute Abend?«, fragt er.

»Er ist mit einem potentiellen Geldgeber aus«, erwidere

ich wahrscheinlich zu prompt. Ich mag Derek und fühle mich wohl in seiner Gesellschaft, aber ich werde sicherlich kein Sterbenswörtchen darüber verlieren, dass es Probleme in meiner Ehe gibt.

»Bestimmt hat er bei seinem Beruf furchtbar viel zu tun.«

Er lässt den Blick durch die Küche schweifen, und ich frage mich, ob er über das Dinner neulich und Eves Anwesenheit in diesem Raum nachdenkt.

»Ich habe gehört, dass man im Mordfall Eve Blazer immer noch keinen Verdächtigen hat«, sagt er.

»Kommt das aus sicherer Quelle oder ist es nur Dorfklatsch?«

»Ziemlich sichere Quelle. Ich habe es von einem Reporter, einem Kumpel von mir.«

»Die Polizei muss doch irgendwelche Spuren haben, oder?«

»Ich weiß nicht. Er hat nur erfahren, dass sie Männer verhören, die mit Eve Blazer ausgegangen sind. Offensichtlich hatte sie ein sehr aktives Sozialleben.«

»Dates mit diversen Männern zur gleichen Zeit?«

»Na ja, das wäre wohl die höflichste Art, es auszudrücken.«

Mein Magen verkrampft sich. Genau wie ich befürchtet habe – bei dem Mörder könnte es sich um einen ehemaligen Liebhaber handeln. Und erst jetzt geht mir auf, dass die Cops wohl deswegen so interessiert an Guy sind, obwohl er ein Alibi hat. Wenn er mit Eve geschlafen hat, wollen sie herausfinden, ob er etwas über die anderen Männer in ihrem Leben weiß.

Derek trinkt noch einen Schluck Wein. »Und was haben Sie so gehört?«

»Ich?« Warum nimmt er an, ich wisse irgendetwas?

»Ich dachte, die Polizei wäre wegen des Abendessens und weil Sie die Leiche gefunden haben mit Ihnen in Verbindung geblieben.«

»Nein, ich weiß nichts. Ich bezweifle, dass sie irgendetwas weitergeben wollen.«

Einen Moment lang schaut er mich nachdenklich an. Spürt er, wie verletzlich ich momentan bin? Vermutet er, dass ich mehr über die Untersuchung weiß, als ich zugebe? Ich suche nach einer launigen Bemerkung, aber mein Kopf ist leer.

»Tut mir leid, dass ich so ein düsteres Gesprächsthema angeschnitten habe«, sagt er. »Wie geht es Ihnen sonst? Genießen Sie Ihre Zeit hier?«

»Es ist ein gemischtes Vergnügen«, gebe ich zu, weil ich keine Lust auf weitere Lügen habe. »Der Mord beschäftigt mich sehr – das Auffinden der Leiche und die Tatsache, dass Eve nur zwei Abende davor hier war. Davon abgesehen hatte ich noch nicht viel Zeit, die Stadt zu erkunden.«

»Das muss sich ändern. Darf ich Ihnen das Schlachtfeld zeigen? Ihnen und Guy, falls er frei hat.«

»Das wäre schön. Vielleicht in ein paar Tagen, okay? Ich will zuerst das Exposé fertigstellen, an dem ich gerade arbeite.«

»Abgemacht.«

Derek trinkt einen letzten Schluck Wein und erhebt sich.

»Ich sollte Sie wieder Ihrem Feierabend überlassen. Lassen Sie mich wissen, wenn Sie Fragen zu den Unterlagen haben.«

Ich bringe ihn zur Eingangstür, wo er sich lächelnd verabschiedet. Im Weggehen dreht er sich noch einmal um.

»Bryn, was Sie darüber sagten, dass der Mord auf Ihnen lastet«, sagt er. »Sie hatten in diesem Jahr eine Menge zu verkraften. Falls Sie jemals Hilfe benötigen, zögern Sie nicht, sich zu melden.«

»Vielen Dank, Derek.« Seine Bemerkung rührt mich und trägt gleichzeitig zu dem Hauch von Befangenheit bei, den ich verspüre. »Ich weiß das zu schätzen.«

Ich schließe die Tür hinter ihm, lege den Riegel vor und verharre einen Moment in der großen Vorhalle. Meine Angst davor, in dieser Nacht allein zu sein, steigert sich.

Ich gehe noch einmal durch sämtliche Zimmer, überprüfe Fenster und Türen. Ich lasse alle Lampen an. Für einen Passanten muss das Haus wie ein beleuchtetes Kreuzfahrtschiff auf hoher See aussehen.

Wie erwartet, kann ich nicht einschlafen. Das Haus, das vor Dereks Ankunft so still schien, beginnt zu quietschen und zu knarzen. Es lebt, sage ich mir, aber alles hört sich an wie huschende Schritte und Türen, die heimlich geöffnet und geschlossen werden. Was, wenn der Mörder das Haus ausspäht und sich fragt, wo Guy bleibt? Was, wenn er herausbekommt, dass ich alleine bin?

Wenn die Geräusche mich gerade mal nicht irre machen, sorgen meine Gedanken dafür. Was soll ich über Eve und Guy denken, wie soll ich jemals die Wahrheit erfahren? Selbst wenn ich herausfinde, dass Guys größte Sünde in einem Drink und im Flirten per SMS besteht, bin ich unsicher, wie ich reagieren soll. Für manche Frauen wäre das kein Grund, sich scheiden zu lassen. Vielleicht brauchte er in diesem Frühjahr einfach ein wenig weibliche Aufmerksamkeit, weil ich nicht ich selbst war.

Gefühlte Stunden später döse ich endlich ein und wache kurz vor sechs vollkommen erschlagen wieder auf. Ein Blick auf die leere Bettseite, und mein erster Gedanke ist, dass Guy schon ins Büro gegangen sein muss. Erst dann schlägt die Wirklichkeit voll zu. Mein Ehemann ist nicht hier. Meine Ehe steht auf dem Spiel. Ich stöhne.

Unten mache ich mir einen Espresso und trinke ihn in einem Zug aus. Ich rechne fast damit, auf dem Handy eine Nachricht von Guy zu finden, aber da ist nur eine Mail von Derek, der sich für den Wein bedankt.

Obwohl ich vollkommen übernächtigt bin, will ich unbedingt etwas tun, auf irgendeine Art wieder die Kontrolle über mein Leben zurückgewinnen. So stehe ich eine Weile da, mit der Tasse in der Hand, und warte darauf, dass mein Bauchgefühl mir einen Hinweis gibt.

Und dann geht mir ein Licht auf. Ich werde nach Hastings zu Stephanie Dunham fahren. Casey soll sich im Verlag ruhig um die Gerüchte kümmern, aber Stephanie ist eine Sache für sich, das muss ich persönlich in die Hand nehmen.

Selbst bei dem ganzen restlichen Drama bedeutet mir diese Angelegenheit aus unerfindlichen Gründen viel. Wenn ich Stephanies Befürchtungen zerstreuen kann, habe ich vielleicht den Kopf für alles andere frei. Ein Teil von mir hofft auch, dass ein Gespräch mit Pauls Witwe Erklärungen für meine Alpträume liefern könnte.

Natürlich kann ich Stephanie auch anrufen, aber ich fürchte, sie könnte auflegen, bevor ich auch nur meinen Namen genannt habe. Davon abgesehen muss ein solches Gespräch von Angesicht zu Angesicht stattfinden, damit Stephanie mir ins Auge blicken und sehen kann, dass ich die Wahrheit sage, dass Paul und ich nichts miteinander hatten.

Ausgerüstet mit Eistee und Sandwiches sitze ich um neun im Auto. Die Fahrt dürfte nicht länger als drei Stunden dauern. Eines steht mir in der Sekunde, als ich den Wagenschlüssel ins Zündschloss stecke, kristallklar vor Augen: Seit dem Unfall bin ich nur auf Landstraßen oder in der Stadt gefahren. Ich habe nicht bedacht, wie es sein könnte, wieder auf einer Autobahn zu fahren.

Panik ergreift mich, als ich rückwärts unsere Auffahrt verlasse, und ich tue mein Bestes, sie zu unterdrücken. Ich muss das hier tun. Ich kann mir nicht schon beim leisesten Gedanken an die Fahrt in die Hose machen. Ich schmeiße eine CD mit beruhigender Musik ein und atme bewusst, so wie Dr. G. es mir beigebracht hat.

Natürlich hilft es nicht gerade, dass ich in einem verdammten Smart sitze. Sobald ich mich auf dem Adirondack Northway befinde, habe ich das Gefühl, auf einem besseren Elektroroller zu sitzen. Dennoch drücke ich aufs Gas.

Hin und wieder nippe ich am Eistee und gönne mir auf halber Strecke ein Sandwich. Den inzwischen schon gewohnten Müdigkeitsanfall erwarte ich am späten Vormittag, aber er bleibt aus. Wundersamerweise kann ich mich voll auf die Fahrt konzentrieren und den ganzen schrecklichen Rest in der Stadt lassen.

Verkehrsschilder zeigen die Entfernung nach New York City an. 170 Meilen, 150 Meilen, 120 Meilen. Wie einfach es wäre, nach dem Besuch bei Stephanie zurück auf den Highway und Richtung Süden zu fahren, statt nach Norden zu brausen. Als ich in der Ferne die schimmernde Skyline von Manhattan sehe, finde ich diese Idee mehr als verführerisch. Dennoch weiß ich, dass es nicht in Frage kommt.

In Hastings finde ich das Haus der Dunhams recht schnell. Es ist ein hübsches Steinhaus mit Schieferdach auf einem abfallenden Grundstück, umgeben von Tannen und Ahorn. Es gibt ein Fußballtor und einen sich rekelnden Golden Retriever. Seine Anwesenheit lässt vermuten, dass jemand zu Hause ist.

Ich parke auf der Straße und merke beim Aussteigen, wie nervös ich bin. Ich bereue mein Kommen nicht, aber es könnte ziemlich unangenehm werden. Die Gefahr besteht, dass Stephanie mir kein Wort glaubt.

Es gibt keinen Fußweg zum Haus, nur eine Auffahrt. Der Hund hat seinen Kopf gehoben und wedelt einen enthusiastischen Willkommensgruß. Immerhin einer, der sich freut.

Auf der Veranda höre ich die Geräusche spielender Kinder. Ich klingle. Eine Jungenstimme ruft »Ich mach auf«, aber eine Frau fordert ihn auf zu warten.

Kurz darauf wird die innere Holztür geöffnet. Ich stehe noch vor dem gläsernen Windfang, der mit Fingerabdrücken so verschmiert ist, dass man die Person auf der anderen Seite kaum erkennen kann, aber zweifellos handelt es sich um Stephanie. Sie trägt bequeme Jeans und eine kurzärmelige Bluse. Ihr Haar ist rabenschwarz, genau wie auf dem Foto, das Paul beim Mittagessen aus seiner Brieftasche gezogen hatte.

»Kann ich Ihnen helfen?«, fragt sie und öffnet die Glastür einen Spalt.

»Sie müssen Stephanie sein«, sage ich. »Ich bin Bryn Harper, und ich hatte gehofft, wir könnten uns unterhalten.«

Sobald ich meinen Namen ausgesprochen habe, verkrampft sich ihr ganzer Körper. Ich fühle mich wie die Hexe mit den vergifteten Äpfeln.

»Worum geht es?« Nur drei Wörter, aber in ihnen liegt Stephanies ganze Bitterkeit.

»Etwas, was ich Ihnen dringend erzählen muss. Bitte, darf ich reinkommen?«

Für den Bruchteil einer Sekunde glaube ich, dass sie mich zum Teufel schickt, aber sie lässt einen resignierten Seufzer hören, nickt und öffnet die Glastür.

»Wir können in der Küche reden«, sagt sie.

Ich folge ihr, den Hund im Schlepptau. Als wir durch den Flur gehen, erhasche ich einen Blick auf eine Gruppe kleiner Jungs. Sie haben sich einen großen Karton als Fort oder Schloss gebastelt und krabbeln in ihm herum. Wahrscheinlich sind schon Ferien.

Die Küche ist groß und in gemütlichem Gelb gestrichen. Ich sehe ein Sofa und mehrere Stühle. Alles ist ein endloses Durcheinander von Kram: Sixpacks von Softdrinks, Tüten mit Erdnüssen, Schuhschachteln, Bücher, eine Sporttrophäe, Paddel, ein Werkzeugkasten, riesige Shampooflaschen und eine Piñata aus Papiermaché, die vielleicht auf ihren Einsatz bei der nächsten Geburtstagsparty wartet. Dieses Chaos könnte ein Beleg dafür sein, wie mitgenommen Stephanie ist, wegen der Trauer, weil sie die Kinder alleine erziehen muss und natürlich diese schrecklichen Zweifel wegen Paul hat.

»Möchten Sie sich setzen. Mein Gefühl sagt mir, dass es besser laufen wird, wenn wir beide sitzen.«

»Danke«, sage ich und nehme auf einer Ecke des Sofas Platz. Der Hund trottet herbei und legt sich direkt auf meine Füße. Nach einem kurzen Zögern lässt Stephanie sich in einem Lehnstuhl mir gegenüber nieder.

Sie ist keine im klassischen Sinn schöne Frau – ihre Augen sind unscheinbar, und ihr Mund ist ungewöhnlich schmal –, und doch ist sie auf ihre Art attraktiv. Da ist rabenschwarz schimmerndes Haar und eine hübsche Figur. Am auffälligsten aber sind die tiefen grauen Augenränder. Fast wie Blutergüsse sehen sie aus und lassen ahnen, wie viel Schmerz ihr Pauls Tod bereitet.

»Butch, geh und spiel mit den Jungs«, fordert sie den Hund auf.

»Nein, wirklich, ist vollkommen in Ordnung ... Ich möchte gleich zum Punkt kommen. Meine Agentin hat mir dieser Tage am Telefon erzählt, dass es im Verlag Gerede gab, Paul und ich hätten etwas miteinander gehabt – und dass Sie ebenfalls von diesen Gerüchten gehört hätten. Ich möchte klarstellen, dass zwischen uns absolut nichts gewesen ist. Ich finde es furchtbar, dass Ihnen so etwas zugemutet wurde.«

Sie presst die Lippen fest aufeinander, und ich kann sehen, wie sie meine Worte verarbeitet.

»Sie beide waren zufällig am selben Abend in Boston und haben sich dann entschlossen, gemeinsam zurückzufahren?«

»Ja, genauso war es.«

In ihren Augen erkenne ich Zweifel.

»Ich weiß nicht, was Paul in der Stadt zu erledigen hatte, aber er entschied sich ganz spontan vorbeizuschauen«, füge ich hinzu. »Er sagte, es wäre vielleicht eine gute Gelegenheit, ein paar Marketingideen für *Twenty Choices* zu entwickeln. Als ich im Krankenhaus war, habe ich meiner Lektorin und auch der Staatspolizei alles erklärt und angenommen, man hätte Sie auch informiert.«

Sie schaut nach unten und wischt sich offensichtlich eine Träne aus dem Augenwinkel.

»Man hat mir mitgeteilt, was Sie berichtet haben, aber es ergab für mich keinen Sinn. Warum hat Paul mir nichts davon erzählt, dass er mit Ihnen zurück in die Stadt fahren wollte?«

Schlagartig wird mir klar, dass wir im selben Boot sitzen – wir sind gezwungen, die kleinsten Hinweise auf die Untreue unserer Männer zu suchen, aber bekommen keine Antwort.

»Auch das ergab sich spontan. Er hat mich gefragt, ob ich mit nach Hause fahren möchte, und ich fand es bequemer, als den Zug zu nehmen. Paul und ich waren nur Kollegen. Sein Benehmen war immer einwandfrei.«

Sie schaut mich weiterhin mehr als skeptisch an, und ich befürchte, dass ich die Anschuldigungen zu demonstrativ zurückgewiesen habe.

»Da ist noch etwas«, sagt sie schließlich.

Sie erhebt sich und verschwindet im Flur. Ich habe keine Ahnung, was mich gleich erwarten wird. Ein paar Minuten später kommt sie zurück. Sie tritt vor die Couch und wirft mir etwas zu.

Es ist ein Briefumschlag.

»Bitte«, sagt Stephanie, »öffnen Sie ihn.«

Mein Herz klopft, als ich den Umschlag öffne. Darin befindet sich nicht, wie erwartet, eine Nachricht, sondern ein Foto.

Eine Weile lang starre ich auf das Bild. Jetzt rast mein Herz, obwohl an der Fotografie nichts Besorgniserregendes ist. Es handelt sich um ein gestelltes Foto von Paul und mir und einem anderen Mann, Jason Klein, dem Verlagsleiter. Jason ist offenbar abgelenkt worden, er schaut kurz nach links, aber Paul und ich blicken lächelnd in die Kamera. Paul hat seinen Arm kumpelhaft um meine Schulter gelegt, wie manche es für ein offizielles Gruppenfoto zu tun pflegen. Zuerst denke ich, es muss sich um eine Aufnahme von der Buchpremiere für *Twenty Choices* handeln, aber da trug ich lange Ärmel und meine kniehohen Stiefel, die auf dem Foto fehlen. Das Foto muss auf einer kleineren Party im letzten Februar entstanden sein. Der Verleger hatte sie kurzfristig organisiert, weil meine Verkaufszahlen durch die Decke gegangen waren. Ganz am Rand des Bildes sieht man meine Lektorin, die sich mit Guy unterhält, der für die Party extra aus Saratoga gekommen war.

»Aber Stephanie«, sage ich. »Wir haben auf meiner Buchparty einfach nur für ein Foto posiert.«

»Es war unter seiner Schreibtischunterlage versteckt, als sollte ich es nicht zu Gesicht bekommen.«

»Sie müssen mir glauben, da war nichts zwischen uns.«

Einer der Jungs steckt seinen Kopf durch die Küchentür.

»Kann Aiden zum Essen bleiben?«

»Ja, aber er muss seiner Mutter Bescheid sagen.«

»Können wir Käsetoast kriegen?«

»Vielleicht, aber ich bin gerade beschäftigt. Geh spielen, bitte.«

Er zuckt die Schultern und zieht sich wieder zurück. Stephanie wendet mir wieder ihre Aufmerksamkeit zu.

»Schauen Sie auf die Rückseite des Umschlags«, sagt sie.

Langsam drehe ich ihn um. Da steht etwas mit Bleistift geschrieben. In Handschrift, wahrscheinlich die von Paul. Nur sechs Worte.

Das ist alles, was ich habe.

KAPITEL 17

Keine Ahnung, was die Worte bedeuten könnten, aber sie erschüttern mich. In ihnen schwingt Verzweiflung mit, vielleicht von einem Mann, der sich mutterseelenallein auf der Welt fühlt. Unwahrscheinlich allerdings, dass diese Wörter irgendetwas mit mir zu tun haben sollen.

»Stephanie«, sage ich und schaue hoch, »das ergibt keinen Sinn. Ist das wirklich Pauls Handschrift?«

»Ja.«

»War Paul … war er in letzter Zeit depressiv?« Ich habe mich mehr als einmal gefragt, ob Paul absichtlich die Kontrolle über den Wagen verloren hat.

Diesmal füllen sich Stephanies Augen mit Tränen.

»Nicht, dass ich wüsste. Aber er hatte in der Vergangenheit mit Depression zu kämpfen … als sein Vater kurz vor unserer Hochzeit starb. Er wurde für kurze Zeit medikamentös behandelt.«

»Vielleicht hat er das Foto in einen Umschlag gesteckt, der schon beschriftet war, und es hat mit dem Foto überhaupt nichts zu tun?«

Sie rollt die Augen.

»Dann kriegt er also ein Fleißkärtchen für braves Recyceln?«

»Ich versuche einfach, eine Erklärung zu finden. Wir sind uns nur ein paarmal begegnet.«

Stephanie schüttelt den Kopf. Sie zweifelt daran, dass sie

je die Geschichte hinter dem Foto und der Zeile auf dem Umschlag erfahren wird. Ihr Sohn ruft wieder nach ihr.

»Mom, wir verhungern, *bitte*!«

»Ich sollte gehen«, sage ich und erhebe mich von der Couch.

»Eine Minute«, sagt sie zu ihrem Sohn. »Aiden soll seine Mutter anrufen und ihr sagen, dass er hierbleibt.«

»Vielleicht«, sage ich, als ihr Sohn zu seinem Freund geht, »ist es das einzige Foto von diesem Event, das Paul hatte, und er wollte das festhalten.« Aber diese Erklärung klingt dumm. Paul hätte in der Firma an jedes Foto kommen können, und davon abgesehen, warum sollten sie ihm wichtig gewesen sein?

Stephanie erhebt sich ebenfalls und seufzt.

»Da ist noch eine Sache«, sagt sie. Sie schaut sich um, ob ihr Sohn noch irgendwo in der Nähe ist. »Ein paar Wochen vor der Bostonreise kam ich zufällig ins Lesezimmer, als Paul sich mit einem Freund unterhielt, und ich hörte, wie er Ihren Namen erwähnte. Sobald ich den Raum betrat, wurde er still. Ich dachte, dass ich mir etwas einbilde, aber nach dem Unfall wurde mir klar, dass es etwas zu bedeuten haben muss.«

»Handelte es sich um einen Freund von der Arbeit? Vielleicht haben sie über mein Buch geredet.«

»Nein, es war einer seiner besten Freunde aus dem College, Gavin Bloom. Er lebt in Texas und hat mit Buchverlagen nichts am Hut. Es hörte sich an, als würde er Gavin etwas über Sie anvertrauen.«

Ich nehme mir Zeit, meine Gedanken zu sortieren. Ich hatte gehofft, es ihr leichter zu machen, aber es sieht nicht so aus, als wäre ich erfolgreich gewesen. Ich versuche es ein letztes Mal.

»Stephanie, ich habe keine Ahnung, worum es in diesem Gespräch ging oder warum Paul das Foto aufgehoben hat. Aber ich kann Ihnen sagen, dass zwischen ihm und mir niemals etwas Unangemessenes geschehen ist. Nicht der kleinste Flirt. Es muss sich um verrückte Zufälle handeln.«

»Vielleicht war er vernarrt in Sie, ohne dass sie es bemerkt haben«, sagt sie mit vor Verzweiflung heiserer Stimme.

»Nein, das hätte ich gemerkt.«

Ihr Gesichtsausdruck wird weicher. Der Ärger scheint verflogen zu sein, zurück bleibt nur die Traurigkeit in ihren Augen. Sie streckt ihre Hand aus und berührt meinen Arm.

»Vielen Dank«, sagt sie. »Danke, dass Sie gekommen sind.«

Ich bin kurz versucht, meine Alpträume zu erwähnen – schließlich wollte ich mit meinem Besuch bei ihr auch versuchen, diese Träume zu entschlüsseln –, aber es scheint keine gute Idee zu sein, das schmerzliche Gespräch auszudehnen.

Im Auto bleibe ich ein paar Minuten still sitzen, um mich von dem Gespräch zu erholen. Ich bereue die Fahrt nicht, aber was habe ich nun erreicht? Ich konnte Stephanie davon überzeugen, dass Paul und ich keine Affäre hatten, aber ich fürchte, sie glaubt immer noch, dass Paul in mich verliebt war.

War er das etwa? Obwohl ich es gegenüber seiner Ehefrau bestritten habe, wäre es möglich, dass Paul in mich verschossen war und ich nichts bemerkt habe. Da sind all diese merkwürdigen Hinweise: sein unangekündigtes Auftauchen bei meiner Veranstaltung, das versteckte Foto, mein Name, der während eines Gesprächs fällt. Und dennoch hat er nie wie ein verliebter Mann gewirkt. Vielleicht könnte dieser

Gavin Bloom etwas zu Klärung beitragen, aber mir ist es unangenehm, Stephanie um seine Nummer zu bitten.

Als ich Hastings verlasse, überlege ich noch einmal, ob Paul vielleicht meinen Rat in einer persönlichen oder beruflichen Frage suchte. Vielleicht hat er darüber mit Gavin Bloom gesprochen. Wäre das der Fall gewesen, hätte er einfach nur in New York einen Kaffee mit mir trinken können.

Bleibt noch die Möglichkeit, dass Paul wirklich unter Depressionen gelitten hat. Die Beschriftung des Umschlags weist auf eine tiefe Erfahrung von Isolation hin. Es zerreißt mir das Herz, dass er möglicherweise diesen Unfall aus Verzweiflung verursacht hat. Mag sein, dass er mich als jemanden betrachtet hat, dem er sich – wegen meines Buches – anvertrauen konnte, der sich aber in der kurzen Zeit im Auto als Enttäuschung entpuppte.

Könnte ich mich doch nur an diese letzten Minuten erinnern! Wir waren erst eine halbe Stunde unterwegs, als der Unfall passierte. Leider fallen mir nur unbedeutende Schnipsel ein: Paul, der meinen Rollkoffer in den Kofferraum lädt, Eisschollen auf dem Charles River, ein Zollhäuschen am Mass Turnpinke, wie überraschend wenig Autos unterwegs waren. Und danach das große Nichts.

Ich spiele mit dem Gedanken, mir einen Kaffee für die Fahrt zu kaufen, will aber keine Zeit vergeuden, eine Entscheidung, die ich schnell bereue. Auf der Autobahn bin ich vor lauter Müdigkeit so schlapp, als wäre mein Körper mit Sand gefüllt. Und der Gedanke, dass mich in Saratoga ein leeres Haus erwartet, hilft nicht gerade.

Auf halbem Weg halte ich schließlich doch, um zu tanken und mir einen eimergroßen Kaffee zu kaufen. Dabei sehe ich, dass eine Mail von Dr. G. angekommen ist. Sie befindet sich auf einer Konferenz, könnte sich aber später am Tag für zwanzig Minuten freimachen, um zu telefonieren. Sie schlägt eine Zeit vor, zu der ich sie erreichen kann.

Ich habe auch eine Mail von Sandra erhalten, der eine Arbeitsunterbrechung gut passen würde und die für morgen einen Lunch vorschlägt. Ich sage zu. Es kann sicher nicht falsch sein, in Saratoga eine Verbündete zu haben. Sandra muss gerade online sein, denn noch bevor ich das Telefon wieder in die Tasche stecken kann, schlägt sie ein Restaurant namens *Dock Brown's* am Saratoga Lake vor, ein paar Meilen außerhalb der Stadt.

Zu guter Letzt schreibe ich eine schnelle E-Mail an Casey, um ihr mitzuteilen, dass ich den Stier bei den Hörnern gepackt und mit Stephanie gesprochen habe.

Als ich in unsere Auffahrt einbiege, ist es fast schon sechzehn Uhr. Ich mache einen Kontrollgang, um sicherzugehen, dass alles noch so ist, wie ich es verlassen habe, und gehe dann nach oben. Ich überprüfe das Schlafzimmer und Guys vorübergehendes Arbeitszimmer. Kein Zeichen davon, dass er zurückgekehrt wäre.

Überwältigende Traurigkeit überfällt mich. Ist das unser Ende? Ich sehe mich in die Stadt zurückkehren und jedem einzelnen meiner Freunde beichten, dass meine Ehe gescheitert ist. Und ich höre schon, was zumindest einige von ihnen tuscheln werden: »Es ging alles so schnell. Wie gut lernt man jemanden in so kurzer Zeit wirklich kennen?«

Ich begebe mich geradewegs in mein Büro und öffne den Laptop, rufe die Website von LinkedIn auf, suche nach Gavin Bloom, Pauls Freund aus Texas. Ich muss herausfinden, ob Paul wirklich mit ihm über mich gesprochen hat.

Obwohl der Name ungewöhnlich klingt, gibt es zwei Gavin Blooms, aber nur einen in Texas. Ich studiere sein

Profil. Er ist Anwalt bei einer großen Firma in Dallas. Er hat die Tufts University besucht, und ich kann mich erinnern, in Pauls Nachruf gelesen zu haben, dass er dort ebenfalls seinen Abschluss gemacht hat.

Wenn ich ihm eine Nachricht sende, sieht er sie vielleicht nicht gleich. Also recherchiere ich seine Büronummer und rufe an. Es wird nicht leicht sein, an seiner Assistentin vorbeizukommen, aber falls nötig, werde ich Pauls Namen ins Spiel bringen.

Zu meiner Überraschung geht Bloom selbst ans Telefon.

»Mr. Bloom, hier ist Bryn Harper«, sage ich. »Stephanie Dunham hat mir Ihren Namen genannt, obwohl sie von diesem Anruf nichts weiß. Haben Sie einen Moment Zeit?«

»Okay«, sagt er gedehnt.

Ich möchte nicht um den heißen Brei herumreden und erzähle ihm, dass ich immer noch versuche, herauszufinden, was am Tag des Unfalls geschah, und dabei auf seine Hilfe hoffe. Vielleicht könnte er außerdem helfen, Stephanie wegen der unangenehmen Gerüchte zu beruhigen.

Eine quälende Stille tritt ein. Ich spüre, wie Bloom sich entscheiden muss – auflegen oder nicht?

»Tut mir sehr leid, was Ihnen zugestoßen ist, Ms. Harper«, sagt er endlich. »Aber ich fürchte, ich kann Ihnen nicht helfen.«

»Ist es Ihnen unangenehm, darüber zu sprechen?«

»Nein, das nicht. Ich weiß nur nichts darüber. Bis ein paar Wochen vor dem Unfall hatte ich davor seit ewigen Zeiten nicht mehr mit Paul gesprochen. Ich wusste nicht einmal, dass er in dieser Woche in Boston war.«

»Und Ihr Gespräch mit ihm in seinem Haus im Winter?«

»Ich glaube, Stephanie kam einmal herein, als wir uns unterhielten, aber … Sie waren nicht Gegenstand unseres Gesprächs.«

Ich kann es hören, eine winzige Pause, ein Zögern, dass sich wie eine Finte anfühlt. Er lügt.

»Hat Paul meinen Namen sonst jemals genannt?«

»Nein.«

Ich könnte um die Wahrheit betteln, aber mein Instinkt sagt mir, dass es nichts bringen wird. Falls er etwas weiß, wird er es nicht zugeben.

»Stephanie denkt wirklich, Sie hätten eine Affäre mit Paul gehabt?«, fragt er in die Stille hinein.

»Hoffentlich habe ich sie vom Gegenteil überzeugt. Ich fürchte, sie glaubt immer noch, dass Paul heimlich in mich verliebt war. Auf seinem Schreibtisch fand sie in einem Umschlag ein Foto von uns beiden. Auf dem Umschlag stand ›Das ist alles, was ich habe‹. Könnten Sie mit Stephanie reden und sie beruhigen? Es macht mir nichts aus, wenn Sie erwähnen, dass ich Sie angerufen habe.«

»Ja, ich werde mit ihr sprechen. Und jetzt muss ich leider auflegen.«

»Bitte, nur noch eine Frage: Als Sie Paul zu Hause besucht haben, schien er da depressiv zu sein?«

»Warum fragen Sie?«

»Die Beschriftung des Briefumschlags gibt mir zu denken.«

»Sie glauben doch nicht, Paul habe Selbstmord begangen?«

»Es ist kein angenehmer Gedanke, aber ja, genau das frage ich mich. Es gab nie eine Erklärung für den Unfall.«

»Paul hätte so etwas nie getan, erst recht nicht, wenn er jemand anders dabei in Gefahr bringt. Davon abgesehen war er bester Laune, als ich ihn traf.«

Ich bedanke mich und lege auf.

Er hat gelogen, als er behauptete, mein Name wäre in dem Gespräch nicht gefallen. Und das bedeutet, dass Bloom etwas für sich behalten will.

Müde stütze ich meinen Kopf in die Hände. Ich habe nicht die geringste Ahnung, was ich nun tun soll. Im Mittelpunkt dieser ganzen Geschichte verbirgt sich ein Geheimnis, das unablässig an mir nagt, das mir nicht erlaubt, den Unfall zu vergessen. Und jetzt fällt mir niemand mehr ein, den ich fragen könnte.

Meine Ehe ist ebenfalls ein großes Geheimnis. Überall lauern Rätsel, die ich nicht lösen kann. Ich schaue auf die Uhr. Mein Telefontermin mit Dr. G. ist in zwanzig Minuten, und ich möchte bereit sein. Ich mache mir einen Espresso und laufe beim Trinken in der Küche auf und ab.

Weil unsere Zeit begrenzt ist, habe ich im Kopf schon die wichtigsten Informationen geordnet, aber in den ersten zehn Minuten plappere ich trotzdem wild drauflos, wechsle übergangslos von meinen Eheproblemen zu den neuesten Erkenntnissen in Sachen Paul.

»Bryn, mir ist klar, wie sauer Sie auf Guy sind, aber Sie müssen weiterhin das Gespräch suchen«, sagt Dr. G. schließlich, als ich eine Sekunde innehalte. »Können Sie an diesem Wochenende versuchen, mit ihm zu reden?

»Über was genau reden?

»Einfach nur reden. Und versuchen Sie, Ihre Lage besser einzuschätzen. Wenn man sich zu sehr zurückzieht, fällt das manchmal schwer.«

»Ja, ich kann es versuchen«, sage ich.

So wütend ich auch bin, weiß ich doch, dass Guy und ich über kurz oder lang das Gespräch suchen müssen.

»Was, wenn es so war, wie Guy es darstellt«, fragt sie,

»dass er den Drink nicht richtig eingeschätzt hat und die SMS nichts als das spontane Verhalten eines dummen Jungen war? Könnten Sie ihm das vergeben?«

»Vielleicht, wenn ich es versuche.« Ich bin allerdings nicht sicher, ob ich mir das selbst abkaufe. Theoretisch ist sein Verhalten kein Scheidungsgrund, aber es würde nicht aufhören, an mir zu nagen.

»Was sagt Ihnen Ihr Bauchgefühl?«

»Dass da noch etwas ist dass er vielleicht wirklich eine Affäre mit Eve hatte.«

Es schmerzt, diese Worte zum ersten Mal laut auszusprechen. Als gäbe es keine Chance mehr, dass die Wahrheit doch noch eine andere ist.

»Weil?«

»Er ist nicht bei der Sache, wenn er mit mir redet. Seine Körpersprache … Die Art, wie alles Stück für Stück ans Licht kommt, als würde er nur dann etwas zugeben, wenn es nicht mehr anders geht.«

»Bevor Sie nach Saratoga gezogen sind, hatten Sie da den Eindruck, dass Guy Sie betrügen könnte?«

»Niemals. Es gab Nächte, in denen er geschäftlich unterwegs war und ich ihn telefonisch nicht erreichen konnte, dann hat sich eine gewisse Sorge bei mir eingeschlichen. Aber ich hatte ja keinen konkreten Verdacht. Er gab mir nie Anlass, ihm nicht zu vertrauen.« Mir entfährt ein Seufzer, weil mich frustriert, was ich im Begriff bin zu sagen. »Wir sind doch noch nicht einmal ein Jahr verheiratet und weniger als zwei Jahre zusammen. Welcher Mann betrügt seine Frau denn nur wenige Monate nach den Flitterwochen?«

Jetzt seufzt wiederum Dr. G. Kein tröstliches Geräusch.

»Es gibt einen bestimmten Typus Mann, der, unabhängig

davon, welchen Eindruck er erweckt, Schwierigkeiten mit Nähe hat.«

»Guy nicht«, sage ich. Sogar in meinen Ohren klingt das wenig überzeugend. »Er war stets liebevoll und unterstützend.«

»Anfangs ist diese Sorte Mann liebevoll und unterstützend. Aber wenn die Beziehung enger wird, ziehen sie sich zurück. Und sie haben Affären, sogar schon zu Beginn ihrer Ehe. Ich behaupte das nicht von Guy, aber dennoch sollte Ihnen das bewusst sein.«

Ich schrecke vor diesem Gedanken zurück.

»Ich hatte nie das Gefühl, Guy würde sich zurückziehen«, sage ich. »In letzter Zeit wirkte er lediglich ein wenig frustriert, als hätte er nicht damit gerechnet, dass meine Genesung sich so hinzieht.«

Eine kurze Stille tritt ein, während Dr. G. hörbar nachdenkt.

»Was?«

»Sie haben von Anfang an eine Fernbeziehung geführt. Falls er ein Problem mit Nähe hat, hat es sich immer wieder von selbst gelöst, indem er am Montagmorgen nach Saratoga zurückkehren konnte. Als Sie dorthin zogen, könnte er sich eingeengt gefühlt haben. Aber lassen Sie uns nichts überstürzen. Vielleicht hat er sich wirklich einfach nur ungeschickt verhalten. Versuchen Sie, eine günstige Zeit für eine Aussprache abzupassen.«

»In Ordnung«, sage ich. Es fühlt sich an, als würde ein Buschfeuer meine Nervenbahnen entlangtoben. Ich versuche, meine Gedanken zu ordnen. »Und was mache ich wegen dieser Sache mit Paul?«

»Auch da ist es wichtig, nachzuforschen, aber zuerst einmal ist es wahrscheinlich klüger, sich auf Ihre Ehe zu konzentrieren. Sprechen Sie mit Guy. Sind Sie im Großen und Ganzen noch auf seiner Seite? Sehen seine Fehler wie kleine Verfehlungen aus oder weisen sie auf etwas anderes hin? Es tut mir leid, aber ich muss jetzt los. Wir sprechen nächste Woche beim Skypen weiter.«

Ich beende den Anruf und fühle mich elender als zuvor, ein Gefühl, dass ich nach Gesprächen mit Dr. G. eigentlich nicht habe. Die Vorstellung, Guy könnte ernsthafte Probleme mit Intimität haben, verunsichert mich. Nicht gerade etwas, das man mit einem heißen Wochenendausflug aus der Welt schaffen kann, nicht wahr?

Allerdings hat sie recht. Ich sollte Guy anrufen, und wir müssen uns zusammensetzen. Ich dachte, eine Trennung würde für mehr Klarheit sorgen, aber wir können unsere Differenzen nur bereinigen, wenn wir uns dabei in die Augen schauen. Nur auf diese Weise kann ich seine Worte und sein Verhalten einschätzen.

Ich erhebe mich vom Schreibtisch, und mein Blick fällt auf den Zettel mit Gavin Blooms Telefonnummer. Trotz Dr. Gs Rat, die Sache mit Paul erst einmal ruhen zu lassen, halte ich mich nicht daran. Verrückt, aber irgendwie scheint mir Pauls Auftauchen in meinem Hotel in Boston plötzlich äußerst wichtig zu sein.

Ich nehme mein Telefon zur Hand, um Guy anzurufen. Ich bin seltsam nervös, als würde ich einen Mann anrufen, den ich erst vor kurzem kennengelernt habe. Doch noch bevor ich wählen kann, klingelt es. Es handelt sich um eine örtliche Nummer, allerdings keine, die ich kenne. Zurückhaltend sage ich hallo.

Niemand meldet sich. Ich höre nur jemanden atmen. Ich fühle mich zu dem Morgen zurückversetzt, an dem ich Eves Leiche gefunden habe, zu dem geheimnisvollen Anruf.

»Ms. Harper?«, fragt schließlich eine Frauenstimme. Ich erkenne die Stimme und zucke zusammen.

»Ja?«

»Hier spricht Detective Corcoran. Wir möchten Sie bitten, zu uns aufs Revier zu kommen.«

KAPITEL 18

»Heute noch?«, frage ich.

»Morgen früh reicht«, sagt Corcoran. »Wir hätten noch ein paar Fragen.«

Ich möchte losschreien vor Frust. Diese grässliche Mordgeschichte will einfach nicht enden. Obwohl – wegen Guys gestriger Beichte hätte ich mir denken können, dass die Polizei auf mich zurückkommt.

»Worum geht es?«, frage ich und versuche, nicht allzu nervös zu klingen. Vielleicht will sie etwas abgleichen, was Guy angegeben hat, oder sondieren, ob ich wegen Guy und Eve eifersüchtig war. Allerdings hatte Guy für die Tatzeit ein Alibi. Vielleicht will sie mich einfach nur wieder mit der geheimnisvollen Anruferin nerven, eindeutig eines ihrer liebsten Hobbys.

»Das sage ich Ihnen bei unserem Treffen. Morgen um halb zehn?«

In meinem Kopf dreht sich alles. Diesmal kann ich dort nicht alleine auftauchen, das ist klar. Ich brauche einen Anwalt an meiner Seite, aber es könnte problematisch werden, jemanden in so kurzer Zeit aufzutreiben, besonders an einem Samstag.

Guys Anwalt, denke ich. Wahrscheinlich ist es das Beste, ihn zu engagieren.

»Das sollte klappen«, sage ich. »Falls es ein Problem gibt, lasse ich es Sie wissen.« Auf diese Weise habe ich mir etwas Zeit verschafft, falls ich auf die Schnelle keinen Anwalt finde.

Sobald ich aufgelegt habe, rufe ich Guy an, der auf der Stelle rangeht.

»Schön, dich zu hören, Bryn«, sagt er.

»Guy, die Polizei will schon wieder mit mir sprechen. Hast du irgendeine Idee, warum?«

»Wow, keine Ahnung. Vielleicht … vielleicht haben sie noch Fragen wegen des fehlenden Geldes? Darauf sind sie heute immer wieder herumgeritten. Sie wollten wissen, warum du denkst, dass Eve es genommen haben könnte.«

»Ich habe Eve nie bezichtigt, das Geld gestohlen zu haben. Ich habe sie gefragt, ob einer der Kellner es genommen haben könnte.«

»Nun ja, das kannst du ja klarstellen. Aber du solltest nicht alleine dorthin gehen. Möchtest du, dass ich meinen Anwalt anrufe?«

»Ja. Darum wollte ich dich bitten.« Ich zögere einen Moment, um meine Worte vorsichtig zu wählen. »Ich möchte bei dieser Befragung nicht böse überrascht werden, Guy. Ich muss also wissen, ob ich inzwischen alles weiß?«

Er versteht sofort, was ich damit meine. Weitere SMS an Eve oder Treffen mit ihr, die er mir noch nicht gestanden hat.

»Nein, es wird keine Überraschungen geben, Bryn. Wie ich dir schon gesagt habe, ich hatte keine Affäre mit Eve Blazer.«

Die Portion Missmut in seiner Stimme ist nicht zu überhören, er klingt fast ein wenig schnippisch. Seine Geduld ist fast am Ende. Aber ich bin noch nicht so weit, ihn zu bitten, wieder einzuziehen. Zuerst will ich ein klärendes Gespräch, das mir eine komplette Bestandsaufnahme unserer Beziehung ermöglicht.

Wir beenden das Gespräch mit seinem Versprechen, sofort Maycock zu kontaktieren. Zehn Minuten später ruft Guy zurück. Der Anwalt wird mich zwar auf die Polizeiwache begleiten, möchte mich aber vorher in seiner Kanzlei treffen.

»Gut.« Ich zögere kurz. »Was hältst du davon, wenn wir uns danach treffen, um zu reden?«

»Ja, das wäre schön. Wie wäre es mit einem frühen Abendessen in der Stadt?«

Nachdem wir uns voneinander verabschiedet haben, bleibe ich noch ein paar Minuten still sitzen. Ich merke, wie erleichtert ich bin, weil wir uns morgen treffen. Er hat geschworen, dass mir keine weiteren Überraschungen ins Haus stehen, also handelt es sich von seiner Seite aus vielleicht doch nur um zwei Episoden, bei denen sein Urteilsvermögen zu wünschen übrig ließ. Ich weiß nicht, ob ich sie vergessen kann, und doch will ich es versuchen.

Um zehn falle ich ins Bett, während das Haus wieder wie ein Ozeandampfer leuchtet. Trotz meiner Müdigkeit kann ich nicht einschlafen. Ich liege wach und höre überall Geräusche, es knirscht und knackt und knarzt.

Und dann kommen da noch die Geräusche in meinem Kopf dazu, während ich noch mal über das Telefonat mit Guy nachdenke, über die Fahrt zu Stephanie, das merkwürdige Gespräch mit Bloom und natürlich über das bevorstehende Treffen mit Corcoran. Die Tatsache, dass Maycock mich auf die Polizeiwache begleitet, ändert nichts an meiner Unruhe.

Was soll ich Corcoran noch sagen? Wenn sie wirklich noch einmal wegen des fehlenden Geldes auf den Busch klopfen will, ergibt das wenig Sinn, wenn die Kellner nicht mehr unter Verdacht stehen – außer, die Cops hätten eines ihrer Alibis platzen lassen.

Ich öffne die Augen und starre in die Dunkelheit. Irgendwo da draußen läuft ein Mörder herum, und vielleicht ist er wütend auf mich. Es ist schon drei Uhr nachts, als ich in einen unruhigen Schlaf gleite.

Pünktlich um acht bin ich in der Anwaltskanzlei. Ich habe mein Bestes getan, die dunklen Ränder unter den Augen mit Schminke abzudecken. Maycock öffnet mir persönlich. Er ist in seinen Fünfzigern, vermute ich, mächtiger Brustkorb, energisches Kinn, dunkelblaue Augen, braunes Haar, das mit Silber durchwirkt ist. Er trägt ein gestärktes Baumwollhemd und eine graue Anzughose mit Nadelstreifen. Das Einzige, was seine distinguierte Erscheinung beeinträchtigt, ist seine gerötete Haut …

»Kommen Sie doch rein, Ms. Harper«, sagt er freundlich, aber geschäftsmäßig. »Wir haben nicht viel Zeit, also lassen Sie uns gleich anfangen.«

Er führt mich aus der kleinen Eingangshalle zum hinteren Teil des Hauses, der offensichtlich entkernt wurde und nun für Büros und Konferenzräume genutzt wird. In den meisten von ihnen brennt kein Licht. Die ganze Kanzlei riecht, als ob man kräftig mit Raumsprays namens »Leinen« oder »Himmel« gearbeitet hätte.

In seinem Büro nimmt er einen Schreibblock zur Hand und bittet mich, ihm von den Ereignissen des gestrigen Abends zu berichten. Während ich spreche, macht er sich Notizen. Seine Hände sind genauso rosa wie sein Gesicht.

Nachdem ich sämtliche Details knapp referiert habe, tippt er mehrfach mit dem Kugelschreiber auf seinen Block und erzeugt ein leises klickendes Geräusch.

»Hat Detective Corcoran angedeutet, warum sie mit Ihnen sprechen will?«

»Nein, sie war ziemlich wortkarg. Außerdem habe ich schon alles gesagt, was ich weiß.«

»Dann müssen Sie einfach nur wiederholen, was Sie bereits gesagt haben. Bemühen Sie sich, nicht genervt zu klingen, und gehen Sie am besten nicht ins Detail. Das geht selten gut.«

»Okay … meinen Sie, man wird mich nach Guy fragen? Nach seiner Beziehung zu Eve Blazer?« Prompt versagt mir dabei die Stimme.

»Ja, wahrscheinlich. Und noch einmal: Halten Sie Ihre Antworten kurz.«

Und nun stelle ich die Frage, vor der ich Angst habe: »Was, wenn sie mit etwas über Guy und Eve herausrücken, von dem ich noch nichts weiß?«

Maycock vergisst für einen Moment seine professionelle Haltung und schaut mich mitfühlend an.

»Mir ist klar, dass Sie sich Sorgen machen, irgendwo könnten böse Überraschungen lauern – Guy hat das mir gegenüber erwähnt –, aber ihr Mann hat mir sein Wort gegeben, dass es keine Geheimnisse mehr gibt.«

Seine Versicherung tut gut. Es wäre dumm von Guy, seinen eigenen Anwalt zu belügen.

Maycock verkündet, dass es Zeit wird zu gehen, und schlüpft in sein Nadelstreifenjackett, das er über die Stuhllehne gehängt hatte. Er schlägt vor, das Auto zu nehmen, damit wir nur einen Parkplatz benötigen. Je näher wir der Polizeistation kommen, desto unwohler fühle ich mich.

Detective Mazzola führt uns in einen Vernehmungsraum, der im frischen Grau eines feuchten Putzlappens gestrichen ist. Innen befindet sich nichts als ein Metalltisch und diverse Klappstühle. Corcoran trägt einen Blazer in dunklem Burgunderrot und wartet schon am Tisch. Nachdem sie

Maycock begutachtet hat, ertappe ich sie bei einem belustigten Seitenblick auf ihren Partner, der wohl so viel heißen soll wie »Da hat unsere Miss Neunmalklug sich also auch einen Anwalt zugelegt. Warum überrascht mich das nicht?«.

»Hoffentlich haben wir Ihre Wochenendpläne nicht über den Haufen geworfen?«, fragt Corcoran, sobald wir uns gesetzt haben.

Ihre Bemerkung wirkt befremdlich, denn sie macht sich ganz offensichtlich keine Sorgen darüber, ob sie meine Pläne über den Haufen geworfen hat.

»Kein Problem«, antworte ich.

»Es muss nett sein, den Sommer über hier in der Stadt zu leben und mehr Zeit mit Ihrem Mann zu verbringen.«

»Ja, das stimmt«, sage ich.

»Bisher hatten Sie eine Fernbeziehung, nicht wahr?«

Ich weiß nicht, worauf sie hinaus will. Ist dies nur ihr üblicher Small Talk zu Beginn einer Vernehmung?

»Ja, nicht gerade einfach, aber wir haben uns ganz gut eingerichtet.«

Sie legt den Kopf schief. »Ich weiß nicht, ob ich das könnte. Es muss schwierig sein für ein Paar.«

Das klingt nicht gut, denke ich. Hört sich an, als würde dieses Gespräch sich nur um Guy und mich drehen, nicht um das verschwundene Geld.

»Ms. Harper hat das alles schon beantwortet«, wirft Maycock ein. »Können wir bitte weitermachen?«

Corcoran stutzt, lässt mich dabei aber nicht aus den Augen. »Wussten Sie, dass Ihr Ehemann vor Ihrem Umzug nach Saratoga in einer Bar mit Eve Blazer etwas getrunken hat?«

Okay, jetzt kommt es. Ruhig bleiben, sage ich mir.

»Das hat er erwähnt, ja.«

»Damals, als es zu diesem Treffen kam?«

»Wie bitte?«

»Hat er es an dem Abend erwähnt, an dem er und Eve Blazer sich getroffen haben? Bevor er mit ihr ausging?«

»Ich habe später davon erfahren«, sage ich vorsichtig.

»Hat Sie das nicht beunruhigt, dass er mit einer fremden Frau Cocktails trinkt?«

»Sein Beruf erfordert es, dass er hin und wieder mit Menschen etwas trinkt. Es gab keinen Grund, besorgt zu sein.«

Merkt sie, dass ich lüge? Merkt Maycock es? Ich werde sicher nicht von meinen Zweifeln erzählen, um nicht den Verdacht, dass Guy eine Affäre mit Eve hatte, weiter anzufachen.

»Und ist Ihnen bekannt, dass Ms. Blazer Ihrem Ehemann an diesem Abend angeblich Avancen gemacht hat?«

»Er hat es erwähnt. Ich sollte wissen, was geschehen ist.«

Mir fällt auf, dass ich zu sehr ins Detail gehe, genau das, wovor Maycock mich gewarnt hat, und ich nehme mir vor, vorsichtiger zu sein.

Corcoran leckt sich dich Lippen. »Hat es Sie nicht gestört, dass eine andere Frau hinter Ihrem Mann her ist?«

Langsam wird es persönlich, und ich weiß nicht, wie ich darauf reagieren soll. Ich wünschte, ich könnte Maycock ansehen und in seinen Augen eine Antwort finden, aber ich mache mir Sorgen, dass es zu abgekartet aussieht.

»Na ja, ich schätze solche Frauen sicher nicht sonderlich«, sage ich.

»Wo wir gerade von Frauen sprechen: Die Frau, die sie angerufen und gebeten hat, in das Büro der Cateringfirma zu kommen, haben wir nie ausfindig machen können.«

Da sind wir also wieder bei diesem Thema.

»Ich wünschte, ich könnte Ihnen dabei behilflich sein, aber ich habe Ihnen alles erzählt, was ich über diesen Anruf weiß.«

Corcoran trommelt leise mit den Fingern auf den Tisch und schaut mir dann so unerbittlich in die Augen, dass es mich aus der Fassung bringt. Irgendetwas stimmt hier nicht, aber ich weiß nicht, was. Plötzlich hält sie mitten im Trommeln inne.

»Und Sie sind sicher, dass es diesem Anruf überhaupt gab?«, sagt sie. »Dass Sie sich nicht ein Prepaidhandy gekauft und sich selbst angerufen haben?«

Ich traue meinen Ohren nicht. Sie unterstellt mir, dass ich den Anruf vorgetäuscht habe. Glaubt sie, dass mein Besuch bei *Pure Kitchen Catering* am Samstagmorgen ein Versuch war, wegen des vermissten Geldes mehr Druck auszuüben?

»Welchen Grund sollte Ms. Harper haben, so etwas zu tun?«, unterbricht Maycock, bevor ich antworten kann.

Ich halte den Atem an, warte auf eine Antwort.

»Sagen Sie es mir«, sagt Corcoran.

»Es gab einen Anruf!«, platze ich heraus. »Ja, ich war sauer wegen des Geldes, aber ich wäre deswegen nicht gleich dorthin gerannt.«

»Ich glaube nicht, dass es Ihnen in erster Linie um das Geld ging«, sagt Corcoran. »Was Ihnen wirklich Sorgen machte, war die Tatsache, dass Eve Blazer vielleicht eine Affäre mit Ihrem Mann hatte.«

Angst überrollt mich. Endlich verstehe ich. Sie glaubt, dass ich die Mörderin sein könnte, dass ich eine Axt genommen und aus blinder Eifersucht getötet haben könnte.

»Das ist lächerlich,« erklärt Maycock. »Wollen Sie damit sagen, dass Ms. Harper eine Verdächtige ist?«

Corcoran würdigt Maycock nicht eines Blickes, sondern schaut mir starr in die Augen.

»Wo waren Sie Freitagabend vor einer Woche?«, fragt sie.

Ich tue mein Bestes, um meine Angst im Zaum zu halten. Sie können keinen Beweis haben.

»Ich war zu Hause.«

»Können …?«

Doch bevor sie ein weiteres Wort sagen kann, greift Maycock ein.

»Diese Befragung ist beendet«, sagt er und erhebt sich. »Wir gehen jetzt, außer meine Klientin ist in Haft genommen. Jedes weitere Gespräch mit ihr, das sich auf diese Untersuchung bezieht, darf nur in meiner Anwesenheit geführt werden.« Er tippt mich mit einem Finger am Ellenbogen an und fordert mich auf diese Weise auf, ebenfalls aufzustehen.

»Sollten Sie Pläne haben, die Stadt zu verlassen, schlage ich vor, davon Abstand zu nehmen«, sagt Corcoran an der Tür.

Als wir durch das Labyrinth der Schreibtische nach draußen gehen, kann ich spüren, wie jedes einzelne Augenpaar mich durchbohrt, als wäre dies eine Art Spießrutenlauf. Maycock lässt mich auf dem Gehweg nicht mal zu Atem kommen, sondern führt mich schnell zu seinem Parkplatz. Mein Herz schlägt so wild, dass ich es in meinen Ohren hören kann.

»Das können die doch nicht wirklich glauben, oder?«, frage ich.

»Sieht leider so aus, als ob sie mit dem Gedanken spielen«, sagt Maycock und lässt den Motor aufheulen. »Dass Sie Eve Blazer ermordet und dann den Telefonanruf vorgetäuscht haben, damit Sie am nächsten Morgen vor Ort schockiert wirken konnten.«

Das ist das Klischee einer Kriminalserie: der Mörder, der an den Tatort zurückkehrt. Corcoran hatte sich am Morgen des Mordes mir gegenüber zwar mitfühlend gezeigt, mich aber wahrscheinlich da schon misstrauisch beäugt. Das erklärt auch, warum die vorhergehenden Befragungen stets einen schlechten Nachgeschmack hinterließen.

»Was soll ich jetzt tun?«, frage ich schon fast flehentlich.

Maycock manövriert den Wagen aus der Parklücke. »Erlauben Sie eine Frage: Gibt es irgendeine Möglichkeit, dass die Polizei ein Prepaidhandy zu Ihnen zurückverfolgen kann?«

»Natürlich nicht!« Offensichtlich spielt auch Maycock mit der Idee, dass ich schuldig sein könnte.

»Erzählen Sie mir von der Nacht des Mordes. Waren Sie allein?«

»Ja, aber nur bis neun oder so, dann kam Guy nach Hause.«

»Haben Sie telefoniert, mit einem Freund gechattet?«

»Nein«, sage ich, ohne nachdenken zu müssen. »Seit ich hier bin, habe ich sehr wenig mit Freunden gechattet.«

»Waren Sie online? Das könnte ein Beweis dafür sein, dass Sie nicht unterwegs waren, um jemanden zu töten.«

Ich bin komplett durcheinander, zwinge mich aber, mich an den letzten Freitag zu erinnern. Bevor Guy nach Hause kam und wir die Reste des Tajine gegessen haben, saß ich für eine Weile alleine im Lesezimmer. Mit meinem Laptop.

»Ich habe an diesem Abend ein paar E-Mails geschrieben«, sage ich und öffne meine Tasche. »Moment, vielleicht finde ich sie noch.«

Er hebt die Hand. »Leider muss ich noch zu einem privaten Termin, nachdem ich Sie abgesetzt habe. Könnten Sie zu Hause nach allen Mails schauen, die Sie an diesem Abend geschickt haben und mir alle weiterleiten? Und bitte nichts löschen, auch nicht, wenn es privat ist und Sie nicht möchten, dass die Polizei es sieht.«

Ich nicke. Am nächsten Stoppschild kramt er in seiner

Brieftasche und steckt mir eine Visitenkarte mit seiner E-Mail-Adresse zu.

Zwei Minuten später sitze ich mit immer noch klopfendem Herzen in meinem Auto. *Ich bin Verdächtige in einem Mordfall.*

Ich schütte den Inhalt meiner Tasche auf den Nebensitz und wühle in dem Durcheinander herum, bis ich mein Handy gefunden habe. Ich scrolle durch meine E-Mails, bis ich die Mordnacht gefunden habe. Ich habe mehr Mails zwischen neunzehn und einundzwanzig Uhr verschickt, als ich in Erinnerung hatte – einige an meine Assistentin und eine längere an meinen Bruder in Djakarta. Vor Erleichterung breche ich fast in Tränen aus. Hoffentlich reicht das, damit Corcoran mich in Ruhe lässt.

Ein Blick auf die Uhr erinnert mich an den Lunch mit Sandra. Mir ist so gar nicht nach einem Schwätzchen unter Frauen, und doch wäre es gut, eine Vertraute in dieser Stadt zu haben. Ich entscheide mich, nicht abzusagen.

Das Mittagessen mit Sandra ist erst in einer Stunde, aber ich habe keine Lust, nach Hause zu gehen und in dem großen leeren Haus vor mich hin zu brüten. Also fahre ich nach Downtown, um dort einen Kaffee zu trinken. Als ich den Broadway entlangfahre, finde ich die Idee jedoch nicht länger verlockend. Die Stadt, die mich einmal so bezaubert hat, kommt mir mit all ihren dunklen Backsteingebäuden plötzlich bedrückend vor.

Stattdessen fahre ich einfach weiter, ohne darüber nachzudenken, und bewege mich in Richtung von Saratogas Rennbahn. Einen Teil der Saison wollten wir eigentlich auf der Rennbahn verbringen und uns die Vollblüter anschauen. Das können wir nun vergessen. Ich lenke den Wagen vor einem verwitterten grünweißen Haus, das einmal ein Pferdestall gewesen sein muss, an den Rand und parke unter einer alten Eiche. Als ich den Schlüssel abziehe, sind meine Hände schweißnass. Obwohl ich beweisen kann, dass ich am Abend des Mordes haufenweise Mails abgeschickt habe, bin ich von dem Verhör durch Corcoran immer noch stark mitgenommen.

Du darfst dir das nicht so zu Herzen nehmen, sage ich mir. Die Polizei hat mich ins Visier genommen, weil sie nichts Besseres zu bieten hat. Ich darf einfach nicht aus purer Nervosität schuldig wirken. Ich muss ruhig bleiben, einen kühlen Kopf bewahren und die bestmögliche juristische Unterstützung bekommen. Über kurz oder lang werde ich wohl auch Casey einweihen müssen. Wenn Maycock diese Geschichte nicht bald beenden kann, möchte ich mir nicht vorstellen, was passiert, wenn mein Verleger Wind davon bekommt.

Um elf Uhr dreißig gebe ich die Adresse von *Dock Brown's* ein. Ich fahre zuerst die Route 9 entlang und nehme dann eine Landstraße, die den Saratoga Lake umrundet. Die Landschaft ist flach, nur in der Ferne sieht man hellblaue Berge im Dunst.

Das Restaurant ist ein graues Gebäude mit Schindeldach, davor ein handtuchgroßer Strand voller Sonnenanbeter. Zum ersten Mal fällt mir auf, wie sonnig und warm dieser Tag ist. Ich bitte um einen Platz auf der Veranda, da ich annehme, dass Sandra auch gerne draußen sitzen würde.

Außer mir gibt es nur noch zwei andere Gäste am anderen Ende der Veranda und eine Seemöwe, die auf dem Geländer hockt und interessiert die Überbleibsel in einem Brotkorb fixiert. Sie schlägt aggressiv mit den Flügeln, als sie mich ins Visier nimmt.

Glücklicherweise muss ich nicht lange warten, weil Sandra ebenfalls früh dran ist. Heute ist sie leger, aber immer noch tadellos gekleidet. Sie trägt hautenge Designerjeans und ein blaugrünes T-Shirt aus Kaschmir, das hervorragend zu ihrem glänzenden schwarzen Haar passt. Sie sieht fabelhaft aus, wie sie über die Veranda auf mich zukommt.

»Ich bin so froh, dass wir draußen sitzen«, ruft sie im Näherkommen und haucht mir zwei Küsschen auf die Wange. »Schön, Sie wiederzusehen, Bryn.«

»Finde ich auch.«

»Haben Sie gut hierhergefunden? Liegt ein bisschen versteckt, aber ich fand es perfekt für einen Lunch.«

»Absolut!«

»Bitte sagen Sie Ihrem Mann vielen Dank von mir, ja?«

»Meinem Mann?«, frage ich verblüfft.

»Dafür, dass ich den Samstagnachmittag mit Ihnen verbringen darf. Er würde Sie sicher gerne für sich allein haben.«

»Oh, kein Problem. Er hat gerade viel zu tun.« Ich zwinge mich zu einem Lächeln und versuche, munter zu wirken, scheitere dabei aber wohl.

Sandras tiefbraune Augen mustern mich fragend.

»Alles in Ordnung, Bryn? Geht es Ihnen nicht gut?«

»Nein, nein, alles in Ordnung. Erzählen Sie mir von Ihrer Veranstaltung, nimmt sie Form an?«

»Wenn ich noch zwei Wochen hätte, würde ich sagen, es läuft perfekt. Dummerweise findet sie aber schon am Freitag statt.«

»Sie kriegen das sicher großartig hin. Worum geht es denn eigentlich?« Ich habe sie das nie gefragt.

»Eine Spendensammlung für eine hiesige Frauenorganisation. Das Geld ist für einen guten Zweck, und außerdem eine gute Gelegenheit für örtliche Geschäftsfrauen, massenhaft Kontakte zu knüpfen.«

»Und Sie machen die PR?«

»Ja, und zu meinen Kummer habe ich versprochen, auch bei der Durchführung zu helfen. Übrigens wollte ich ein Ticket für Sie ergattern, aber leider ist es ausverkauft, und keiner will seine Karte rausrücken.«

Wäre das nicht ein Heidenspaß, alle diese Frauen zu treffen? Und wenn mich jemand fragt, was ich gerade so mache, könnte ich lächeln und sagen, ich sei die Verdächtige im Mordfall Eve Blazer.

»Das ist sehr nett, Sandra, aber machen Sie sich nicht so viel Mühe. Ich habe eine anstrengende Woche vor mir.«

»Ich hoffe aber, dass ich Ihnen wenigstens den Veranstaltungsort zeigen darf. Es lohnt sich!«

»Wir schauen mal, wie die Woche sich entwickelt, ja?«

Die Kellnerin unterbricht uns, und wir bestellen. Sandra erkundigt sich nach der Pressearbeit für Autoren, und ich sondere ein paar Bemerkungen zu Twitter, Instagram und Literaturblogs ab. Gott sei Dank kommt das Essen zügig. Wir gehen zu Small Talk zum Thema Kunstszene in Saratoga über. Ich fühle mich die ganze Zeit rastlos, am liebsten würde ich aufspringen und sofort nach Hause laufen, aber es wäre noch deutlich schlimmer, zu Hause zu grübeln, als hier mit Sandra zu sitzen.

Als die Kellnerin die Teller abräumt, merke ich, dass Sandra etwas auf dem Herzen liegt, dass sie aber wartet, bis der Tisch abgeräumt ist.

»Bryn, ist wirklich alles in Ordnung?«

»Ich bin nur ein wenig müde, das ist alles.«

Sie lehnt sich zu mir herüber, damit sie nicht laut sprechen muss. »Es ist nicht wegen der Polizei, oder? Ich hoffe, dass man Sie und Ihren Mann nicht weiter wegen der Dinnerparty belästigt.«

Fast zucke ich zusammen. Sieht man mir die Angst so deutlich an?

»Gott, nein«, sage ich und merke, wie gezwungen ich klinge. Kurz überlege ich, Sandra die ganze Geschichte zu erzählen, aber ich traue mich nicht, weil ich sie bisher nicht als sehr diskrete Person kennengelernt habe.

»Das freut mich. Die Polizei hier kann einen ziemlich tyrannisieren.«

Ich zucke die Schultern, als wäre mir das vollkommen gleich.

»Sie machen sicher nur ihren Job.«

Sie schüttelt den Kopf. »Inzwischen sieht es ja fast so aus, als hätte ich meine Schlösser für nichts und wieder nichts austauschen lassen.«

»Was meinen Sie damit?«, frage ich verdutzt.

»Wir müssen uns wegen eines herumstreunenden Serienkillers keine Sorgen mehr machen. Sie sagen, Eve Blazer wurde von jemandem getötet, der sie kannte.«

Unter dem Tisch werden meine Beine zu Pudding. Gibt es schon Gerüchte über mich als Verdächtige?

»Sie? Wer sind sie?« So spitz wollt ich nicht klingen, aber ich muss unbedingt mehr in Erfahrung bringen.

»Leute in der Stadt. Vielleicht hat es nicht viel zu bedeuten, aber es gab Gerede über einen Mann und dass er sie getötet haben könnte.«

»Sie meinen, einen Freund?«

»Nein, einen Liebhaber – einen verheirateten Mann. Sie hat anscheinend mit einigen ihrer Freundinnen darüber gesprochen. Er stecke in einer Ehe fest, die er unbedingt beenden wollte. Seine Frau sei schrecklich empfindlich und nehme ihm alle Lebensfreude. Wer weiß? Vielleicht ist sie ja die Täterin?«

KAPITEL 19

Spricht sie von Guy? Bin ich diese »empfindliche Frau«? Hat er Eve erzählt, ich nähme ihm alle Lebensfreude?

»Haben die Leute nichts anderes zu tun, als über eine tote Frau zu lästern?«, fauche ich. Die Worte brechen aus mir heraus, bevor ich mich zügeln kann, aber es ist mir auch egal. Ich will davon nichts mehr hören.

Sandra scheint wegen meiner Reaktion ziemlich verdattert zu sein. Sie macht eine Geste, die anzeigen soll, dass auch sie keine einfache Erklärung hat. »Man kann es ihnen nicht verübeln. Jeder hier hat Angst, immerhin ist ein Mörder auf der Flucht. Das überschattet alles.«

»Wechseln wir das Thema, okay? Es macht mich ganz krank.«

»Selbstverständlich.«

Ich habe die Stimmung nun vollends ruiniert. Sandra wendet den Blick ab und studiert mit großem Interesse das Tischtuch. Sicher wundert sie sich, welchen Nerv sie wohl gerade getroffen hat, aber ich darf nicht zulassen, dass sie zu spekulieren anfängt.

»Tut mir leid, dass ich so verbiestert klinge, Sandra. Ich habe mir wohl auch über den Mord zu viele Sorgen gemacht und möchte ihn einfach vergessen.«

»Verstehe.« Sie lächelt, aber ich spüre, dass ich die Situation nicht entschärft habe. In diesem Moment tritt die Kellnerin an den Tisch und rettet uns vor einer peinlichen Stille.

»Darf ich den Damen noch einen Kaffee bringen?«, fragt sie.

»Sehr gerne«, sage ich in der Hoffnung, dass Sandra ebenfalls einen bestellt und ich die Wogen glätten kann. »Haben Sie noch ein wenig Zeit, Sandra? Ich würde gerne noch einen Moment bleiben.«

Sie schaut auf ihre Uhr. »Ja, ich habe Zeit«, sagt sie zu meiner Erleichterung.

Wir bestellen, und ich bitte um die Rechnung.

»Lassen Sie uns teilen«, schlägt Sandra vor.

»Nein, bitte, ich möchte Sie einladen. Schön, dieses Restaurant kennengelernt zu haben.«

»Es ist hübsch, nicht wahr?« Sie weist mit dem Kopf nach innen. »Ich komme auch im Winter gerne hierher.«

»Dann werde ich das auch einmal versuchen.« Momentan scheint mir das allerdings äußerst unwahrscheinlich zu sein.

Abwesend trommelt Sandra mit einem Finger auf den Tisch. Sie schaut wieder auf ihre Uhr.

»Du meine Güte«, ruft sie aus und schlägt die Hand vor den Mund. »Ich habe mich in der Zeit geirrt. Es tut mir leid, aber es reicht nicht mehr für einen Kaffee. Können Sie mir verzeihen? Ich muss zurück zur Arbeit.«

»Machen Sie sich keine Sorgen.« Ich glaube ihr kein Wort. »Laufen Sie ruhig los. Ich bleibe noch ein bisschen und trinke in Ruhe meinen Kaffee.«

»Sie sind ein Schatz. Und nächstes Mal bezahle ich. Ich rufe Sie nach der Veranstaltung an.«

Na prima, denke ich, als sie die Holztreppe zum Parkplatz hinabsteigt. Ich habe gerade eine potentielle Freundin vor den Kopf gestoßen. Doch falls Sandra zu den Klatschbasen gehören sollte, wofür es gewisse Anzeichen gibt, wäre sie sowieso nicht verlässlich.

Meine Gedanken wandern zu ihren pikanten Enthüllungen zurück. Meine Angst, Guy hätte doch eine Affäre mit Eve haben können, ist also möglicherwiese doch berechtigt. Nein!, sage ich mir. Wie genervt Guy auch immer wegen meines Unfalls war, habe ich ihm doch nicht das Leben schwergemacht.

Der Kaffee kommt, aber mein Magen ist inzwischen so in Aufruhr, dass ich nicht einmal seinen Anblick ertragen kann. Ich ziehe eine Kreditkarte hervor und schaue durch das Fenster ins Innere des Restaurants, um die Kellnerin zu rufen. Als mein Blick durch den Speiseraum schweift, erwartet mich eine Überraschung: Guys Assistentin Miranda sitzt an einem der Tische. Ihr rotes Haar bewegt sich leicht im Luftzug des Deckenventilators. Sie trifft sich dort mit zwei weiteren Frauen ihres Alters, wahrscheinlich ein Wochenendtreffen unter Freundinnen.

Ich hebe schon den Arm, um zu winken, halte dann aber inne. Sie hört einer der Frauen aufmerksam zu und hat mich nicht einmal bemerkt. Auch gut. Wenn sie mich sähe, würde sie sich vielleicht verpflichtet fühlen, zu mir zu kommen und hallo zu sagen, was ich jetzt wirklich nicht brauchen kann. Wie ich sie kenne, hat sie schon gerochen, dass zwischen Guy und mir nicht alles harmonisch ist.

Ich bezahle die Rechnung und gehe zum Parkplatz. Gerade als ich den Wagen starten will, klingelt mein Telefon. Als ich das Wort Dallas auf dem Display sehe, halte ich den Atem an. Gavin Bloom ist dran.

»Können wir einen Moment in Ruhe reden?«, fragt er sofort. »Privat?«

Also lag ich doch richtig. Bloom war bei unserem ersten Gespräch nicht aufrichtig.

»Ja, ich habe Zeit.«

»Gestern haben Sie mich auf dem falschen Fuß erwischt. Ich war überrascht, von Ihnen zu hören.«

»Tut mir leid, ich habe ganz spontan angerufen.« Ganz langsam, eins nach dem anderen, sage ich mir. »Danke, dass Sie zurückrufen.«

»Es gibt in der Tat eine Information, die ich gerne an Sie weitergeben würde, eine Information, die ich bisher für mich behalten habe. Ich musste mich zuerst mit meiner Frau besprechen.«

Das hört sich wichtig an. Vielleicht litt Paul wirklich unter Depressionen, und Bloom wusste davon.

»Ja?« Jeder Muskel meines Körpers scheint zu vibrieren. Vielleicht bekomme ich doch noch einen Hinweis darauf, was bei dem Unfall wirklich geschehen ist.

»Nichts für ungut, Ms. Harper, aber Paul war nicht an Ihnen interessiert. Er war verrückt nach Stephanie. Aber es gab da etwas anderes, das er mit Ihnen besprechen wollte.«

»Das habe ich auch vermutet. Vielleicht ging es doch um ein berufliches Problem.«

»Ich glaube nicht, dass er extra deswegen nach Boston gefahren wäre. Ich nehme eher an, dass er Ihr zufälliges Aufeinandertreffen dort nutzen wollte, weit weg vom New Yorker Trubel. Wie Sie es erzählten, hatte er nach Ihrem Vortrag keine Möglichkeit zu einem ruhigen Gespräch. Also vermute ich, dass er sich während der Fahrt mit Ihnen unterhalten wollte.«

»Ging es um seine Arbeit?«

»Seine Arbeit?«, sagt er, offensichtlich überrascht.

»Ich dachte, er habe sich vielleicht an einem Scheidepunkt seiner Karriere befunden und ein paar Ratschläge von mir haben wollen.« Aber offensichtlich war es nicht so. *Also raus damit!*, denke ich. Ich schwitze inzwischen leicht und öffne die Tür, um frische Luft hereinzulassen.

»Nein, mit seiner Arbeit war alles in Ordnung. Sehen Sie, Ms. Harper. Ich weiß, dass ich mich weit aus dem Fenster lehne. Es ist … es ist etwas unangenehm. Aber meine Frau und ich glauben, dass es in Pauls Sinn wäre, diese Information an Sie weiterzugeben – denn genau das hatte er vor.«

»Worum geht es denn?«, rufe ich. Meine Geduld ist am Ende.

»Es geht um Ihren Mann.«

Alles, was ein paar Minuten zuvor zu rasen begonnen hatte – mein Herz, mein Atem –, steht still. Ich brauche sogar einen Moment, bis meine Lippen sich bewegen.

»Wie meinen Sie das, um meinen Mann?«

»Wie ich schon sagte, ist es sehr unangenehm. Wissen Sie, dass Ihr Mann mal in Dallas gelebt hat?«

»Dallas? Nein, er hat nie in Dallas gelebt.«

»Ihr Mann hat dort drei Jahre lang als Geschäftsführer einer Wohltätigkeitsorganisation gearbeitet, für die meine Frau ebenfalls tätig war – eine kommunale Stiftung namens *Dallas Gives*. Er ist vor etwa sieben Jahren dort weggegangen. Paul meinte, dass Sie davon keine Kenntnis haben, es aber wissen sollten.«

Nun bin ich verärgert.

»Es muss sich ganz klar um eine Verwechslung handeln.«

»Schauen Sie, es ist mir schrecklich peinlich, aber ich habe es recherchiert und bin mir sicher, dass es zutrifft.«

»Aber wie kommen Sie darauf? Woher wissen Sie überhaupt, mit wem ich verheiratet bin?«

»Das Foto, das Stephanie gefunden hat, und wovon Sie mir erzählt haben. Paul zeigte es mir zufällig bei meinem

Besuch in Hastings. Er war begeistert von Ihnen und schätzte Ihr Buch. Er wollte das Foto rahmen und zu den anderen auf seiner Autorenwand hängen. Doch als ich es sah, erkannte ich den Mann am Rand des Fotos: Richard Carrington. Paul sagte mir, dass Sie ihn erst letztes Jahr geheiratet haben.«

Ich atme aus. Okay, das ist alles schlicht ein Missverständnis. »Der Rufname meines Mannes ist nicht Richard. Er heißt Guy, Richard lautet sein mittlerer Name. Wie ich schon sagte, verwechseln Sie ihn mit jemand anderem.«

»Mir ist klar, dass er sich jetzt nicht Richard nennt, aber das war in Dallas der Fall. Paul hat mir das Foto geliehen, damit ich es meiner Frau zeigen konnte. Paul schrieb auf die Rückseite des Umschlags, dass es das einzige Foto von Ihnen mit Ihrem Mann sei. Meine Frau bestätigte, dass es sich um ihren Arbeitskollegen handelt. Damals nannte er sich Rich Carrington.«

Ich schüttle meinen Kopf, obwohl Bloom mich nicht sehen kann.

»Vielleicht sah der Mann, mit dem Ihre Frau zusammengearbeitet hat, meinem Mann ähnlich und trug denselben Nachnahmen, aber das ist nicht Guy«, sage ich. »Mein Mann hat in Chicago gelebt, nicht in Texas. Und dann ist er nach Miami gezogen.«

»Ich weiß, dass er schlussendlich in Miami lebte. Allison hat gehört, dass er dorthin zog und sich Guy nannte.«

»Und Sie wollen mir damit sagen, dass Paul nach Boston kam, weil er den Eindruck hatte – den falschen Eindruck, wie ich glaube –, dass mein Mann einmal in Texas gelebt hat. Und das wollte er mir mitteilen?« Ich versuche, mich zu beherrschen, höre aber selbst die Mischung aus Verzweiflung und Angst in meiner Stimme.

»Ms. Harper, sehen Sie, das muss sehr verstörend für Sie sein. Und deswegen habe ich gestern am Telefon gezögert. Aber nach dem, was Sie Paul über Ihren Mann erzählt haben, musste er vermuten, dass dieser Ihnen nicht die ganze Wahrheit über seine Vergangenheit gesagt hat.«

»Warum sollte mein Mann nicht zugeben, dass er in Dallas gelebt hat?«

»Weil ... weil sich dort etwas zugetragen hat.«

Er macht eine Pause und sucht nach Worten.

»Er hat Geld von der Wohltätigkeitsorganisation unterschlagen«, sagt er schließlich. »Fast 150 000 Dollar. Er hatte ein komplettes System aufgebaut, hatte Schecks direkt von mehreren Geldgebern angenommen und sie auf ein Bankkonto eingezahlt, dass auf die Initialen DG lief. Meine Frau hat den Betrug entdeckt und ihn dem Vorstand gemeldet. Als Rich aufflog, hat er das Geld zurückgezahlt, und der Vorstand sah davon ab, ihn anzuzeigen. Sie fürchteten die schlechte Publicity.«

Als hätte man mich in eine Decke geschnürt und in einen engen Kofferraum gesperrt, schnappe ich nach Luft. Ich will protestieren, ihm sagen, dass er falsch liegt, aber ich kriege kein Wort heraus.

»Ms. Harper, darf ich Sie Bryn nennen? Gibt es irgendw...?«

»Es muss ein Irrtum sein«, sage ich, seine Frage ignorierend.

»Ich fürchte, nein.«

Ich schüttle meinen Kopf, in dem ein ganzer Wust von Gedanken tobt. Guys Halbwahrheiten der letzten Woche – der Drink mit Eve, sein Treffen mit der Polizei. Da ist die anzügliche SMS. Nichts davon klingt nach dem Mann, den ich kannte.

Und dann kommt mir aus heiterem Himmel eine Erinnerung.

Es war im letzten April, ein paar Monate vor unserer Hochzeit. Ich war mitten in der Lesetour für *Twenty Choices*. Guy und ich vermissten einander schrecklich, und während eines Telefonats sprachen wir über die Möglichkeit, dass er für den Auftritt in San Francisco zu mir fliegen könnte. Er war Feuer und Flamme, doch als ich ihm am nächsten Tag mitteilte, dass Dallas wohl günstiger wäre, änderte sich die Lage.

Verdammt, sagte er. Ich glaube nicht, dass ich hier wegkomme.

Warum, was ist passiert?

Brent ist passiert. Er hat ein Riesenprojekt und will, dass ich mich darum kümmere.

»Bryn, sind Sie noch da?«, fragt Bloom.

»Ja.«

»Haben Sie jemanden, der sich um Sie kümmert, eine Freundin?«

»Ich brauche keine Freundin, ich brauche Beweise. Sie werden nicht erwarten, dass ich Ihnen einfach so glaube, dass mein Mann ein Lügner und Betrüger sein soll, nicht wahr?«

»Natürlich nicht. Ich kann Ihnen einen Link zu dem Artikel des *Dallas Business Journal* schicken, den ich auch Paul geschickt habe. Er beweist, dass Ihr Mann in Dallas lebte. Was die Unterschlagung angeht, kann ich Ihnen nur mein Wort anbieten.«

Ich murmele ein Dankeschön und rattere meine Mailadresse herunter. Es gibt so viele Fragen, die ich stellen möchte, aber noch dringender möchte ich das Telefonat auf der Stelle beenden, diese ganze Geschichte durchdenken, um daraus schlau zu werden. Er bietet mir an, jederzeit wieder anzurufen.

»Aber bitte«, fügt er hinzu, »das ist eine extrem heikle Situation für meine Frau, also sagen Sie bitte niemandem, woher diese Informationen stammen.«

Ich werfe das Handy auf den Nebensitz, reiße die Tür ganz auf und schwinge meine Beine aus dem Wagen. Mir ist schwindelig. Ich lege den Kopf in den Schoß und japse nach Luft.

Es muss ein Irrtum sein. Irgendein grotesker Zufall. Eine bizarre Übereinstimmung. So etwas *passiert*. Warte auf den Link, sage ich mir. Vielleicht hat Bloom alles missverstanden. Und warum sollte ich dem Wort eines Fremden trauen?

Der Duft von Sonnenlotion zieht ins Auto. Ich höre die Geräusche plappernder und lachender Menschen an dem kleinen Strand. Ein perfekter Junitag. Die Sonne steht hoch am tiefblauen Himmel, und doch fühle ich mich so abgeschnitten von allem, als nähme ich die Welt auf einem Bildschirm wahr.

Innerhalb von einer oder zwei Minuten erhalte ich eine Mail von Bloom mit dem versprochenen Link. Ich rutsche wieder ganz in den Wagen, atme einmal tief durch und klicke ihn an. Eine Rubrik der Website des *Dallas Business Journal* mit der Überschrift »Menschen und Märkte«, und im Bruchteil einer Sekunde fährt mein Magen Karussell. Ich starre auf das Foto eines Mannes, der nur Guy sein kann. Oder soll ich sagen, Guy vor acht Jahren?

Die Rubrik vermeldet Neueinstellungen und Beförderungen bei regionalen Firmen, und neben jedem Foto findet sich ein kurzer redaktioneller Text. Dort heißt es, dass Richard G. Carrington kürzlich das Team von *Dallas Gives* als Entwicklungsdirektor verstärkt hat. Dann wird seine schulische Ausbildung aufgelistet: University of California, Santa Barbara, MS. UCLA, MBA.

Passt perfekt zu dem, was ich über Guys Bildungsweg weiß. Kein Zweifel, dass es sich hier um meinen Mann handelt, dass er in Dallas gelebt und gearbeitet hat, wie Bloom behauptet. Ich bin mit einem Lügner verheiratet, einem Kriminellen, wenn ich Bloom glauben soll. Übelkeit erfasst mich, und ich halte mich am Lenkrad fest, um mich wieder zu fangen.

Das also wollte Paul mir sagen. Deswegen wollte er mich in Boston sprechen und – nachdem ich seine Einladung zum Dinner ausgeschlagen hatte – am nächsten Tag mit mir zusammen nach Hause fahren. Bei einem der vorangegangenen Essen war das Gespräch auf unsere jeweiligen Ehepartner gekommen, und ich hatte ihm von Guys beruflichem Hintergrund erzählt, die Jobs in Chicago und seine eigene kleine Firma in Miami. Nach dem Gespräch mit Bloom muss er vermutet haben, dass ich nicht die ganze Geschichte kenne. Laut Bloom hat Paul mich geschätzt und sich verpflichtet gefühlt, mir reinen Wein einzuschenken.

Hatte er in den Minuten, bevor das Auto von der Straße abkam, Gelegenheit dazu? Sind meine Alpträume eine Erinnerung daran, was Paul mir eröffnet hat?

Bevor meine Gedanken weiter aus dem Ruder laufen, rufe ich mich zur Ordnung. Bloom besitzt nicht den Hauch eines Beweises, dass Guy das Geld gestohlen hat, und es wäre töricht, purem Hörensagen Glauben zu schenken.

Dann wird mir schlagartig die Absurdität meiner Gedankengänge klar. Es ist völlig egal, ob Guy das Geld gestohlen hat oder nicht. Er hat mich über einen Großteil seiner Vergangenheit getäuscht, über das Leben in Dallas, seine Arbeit, sogar über seinen Namen.

Auch andere werden darauf reingefallen sein. Die wenigen seiner Freunde, die ich getroffen habe, kennt er noch nicht lange, wie das Pärchen in Rhode Island in dem Sommer, als Guy und ich uns begegnet sind. Ihnen gegenüber hat er wahrscheinlich auch seine Vergangenheit frisiert.

Worüber hat er wohl sonst noch gelogen? Es fällt nicht mehr schwer, anzunehmen, dass er Eve gevögelt hat. Vielleicht gab es noch andere Frauen, andere Städte, in denen er gelebt hat. Vielleicht ist sein ganzes Leben eine Lüge.

Doch halt. Ich habe seine Mutter getroffen. Sie nannte ihn Guy und war ganz gewiss nicht seine Komplizin. Das gilt auch für seine Cousins, Cousinen und die anderen Familienmitglieder, die ich bei der Beerdigung in San Diego kennengelernt habe.

Es gibt einen Punkt, der keinen Sinn ergibt und der mich kurzzeitig erleichtert aufatmen lässt: Das Opernhaus hat bestimmt Nachforschungen bei seinen vorherigen Arbeitgebern angestellt und hätte Unstimmigkeiten in seinen Zeugnissen entdeckt.

Sollten sie allerdings nur unter dem Namen nachgeforscht haben, den Guy ihnen genannt hat, tauchte der Job in Dallas vielleicht gar nicht auf, sogar in Zeiten des Internets. Und die Unterschlagung selbst wurde ja unter den Teppich gekehrt.

Es läuft mir kalt über den Rücken. Hat Guy auch etwas von mir gestohlen? Mit Geld bin ich vorsichtig gewesen, aber mein Kopf war seit dem Unfall anderswo. Wenigstens haben wir einen Ehevertrag, zu dem Casey mich gedrängt hatte. Sie rate das allen Heiratswilligen, hatte sie gesagt.

Meine Gedanken werden von Geschrei unterbrochen. Ich schaue hoch und sehe zwei Kinder, die am Ende des Parkplatzes mit Laserschwertern hantieren. Mit einem Mal wird mir klar, wie lange ich hier schon im Auto sitze. Miranda könnte jeden Moment herauskommen. Ich möchte ihr unter keinen Umständen in die Arme laufen und ihre Neugierde wecken.

Bryn, geht es Ihnen gut?

Nein, mir geht es nicht gut, Miranda. Wussten Sie, dass Ihr Chef ganz und gar nicht der ist, der er vorgibt zu sein?

Ich starte den Wagen und verlasse den Parkplatz. Ich fahre nicht mehr als vierzig, weil ich mich zu kraftlos fühle, um mehr Gas zu geben. Eine Weile geht das gut, weil ich mich darauf konzentriere, was auf der anderen Seite der Windschutzscheibe passiert, doch dann beginne ich zu zittern. Meine Hände zucken und lösen sich krampfartig vom Lenkrad. Schnell fahre ich rechts ran und halte auf dem Seitenstreifen. Ich atme rhythmisch ein und aus und versuche, mich beruhigen.

Und dann, als hätte ein Gespenst mich in der Dunkelheit berührt, spüre ich es. Eine Hand auf meiner Schulter. Jemand spricht mich mit sanfter Stimme an: »Bryn, ich muss Ihnen etwas sagen, und es sind leider keine guten Nachrichten.«

Es ist Paul. Auf der Autofahrt nach Boston. Die Erinnerung ist vage, aber unmissverständlich. Ich presse die Hände gegen den Kopf und hoffe auf mehr, aber dann ist es vorbei, wie ein Fetzen Musik, der vom Wind fortgetragen wird.

Kam das Auto deswegen von der Straße ab? Hat Paul den Arm ausgestreckt, um mich zu beruhigen? Der Gedanke ist mir unerträglich.

Ich atme noch eine Weile bewusst weiter, ein und aus, ein und aus, bis ich mich wieder fit genug fühle, um zu fahren.

Auf der Kreuzung der Route 9 nehme ich die Ausfahrt Richtung Stadt. Ich passiere die Vorstädte, Bilder, die mir inzwischen schon ein wenig vertraut sind – Saratoga Park, die Lincoln Baths, eines der alten Badehäuser, das inzwischen wohl geschlossen worden ist, das Tanzmuseum. Beim Anblick des Museums beschleunigt sich mein Puls. Ich trete auf die Bremse und fahre an die Seite.

Wenn Guy wirklich ein Meisterlügner ist, wenn er sowohl die Polizei als auch mich über seine Beziehung zu Eve getäuscht hat, scheint es logisch, dass er ebenfalls darüber gelogen hat, wo er zur Tatzeit war. Könnte *er* der Mörder sein? Unfassbar, dass ich so etwas auch nur denke, obwohl ich inzwischen eine Närrin wäre, es nicht zu tun.

Ich wende den Kopf und starre lange das Tanzmuseum an. Ich muss mehr darüber herausfinden. Nick hatte mir bei unserem Dinner erzählt, er wäre nur zur Kontaktpflege hier gewesen. Guy hatte dagegen behauptet, die Aufführung genossen zu haben. Naheliegend also, dass sie nicht den ganzen Abend zusammen waren. Ich muss herausfinden, ob Guys Alibi nicht mehr als ein Kartenhaus ist. Vielleicht kenne ich den Mann, den ich geheiratet habe, ja wirklich nicht, aber ich muss wissen, dass er nicht dazu fähig ist, eine Frau totzuschlagen.

Nach einem abrupten Wendemanöver fahre ich auf den fast leeren Parkplatz vor dem Museum. Ich zahle am Kassenhäuschen das Eintrittsgeld und trete in ein riesiges Foyer mit einer Reihe von wandhohen Fenstern, die den Blick auf einen Innenhof freigeben. Hier wurde wahrscheinlich der Empfang abgehalten. Ich muss den Theaterraum ausfindig machen, in dem Guy sich wohl aufgehalten hat.

Rechts und links des Foyers befinden sich breite Flure, die als Ausstellungsflächen dienen. Ich wähle den rechten. An den Wänden hängen Farbfotografien von berühmten Ballettstars und Texte zu ihrem künstlerischen Schaffen.

Außerdem zu sehen sind gläserne Schaukästen mit Ballettschuhen und weiteren Artefakten, flackernde Videomonitore mit Tanzfilmen und Figurinen mit Kostümproben.

Der Flur mündet in ein veritables Auditorium, fensterlos und ohne Türen. Vielleicht hat hier eine der Tanzperformances stattgefunden. Es wäre ein Leichtes, einige Reihen mit Klappstühlen aufzustellen, um den Akteuren auf diese Weise eine Auftrittsfläche zu bieten.

Nun fällt mir die linke Seite in Auge, wo sich noch ein weiterer Saal öffnet.

Er ist als Hommage an die Stars des Tangos gestaltet. Am Abend der Party wäre auch dies ein guter Auftrittsort für eine Tanzperformance gewesen. Ich stelle mir Guy hier vor, ohne Nick, umgeben von endlosen Besucherströmen.

Dann sehe ich es. Eine Ausgangstür, die zu einem anderen Parkplatz führt. Bei dieser Entdeckung zucke ich zusammen.

Wirklich einfach, denke ich. Guy könnte sich durch diesen Ausgang aus dem Museum geschlichen haben.

Er hätte zu Eve fahren, sie ermorden und dann zurückkehren können, ohne dass jemand es bemerkte.

KAPITEL 20

Nein, das kann nicht sein. Unmöglich, mir meinen Mann vorzustellen, wie er mit einer Axt Eve Blazers Schädel spaltet. Davon abgesehen wäre er von oben bis unten mit Blut besudelt gewesen.

Und doch lautet meine wichtigste Erkenntnis des Tages, dass ich Guy nicht wirklich kenne, und deshalb habe ich nicht die geringste Vorstellung davon, wozu er fähig ist. Er könnte Eve getötet und sich irgendwo gesäubert haben, bevor er wieder auf dem Empfang im Museum auftauchte. Ein Bild drängt sich mir auf: das weiße Extrahemd, das er stets auf der Rückbank seines BMWs mit sich führt, für den Fall, dass er direkt vom Büro aus noch zu einem Geschäftsessen muss.

Ich muss hier raus, weg von diesem visuellen Chaos, damit ich wieder einen klaren Gedanken fassen kann. Vorbei an einer Gruppe Frauen, die wie Schafe vor den Ausstellungsstücken herumstehen, eile ich ins Foyer zurück.

»Ist alles in Ordnung?«, fragt mich der Mann an der Kasse. Er hatte mir vor zwei Minuten die Eintrittskarte verkauft.

»Ja, alles wunderbar«, stoße ich über die Schulter hervor.

Ich überquere den Parkplatz und suche dabei hektisch in meiner Tasche nach dem Handy. Ich hatte Guy ein Abendessen versprochen, will ihn aber jetzt nicht mehr sehen, nicht bevor ich weiß, wie ich mich verhalten soll.

»Kann dich heute nicht treffen«, schreibe ich ihm.

»Bryn?«, ertönt eine Männerstimme. Ich zucke zusammen, weil ich zuallererst an Guy denke. Als ich mich umdrehe, sehe ich stattdessen Nick Emerling. Er steht ein paar Stellplätze weiter und hält seinen Wagenschlüssel in der Hand.

»Oh, hallo.«

»Habe ich Sie erschreckt? Sie haben keinen durchgedrehten Fan erwartet, oder?«

»Nein, ich bin nur überrascht, Sie zu sehen.«

»Ich weiß nicht, ob Guy es Ihnen erzählt hat, aber ich sitze hier im Aufsichtsrat. Schön, dass Sie vorbeischauen.«

Ein Piepton ist zu hören, als er sein Auto abschließt und zu meinem Missfallen auf mich zukommt. Er trägt hellbraune Stoffhosen und ein blaues Anzughemd mit offenem Kragen. Als er vor mir steht, lehnt er sich nach vorn und küsst mich auf die Wange. Es ist kein Luftkuss. Er presst seine wulstigen Lippen auf mein Gesicht und begrabscht gleichzeitig meinen Arm. Ich muss einen Würgereflex bekämpfen.

»Sind Sie zum ersten Mal im Museum?«

»Ja, genau.«

»Ich muss einen Umschlag im Büro abgeben, könnte Ihnen dann aber eine ganz private Führung anbieten.«

»Das tut mir leid. Ich wollte gerade gehen.« Ein Teil von mir will verzweifelt los, aber ich zögere. Vielleicht kann ich herausfinden, ob Guy bei der Veranstaltung die Möglichkeit hatte, sich unbemerkt zu entfernen und später zurückzukehren. »Macht Ihnen die Arbeit im Museum Spaß?«

Er grinst. »Allerdings. Vielleicht wirke ich nicht wie ein Ballettliebhaber, aber ich kenne mich ziemlich gut aus.«

Er holt seine Brieftasche aus der Hose, zieht eine Visitenkarte hervor und steckt sie mir zu.

»Ich bin oft in der Stadt. Rufen Sie mich an, wenn Sie eine Spezialführung wünschen.«

Ich nehme die Karte entgegen, ignoriere seinen anzüglichen Blick und weise mit dem Kopf aufs Museum.

»Guy hat von den Performances geschwärmt, die er hier gesehen hat. Fanden sie in einem der kleineren Ausstellungsräume statt?«

»Ja. Obwohl ich, wie gesagt, zu beschäftigt war, um irgendetwas davon mitzubekommen. Warum fragen Sie?«

»Ich wollte nur eine Vorstellung davon bekommen.« Eine Lüge formt sich in meinem Kopf, die sich hoffentlich als Wahrheit erweist. »Guy hat erzählt, dass er sich ganz darin verloren hat. Er hatte die Zeit völlig aus den Augen verloren und befürchtete schon, dass Sie gar nicht wussten, wo er ist.«

Nick runzelt die Brauen und ist sichtlich gespannt, worauf ich hinaus will. »Ja, aber er ist ein großer Junge. Ich wusste, dass er schon alleine nach Hause finden würde.«

Also waren sie eindeutig getrennt. Und haben die Veranstaltung also nicht zusammen verlassen.

Ich entschließe mich, nicht weiter zu bohren. Schlafende Hunde könnten geweckt werden, und vielleicht würde er meine Neugierde sogar gegenüber Guy erwähnen.

»Beim nächsten Mal sollten Sie mitkommen«, sagt er. »Wirklich schade, dass Sie an diesem Abend nicht schon dabei waren.«

»Machen Sie sich keine Sorgen. Sie haben uns ein paar Tage später ja zu dem großartigen Dinner eingeladen.«

Er mustert mich intensiv mit seinen grünen Augen. »Wo wir gerade dabei sind, darf ich Ihnen eine Frage stellen?«

Soweit ich es beurteilen kann, ist er mir seit Beginn unseres Gesprächs nicht weiter auf die Pelle gerückt, nun aber scheint er näher zu kommen. Ich lehne den Oberkörper nach hinten, damit ich atmen kann. Er wartet meine Antwort nicht ab.

»Als wir neulich das Restaurant verließen, ist da etwas mit Kim vorgefallen?«

Die Frage trifft mich aus heiterem Himmel, und ich weiß nicht, was ich antworten soll. Ich möchte nicht noch mehr Unfrieden mit Kim stiften, aber herausfinden, ob sie diejenige ist, die die Streichhölzer bei mir zurückgelassen hat.

»Wie kommen Sie darauf?«

»Die Stimmung kippte plötzlich. Ich habe mich gefragt, ob etwas vorgefallen ist.«

»Ja, es wurde tatsächlich ein wenig unangenehm«, sage ich und beobachte ihn aufmerksam. »Ich hatte das Gefühl, vielleicht etwas Falsches zu Kim gesagt zu haben.«

Er kreuzt die Arme über der Brust.

»Sehen Sie, ich liebe meine Frau. Sie ist eine großartige Mutter und sieht gut aus, aber manchmal tut sie sich in Gesellschaft sehr erfolgreicher Frauen schwer. Ich meine nicht jemanden wie Barb, um Himmels willen. Kim wird sich nicht von einer Frau verunsichern lassen, die Gartenzwerge verkauft. Aber eine Frau wie Sie kann sie einschüchtern.«

Und das soll alles sein? Kim mag es nicht, dass ich eine Karriere habe und sie nicht? Und deswegen hat sie mir in meinem Haus einen bösen Streich gespielt? Doch so gerne ich auch eine klare Antwort hätte, gibt es zurzeit wichtigere Dinge zu klären. Ich greife nach dem Türgriff und signalisiere so, dass ich losfahren will.

»Schade, dass sie so empfindet.«

»Dafür können Sie ja nichts.« Er zuckt die Schultern. »Ich bin da natürlich keine große Hilfe, Sie weiß, dass Frauen wie Sie mich unglaublich beeindrucken.«

Na toll, jetzt macht er mich an.

»Das ist sehr nett, Nick, und es war schön, Sie zu sehen. Ich muss mich jetzt aber beeilen.«

Er drückt wieder meinen Arm.

»Ich zähle auf Sie wegen eines privaten Rundgangs. Ich bin ein leidenschaftlicher Museumsführer.«

Auf der Heimfahrt fühle ich mich wie in Watte gepackt. Ich versuche, mich auf den Verkehr zu konzentrieren, aber immer wieder werde ich von Ängsten überwältigt. Mein Mann ist ein Lügner und Betrüger. Ein Kollege ist vielleicht gestorben, nur weil er mir die Wahrheit mitteilen wollte. Guy ist ein Schwindler, möglicherweise sogar ein Mörder. Und das Sahnehäubchen: Die Polizei fragt sich, ob *ich* diejenige bin, die Eve totgeschlagen hat.

Zu Hause schließe ich die Küchentür auf, betrete das Haus und lausche. Guy hat natürlich einen Schlüssel, und nichts hält ihn davon ab, hier aufzutauchen. Ich schmeiße meine Tasche auf den Küchentisch und suche die unteren Räume ab. Kein Hinweis darauf, dass er hier gewesen ist. Dann überprüfe ich das Schlafzimmer und sein Büro. Ebenfalls kein Zeichen von ihm.

Beim Verlassen des Büros fällt mir Guys Schreibtisch mit den zurückgelassenen Büchern ins Auge. Sie könnten auch einem Fremden gehören.

Ich bin eine Närrin, dass ich Guy so falsch eingeschätzt habe, dass ich also zu der Art von Frauen gehöre, die vor Liebe blind sind. Wie begeistert ich war, als unsere Beziehung sich in Windeseile von einem Flirt zu einer Affäre und dann zu einer echten Liebesgeschichte auswuchs. Zuerst kam eine Heirat nicht ernsthaft in Frage. Dann aber, fast aus dem Nichts, *wollte* ich heiraten. War der Wunsch schon immer in mir verborgen, oder war er nur eine Folge meiner

Leidenschaft für Guy? Keine Ahnung, ich wusste nur, dass er ein fabelhafter Lebenspartner sein würde.

Ich brauche jemanden zum Reden, möchte so gerne die ganze Sache mit fremden Augen sehen. Dr. G. hatte durchblicken lassen, dass sie an diesem Wochenende nicht erreichbar ist. Mein Bruder? Es ist drei Uhr nachmittags in Djakarta, also wird er nicht zu Hause sein. Ich könnte Freunde in New York anrufen, aber ich schäme mich schon bei dem Gedanken, ihnen die Wahrheit erzählen zu müssen.

Und ich brauche noch etwas: einen anderen Rechtsanwalt als Maycock. Nach den neuesten Entwicklungen kann er nicht gleichzeitig Guy und mich vertreten.

Als ich wieder nach unten komme, höre ich, wie in der Küche mein Telefon klingelt. Guy. Das Handy fühlt sich in meiner Hand so heiß an, als wolle es meine Haut versengen. Im Moment möchte ich nicht mit ihm telefonieren, aber es sähe merkwürdig aus, ihm auszuweichen. Ich nehme den Anruf an und sage hallo.

»Bryn, was ist los?«, will er wissen. Seine Stimme drückt Besorgnis aus, und es liegt ein Hauch von Bitterkeit darin. »Warum sagst du unser Essen ab?«

»Mir geht es nicht so gut. Ich … ich würde mich heute lieber ausruhen.«

»Kann ich dir irgendwie helfen?«

»Danke, aber das ist nicht nötig.«

»Dann lass mich wenigstens rüberkommen, Bryn. Ich könnte Essen mitbringen. Wir können reden. Maycock …«

»Nein, Guy, bitte. Mein Kopf bringt mich um. Ich will einfach nur schlafen.«

»Aber was ist mit den Neuigkeiten von Maycock, dass die Cops nach deinem Alibi fragen? Wir sollten das besprechen.«

»Später, ja?«, sage ich und hoffe, dass er nicht merkt, dass etwas zwischen uns nicht in Ordnung ist. »Ich ruf dich an.«

Ich gehe in mein Büro. Nachdem ich die E-Mails, die ich zur Tatzeit verschickt habe, an Maycock weitergeleitet habe, denke ich wieder über Guy nach. Für meine Bücher habe ich umfassende Recherchen angestellt, aber in erster Linie ging es darum, meinen Gesprächspartnern Geschichten zu entlocken, die sie zumeist sowieso erzählen wollten. Leider habe ich nicht die Tricks von investigativen Reportern drauf. Was mir fehlt, ist das Know-how, in die Vergangenheit von jemandem einzutauchen und Spuren zu finden, die derjenige verwischen wollte. Mehr als ein paar zufällige Eintragungen auf der Oberfläche des Internets sind wohl nicht drin.

Ich war in seiner Heimatstadt und habe bei der Beerdigung seiner Mutter einige Leute kennengelernt, die Guy kannten. Klar also, dass er seine Identität erst verschleiert haben kann, nachdem er von zu Hause ausgezogen und aufs College gegangen ist. Dort muss ich ansetzen. Ich erinnere mich, dass seine Mutter die University of California in Santa Barbara erwähnte, und nehme an, dass er dort sein Grundstudium absolviert hat. Auf der Website des Colleges suche ich nach Absolventen und werde auf die entsprechende Seite weitergeleitet. Keine Chance, ohne Passwort in die Liste zu kommen. Als ich die Seite schon verlassen will, sehe ich ein Suchfeld oben rechts. Probehalber gebe ich Guys Namen ein.

Zu meiner Überraschung werde ich fündig. Es handelt sich zwar nicht um sein Profil, aber eine Seite mit Links zur Collegezeitung und sämtlichen Artikeln, in denen der Name Carrington auftaucht. Und es gibt einen Eintrag für Guy Carrington aus der Klasse, in der er angeblich seinen Abschluss gemacht hat.

Ich klicke auf den Link. Er leitet mich zu einem Artikel aus der Zeit, als Guy etwa vierundzwanzig gewesen sein muss. Er handelt von Kommilitonen, die aus Kalifornien stammen, dort aufgewachsen sind, jetzt aber irgendwo anders leben und arbeiten. Es gibt ein paar Fotos von Studenten, allerdings keines von Guy. Gegen Ende des Artikels wird er erwähnt: Er lebe in Chicago und arbeite in einem Büro für Fundraising am Illinois Medical Center. »Der erste Winter war hart«, erzählt er. »Tonnenweise Schnee, aber Chicago ist eine tolle Stadt, der man alles verzeiht.«

Hört sich nach ihm an, immer ein Lächeln auf den Lippen und das Positive sehen. Der Artikel erwähnt, dass er im Herbst an die Universität von Los Angeles geht, um dort seinen Master im Fach Betriebswirtschaftlehre zu machen.

Alles stimmt mit seinen Angaben über diese Periode seines Lebens überein. Und er läuft zu dieser Zeit klar unter dem Namen Guy.

Als Nächstes versuche ich mein Glück auf der Seite der Universität, der UCLA, aber ohne Erfolg. Ich zerbreche mir den Kopf, um mich an die Abfolge seiner Jobs zu erinnern. Nach der Ausbildung ist er wahrscheinlich nach Chicago ans Medical Center in eine höhere Position zurückgegangen. Dann kam ein Gastspiel bei einem kleinen Start-up, dessen Name mir entfallen ist, ebenfalls in Chicago. Vor neun Jahren ging er dann nach Miami und kehrte zurück zum Fundraising. Zusammen mit einem ehemaligen Kommilitonen, der in Florida aufgewachsen war, gründete er eine Firma. Sie berieten Organisationen, die zu klein waren, ein eigenes Fundraising zu betreiben. Der Freund hatte die Kontakte, Guy war der Stratege. Nachdem sie die Firma zweieinhalb Jahre später verkauften, zog Guy hierher nach Saratoga, begierig darauf, wie er sagte, endlich wieder bei einem angesehenen Namen anzuheuern und von dort aus die Karriereleiter weiter hochzusteigen.

Ich google *Guy Carrington, Miami* und *Carrington-Wolfe*, den Namen der Firma, und rechne mit dem Schlimmsten. Gleich mehrere Eintragungen erscheinen. Die Firma taucht in zurückliegenden Ausgaben regionaler Online-Magazine auf, und Guy wird in einigen von ihnen sogar zitiert.

Nichts Besonderes bisher, aber mir fällt auf, dass keiner der Links älter als sieben Jahre ist.

Ich lehne den Kopf an die Lehne des Schreibtischstuhls und lächle grimmig. Guys Verhalten mir gegenüber bestand offenbar aus einem Mix aus Wahrheit und Lügen. Die Collegegeschichten sind echt und wohl auch alles, was er mir über seinen ersten Job in Chicago erzählt hat. Aber die Arbeit in einem Start-up in Chicago muss eine Lüge sein.

Ein Detail wundert mich besonders: Als Guy nach Miami ging, benutzte er wieder seinen Rufnamen. Warum nannte er sich in Dallas Rich, wenn er sein ganzes Leben lang Guy gewesen war? Vielleicht hatte es in Chicago auch Ärger gegeben, den er sich vom Hals schaffen wollte. Ich frage mich, ob er auch sonst irgendwo die Bücher gefälscht hat.

Die Bücher fälschen. Bei der Erinnerung, wie er sich letztens über die nicht zufriedenstellende Bilanz Sorgen gemacht hat, zucke ich zusammen. Hat er die Bücher des Opernhauses ebenfalls frisiert?

Ich lasse den Blick durch mein winziges Büro schweifen. Auf dem Fensterbrett stehen mehrere Töpfe mit Basilikum, ein Versuch, den Raum etwas gemütlicher zu gestalten. Während ich hier so sitze, fühle ich mich wie jemand, der im Haus einer Fremden aufgewacht ist und keine Idee hat, wie er hier gelandet ist. Das schöne Leben, das ich mir bauen wollte, ist nichts als eine Mogelpackung. Ganz egal, ob Guy ein Gauner ist oder nicht, hat er mich dennoch über sein Leben getäuscht, und ich kann nicht länger mit ihm verheiratet sein.

Gott sei Dank müssen meine Eltern das nicht mehr erleben, denke ich plötzlich, andererseits könnte ich ihren Trost jetzt gut gebrauchen. Tränen treten mir in die Augen, aber ich wische sie schnell weg. Es bringt nichts, in Selbstmitleid zu baden, das habe ich in den letzten drei Monaten oft genug getan.

Ich greife nach meinem Laptop und entdecke eine Nachricht von Maycock. Er hat die E-Mails durchgeschaut, die ich ihm geschickt habe und wird sie an Corcoran weiterleiten. Er verspricht, sich bald bei mir zu melden. Ein schwacher Trost.

Ich muss hier raus. Wenn ich schon die Stadt nicht verlassen darf, kann ich mir wenigstens eine neue Unterkunft suchen. Ich werde heute Abend packen und morgen früh als Erstes hier ausziehen.

Da klingelt es. Vielleicht ist es Guy, der sich entschlossen hat, trotz meines Protestes zu kommen. Ich springe auf und laufe zur Eingangstür. Aber es ist nicht Guy. Durch das schmale Seitenfenster erkenne ich Barb Donaldson, die einen riesigen Blumenstrauß im Arm hält. Auf eine verrückte Art tut es gut, sie zu sehen. Ich setze ein gelassenes Gesicht auf und reiße die Tür auf.

Auch heute trägt sie ein Kleid, als wären wir in Palm Beach. Es ist hellgrün mit weißen Streifen. Ihr rosa Lippenstift ist ein wenig verschmiert.

»Hoffentlich störe ich nicht«, ruft sie gutgelaunt.

»Nein, überhaupt nicht. Bitte, kommen Sie rein, Barb. Möchten Sie einen Eistee?«

Sie tritt in die Halle und hält mir den Strauß entgegen.

»Ich kann eigentlich nicht bleiben. Ich wollte die hier nur für Sie abgeben.«

»Das ist aber nett von Ihnen. Ich suche eben eine Vase.«

»Ich habe mir gedacht, dass sie Ihnen gefallen. Wenn es einem nicht gutgeht, muntert nichts so sehr auf wie ein Strauß voll schöner Calla.«

Ich fahre so schnell herum, dass meine Bewegung sie zusammenzucken lässt. Ich frage mich, ob Guy mit ihr gesprochen hat.

»Wer hat gesagt, dass es mir nicht gutgeht?«

»Ups, ich hoffe, ich habe nichts ausgeplaudert. Kim Emerling erwähnte es gestern Abend auf einer Veranstaltung. Sie sagte, dass sie mit Guy und Ihnen zum Dinner verabredet war und dass Sie nicht ganz in Form waren.«

Ich kann es nicht glauben, diese Frau hat es wirklich auf mich abgesehen.

»Nun, ich hoffe, ich muss die Blumen nicht zurückgeben, aber in Wahrheit geht es mir gut. Keine Ahnung, wie Kim darauf kommt.«

Mit gespielter Verblüffung schmeißt Barb die Hände in die Luft.

»Wer weiß, wahrscheinlich ist das Leben mit ihrem Playboy- Ehemann ebenfalls kein Zuckerschlecken. Oje, das hätte ich jetzt auch nicht sagen dürfen.«

Ich lasse das so stehen.

»Kann ich Ihnen wirklich nichts anbieten?«

»Nein, ich muss mich schleunigst aus dem Staub machen, aber wir treffen uns ein anderes Mal. Ich muss Ihnen noch die Termine unseres Buchclubs durchgeben.« Sie lässt ihren Blick durch die Halle schweifen. »Wo steckt Ihr gutaussehender Ehemann denn? Er arbeitet doch heute nicht, oder?«

»Nur ein paar Besorgungen machen«, sage ich zu schnell.

»Na, dann sagen Sie schöne Grüße.«

Als sie den Schulterriemen ihrer Handtasche straff zieht, greife ich in die Hosentaschen meiner Jeans und ziehe ein sauberes Taschentuch hervor.

»Barb, die Blumen haben ihren Lippenstift verschmiert. Lassen Sie mich das eben richten.«

Als ich näher komme, nehme ich den Geruch von Wein wahr. Sie hat getrunken. Vielleicht mehr als ein Glas. Ich denke an den Wein in ihrem Laden und frage mich, ob sie das regelmäßig macht.

»Ich weiß es zu schätzen, wenn Frauen sich um Frauen kümmern«, sagt sie, nachdem ich fertig bin. »Ich wünsche Ihnen einen schönen Abend, ja? Ich wette, ein frisch verheiratetes Paar weiß sich an einem Samstagabend immer die Zeit zu vertreiben.«

Ich ringe mir ein Lächeln ab, aber für eine unbeschwerte Antwort fehlt mir schlicht die Kraft. Nachdem sie fort ist, denke ich noch mal darüber nach, was sie über Kim gesagt hat. Sie mag momentan die kleinste meiner Sorgen sein, aber ich sollte mich vor ihr hüten.

Zurück in meinem Büro recherchiere ich die örtlichen Hotels. Es gibt ein kleines Inn namens *Saratoga Arms*, das auf wundersame Weise von morgen bis Freitag noch ein Zimmer frei hat. Ich buche es. Bevor ich das Formular ausfülle, schaue ich nach, ob ich nicht heute Abend schon einchecken kann, aber alles ist ausgebucht. Mit der Dämmerung, die sich über das Haus legt, kehrt die Angst der letzten Nächte wie ein sich anschleichendes Raubtier zurück. Ich gehe von Zimmer zu Zimmer, mache das Licht an und beginne zu packen, in der Hoffnung, dass es mich ein wenig ablenkt.

Irgendwie schaffe ich es, meine Sachen in zwei kleine Rollkoffer zu stecken und meine Büroutensilien in drei Schachteln, die ich in der Garage verstaue. Ich hatte mir vorgenommen, so wenig Garderobe wie möglich mitzubringen, und nun komme ich nicht umhin, mich zu fragen, ob ich geahnt habe, wie kurz ich nur bleiben würde. Ich stelle alles neben der Küchentür ab, damit ich morgen von dort aus gleich den Wagen beladen kann.

Um elf gehe ich nach oben. Ich erwarte eine weitere endlose Nacht, ein Herumwälzen mit weit geöffneten Augen. Aber als ich zwischen die Laken schlüpfe, bin ich nicht nur erschöpft vom Packen, auch die Vorstellung, schon morgen diesem Haus den Rücken zu kehren, beruhigt mich. Schnell gleite ich in den Schlaf.

Und plötzlich bin ich wieder wach und starre in die Dunkelheit. Etwas ließ mich hochschrecken. Einen Moment lang frage ich mich, ob es ein weiterer Alptraum war. Ich bleibe still liegen und versuche, ihn zu erhaschen, aber da ist nichts.

Ob ein Geräusch mich aufgeweckt hat? Ich stütze mich auf den Ellenbogen und schalte die Nachttischlampe ein. Wahrscheinlich ist es wieder nur das Haus, sage ich mir. Gott sei Dank bin ich morgen hier weg und werde nie wieder diese Geräusche ertragen müssen.

Und dann höre ich es. Es ist nicht das Haus. Ein rhythmischer, metallischer Ton kommt von unten. Mein Herz überschlägt sich, und ich sitze kerzengerade im Bett.

Dann hört es auf. Und fängt Sekunden später wieder an. Eher ein klickendes Geräusch, etwas bewegt sich vor und zurück. Dann wieder Stille. Vor Angst buchstäblich gelähmt, zwinge ich mich nach einer Weile dennoch aus dem Bett. Ich greife nach meinem Handy, laufe auf Zehenspitzen in den Flur und warte regungslos am oberen Ende der Treppe. Sekunden vergehen. Jetzt herrscht absolute Stille. Kann es ein Ast gewesen sein, der gegen ein Fenster schlug? Mit angehaltenem Atem schleiche ich die Stufen hinunter.

In der Eingangshalle brennen die Lichter. Das Geräusch muss von hier oder aus dem Wohnzimmer kommen, sonst hätte ich es nicht gehört. Ich spähe aus dem Fenster neben der Tür. Das Außenlicht brennt, sonst ist nichts zu sehen.

Mit höchster Wachsamkeit betrete ich das Wohnzimmer. Es ist so hell erleuchtet, wie ich es verlassen habe. Ich blicke nach rechts, blicke nach links, suche jede Ecke ab. Nichts fehlt. Ich überprüfe die Fenster, halte nach Ästen Ausschau, die dagegen drücken, finde aber nichts, das ein Geräusch verursacht haben könnte.

Als ich mich mit immer noch pochendem Herzen umdrehe, um den Raum zu verlassen, fällt mein Auge auf die Tür zur Veranda. Ich trete einen Schritt vor und greife nach dem Metallriegel. Ich rüttle daran, und das Geräusch lässt meinen Körper in sich zusammenfallen. Das ist es, was ich gehört habe. Jemand hat an dieser Verriegelung gerüttelt und versucht einzudringen.

KAPITEL 21

Instinktiv suchen meine Augen die Veranda ab. Ich habe eine kleine Tischlampe brennen lassen. Sie erleuchtet den größten Teil. Da ist niemand.

Ich fahre herum und überprüfe, ob jemand ins Haus gelangt sein könnte. Der Raum ist leer, wirkt unberührt. Ich drehe mich wieder zur Tür. Der Riegel ist an seinem Platz, ich kann einen kleinen Teil des grauen Metallschiebers zwischen Türrahmen und Tür sehen. Niemand hätte hier hereinkommen können.

Ich gehe zur Eingangstür und kontrolliere das Schloss. Alles in Ordnung. Glücklicherweise auch bei der Küchentür. Als Nächstes ist das Doppelfenster oberhalb des Spülbeckens dran. Obwohl es hier so hell wie an einem Filmset ist, liegt draußen alles in tiefer Dunkelheit, und ich kann nichts erkennen.

Wer hat versucht, hier einzudringen? War es Guy? War es der Mörder?

Ich muss die Polizei rufen. Als ich gerade wählen will, klingelt das Telefon. Ich erschrecke so sehr, dass es mir fast aus der Hand fliegt. Anonyme Nummer. Mit zitternden Fingern nehme ich an.

»Ja?«, sage ich.

Stille, dann das Geräusch von Regen. Ich halte das Handy weit von den Ohren ab und lausche. Draußen regnet es nicht.

»Wer ist da?«, will ich wissen.

Niemand sagt etwas. Da ist nur dieses Geräusch, Regen, der auf den Boden prasselt. Und dann begreife ich, dass das Geräusch nicht klingt wie Regen. Es ist es ist das Geräusch von Feuer, das Knistern von etwas Brennendem. Und dann, ganz weit weg, das Heulen einer Sirene.

Meine Knie werden weich, und ich stoße einen Schrei aus, fast ein Heulen. Ein paar Sekunden lang befinde ich mich wieder im Schnee nahe einer Leitplanke auf einem Highway in Massachusetts. Ich schaue zu, wie Flammen aus dem Wagen Richtung Himmel züngeln, starke Hitze versengt meine Haut.

Verzweifelt schlage ich auf das Display meines Handys ein, bis die Verbindung endlich getrennt ist.

911. Ich muss den Notruf anwählen. Werden aber Streifenpolizisten geschickt, dürfte Corcoran früher oder später Wind davon bekommen. Sie wird es auf dasselbe Konto wie meine geheimnisvolle Anruferin verbuchen und könnte annehmen, dass ich auch das hier vortäusche. Ich will auf keinen Fall, dass sie sich noch mehr als ohnehin schon auf mich einschießt.

Mein Blick fällt auf den Küchentisch. Derek fällt mir ein, wie er kürzlich hier saß und seine Hilfe anbot. Ich scrolle durch meine Kontakte, finde seine Nummer und wähle sie mit zittrigen Fingern. Die Uhr meines Handys zeigt 00:34 Uhr.

Es klingelt dreimal, dann antwortet er mit schläfriger Stimme.

»Derek, habe ich Sie aufgeweckt?«, platze ich heraus. »Hier ist Bryn.«

»Nein … äh.« Er schaut wohl auf die Uhr oder versucht, sich zu orientieren.

»Ich habe gerade ein wenig Musik gehört. Ist alles in Ordnung?«

»Ich glaube, jemand wollte in mein Haus einbrechen.«

»Oh Gott, ist Ihnen etwas passiert? Haben Sie die Polizei gerufen?«

»Mir geht es gut, aber ich habe Angst, dass sich da draußen immer noch jemand herumtreibt. Und … und es gibt einen Grund, warum ich die Polizei nicht rufen kann.«

»Was ist mit Guy? Ist er nicht bei Ihnen?«

»Nein, ich bin allein.«

»Okay, ich bin unterwegs. Geben Sie mir zehn Minuten. Ich komme zur Vordertür.«

Zehn Minuten, beruhige ich mich, als ich zurück in die Eingangshalle gehe. Die Wartezeit kommt mir endlos vor. Schließlich höre ich draußen einen Wagen mit quietschenden Reifen anhalten. Ich spähe aus dem Fenster und sehe, wie Derek aus dem Auto springt und die Auffahrt hochrennt. Als er die oberste Stufe der Eingangstreppe erreicht hat, reiße ich die Tür auf. Erleichterung durchströmt meinen ganzen Körper.

»Vielen Dank. Ich wusste nicht, wen ich sonst anrufen sollte.«

»Erzählen Sie mir, was passiert ist.« Er trägt Jeans und ein T-Shirt, das aussieht, als hätte es noch vor wenigen Minuten zusammengeknüllt auf dem Fußboden gelegen.

»Hier, ich zeige es Ihnen.« Ich führe ihn durchs Wohnzimmer bis zur Tür, die auf die Veranda führt. »Ich bin davon wachgeworden, wie jemand am Schloss gerüttelt hat.« Ich weise durch das Fenster nach draußen. »Und ich bin mir sicher, dass die Außentür verschlossen war, als ich zu Bett ging.«

Er lugt durch das Fenster und nimmt die äußere Gartentür in Augenschein. Dann entriegelt er die Verandatür und greift nach der Klinke.

»Seien Sie vorsichtig«, bitte ich ihn.

»Wer immer da draußen war, dürfte längst weg sein, nachdem er mein Auto gesehen hat.«

Er öffnet die Tür. Die Nacht ist absolut still.

»Sie bleiben hier, okay?«, sagt er. Er überquert schnell die Veranda und untersucht den Rahmen der geöffneten Gartentür. Er greift nach der Tür, zieht sie zu sich heran und seufzt.

»Was ist?« Ich ignoriere seine Anweisung und eile an seine Seite.

»Ich habe mich gefragt, ob der Wind die Tür aufgestoßen haben könnte. Es sieht aber so aus, als hätte jemand Haken und Öse herausgebrochen. Kommen Sie, wir gehen besser wieder rein.« Er nimmt meinen Arm und geht mit mir ins Haus, wo er die Tür hinter uns abschließt.

Mein Herz rast schon wieder. »Lassen Sie uns ins Wohnzimmergehen«, sage ich.

Als wir uns auf die Couch setzen, fällt mir auf, dass ich nichts als ein T-Shirt und meine Pyjamahosen trage.

»Ist Guy auf Geschäftsreise?«, fragt Derek.

Ich bin unsicher, wie viel ich ihm verraten soll, und nage kurz an meiner Unterlippe. Es erscheint mir unhöflich, mitten in der Nacht um seine Hilfe zu bitten und dann nicht aufrichtig zu sein.

»Momentan wohnt er hier nicht mehr. Ich … ich bin mir nicht sicher, wie es mit uns weitergeht.«

»Bryn, das tut mir leid«, sagt er. Er berührt mich sanft an der Schulter. »Zu allem, was sonst noch vorgefallen ist, muss das hart sein.«

»Es ist ganz schön viel zurzeit.«

Er schaut einen Moment ins Nichts, als würde er über etwas nachdenken, dann wieder zu mir.

»Könnte Guy versucht haben, hier reinzukommen?«, fragt er. »Wollten Sie deshalb keine Polizei rufen?«

Oh Gott, er fragt sich, ob ich ihn in einen Rosenkrieg hineingezogen habe.

»Nein, da bin ich mir ziemlich sicher. Ich vermute, dass jemand mich verrückt machen will.« Ich beschreibe den Anruf und das Geräusch knisternden Feuers, das wohl meine Erinnerung an den Autounfall heraufbeschwören sollte.

Er verzieht das Gesicht. »Aber wer sollte so etwas tun?«

»Jemand von der Dinnerparty neulich Abend.« Ich setze ihn über das gestohlene Geld und die verbrannten Streichhölzer in meiner Schublade ins Bild.

»Kannten Sie die anderen Gäste überhaupt schon?«

»Ich habe an jenem Abend alle zum ersten Mal getroffen. Ursprünglich hatte ich einen der Kellner in Verdacht, oder sogar Eve, obwohl ich mir nicht vorstellen konnte, warum sie so etwas tun sollte. Und ich misstraue Kim, sie scheint eine bizarre Abneigung gegen mich zu hegen.«

»Bryn, Sie müssen die Polizei alarmieren. Ich verstehe, dass Sie Ihre Privatsphäre schützen wollen, aber Sie müssen herausfinden, wer hinter all dem steckt.«

»Es geht nicht um Privatsphäre, Derek. Es ist komplizierter … ich bin eine Verdächtige im Mordfall Eve Blazer.«

Vor Verblüffung fällt im buchstäblich die Kinnlade herunter.

»Wie absurd!«, sagt er. »Welches Motiv sollten Sie haben? Dass Sie bei Ihrer Crème brulée den Geschmack von Mango nicht mochten?«

»Ich soll geglaubt haben, dass Guy eine Affäre mit Eve Blazer hatte.«

Er starrt mich an, offensichtlich schon wieder völlig perplex.

»Hatte er?«

»Vielleicht. Ich weiß es nicht.«

»Wenn das der Fall war, warum glauben die Cops dann nicht, dass *er* sie getötet hat?«

»Er hat ein sicheres Alibi. Ich auch so halbwegs, so dass letzten Endes alles okay sein dürfte. Momentan ist aber alles ein einziges Chaos, und ich halte es für unklug, die Cops durch mein Haus marschieren zu lassen.«

»Was wollen Sie dann unternehmen? Es könnte für Sie gefährlich werden hier so ganz allein.«

»Ich habe schon gepackt. Morgen früh werde ich als Erstes ins *Saratoga Arms* umziehen.«

Er überlegt kurz, nickt dann. »Gut. Und wissen Sie was? Ich werde heute Nacht hier auf der Couch schlafen.«

Erleichterung überfällt mich. Einerseits ist es absurd, dass er hier ist, ein Mann, den ich vor drei Wochen nicht einmal kannte, der sich nun als mein Retter erweist und vorschlägt, mit mir auszuharren. Andererseits scheint mein Leben momentan sowieso nur eine endlose Kette von Absurditäten zu sein. Jedenfalls bin ich für seine Anwesenheit dankbar.

»Ich verlange viel von Ihnen, Derek. Ich könnte versuchen, stattdessen ein Motel zu finden.«

»An einem Samstagabend im Sommer? Keine Chance.« Er lächelt zum ersten Mal heute Abend. »Sagen Sie mir nur, ist das Frühstück inbegriffen?«

»Ganz bestimmt. Und das Gästezimmer hat eine tolle Matratze.«

Derek besteht hingegen darauf, sich im Wohnzimmer einzuquartieren, weil er dort am ehesten mitbekommt, sollte jemand herumschleichen.

Ich gehe nach oben und hole Bettzeug aus dem Kleiderschrank. Als ich zurückkomme, steht Derek am Fenster und schaut in die Nacht. Ich halte den Atem an.

»Haben Sie etwas gesehen?«

»Nein.« Er dreht sich um. »Sie sagten, Sie wären sicher, am Tag der Party das Geld in die Schublade gesteckt zu haben. Also muss der Dieb und derjenige, der die Streichhölzer zurückließ, jemand sein, der an diesem Abend ins Haus kam.«

»Ja.«

»Natürlich war auch Guy da. Haben Sie sich je Gedanken darüber gemacht, ob er derjenige sein könnte, der die Streichhölzer dagelassen hat?«

In mir zieht sich alles zusammen. Dieser Gedanke ist mir nie gekommen, doch nun wird mir klar, wie naheliegend er ist. Wenn Guy sich nichts dabei denkt, von mindestens einer Firma Geld zu veruntreuen, könnte er sich auch an meinem Geld bedient haben. Waren die Streichhölzer Teil eines Plans, mich so zu verunsichern? Ich zucke verlegen die Schultern.

»Schwer vorstellbar, aber irgendwie habe ich das Gefühl, ihn gar nicht richtig zu kennen.«

Ich habe Derek schon so viel erzählt und bin in Versuchung, ihm auch den Rest anzuvertrauen, die Erkenntnisse über Guys Vergangenheit. Doch dann entscheide ich mich dagegen. Ich schaffe es nicht, Guy so anzuschwärzen. Es könnte immer noch sein, dass es für all das eine Erklärung gibt.

Derek berührt mich wieder an der Schulter.

»Alles wird sich schon klären, Bryn«, sagt er. »Wollen Sie nicht versuchen zu schlafen? Falls der anonyme Anrufer sich noch mal meldet, wecken Sie mich sofort, okay?«

»Danke, Derek. Ich muss mich vor Ihrer Klasse wohl mächtig ins Zeug legen, um mich dafür erkenntlich zu zeigen.«

Erst im Bett wird mir klar, dass ich vor Stress und Erschöpfung zittere. Aber der Schlaf kommt nicht so leicht wie zuvor. Immer wieder höre ich die Geräusche des Telefonanrufs, die knisternden Flammen und das entfernte Heulen einer Sirene.

Irgendwann schlafe ich doch ein, aber als ich kurz nach sieben aufwache, weiß ich, dass es ein unruhiger Schlaf gewesen ist. Ich ziehe mich zügig an und eile nach unten. Die Tür zum Lesezimmer steht offen, aber als ich durch die angelehnte Tür spähe, ist die Couch leer. Die Bettwäsche liegt sorgfältig gefaltet am Couchende. Kurz darauf treffe ich Derek bei einem Espresso am Küchentisch an. Sein Anblick ist ungemein beruhigend.

»Hey, guten Morgen«, sagt er. »Es ist hoffentlich in Ordnung, dass ich mich bedient habe.«

»Ich habe Ihnen immerhin Frühstück versprochen. Wie haben Sie geschlafen?«

»Ich habe ein paar Stunden geschlafen, obwohl dieses Haus schlimmer knackt als die Knie meines Vaters. Wie geht es Ihnen? Das da unter Ihren Augen sieht nach ziemlich großen Augenringen aus.«

Seine Ehrlichkeit lässt mich grinsen. »Geht so. Aber wenigstens habe ich mich sicher gefühlt. Ich weiß gar nicht, wie ich Ihnen danken soll, Derek.«

»Je mehr ich über diese Geschichte nachdenke, desto mehr Sorgen mache ich mir um Sie. Ich habe mir die Tür noch einmal bei Tageslicht angesehen, und das Schloss wurde eindeutig herausgebrochen, wahrscheinlich mit einem Werkzeug.«

Das bedeutet, dass jemand das Ganze geplant haben muss. Wollte derjenige auch ins Haus? Aber warum dann der Anruf? Nur um sicherzugehen, dass ich vor Angst durchdrehe?

»Was, wenn ...?« Erst beim Aussprechen formt sich mein Gedanke. »Was, wenn die beiden Vorfälle gestern Nacht nur zufällig zusammentrafen?«

»Wie meinen Sie das?«

»Obwohl beides zur gleichen Zeit geschah, gibt es einen Unterschied. Vielleicht kam der Anruf von einer Person, die mich verunsichern wollte, Kim zum Beispiel. Und jemand anders versuchte, ins Haus zu gelangen.

»Ein Einbrecher, meinen Sie?«

»Nein, die Person, die Eve ermordet hat.«

Alarmiert setzt er sich kerzengerade hin. Ich erzähle ihm von meiner Theorie: Wenn ein eifersüchtiger Liebhaber Eve ermordet hat, könnte er auch auf Guy wütend sein.

»Noch ein Anlass, schnell von hier zu verschwinden«, sagt Derek.

Bei Rührei und Toast beschließen wir, dass er mir hilft, meine Sachen ins Auto zu laden, und mich anschließend ins *Saratoga Inn* begleitet. Laut Website ist der Check-in erst um vierzehn Uhr, aber vielleicht geht es auch früher. Ich möchte Derek nicht dazu verpflichten, noch länger Bodyguard zu spielen.

Ich springe schnell unter die Dusche, während er sich noch einen Espresso macht, und dann ist es Zeit zu gehen. Ich werfe einen letzten Blick auf das Haus und vergewissere mich, dass ich nichts Wichtiges vergessen habe. Ein Teil von mir sollte wahrscheinlich nostalgisch sein, aber dieser Ort hat sich nie wie ein Zuhause angefühlt.

»Warten Sie«, sagt Derek, als ich die Hintertür aufschließe. »Lassen Sie mich erst die Lage sondieren.« Er tritt in die

Auffahrt, sucht die Umgebung ab und nickt mir dann zu. Draußen ist es bewölkt, und die Luft ist nasskalt, eher wie an einem Apriltag als Mitte Juni. Sieht so aus, als würde das Wetter sich meinem Lebensgefühl anpassen. Obwohl Derek mir bedeutet, dass die Luft rein ist, schaue ich mich ängstlich um, ob irgendjemand uns beobachtet.

Nachdem wir das Auto beladen haben, schlägt Derek vor, dass ich vorfahre und er bis zum Broadway hinter mir fährt. An einem Sonntagmorgen sind die Straßen nahezu leer.

Wir parken in einer Seitenstraße und betreten das Inn durch den Vordereingang über eine Treppe, die zu einer breiten weißen Veranda führt. Die Lobby ist ein kleiner, mit Eichenholz verkleideter Raum, darin eine Rezeption und eine Stellage mit Broschüren zu den lokalen Sehenswürdigkeiten. Dahinter schwingt sich eine Treppe in die Höhe. Rechts geht es in einen gemütlichen Salon. Momentan ist keine Menschenseele zu sehen. Erst nachdem wir die Empfangsklingel betätigt haben, eilt eine vollbusige Blondine in ihren Fünfzigern herbei und begrüßt uns freundlich. Zu meiner Überraschung ist das Zimmer schon fertig.

»Gestern hat jemand kurzfristig storniert, und es wäre sinnlos, um diese Zeit in der Stadt herumzulaufen. An einem Sonntagmorgen können Sie nicht viel mehr unternehmen als viel zu viele Blaubeermuffins zu verdrücken.«

Ich bedanke mich mehrfach und hole, nachdem ich mich eingetragen habe, zusammen mit Derek meine Rollkoffer aus dem Wagen. Als wir wieder die Treppen zur Veranda hochsteigen, fällt mir auf, dass er beunruhigt aussieht.

»Irgendetwas liegt Ihnen auf dem Herzen«, sage ich.

»Es macht mir Sorgen, dass die Rezeption nicht rund um die Uhr besetzt ist. Das sieht mir nicht vertrauenswürdig aus.«

»Dann muss ich eben vorsichtig sein. Ich habe keine andere Wahl.«

Seine sanften grünen Augen treffen die meinen. »Sie könnten auch bei mir unterkommen, in meinem Gästezimmer. Niemand würde Sie dort vermuten.«

Sein Vorschlag trifft mich unerwartet. Ich weiß nicht recht, was ich davon halten soll.

»Das ist sehr großzügig, Derek, aber das hier ist im Moment wahrscheinlich der beste Ort für mich.«

»Versprechen Sie, sich im Zimmer aufzuhalten und sich auch sonst unauffällig zu verhalten?«

»Absolut. Ich habe zehn Bücher auf meinem iPad, von einem Buchexposé, das ich endlich fertigstellen sollte, ganz zu schweigen.«

Allerdings bin ich nicht ganz ehrlich. Ich habe nicht die Absicht, in der Pension zu bleiben, wenigstens nicht heute Morgen. Nachdem wir uns verabschiedet und einander versprochen haben, später zu telefonieren, schreibe ich Guy eine SMS mit dem Vorschlag, ihn zu treffen. Es ist Zeit, ihm gegenüberzutreten. Ich habe mich entschlossen, ihn mit meinen Erkenntnissen zu konfrontieren und dabei seine Reaktion zu beobachten. Ich weiß zwar, dass er mich betrogen hat, aber mehr nicht. Geld unterschlagen – und damit riskieren, ins Gefängnis zu kommen – ist etwas anderes als eine simple Notlüge. Man hat eine Grenze überschritten und möglicherweise wenig Skrupel, weitere Gesetze zu brechen. Wie jemanden zu töten.

Innerhalb von Sekunden antwortet er.

Gerne. In fünfzehn Minuten im Haus?

»Ich mache einen Spaziergang«, schreibe ich zurück. »Lass uns im Congress Park treffen. Gleich beim Eingang.«

Mindestens eine Minute lang kommt keine Antwort.

Sicher hat mein Vorschlag sein Misstrauen geweckt. Dann nur: *Gut.*

Für den Fall, dass es regnet, schnappe ich mir einen Schirm und laufe los. Der Congress Park liegt am anderen Ende der Innenstadt, sieben oder acht Blocks entfernt. In weniger als einer Viertelstunde sollte ich dort sein. Trotz der frühen Stunde und des Wetters sind schon Horden von Touristen unterwegs.

Mein Unwohlsein verstärkt sich. In wenigen Minuten werde ich vielleicht die Wahrheit über Guy kennen. Und auch die Wahrheit darüber, wie mein Leben weitergehen wird. Bitte, bete ich, lass ihn einfach nur ein armseliger Lügner sein.

Ich bin zuerst im Park. Ich laufe ein paar Schritte durch das Eingangstor, nicht weit von einem der vielen Brunnen entfernt, die den Rasen spicken. Am anderen Ende des Parks fahren schon einige Kinder Karussell, während ihre Eltern mitlaufen und sie dabei an der Taille festhalten.

Kaum eine Minute später taucht Guy auf. Er trägt Jeans und ein dunkelblaues Jackett. Sein Haar ist noch feucht von der Dusche. Ich halte den Atem an. Es ist fast wie in dem Moment unseres Kennenlernens – Guy, wie er auf das Deck des Strandhauses in Rhode Island tritt und ich aufblicke, angezogen von seiner magnetischen Präsenz. Und doch ist alles anders.

Als er mich entdeckt, kommt er auf mich zu. Sein Gesicht ist angespannt, als würde er seine wahren Gefühle unterdrücken.

Er murmelt eine Begrüßung und küsst mich auf die Wange. Seine Lippen fühlen sich merkwürdig fremd an. Das macht mich noch nervöser.

»Wollen wir nicht irgendwo einen Kaffee trinken?«,

schlägt er vor. »Ich habe um eins ein Essen mit einem Klienten, aber bis dahin ist genügend Zeit.«

»Ich würde lieber den Kaffee streichen und mich hier unterhalten.«

»Bryn, was ist denn los, um Himmels willen? Draußen sind es kaum fünfzehn Grad.«

»Mir ist gerade nach frischer Luft.« Ich deute mit dem Kopf auf eine Bank, und er zuckt resigniert die Schultern.

»Schön. Du scheinst ja neuerdings immer das Sagen zu haben.«

»So siehst du das also?«

»Nein, ich habe mich ungeschickt ausgedrückt.« Sein Ton wird sanfter. »Es ist nur so, dass ich versuche, dich zu sehen und mit dir zu reden, aber immer abgeblockt werde.«

»Dann lass uns jetzt reden.«

Guy nimmt Platz und streckt seinen Arm auf der Rückenlehne aus. Obwohl ich nicht nahe bei ihm sitze, fühlt sich die Geste besitzergreifend an. Ich kann es nicht fassen, dass schon die Vorstellung seiner Berührung mich zusammenzucken lässt.

»Maycock hat mich über das Verhör bei der Polizei informiert«, sagt er. »Es hat mir mächtig Angst gemacht, aber er sagte mir, dass es Tonnen von E-Mails gibt, die belegen, dass du an dem Abend zu Hause an deinem Laptop warst.«

»Hoffentlich reicht ihnen das.« Aber ich bin nicht hier, um über Maycock zu reden. Ich bin daran interessiert, was Guy in Dallas gemacht hat.

»Ich möchte nach Hause kommen, Bryn. Wir müssen diese ganze hässliche Geschichte hinter uns lassen.«

Er streckt seine Hand aus und berührt ganz leicht das Haar an meiner Schläfe. Er hat das immer gern gemacht, besonders zu Beginn unserer Beziehung. Seine Finger berühren kaum meine Haut. Diese Geste, so federleicht, fühlte sich stets liebevoll und gleichzeitig erotisch an. Zum ersten Mal empfinde ich sie als etwas anderes. Raffiniert. Wie die Berührung eines Mannes, der mit mir spielen will.

»Ich weiß alles über Dallas, Guy«, sage ich.

Seine Hand erstarrt, sinkt dann in seinen Schoß. Ich habe einen Nerv getroffen.

»Was meinst du damit?«, fragt er mit neutraler Stimme.

»Du weißt genau, was ich meine. Die Jahre, die du dort gelebt und gearbeitet hast.«

Sein Körper bewegt sich nur einen Hauch. Ich versuche, in seinen Augen zu lesen, aber das ist schwer. An einem so wolkenverhangenen Tag ist das Schiefergrau seiner Augen noch dunkler, wie die Farbe des Himmels, kurz bevor die Nacht einsetzt.

»Und darf ich fragen, wer dir das erzählt hat?«

»Spielt das eine Rolle, Guy?«

Was dann kommt, überrascht mich. Er seufzt tief und sinkt in sich zusammen.

»Ich kann dir gar nicht sagen, was für eine Erleichterung das ist, Bryn. Von Anfang an wollte ich dir über meine Zeit dort erzählen. Es war wie eine schreckliche schwarze Wolke, die über mir schwebt.«

Mein Magen verknotet sich so sehr, dass es schmerzt. Von allen Szenarien ist mir dieses nie in den Sinn gekommen, dass er sofort die Wahrheit eingesteht und versucht, mein Mitleid zu erregen.

»Und warum *hast* du es mir nicht gesagt?«

»Weil etwas passiert ist, als ich dort war. Etwas, wofür ich mich schäme und für das ich nie die richtigen Worte dir gegenüber gefunden habe.«

»Du hast Geld unterschlagen.«

Er bäumt sich auf, als hätte meine Bemerkung ihn in den Magen geboxt.

»Um Himmels willen, nein. Aber ich wurde beschuldigt, das getan zu haben. Es kam von der Frau, die man bei der Neubesetzung eines Direktorenjobs übergangen hatte und die vom ersten Moment an gegen mich war. Ich habe einmal versucht, es dir zu erzählen. Erinnerst du dich an das Wochenende im letzten Sommer, als du früher hierhergekommen bist, kurz vor unserer Heirat? Wir sind zum Lake George gefahren und im Park spazieren gegangen, da, wo die Überreste einer alten Siedlung gefunden wurden. Ich habe dir gesagt, dass ich etwas mit dir besprechen will, aber bevor ich dazu kam, rief deine Agentin in irgendeiner dringenden Angelegenheit an.«

Ich kann mich vage daran erinnern. Es hatte Unstimmigkeiten mit meinem britischen Verlag gegeben, und ich hing in einem zehnminütigen Telefongespräch fest. Als ich Guy später fragte, was er mir erzählen wollte, sagte er, es ginge um einen Vergleich, nichts von Bedeutung.

»Wenn du unschuldig warst, warum hast du dann den Bundesstaat verlassen?«

»Es war ein Alptraum, ein schreckliches Dilemma. Zuerst war ich nicht sonderlich besorgt, weil ich dachte, eine Untersuchung würde schnell meine Unschuld erweisen. Aber diese Frau hatte Verdachtsmomente fabriziert, um mich zu belasten. Nachdem sie mich entlassen hatten, nahm ich mir einen Anwalt, aber es hätte ein Vermögen gekostet, sie zu verklagen. Davon abgesehen wäre auf diese Weise alles an die Öffentlichkeit gekommen. Wenn ich auch nur einen Hauch meiner Reputation retten wollte, bestand die einzige Möglichkeit darin, den Staat zu verlassen.«

Kann es sein, dass er mir die Wahrheit erzählt, dass diese

Frau – er muss von Gavin Blooms Ehefrau sprechen – wirklich ein Komplott gegen ihn schmiedete? Sollte ich einer Fremden mehr Glauben schenken als meinem Mann?

»Also warst du gar nicht die ganze Zeit in Miami, wie du behauptet hast?«

»Nein. Ich war nicht ganz ehrlich zu dir, was den zeitlichen Ablauf angeht. Ich war teilweise in Dallas und bin dann von dort nach Miami gezogen, nicht nach Chicago.«

Während ich überlege, ob ich ihm glauben kann, lasse ich meine Augen wandern.

»Bryn«, sagt er, als ich nicht reagiere. »Ich habe keine Ahnung, wer dich mit diesen Informationen füttert, aber du musst mir glauben. Und du musst es einmal aus meiner Perspektive sehen. Ich hatte große Angst, dass du mich zurückstoßen würdest, wenn ich es dir erzähle, was jetzt genau so eintrifft, wie ich es befürchtet habe.«

Ich hülle mich fester in meinen Anorak. Soll ich die Erklärungen wegen Dallas aus seinem Blickwinkel sehen, als Teil seiner Vergangenheit, über die er nur schwer sprechen konnte? Soll ich ihn nach Beweisen fragen, darauf bestehen, mit dem Anwalt zu sprechen? Meine Zweifel an Guy stehen im Widerspruch zu dem Wunsch, alles einzurenken, wieder in mein altes Leben zurückkehren.

»Was hast du sonst noch für dich behalten, Guy?«

»Nichts, ich schwöre es.« Er legt eine Hand auf die meine. »Bitte versuch, mich zu verstehen. Ich will nicht, dass das zwischen uns steht.«

Da wäre noch eine Frage, die ich fast vergessen hätte zu stellen.

»Du bist von Chicago direkt nach Texas gezogen?«, sage ich.

»Ja, das stimmt.«

»Warum hast du dich plötzlich bei deinem zweiten Namen genannt? Vorher warst du nie Richard.«

Seine Augen weiten sich kaum merklich, und seine Lippen öffnen sich. Ich spüre, wie es in seinem Kopf arbeitet und er nach einer Antwort sucht. Eine Antwort, die besser klingt als die Wahrheit.

KAPITEL 22

Vielleicht hatte es schon vor Dallas Ärger gegeben, ein weiterer Grund für einen Namenswechsel. Ich darf nicht länger hoffen, dass Bloom sich geirrt hat, dass Guy einfach nur ein Lügner ist. Er ist ein Dieb. Vielleicht sogar mehr.

»Es gibt dafür eine Erklärung«, sagt er nach einem Moment.

Aber sicher doch. Er hat eine Erklärung für alles. Ich starre ihn an. Noch vor wenigen Wochen gehörten dieselben Augen, dasselbe Haar und dasselbe dunkelblaue Jackett, das er letzten Herbst bei einem Wochenendtrip in die Adirondacks trug, wo wir uns nachts nackt in den Armen lagen und den gespenstischen wolfähnlichen Rufen eines Seetauchers auf dem Fluss lauschten, zu jemand ganz anderem. Er deutet meinen Gesichtsausdruck falsch als Interesse an seiner Erklärung.

»Nachdem ich die Stelle in Dallas bekam, erwähnte der Vorstandsvorsitzende, dass jemand in der Belegschaft einen ähnlichen Namen wie ich trug, Guy *Carris*, und dass dies zu einem Durcheinander führen könnte. Das Letzte, was ich in dem neuen Job brauchte, war ein Durcheinander, also habe ich beschlossen, stattdessen auf der Arbeit meinen zweiten Namen zu verwenden.«

Seine Erklärung ist so lächerlich, dass ich fast laut aufgelacht hätte, obwohl man ihm wegen seines Improvisationstalents etwas zugutehalten sollte.

»Du meinst also, wenn ich *Dallas Gives* anrufe, ihnen mitteile, dass ich einen Guy Carris einstellen möchte und nach seiner Arbeit für die Organisation frage, dann wissen sie, von wem die Rede ist?«

Er öffnet den Mund und ist offensichtlich kurz davor, zu sagen »Natürlich, ruf einfach an«, doch dann hält er inne, und ich sehe in seinen Augen so etwas wie Empörung aufflackern.

»Warum tust du mir das an, Bryn?«, will er stattdessen wissen.

»Warum ich *dir* etwas antue?«

»Ich habe dir erklärt, warum ich über Dallas nicht sprechen wollte. Von dir hatte ich mehr Verständnis erwartet.«

»Verständnis dafür, dass du mich über einen ganzen Abschnitt deines Lebens belogen hast?«

»Ich habe stets an deiner Seite gestanden. Ich habe dir durch den gotterbärmlichen Schlamassel geholfen, in dem du dich seit März befindest, genauso wie ich dir bei dem Schlamassel geholfen habe, den du durch deinen Besuch bei Eve Blazer angerichtet hast, um deine Zwanziger zurückzubekommen.«

Die Geringschätzung in seinem Ton ist nicht zu überhören. Absurd, dass ausgerechnet ich für den Alptraum mit der Polizei verantwortlich sein soll. Sogar wenn ich Eve nie zur Rede gestellt hätte, wären die Cops über seine SMS an sie gestolpert, und wir befänden uns in derselben Lage.

»Ich sollte besser gehen«, sage ich. Der Wind lässt eine leere Wasserflasche auf dem Weg vor uns ein Tänzchen aufführen.

»Gehen? Bryn, wir müssen das klären. Und ich will nach Hause kommen. Ich werde mich nicht weiter in das winzige Apartment verbannen lassen.«

»Es gibt nichts zu klären, Guy. Oder Richard, oder wer immer du bist. Was das Haus betrifft, kannst du es ganz für dich allein haben.«

»Du willst ausziehen?«

Ich erhebe mich und ziehe meinen Anorak enger um mich. »Schon erledigt.«

Jetzt ist auch er auf den Füßen. »Mit wem hast du gesprochen, Bryn? Hast du einen Detektiv auf mich angesetzt, geht es darum?«

»Ich habe niemanden auf dich angesetzt. Deine Lügen holen dich endlich ein. Mich wundert nur, dass die Leute im Opernhaus dir nicht auf die Schliche gekommen sind. Was würdest du davon halten, wenn sie wüssten, dass du Geld unterschlagen hast? Miranda würde dich bestimmt nicht mehr so anbetungsvoll anschauen.«

Er packt mich am Arm, nicht hart, aber es kommt unerwartet. Ich zucke bei seiner Berührung zusammen.

»Miranda? Hast du ihr irgendwas gesagt?«

»Lass mich los, Guy.«

»Was hast du ihr gesagt?« Er lockert seinen Griff nicht, und seine Stimme ist jetzt tief, fast ein Knurren.

Er macht mir Angst. Unglaublich, aber so ist es. Ich kenne ihn nicht, und ich traue ihm nicht, und ich habe Angst vor ihm. Ich befreie meinen Arm.

»Ich habe es nicht nötig, dir zu schaden, Guy. Du hast dir selbst genug geschadet.«

Eilig begebe ich mich zum Parkausgang. Ich mache mir Sorgen, dass er mir folgen könnte, aber der einzige Laut in meinem Rücken kommt von der leeren Plastikflasche, die vom Wind getrieben wird.

Als ich auf dem Broadway bin, lege ich sogar noch einen Schritt zu. Ein Block. Zwei Blocks. Drei. Ich frage mich, ob

Guy sich inzwischen auf dem Gehweg befindet und mich von weitem beobachtet, oder ob er mir sogar hinterherläuft, will mich aber nicht umdrehen und riskieren, ihm in die Augen zu schauen.

Vor mir taucht ein Café auf, und ich trete ein. So kann er mir wenigstens nicht bis zur Pension folgen. An der Eingangstür wende ich den Kopf nur leicht zur Seite, damit ich die Straße im Blick habe. Kein Zeichen von Guy.

Ich finde einen Tisch im hinteren Bereich. Das Lokal ist nur zu einem Viertel gefüllt, Grüppchen beim Kaffee und Menschen, die etwas essen, Zeitung lesen oder auf ihre Tablets schauen. Eine Frau mustert mich, als käme ich ihr bekannt vor, schaut aber schnell wieder weg. Ich behalte weiterhin das Schaufenster im Blick, um sicherzugehen, dass Guy dort nicht herumlungert.

Ich bestelle einen Espresso, nicht gerade das naheliegendste Getränk, da mein Herz immer noch rast, aber ich brauche das Koffein, um meine Gedanken zu sortieren.

Und nun? Durch den Ärmel meiner Jacke fühle ich immer noch den Druck von Guys Hand und frage mich, ob ich beunruhigt sein soll. Ich habe ihm versichert, dass ich ihn auf der Arbeit nicht verpetzen werde, aber er hat keine Garantie dafür. Sollte Brent herausfinden, dass er Teile seines Werdegangs frisiert hat, ist er seinen Job los. Und die Organisation wird auf der Stelle einen Blick in die Bücher werfen.

Mir kommt der Tag in den Sinn, als Guy ins Büro ging und ängstlich war, dass die Kalkulation nicht stimmte. Es war derselbe Tag, an dem ich Eves Leiche fand und nach der Befragung durch Corcoran zu ihm ins Theater fuhr. Ich war überrascht, dass Miranda anwesend war, angeblich um Überstunden zu machen. Ob es noch einen anderen Grund für ihre Anwesenheit an diesem Samstag gegeben haben könnte? Vielleicht stecken Guy und sie bei einer Unterschlagung unter einer Decke, und beide haben das Opernhaus abgezockt. Dies könnte Mirandas Schutzinstinkt erklären.

Aber die größte Sorge bereitet mir die Sache mit Eve. Der Drink, die Anrufe und die anzügliche SMS legen nahe, dass Guy etwas mit ihr hatte, und ich begreife endlich, dass seine Beteuerungen wertlos waren.

Hat er sie vielleicht sogar getötet? Möglicherweise wollte sie mit ihm Schluss machen, und er ist ausgerastet. Oder er hat herausgefunden, dass sie mit anderen schlief – Derek meinte, dass sie kein Kind von Traurigkeit gewesen sei – und dass ihm das gegen den Strich ging. Mag auch sein, dass Eve herausgefunden hat, dass er Geld unterschlagen hat, und drohte, ihn auffliegen zu lassen. Mir fällt wieder ihre Bemerkung im Büro ein: *Fragen Sie Ihren Mann.* Die Botschaft dahinter könnte in Wahrheit gelautet haben: »Ihr Mann ist ein Dieb, also hat vielleicht *er* das Geld genommen.«

Ich stelle meine Tasse ab und schmiege das Gesicht in meine Hand. Wie ist es nur so weit gekommen? Viele Kilometer von meinem wirklichen Zuhause in New York entfernt sitze ich in diesem Café und frage mich, ob mein Ehemann nicht nur ein Krimineller, sondern auch ein Mörder ist.

Habe ich einfach nur nicht aufgepasst? Vielleicht hat es immer schon Hinweise gegeben, und ich habe es vorgezogen, sie zu ignorieren, um nach all den Jahren als Single mein neues Leben, das mir so sehr gefiel, nicht zu gefährden. Ich denke an meine Freunde und an ihre Überraschung, als ich ihnen schon nach neun Monaten meine Verlobung verkündete. »Wow, das ging aber schnell«, hatte einer von ihnen gesagt. Vielleicht war das ein Code gewesen, eine subtile Aufforderung, Guy zuerst etwas besser kennenzulernen.

Ich trinke meinen Espresso aus und ziehe mein Portemonnaie hervor. Inzwischen ist mehr los, es sind einige jüngere Leute in Yogakleidung oder in Shorts gekommen, die aussehen, als wären sie erst vor kurzem aus dem Bett gefallen. Als ich die Kellnerin heranwinke, nimmt die Frau, die mich beim Eintreten gemustert hatte, meine Handbewegung wahr und schaut wieder interessiert herüber. Dann verstehe ich. Sie hat mich vom Foto auf meinem Buchcover oder aus irgendeiner Fernsehsendung wiedererkannt.

Zum ersten Mal denke ich darüber nach, welchen Schaden meine Karriere als Autorin nehmen wird, wenn das mit Guy herauskommt. Ich habe nie vorgegeben, in Sachen Entscheidungen eine Expertin zu sein, nur jemand, der fasziniert ist von den Entscheidungen anderer und wie diese Entscheidungen ihr Leben verändert haben. Und dennoch wurde ich hin und wieder als Expertin präsentiert. Ich würde wie eine Idiotin aussehen, eine Expertin zum Thema Entscheidungen, die die größte aller denkbaren Fehlentscheidung getroffen hat.

Aber ich darf mich davon nicht beeinflussen lassen. Ich muss etwas unternehmen. Zuerst sollte ich mir einen neuen Anwalt suchen, der die Cops davon überzeugt, mich nach New York zurückkehren zu lassen und mir auch bei der Entscheidung hilft, ob ich die Polizei auf Guys Vergangenheit aufmerksam machen soll. Als die Kellnerin die Rechnung bringt, zahle ich in bar, ziehe den Anorak an und will das Café verlassen.

Da werde ich plötzlich überrascht. Conrad, der ältere der beiden Kellner, die auf unserer Dinnerparty ausgeholfen haben, ist aus einem Hinterraum getreten und bindet sich eine kurze weiße Schürze um.

»Nimm die Tische zwei und fünf«, höre ich meine Kellnerin sagen. »Sind beide gerade angekommen.«

Ich bin mir ziemlich sicher, dass er mich nicht bemerkt hat. Ich stehe auf, schlängle mich flott an den Tischen vorbei und verlasse das Café.

Draußen sondiere ich wieder die Umgebung. Guy könnte auch in einem Auto sitzen. Vielleicht parkt er irgendwo am Straßenrand, wo er mich im Auge behalten kann. Glücklicherweise sehe ich weit und breit keinen BMW. Vielleicht ist er nach Hause gefahren, um zu überprüfen, ob ich wirklich ausgezogen bin.

Ich laufe los, so schnell ich kann. Nach weniger als einem halben Block höre ich Schritte hinter mir. Mein Adrenalin schießt in die Höhe. Mit geballten Fäusten in der Tasche wirble ich herum.

Es ist nicht Guy, es ist Conrad.

»Hey, ich muss mit Ihnen reden«, ruft er.

»Was wollen Sie?« Als er näherkommt, sehe ich wieder das Tattoo an seinem Hals aus dem Hemdausschnitt blitzen. Ich trete einen Schritt zurück.

»Keine Angst, ich möchte Ihnen keine Unannehmlichkeiten machen«, sagt er angesichts meines offenbar entgeisterten Gesichtsausdrucks. »Aber wir müssen mal Klartext reden, Lady.«

Ich betrachte ihn aufmerksam, sein Gesicht, seine Haltung. Er sieht erregt aus, betrübt, aber da ist keine Feindseligkeit oder Drohung.

»Schön. Ich höre.«

»Ich habe das Geld nicht genommen. Ich weiß, dass Sie Eve gesagt haben, ich hätte es aus Ihrem Büro gestohlen, aber ich bin nie auch nur in der Nähe gewesen.«

»Nun, irgendjemand hat es an diesem Abend genommen. Was ist mit dem anderen Kellner?«

»Scooter? Quatsch. Wir haben die ganze Zeit zusammen

gearbeitet, und ich hätte gemerkt, wenn er zwischendurch weggewesen wäre.«

»Und Eve? Meinen Sie, Eve könnte es genommen haben?«

»Warum sollte sie es sich mit einem Kunden verscherzen? Wenn ich Sie wäre, würde ich mich auf einen der anderen Gäste konzentrieren. Vielleicht ist einer von denen ein Dieb.«

Er schaut über die Schulter zum Café. »Ich muss zurück, ich will nur nicht, dass Sie in der ganzen Stadt verbreiten, ich wäre ein Dieb.«

»Welcher Gast? Haben Sie jemanden in Verdacht?«

»Keine Ahnung. Ich habe gesehen, wie eine der Frauen aufs Klo ging. Sie hätte es sein können.«

»Die mit den kurzen blonden Haaren?«

»Nein, die redselige, bei der die Lippen den ganzen Abend nicht stillstanden.«

Er meint Barb. Ich wusste schon, dass sie die Toilette benutzt hatte. Und Nick auch. Ich muss aber herausfinden, ob Kim Zugang zum Büro hatte.

»War sie die Einzige? Außer dem Mann?«

»Ich war nicht unbedingt die Pinkelpolizei an dem Abend. Wegen des Kerls – ich bin mir nicht sicher, ob er zum Klo gegangen ist. Er war jedenfalls in der hinteren Halle und hat sich mit Eve unterhalten.«

»Er hat mit Eve gesprochen?« Die Enthüllung überrascht mich. »Worüber?«

»Scooter war näher dran, er hat vielleicht was mitbekommen, ich nicht. Hörte sich aber ziemlich privat an.«

Also wusste Nick nicht nur, dass Eve an diesem Abend bei uns kochte, er dürfte sie auch schon persönlich gekannt haben.

»Hat einer von Ihnen das der Polizei gesagt?«

»Alle Cops waren daran interessiert, wo wir den ganzen Abend gewesen waren, als Eve kaltgemacht wurde, und was wir über ihr Privatleben wussten.«

»Hat sie jemals mit Ihnen darüber gesprochen?« Mir ist klar, dass meine Stimme verzweifelt klingt, aber wenn zwischen Eve und Guy etwas lief, hat Conrad vielleicht etwas mitbekommen.

»Da hat sie sich nicht in die Karten gucken lassen.« Er wischt sich eine Locke aus der Stirn. »Ich muss los. Ich kann es mir nicht leisten, diesen Job auch noch zu verlieren.«

»Bitte, nur noch eine Frage: Hat eine der Frauen, die für Eve arbeiten, eine auffällige Kleinmädchenstimme?«

»Die Cops haben mich das auch schon gefragt, aber nein.«

Er rennt los und verschwindet Sekunden später im Café.

Auch ich setze eilig meinen Weg fort. Das Zusammentreffen hat mich aus dem Konzept gebracht, besonders der Teil über Nick. Es ist eigenartig, dass er nach dem Mord nie erwähnt hat, dass er Eve kannte.

Ich frage mich, ob er einer ihrer vielen Bewunderer war.

Bei Conrad verrät mir mein Instinkt, dass er die Wahrheit sagt. Wenn nicht, wäre er mir nicht auf der Straße hinterhergelaufen.

Es beginnt zu regnen, schwere, eisige Tropfen. Zwei Mal blicke ich über die Schulter, um sicherzugehen, dass mir niemand folgt. Weder Guy noch sonst jemand. Ich war mit Guys Betrügereien so beschäftigt, dass ich die Ereignisse der letzten Nacht fast aus den Augen verloren habe. Ich muss mich auch darauf konzentrieren. Irgendjemand hat es auf mich abgesehen, will mich vielleicht sogar verletzen.

Erleichtert stelle ich fest, dass die Dame an der Rezeption sich an ihrem Platz befindet. Vielleicht war der unbesetzte Tresen vorhin nur Zufall. Ich nehme die Treppe, die zum zweiten Stock führt, und gehe schnurstracks aufs Zimmer. Obwohl ich nur zwei Blocks gelaufen bin, ist mein Anorak feucht, und ich lasse ihn rasch von meinen Schultern gleiten. Ich bibbere und weiß nicht, ob vom Regen oder wegen der Neuigkeiten, die dieser Morgen ergeben hat.

Ich lasse mich aufs Bett fallen und die Beine über der Bettkante baumeln. Die Wände sind mit grüner und weißer Leinwand bezogen, dazu passende Gardinen und Decken, ein charmanter Mix, in dem ich mich unter anderen Umständen sehr wohl fühlen würde. Während ich an die Decke starre, steigen mir Tränen in die Augen. Ich fühle mich so allein. Ein Teil von mir möchte nur die Augen schließen und stundenlang schlafen, aber das würde nichts bringen. Selbstmitleid auch nicht.

Plötzlich komm mir ein Notizblatt in den Sinn, das ich kurz nach dem Tod meiner Mutter auf ihrem Schreibtisch gefunden hatte. Ein Zitat stand darauf, ein Zitat von Ralph Waldo Emerson, wie ich später herausfand: *Was hinter uns und was vor uns liegt, ist nichts im Vergleich zu dem, was in uns liegt.* Ich wusste, dass meine Mutter es als Inspiration betrachtete, ein Mantra für ihren Kampf ums Überleben. Sie würde mir in dieser Situation bestimmt raten, die Stärke in mir zu finden.

Ich steige aus dem Bett und nehme auf einem der antiken Sessel vor dem Fenster Platz. Ich sende meiner Assistentin eine Mail, berichte ihr die Neuigkeiten und bitte sie, gleich am nächsten Morgen einen Schlosser zu beauftragen, meine Schlösser auszuwechseln, und mir via Messenger ein Schlüsselset zu senden. Auf diese Weise kann Guy sich keinen Zutritt verschaffen. Ein Jahr, bevor ich ihn traf, hatte ich die Wohnung von den Tantiemen meines zweiten Buches gekauft. Wegen des Ehevertrags ist sie unantastbar.

Ich atme tief durch und schreibe die nächste E-Mail. Sie geht an eine Freundin vom College, Susan Bruno, eine angesehene Verteidigerin in Manhattan. Wegen ihres knallvollen Terminkalenders sehen wir uns selten öfter als zweimal im Jahr, aber sie beantwortet stets bereitwillig jede rechtliche Frage. Ich frage sie, ob sie mir einen erstklassigen Strafverteidiger in der Gegend von Albany, New York empfehlen kann. Ich halte kurz inne und überlege, wie ich die nächste Frage formulieren soll. Ich weiß, dass ich ihr vertrauen kann, doch momentan gehen mir gewisse Wörter nur schwer über die Lippen. Aber ich habe keine Wahl und schreibe schließlich weiter: »Und einen Scheidungsanwalt.«

Kurz darauf klingelt das Telefon in meiner Tasche. Zu meiner Überraschung ist es Sandra. Angesichts der Eile, mit der sie gestern aufgebrochen ist, hatte ich nicht erwartet, noch einmal von ihr zu hören.

»Tut mir leid, dass ich mich gestern so schnell aus dem Staub gemacht habe«, sagt sie.

»Keine Sorge, ich weiß, dass Sie viel zu tun haben.«

Obwohl ich sie nicht länger als potentielle Freundin betrachte, bin ich froh, dass sie wenigstens nicht eingeschnappt ist.

»Gab es Probleme mit der Rechnung? Mir ist erst später eingefallen, dass sie möglicherweise nur Cash oder Schecks nehmen, und ich Sie schmählich im Stich gelassen habe.«

»Nein, alles in Ordnung. Sie akzeptieren Kreditkarten.«

»Gut, ich rufe Sie in den nächsten Tagen noch einmal an. Ich würde mich immer noch freuen, wenn Sie sich den Ort anschauen, wo die Veranstaltung stattfindet.«

»Oh, danke«, sage ich, obwohl ich nicht beabsichtige, ihrer Einladung zu folgen.

Sobald ich aufgelegt habe, kreist mir etwas unablässig im

Kopf herum, was Sandra erwähnt hatte. Erst eine Stunde später wird mir klar, dass es ihre Bemerkung darüber ist, dass jemand nur Cash oder Schecks nimmt. Mein Scheckbuch. Irgendwann habe ich es in die Schublade meines Schreibtischs gesteckt, und ich glaube nicht, dass ich es beim Packen dort herausgeholt habe. Ich durchwühle meine Handtasche, meine Tragetasche, meinen Rollkoffer, finde es aber nicht.

Ein Blick auf die Uhr. Halb drei. Guy könnte gut vom Lunch mit seinem Klienten zurück sein, wenn es denn eins gegeben hat –, und ich traue mich nicht mehr zum Haus zurück. Ich werde morgen fahren müssen, wenn er bei der Arbeit ist. Es ist eine unangenehme Vorstellung, dass er mein Scheckbuch finden könnte.

Den Rest des Nachmittags bleibe ich auf dem Zimmer, knabbere Chips aus der kleinen Küchenzeile neben der Lobby und versuche, ruhig zu bleiben. Derek fragt per SMS nach mir und verspricht, sich später noch einmal zu melden. Dann ruft Susan an.

»Meine Liebe, was ist los?«, fragt sie.

In groben Zügen erkläre ich ihr die Lage. Manchmal fühlt es sich an, als würde ich von jemand anderem erzählen, jemand, den ich vor Jahren kannte und um den sich wilde Gerüchte ranken. Susan versichert mir, dass sie bis zum Abend einige Namen parat hat.

Gegen sechs merke ich, dass die Chips meinen Hunger nicht gestillt, sondern nur noch gesteigert haben. Die Pension hat kein eigenes Restaurant, und beim Roomservice kann man nur kleine Teller mit Käse oder Obst bestellen. Ich sollte etwas essen gehen.

Ich setze mich ans Steuer und halte mich südwestlich. In dieser Richtung gibt es eine Ortschaft namens Ballston Spa, durch die Guy und ich einmal gefahren sind. Dort kann ich sicherlich etwas essen, ohne auf Guy oder sonstige Bekannte zu treffen. Die Fahrt dauert länger als gedacht, aber als ich dort ankomme, finde ich den Laden schnell. Es ist ein kleines holzvertäfeltes Restaurant auf der Front Street im Zentrum der Ortschaft. Ich setze mich an den Tresen und bestelle einen Salat.

Als ich fertig bin, ist es fast acht. Merkwürdig, dass Derek sich noch nicht gemeldet hat. In den letzten vierundzwanzig Stunden habe ich mich sehr auf ihn verlassen, und das nicht nur wegen seiner Bereitschaft, mitten in der Nacht bei mir anzurücken. Seine Sorge um mich fühlte sich ein wenig wie ein Rettungsanker an.

Also rufe ich ihn an. Es klingelt fünfmal, dann meldet sich die Mailbox. Beim Klang seiner Stimme und der gelassenen Ansage muss ich mir eingestehen, dass ich ihn anziehend finde, sein Wesen, aber auch sein Aussehen. Ich sollte mir darüber jetzt allerdings keinen Kopf machen. Ich hinterlasse eine kurze Nachricht und fahre Richtung Saratoga. Dummerweise brauche ich für die Rückfahrt noch länger als für die Hinfahrt. In der Dämmerung verfahre ich mich. Die GPS-Lady ist hoffnungslos durcheinander, und ich lande zum zweiten Mal auf einer kleinen Straße, die nirgendwohin zu führen scheint. Schließlich ignoriere ich die Anweisungen des Navis und entdecke nach einer Weile ein Schild Richtung Saratoga.

Zurück auf dem Parkplatz der Pension versichere ich mich vor dem Aussteigen, dass Guy mich nicht aufgespürt hat. Niemand ist in Sicht, doch als ich den Parkplatz überquere, höre ich Gelächter, das von der Straße hinter mir herüberschallt.

Auf dem Zimmer schalte ich den Fernseher ein und

suche nach einem Film. Ich könnte mir allerdings genauso gut einen Wassertank anschauen. Also schnappe ich mir den Laptop und checke zum millionsten Mal meine Mails. Dankbar sehe ich, dass Susan die Namen von zwei Rechtsanwaltskanzleien in Albany geschickt hat, wovon sie die erste besonders empfiehlt. Dazu nennt sie einen Ansprechpartner. Sie hat bei beiden Kanzleien angekündigt, dass ich mich melden würde. In Bezug auf einen Scheidungsanwalt würde sie später noch mal auf mich zukommen.

Immer noch kein Lebenszeichen von Derek.

Schließlich ziehe ich mich aus und krieche ins Bett. Obwohl ich immer noch sehr nervös bin, entspannen sich meine Muskeln rasch. Hier fühle ich mich sicherer als in dem großen alten Haus mit seinen knarzenden Dielen.

Ich bin mir nicht bewusst, dass ich weggedöst bin, doch bevor ich mich versehe, werde ich von meinen Handy geweckt. Ich blinzle und erkenne Dereks Namen auf dem Display.

»Habe ich Sie aufgeweckt?«, fragt er, bevor ich auch nur hallo sagen kann.

»Ja, aber das ist in Ordnung. Wie geht es Ihnen?«

»Alles okay, aber ich habe seltsame Neuigkeiten.«

Mir stockt der Atem. »Raus damit.«

»Erinnern Sie sich an meinen Freund, den Reporter, der für die hiesige Zeitung schreibt? Er rief mich an, um mir zu mitzuteilen, dass es noch einen Mord gegeben hat. Offensichtlich handelt es sich um jemanden, der beim Opernhaus arbeitet.«

»Guy?«

»Nein, nein, sieht nicht so aus. Die Leiche wurde in Leonard Way 53 gefunden, einem Viertel, dass sich Knoll Springs Park nennt. Sagt Ihnen das etwas?«

Der Name kommt mir bekannt vor, aber ich kann nicht sagen, woher. Ich zerbreche mir den Kopf darüber und höre ihm nur halb zu, während er erzählt, dass besagter Reporter sich zum Tatort aufmache.

Und dann habe ich es. Brent Hess, Guys Chef. Kurz nach unserer Verlobung waren wir zu einer steifen Cocktailparty in Brents Luxushaus eingeladen. Ich bin mir ziemlich sicher dass es in Knoll Springs Park war.

»Nein, sagt mir gar nichts.« Ich weiß nicht, warum ich Derek gegenüber nicht aufrichtig bin. Vielleicht, weil ich nicht möchte, dass irgendwas an die Presse durchsickert, bis ich weiß, worum genau es geht. »Mehr weiß Ihr Bekannter nicht?«

»Fürs Erste nicht, nein. Er wird mich anrufen, sobald er zurück ist, und dann halte ich Sie auf dem Laufenden. Geht es Ihnen sonst gut?«

»Ja, obwohl es mich ziemlich mitnimmt. Ich bleibe wach und warte auf Ihren Anruf.«

Nachdem ich aufgelegt habe, lasse ich mich zurück ins Kissen fallen. Sämtliche Alarmglocken schrillen. Wenn Guys Chef ermordet worden ist, kann das kein Zufall sein. Es muss etwas mit Guy zu tun haben. Vielleicht hat er wirklich Geld unterschlagen und konnte es nicht länger geheim halten. Brent könnte es herausgefunden und ihn heute Abend damit konfrontiert haben. Und dann hat Guy ihn getötet.

Aber was ist, wenn Guy selbst bei einem Streit getötet wurde?

Ich kann hier nicht liegen bleiben und auf Informationen aus dritter Hand warten. In den letzten Monaten habe ich genug herumgelegen, ich will selber herausfinden, was geschehen ist. Obwohl es sicher eine dämliche Idee ist, an einem weiteren Tatort aufzutauchen, muss ich sicherstellen, dass Guy nicht das Opfer ist.

Ich kleide mich rasch an und gehe nach unten. Dieses Mal nehme ich die Hintertreppe, die mich direkt zum Parkplatz bringt. Ich gebe die Adresse ein, die Derek mir gegeben hat, und hoffe, dass das Navi diesmal kooperiert.

Die Straßen sind nass und glitzern gespenstisch. Zehn Minuten später erreiche ich Knoll Springs, eine noble Gegend mit gewundenen Auffahrten, großen Häusern und perfekt gepflegten Rasenflächen. Alle Anwesen sind teuer, wobei einige mit ihren gusseisernen, automatischen Eingangstoren noch herausstechen.

Kurz bevor ich ankomme, sehe ich schon den Lichtschein. Nach Westen hin ist der Himmel so hell erleuchtet, als befände sich ein Rummel oder ein Zirkus hinter der nächsten Kurve. Ich umklammere das Lenkrad noch fester, voller Angst, was ich dort vorfinden könnte.

Die Straße windet sich erst nach rechts, dann nach links, und schließlich stehe ich buchstäblich vor einem Zirkus. Überall weiße TV-Übertragungswagen, jeder mit dem Logo seines Senders. Soweit ich sehen kann, befinden sich dahinter mindestens eine Ambulanz und mehrere Polizeiautos. Es wimmelt vor Menschen.

Näher komme ich nicht heran, also parke ich und achte darauf, keine Einfahrt zu blockieren. Ich steige aus. Die Nacht ist angefüllt mit dem Summen der Übertragungswagen, und doch höre ich mein Herz unter dem Anorak laut schlagen.

Ich nähere mich der Szenerie zu Fuß. Rechts und links des Fuhrparks halten sich etwa vierzig Leute auf, Nachbarn, wie ich vermute. Jedenfalls machen sie besorgte Gesichter, und mindestens eine Frau trägt ihr Nachthemd unter einem leichten Mantel. Etwas weiter weg stehen Reporter mit Mikrofonen in der Hand. Es wirkt, als würden alle von einer unsichtbaren Barriere zurückgehalten, doch im Näherkommen stelle ich fest, dass das Terrain wie bei Eve mit gelbem Absperrband gesichert ist. *Bitte*, denke ich. *Nicht noch einmal. Und bitte, sorge dafür, dass es nichts mit mir zu tun hat.*

Endlich sehe ich das Haus am Ende eines herrschaftlichen Rasens, hell angestrahlt von Fernsehlichtern. Es handelt sich um ein graues Schindelhaus mit gewölbten Fenstern und Türen und einem weißen Kamin, der sich die Fassade hochzieht.

Es ist nicht das Haus von Brent. Seines war viel größer und aus Stein. Was um Himmels willen ist hier los? Ich mische mich unter die Gaffer und sperre die Ohren auf, aber entweder flüstern sie oder schweigen schockiert. Manche recken die Hälse, um besser zu sehen.

»Entschuldigen Sie«, sage ich mit gesenkter Stimme zu einer Frau, »was ist denn passiert?«

Mit aufgerissenen Augen dreht sie sich um. Sie ist um die fünfzig und trägt einen Jogginganzug, aber ihr Haar ist frisiert, als hätte sie es sich zwar schon für den Abend bequem gemacht, wäre aber noch nicht im Bett gewesen, als die Nachricht sie erreichte.

»Jemand aus der Nachbarschaft wurde heute Abend angegriffen. Es ist einfach schrecklich.«

»Ist er noch am Leben?«

»Nein, sie ist tot. Die Leiche ist da oben.«

Sie weist mit dem Kinn weiter nach vorne in die Menge der Schaulustigen. Ich folge mit den Augen, lasse den Blick über die zahlreichen Köpfe schweifen und entdecke schließlich, wovon sie redet. In der Auffahrt liegt etwas, das mit einem weißen Tuch bedeckt wurde. Mein Magen zieht sich zusammen. Ein paar Sekunden lang bin ich wieder in Eve Blazers Büro.

»Sie?«, flüstere ich.

»Es ist Miranda. Miranda Kane.«

KAPITEL 23

Ihre Worte sind wie ein Schlag ins Gesicht. Ich weiche schockiert zurück. Nein, bitte, das darf nicht wahr sein. Miranda darf nicht unter dieser Decke liegen.

»Oh Gott, ist sie eine Freundin von Ihnen?«, fragt die Frau. Teilnahmsvoll berührt sie meinen Arm, während der Mann neben ihr sich umdreht, um unserem Gespräch lauschen.

»Äh, ja. Ich meine, ich kenne sie … Ist das ihr Haus?« Ich hatte Miranda stets für eine schwer arbeitende, alleinerziehende Mutter mit Kindern im Collegealter gehalten.

»Ja. Sie wurde gleich hier in ihrer Einfahrt erschlagen. Jemand meinte, der Täter habe auf sie gewartet.«

Angst legt sich von hinten eng um meine Brust. Ungebeten kommt die Erinnerung an heute Morgen zurück, Guy und ich im Park, ich frage, was die Kollegen im Opernhaus wohl denken würden, wenn sie von seinen Unterschlagungen wüssten, und ob Miranda ihn dann immer noch so anhimmeln würde. Er hatte nach meinem Arm gegriffen und wissen wollen, ob ich mit ihr gesprochen hätte.

Hat Guy das getan? Hat er befürchtet, ich könnte Miranda etwas über seine Vergangenheit gesteckt haben und dass sie am Montag geradewegs zu Brent rennen würde?

Zumindest kann dies kein Zufall sein – zuerst ist Eve tot und nun Miranda. Es ist unwahrscheinlich, dass in dieser kleinen Stadt zwei alleinstehende Frauen innerhalb von nur einer Woche brutal von zwei verschiedenen Tätern umgebracht werden.

Sie müssen von jemandem getötet worden sein, der beide kannte – oder soll man glauben, ein Serienmörder wäre in die Stadt gekommen, um ein blutiges Massaker anzurichten?

Ich darf hier nicht bleiben. Ich muss zurück in die Pension, wo ich sicher bin. Doch bevor ich mich umdrehen kann, höre ich die Geräusche eines sich nähernden Wagens, der sich von der Menge nicht aufhalten lässt, Blaulicht blinkt auf dem Dach gleich über der Fahrertür. Die Schaulustigen sind gezwungen auszuweichen. Aufgeschreckt sehe ich, dass Corcoran vorne sitzt.

Ich wende mich ab und bete, dass sie keine Notiz von mir nimmt. Sobald sie hinter dem Übertragungswagen verschwunden ist, ziehe ich mich in mein Auto zurück. Der einzige Fluchtweg ist die Strecke, die mich hierhergeführt hat. Also setze ich in einer Hauseinfahrt zurück und bemerke bei dem Manöver, dass mehrere Anwohner mich beobachten.

Bei der Fahrt zur Pension bin ich kaum bei Sinnen. Alle meine Gedanken sind bei Miranda, tot unter dieser Decke, mit ihrem roten Haar und ihrer cremeweißen Haut. Erschlagen. Ich frage mich, ob der Mörder eine Axt benutzt hat. Ich muss mit Derek reden und herausfinden, ob sein Reporterfreund neue Informationen hat.

Und wo, verdammt noch mal, ist Guy in diesem Moment? Mir wird schlecht bei dem Gedanken, dass er es getan haben könnte und dass eine einzige Bemerkung meinerseits ihn dazu getrieben haben könnte. Wenn er Miranda zum Schweigen bringen wollte, könnte er für mich denselben Plan auf Lager haben.

Als ich mich der Stadt nähere, schaue ich in den Rückspiegel. Hinter mir fährt ein Wagen mit Frontscheinwerfer. Ich bin mir nicht sicher, aber er könnte mir schon seit einer Weile folgen. Doch als ich das Inn erreiche, ist niemand mehr zu sehen. Genau genommen sieht die Stadt wie verlassen aus.

Nachdem ich geparkt habe, renne ich zum Haupteingang. Ich greife nach der Klinke. Abgeschlossen. Mist. Ich kneife die Augen zusammen und suche den Klingelknopf. Dann schaue ich genau hin und bemerke, dass ich meine Zimmerkarte benutzen muss. Ich wühle in meiner Tasche nach der Karte und stecke sie in den Schlitz. Genau wie die nicht zu öffnende Tür in meinem Alptraum.

Endlich macht es Klick, ich stoße die Tür auf und falle beinahe in das kleine Foyer. Die Rezeption ist nicht besetzt. Der Salon auf der rechten Seite ist leer, nur eine kleine Lampe brennt über einem Beistelltisch, und der Frühstücksraum, gleich hinter dem Salon, ist komplett dunkel. In dem Schummerlicht kann ich immerhin sehen, dass die Tische für das Frühstück gedeckt sind.

Ich eile zur Treppe. Beim ersten Tritt höre ich ein Geräusch von weit her, wahrscheinlich irgendwo aus einem anderen Teil des Hauses. Ich halte inne und lausche. Wieder das Geräusch. Es ist ein entferntes Scheppern, als würde jemand einen Topf gegen einen Tresen schlagen oder hätte ein Metallobjekt beiseitegeschoben. Dort hinten muss sich die Küche befinden. Vielleicht schon erste Vorbereitungen fürs Frühstück?

Zwei Stufen auf einmal nehmend stürme ich die Treppe hoch. Im zweiten Stock ist es absolut still, nicht einmal das Dröhnen eines Fernsehers ist zu hören. Ich eile den Gang entlang zu meinem Zimmer, umgeben von völliger Stille.

Als ich endlich in meinem Raum bin, hämmert mein Herz wild.

Ich warte, bis ich wieder zu Atem komme, dann rufe ich Derek an.

»Sind Sie noch einmal eingeschlafen?«, fragt er.

»Was?« Doch dann sehe ich auf dem Display, dass er vor einer Viertelstunde angerufen hat. Ich habe ihn wohl verpasst, weil ich meine Tasche samt Handy im Auto gelassen hatte, als ich mich zu den Schaulustigen gesellte. »Oh, tut mir leid, das habe ich nicht gehört.«

»Die tote Frau ist Miranda Kane. Offensichtlich wurde sie mit einem schweren Gegenstand erschlagen. Sagt Ihnen der Name etwas?«

»Ja, sie ist Guys Assistentin.«

»Meine Güte. Sie kannten sie also?«

»Ja, und ich war nach unserem Telefonat dort, Derek. Ich habe es mit eigenen Augen gesehen.«

»Am Tatort?«

»Ja, ich bin gerade zurück. Womit auch immer sie getötet wurde, die Tat ähnelt dem, was Eve passiert ist.«

»Das ist wahr, obwohl die beiden Morde vielleicht auch nichts miteinander zu tun haben. Meinem Freund zufolge ist Miranda Kane geschieden, und das Haus gehört ihrem Exmann. Vielleicht ist da böses Blut von der Scheidung mit im Spiel. Gibt es Kinder, wissen Sie das?«

»Ja, aber die sind im College. Miranda und ihr Mann sind schon seit Jahren geschieden, soweit ich weiß.«

Keiner von uns beiden sagt ein Wort, und man kann die Frage geradezu hören, die sich in Dereks Kopf genauso wie in meinem bildet.

»Ich muss Sie etwas fragen«, sagt er schließlich. »Sie haben mir erzählt, dass Guy für den Mord an Eve Blazer ein

Alibi hat, aber gibt es irgendeine Möglichkeit, dass er beide Frauen getötet haben könnte? Ich sehe da ganz deutlich einen gemeinsamen Nenner.«

Ich stöhne auf, weil ich nicht laut aussprechen möchte, dass mir dieser Gedanke auch schon gekommen ist. Obwohl ich mich auf Derek verlassen kann, kenne ich ihn nicht sehr gut. Ich kann ihm gegenüber unter keinen Umständen das Gespräch zwischen mir und Guy über Miranda erwähnen oder meine Zweifel an Guys Alibi. »Schwer vorstellbar, ob er dazu fähig wäre.«

»Sie müssen sehr vorsichtig sein, Bryn. Sie hatten mir versprochen, sich zurückzuhalten.«

»Ich weiß, und ich möchte mich nicht in Gefahr bringen, aber wie soll ich an Informationen kommen, ohne das Haus zu verlassen?«

Ich erzähle ihm von meinem Zusammentreffen mit Conrad am Morgen und wie er sich, seinen Kollegen und auch Eve verteidigt hatte.

»Wenn also die Küchenmannschaft die Streichhölzer nicht zurückgelassen hat, wer dann? Wie ich schon vermutet hatte, es muss jemand gewesen sein, der an diesem Abend in Ihrem Haus war.«

»Ja, und …« Ein Gedanke kommt mir, der sich anfühlt, als habe er sich in meinem Kopf schon seit Tagen entwickelt. »… und ein Teil von mir fragt sich, ob das verschwundene Geld und die Streichhölzer etwas mit all dem anderen zu tun haben. Das überlappt sich so merkwürdig.«

»Was meinen Sie damit?«

»Ich weiß nicht genau. Es ist eigenartig, dass alles sich zur gleichen Zeit ereignet. Ich werde schikaniert, und dann geschehen die Morde. Ist das wirklich ein Zufall? Hier ist noch etwas Interessantes: Conrad sagte, dass einer der männlichen Gäste an diesem Abend mit Eve in der Küche gesprochen habe. Ein kurzes privates Gespräch.«

»Welcher Gast?«

»Ich musste ihn gar nicht fragen, denn ich habe Kims Ehemann aus dieser Richtung kommen sehen, obwohl ich in dem Moment annahm, er wäre auf der Toilette gewesen.«

»Glauben Sie, er hat Eve getötet?«

»Nein, nicht unbedingt, es ist nur seltsam. Er war an diesem Abend anwesend, er kannte Eve, aber nach dem Mord hat er das nie erwähnt.«

Wieder Stille. Versucht auch er, sich einen Reim auf das alles zu machen?

»Derek, bitte erzählen Sie nichts von dem, was ich Ihnen gesagt habe, einem Reporter. Momentan bleibt das nur zwischen uns, okay?«

»Absolut. Und versprechen Sie mir, vorsichtig zu sein, Bryn. Kann ich Sie irgendwie dazu verdonnern, auf dem Zimmer zu bleiben?«

»Ich habe nicht die Absicht auszugehen«, sage ich. Obwohl früher oder später werde ich zum Haus zurückkehren und mein blödes Scheckbuch holen müssen.

»Rufen Sie mich morgen früh an. Ich werde da sein.«

Nach dem Auflegen überprüfe ich noch einmal, ob die Tür verschlossen ist. Vor ein paar Stunden noch habe ich mich hier sicher gefühlt, nun nicht mehr trotz der Stahltür zwischen mir und dem Eingangsbereich.

Ich ziehe mich wieder aus, streife mein T-Shirt über und schlüpfe zwischen die Laken. Ich kann an nichts anderes als an Miranda denken. Ihre armen Kinder. Inzwischen hat man es ihnen sicher gesagt, und sie sind unterwegs von ihren Colleges, schockiert, untröstlich und für immer verändert.

Obwohl ich meinen Verlust nie mit dem ihren vergleichen würde, bin auch ich untröstlich. Tief in mir steckt ein Schmerz, der nicht nur vom Ende meiner Ehe herrührt, sondern auch vom Verlust meines Lebens, wie ich es kannte. Guy hat mich reingelegt. Durch ihn könnte ich sogar in Gefahr sein.

Detective Corcoran, so wird mir klar, dürfte mich wegen des Mordes an Miranda hart in die Mangel nehmen. Sie wird mich über Guys Beziehung zu seiner attraktiven Assistentin ausfragen. Ob sie freundschaftlich war oder mehr als eine Arbeitsbeziehung? Nachdem mein Vertrauen in Guy ins Wanken geraten ist, habe ich mich kurzzeitig gefragt, ob er auch mit Miranda geschlafen haben könnte, und doch würde ich eine solche Vermutung nicht ohne jeden Beweis gegenüber den Cops aussprechen. Aber was *soll* ich ihnen sagen? Plaudere ich seine verheimlichten Jahre in Dallas aus und die Art, wie er mich bedrängt hat, ob ich irgendetwas über seine Vergangenheit mit Miranda besprochen habe?

Ich glaube nicht, dass ich ihn an den Galgen liefern kann, wenn ich nicht sicher weiß, wie weit ich ihm vertrauen kann.

Unvermittelt reiße ich die Augen auf, setze mich aufrecht hin und starre in die Dunkelheit. Dereks Bemerkung ist mir wieder in den Sinn gekommen, die Bemerkung über Guy als gemeinsamen Nenner. Auch *ich* bin ein gemeinsamer Nenner. Wenn Corcoran glaubt, dass ich auf Eve eifersüchtig war, könnte sie annehmen, dass ich auch Miranda getötet habe, dass ich eine eifersüchtige, Axt schwingende Irre bin.

Und noch etwas: Ich bin heute Abend ausgegangen und habe nicht für jede Sekunde ein stichfestes Alibi.

Nein, das ist selbst für Corcoran zu weit hergeholt. Beim ersten Mord hat sie mit dem Gedanken gespielt, ich könnte

Eve belauert oder bedroht haben. Das kann sie bei Miranda kaum annehmen. Ich kenne sie erst, seit ich in Saratoga lebe, seit dem Tag, an dem ich nach dem Mord im Büro vorbeischaute. Und dafür gab es einen ziemlich nachvollziehbaren Grund.

Aber Moment mal, das war doch nicht das einzige Mal. Durch die Laken kann ich spüren, wie sich auf meinen Armen eine Gänsehaut bildet. Gestern im Restaurant, als ich meinen Kaffee zu Ende trank, habe ich Miranda gesehen, wie sie dort mit ihren Freundinnen aß. Purer Zufall – wir beide in einem Ausflugslokal an einem Samstag.

Wenn sie ihre letzten Aufenthaltsorte überprüfen und im *Dock Brown's* die Kreditkartenabrechnungen studieren, sehen sie, dass ich zur selben Zeit dort war. Sie könnten schlussfolgern, dass ich ihr aufgelauert habe, besessen von der Vorstellung, sie habe ein Verhältnis mit Guy. Ich muss mich auf Sandras Aussage verlassen, dass das Restaurant ihr Vorschlag war.

Morgen ist Montag, und ich werde die Anwaltskanzlei kontaktieren können, die Susan mir empfohlen hat.

Sobald ich am nächsten Morgen wach bin, spritze ich mir etwas Wasser ins Gesicht und setze mich an den kleinen Schreibtisch, um meinen Laptop zu öffnen. Ich rufe die Website des *Saratogian* auf und suche nach Neuigkeiten zum Fall Miranda. Es gibt eine kurze Meldung, ihre Leiche sei gestern Abend von einem Freund gefunden worden, der ein Päckchen abgeben wollte. Keine Erwähnung der Mordwaffe. Kein Verdächtiger bisher. Polizei untersucht mögliche Verbindungen zum Mord an Eve Blazer.

Wie lange noch, bis ich von Corcoran höre? Sicher will sie mich persönlich befragen, will wissen, wo ich gestern

Abend war und wann ich Miranda zuletzt gesehen habe. Ich brauche einen Anwalt, bevor es dazu kommt.

Und vielleicht, denke ich, wäre es klug, Sandra vorzuwarnen. Das ist vielleicht besser, als der Polizei nur ihren Namen zu nennen und darauf zu hoffen, sie werde schon bestätigen, dass Miranda und ich nur zufällig im selben Restaurant waren.

Da es noch zu früh ist, eine Kanzlei zu kontaktieren, gehe ich hinunter in den Frühstücksraum. Er ist gut gefüllt und laut. Er wird dominiert von einem geschwätzigen Paar, das vor der Familie am Nebentisch mit falscher Bescheidenheit über seine vielen Weltreisen prahlt.

Bei meinem zweiten Kaffee hat sich der Raum schon geleert. Ich habe auf diese Ruhe gewartet, um besser nachdenken zu können, aber es bleibt mir ein Rätsel, warum Eve und Miranda innerhalb weniger Tage ermordet worden sein könnten. Guy *ist* ein gemeinsamer Nenner. Aber gerade weil beide für das Opernhaus arbeiteten, hatten sie viele gemeinsame Kontakte weit über die Oper hinaus. Vielleicht gibt es sogar eine Verbindung außerhalb der Arbeit.

Immer wieder blitzt die Idee auf, die ich gestern mit Derek besprochen habe, dass die Mordfälle und die beängstigenden Vorkommnisse, die mir während der letzten Wochen zugestoßen sind, etwas miteinander zu tun haben könnten. Von dem Moment an, als ich die Schublade öffnete und die verbrannten Streichhölzer fand, zerfällt alles.

Letztlich läuft alles auf die Frage hinaus, wer die Streichhölzer zurückgelassen hat. Die Antwort wird mich auf eine Spur bringen, der ich folgen kann, auch wenn sie mich vom Mord wegführt. Dann weiß ich wenigstens, wer mich verrückt machen wollte.

Eine Idee ist verlockend: Kim hat das Geld gestohlen,

aber nicht, weil sie neidisch auf meinen Erfolg ist, sondern weil Nick mit Eve geschlafen und Kim es herausgefunden hat … Vielleicht hat sie ihren Mann beim Gespräch mit Eve in der Küche überrascht und erkannte an ihrer Körpersprache, dass etwas in der Luft lag. Und das Geld stahl sie, weil es ein schlechtes Licht auf Eve werfen würde. Ihr wäre klar, dass ich Eve oder einen ihrer Kellner verdächtigen würde.

Was die Streichhölzer anbetrifft: Vielleicht hat Kim sie irgendwo entdeckt und in die Schublade gesteckt, damit ich noch verärgerter über Eve und ihre Crew bin. Und später tötet sie Eve in eifersüchtiger Raserei.

Oder Nick tötet sie in einem Anfall von Rage, nachdem er sich von der Party geschlichen hat. Wenn er es getan hat, würde das allerdings nicht erklären, warum er versucht, in mein Haus einzubrechen oder mich am Telefon mit dem Geräusch brennenden Holzes zu ängstigen.

Und es erklärt nicht den Mord an Miranda. Nick muss hin und wieder mit ihr telefoniert haben, wenn es um gesellschaftliche Aktivitäten oder die Termine mit Guy ging. Gelegentlich hat er sie vielleicht sogar getroffen. Aber warum sollte er sie töten? Das gilt auch für Kim, selbst wenn sie Eve ermordet hätte. Vielleicht haben die beiden Morde wirklich nichts miteinander zu tun.

Oder Guy ist doch der Mörder.

Mein Kopf schmerzt. Mit der Kaffeetasse in der Hand, gehe ich in den zweiten Stock und rufe um neun Uhr die Anwaltsfirma an, die Susan mir nahegelegt hat. Eine Assistentin des Anwalts Jason Landry, nach dem ich fragen soll, nimmt ab. Mr. Landry hat meinen Anruf erwartet, kann aber vor dreizehn Uhr nicht mit mir sprechen. Ich bitte um einen Rückruf.

Dann rufe ich Sandra an. Die Mailbox geht an, und ich hinterlasse dort ebenfalls eine Bitte um Rückruf. Es dauert eine Stunde, bis ich von ihr höre.

»Tut mir sehr leid, Sie zu stören. Ich weiß ja, dass Ihre Veranstaltung ansteht, aber ich könnte Ihre Hilfe brauchen.«

»Natürlich, Bryn. Was kann ich für Sie tun?«

»Könnten wir uns kurz treffen? Ich würde es Ihnen lieber persönlich sagen.«

Sie zögert, wahrscheinlich ist sie überrascht, weil ich so ernst klinge. Nach unserem heiklen Telefonat gestern möchte ich meine Bitte lieber bei einem Treffen loswerden.

»Äh, in Ordnung. Da ich heute am Veranstaltungsort arbeite, haben Sie auch gleich die Möglichkeit, ihn in Augenschein zu nehmen. Kennen Sie die Washington Baths?«

»Ja, sie befinden sich in Saratoga Park, nicht?« Ich bin an diesem großen Backsteingebäude schon vorbeigefahren. Es ist eines dieser legendären Badehäuser und immer noch in Benutzung. »Wann?«

»Wie wäre es um elf Uhr dreißig? Dann sind wir alleine und können uns unterhalten. Parken Sie hinter dem Haus und benutzen Sie den Eingang dort.«

Perfekt. Guy wird zu dieser Zeit bei der Arbeit sein, was mir die Möglichkeit verschafft, kurz am Haus zu halten und das Scheckbuch zu holen. Und gegen eins bin ich zurück in der Pension, um mit dem Anwalt zu sprechen.

Nachdem ich mich bedankt habe, entdecke ich eine Nachricht von Derek, der anfragt, ob er zum Lunch auf ein Sandwich vorbeischauen soll.

Ich schreibe ihm, dass ich heute Morgen ausgehe und nicht genau weiß, wann ich zurück bin.

Dachte, Sie halten sich zurück, antwortet er.

Größtenteils, aber es ist wichtig.

Wohin gehen Sie?

Washington Baths, eine Freundin treffen. Dauert nicht lange. Rufe Sie an, wenn ich zurück bin.

Bis es soweit ist, lese ich ein wenig oder laufe auf dem Flur hin und her. Immer wieder komme ich auf die Idee zurück, dass ich zuerst das Rätsel um die Streichhölzer und das Geld lösen muss. Ohne groß darüber nachzudenken, suche ich die Telefonnummer des Cafés heraus, in dem ich gestern war, wähle die Nummer und frage nach Conrad.

»Moment«, sagt eine Frau, im Hintergrund höre ich Geplauder und Geschirrklappern. Kurz darauf bellt Conrad ein Hallo in den Hörer.

»Hallo, Bryn Harper hier. Bei unserer Unterhaltung gestern hatten Sie Scooter erwähnt. Könnte ich bitte seine Nummer haben?«

»Machen Sie Witze? Warum sollte ich Ihnen die geben?«

»Bitte, ich muss mit ihm reden. Ich muss herausfinden, was Eve und Nick Emerling miteinander zu bereden hatten.«

»Emerling, Sie meinen den Immobilienhai??«

»Ja, genau.«

»Er war nicht derjenige, der mit Eve geredet hat. Es war der andere Typ, der Mann mit der Nase. Der neben Ihnen am Tisch saß.«

»Was?« Offensichtlich meint er Derek.

»Sie haben mich schon verstanden. Ich muss los. Und lassen Sie Scooter in Ruhe, ja?«

Er legt auf, und ich stehe komplett fassungslos da. Derek und ich haben uns an dem Abend über Eve unterhalten und auch noch mal nach dem Mord, und er hat kein einziges Mal erwähnt, dass er sie bei der Dinnerparty gesehen hat – geschweige mit ihr gesprochen. Und als ich ihm sagte, dass der

Kellner Eve mit einem männlichen Gast gesehen hatte, hat er nicht zugegeben, dass er das war.

Wie eigenartig, denke ich. Was für einen Grund könnte er haben, mir das nicht zu erzählen? Ich habe ihm in den letzten Tagen vertraut, aber vielleicht war das naiv, wenn er nicht ganz die Wahrheit sagt. Vielleicht kann ich nur mir selbst trauen.

Gegen elf sitze ich im Wagen, damit ich genügend Zeit habe, mein Scheckbuch abzuholen, bevor ich mich mit Sandra treffe.

Mein Puls erhöht sich schon, bevor ich auch nur in die Straße einbiege. Ich versuche, mich damit zu beruhigen, dass die Wahrscheinlichkeit, Guy zu begegnen, äußerst gering ist. Ich erinnere mich an den Tag, als ich von meinem Spaziergang zurückkam und ihn im Schlafzimmer vorfand, aber das war eine Ausnahme.

Ich nähere mich dem Haus über die hintere Zufahrt und parke meinen Wagen gleich vor dem Nachbarhaus, geschützt von einem großen Ahornbaum, wo er weniger auffällig ist. Ich schaue, ob die Luft rein ist, öffne die Autotür und steige aus.

Mit den Schlüsseln in der Hand überquere ich den Rasen. Ich werde die Auffahrt an der Hausrückseite entlang huschen und das Haus durch die Küchentür betreten. Es dauert ja nur drei Minuten, sage ich mir. Ich muss lediglich die Tür aufschließen, in mein Büro laufen, mir das Scheckbuch schnappen und wieder abhauen. Ich erreiche das Ende des Rasens und will gerade in die Auffahrt einbiegen, als mir der Atem wegbleibt. Guys BMW steht in der Auffahrt. Ich renne zurück über den Rasen, schmeiße mich ins Auto und stecke den Schlüssel ins Schloss. Der Wagen startet nicht gleich beim ersten Mal. Als ich es noch einmal versuche, schaue ich über die Schulter auf das Haus, voller Sorge, dass Guy mich gesehen haben könnte. Aber kein Zeichen von ihm. Ich versuche es mit Ruhe noch einmal, und der Motor springt an.

Beim Wegfahren schaue ich alle paar Sekunden in den Rückspiegel, um sicherzugehen, dass Guy mir nicht folgt. Was macht er um diese Zeit zu Hause? In den zwei Jahren, seit wir zusammen sind, hat er das Haus nie später als halb neun verlassen, und nun, da Miranda tot ist, müsste er eigentlich als Erster im Büro sein und die Mitarbeiter beruhigen. Außer die Polizei hat ihn gebeten, zu Hause zu bleiben, bis sie mit ihm gesprochen hat.

Als ich mich dem Broadway nähere, frage ich mich, ob ich das Gespräch mit Sandra nicht absagen und lieber zurück in die Pension fahren sollte. Doch ich muss sicherstellen, dass sie der Polizei die Wahrheit über unseren Lunch am See erzählt, dass alles ihre Idee war. Also biege ich an der Ampel rechts ab und fahre zu den Washington Baths. Ich werde etwas zu früh dort sein, aber ich kann auf dem Parkplatz warten.

Hier im geschäftigeren Teil der Stadt gibt es sehr viel mehr Verkehr, und als ich Richtung Westen fahre, bin ich mir der Autos hinter mir bewusst. Ich biege in den Saratoga Park ein und bemerke, dass ein Sedan immer noch hinter mir ist. Ich mag die Art nicht, wie dicht er hinter mir fährt. Als ich das Gebäude erreiche, schieße ich rechts an ihm vorbei, fahre eine Kurve durch den Park und fädle mich auf der Hauptstraße wieder ein, bis ich sehe, dass der Sedan in eine andere Richtung abbiegt. Erst dann fahre ich zurück zu den Baths.

Das Gebäude sieht ein wenig nach griechischem Tempel aus: gelber Marmor, der an der Front mit vier stolzen Säulen geschmückt ist. Ich habe gelesen, dass in den Dreißigern Tausende die Saratoga Badehäuser besuchten, um im hiesigen Heilwasser zu baden. Aus vielerlei Gründen sollte es gut für die Gesundheit sein. Eines von ihnen zu besuchen, stand auf meiner To-do-Liste. Inzwischen klingt diese Liste wie purer Hohn.

Bis auf einen schwarzen Lexus, der wahrscheinlich Sandra gehört, ist der Parkplatz leer. Sie hatte versprochen, dass wir allein sein würden. Ich nehme an, dass das Bad montags geschlossen ist. Ich hänge mir meine Tasche über die Schulter und steige aus. Es ist niemand in Sicht, obwohl ich durch die Bäume zu meiner Rechten Geschrei und Lachen höre, wahrscheinlich eine Gruppe spielender Jungs.

Wie angewiesen gehe ich zur Hintertür und ziehe daran. Sie sieht ramponiert aus, der schwarze Lack ist mehrfach abgeplatzt. Ich trete ein und stehe in einem kleinen düsteren Raum. Das einzige Licht kommt von einer altertümlichen Vorrichtung an der Decke mit einer Glühbirne, die nicht mehr als 60 Watt haben kann. Die Möblierung besteht lediglich aus einem verrosteten Metalltisch.

»Hallo?«, rufe ich laut. Meine Stimme wirft ein unheimliches Echo den schmalen Gang vor mir entlang, an dessen Ende ich einen fahlen Lichtschein ausmache. Als niemand antwortet, gehe ich in diese Richtung und komme dabei an mehreren verschlossenen Türen vorbei. Obwohl die Halle ebenfalls ziemlich düster ist, kann ich erkennen, dass die Bodenkacheln ebenfalls alt und angeschlagen sind. Ich greife nach meinem Handy, um Sandra anzurufen, aber bevor ich wählen kann, höre ich ihre Stimme.

»Bryn, sind Sie das?«

»Ja, wo sind Sie?«

»Hier unten, gehen Sie einfach weiter.«

Kurz darauf trete ich in eine riesige hohe Halle. Sandra steht neben einem Klapptisch, der mit zahlreichen Mappen, einer Wasserflasche, einigen Werkzeugen und einem halben Dutzend Geschenktüten bedeckt ist. Heute trägt sie schwarze Jeans, einen kurzärmeligen Turtleneck und Ballerinas. Sie hält das Telefon in der Hand, als hätte sie gerade ein Gespräch beendet.

»Willkommen in den historischen Washington Baths«, sagt sie lächelnd. Ich sehe mich um und lasse den Raum auf mich wirken. Er wirkt wie eine Rotunde, hat aber acht Ecken mit einem durchgehenden Balkon und einer Fensterreihe, die das gesamte obere Stockwerk säumt. Die Fenster sind so schmutzig, dass sie das Tageslicht selbst an einem wolkenlosen Tag nicht durchgelassen hätten, geschweige denn an einem so bewölkten Tag wie heute. Wie es aussieht, ist das Spa permanent geschlossen.

»Als Sie sagten, wir werden das Gebäude ganz für uns haben, habe ich angenommen, heute wäre nur Ruhetag.«

»Vor ein paar Jahren war man leider gezwungen, alles zu schließen. Glücklicherweise haben sie das Gebäude erhalten. Es ist ein toller Ort für jede Art von Veranstaltungen.«

Schwer zu glauben. Das Gebäude fühlt sich sehr nach Kureinrichtung an, und den Wänden entströmt ein leicht medizinischer Geruch.

»Ich weiß, auf den ersten Blick lässt es ein wenig zu wünschen übrig«, sagt sie, als hätte sie meine Gedanken erraten, »aber die Agentur, die wir gebucht haben, bewirkt Wunder. Wollen Sie eine Goodie Bag? Ich habe ein paar über?«

»Sicher, danke«, sage ich und nehme eine vom Tisch. Ich möchte die Stimmung möglichst unbeschwert halten, damit ich sie mit meiner Bitte nicht verschrecke.

»So, nun sagen Sie mir: Womit kann ich helfen?«

Als ich gerade antworten will, klingelt ihr Telefon. Sie schaut auf das Display. »Tut mir leid, da muss ich rangehen.«

»Kein Problem.« Ich möchte einfach nur meine Bitte loswerden, habe aber keine Wahl und muss mich in Geduld üben.

»Ich bin schon vor Ort«, sagt sie ins Telefon. »Ich habe gerade jemandem erzählt, dass Sie Wunder vollbringen können, und wieder einmal haben Sie es bewiesen.«

Sie nimmt das Telefon vom Ohr und schaut in meine Richtung. »Dauert nicht lange«, flüstert sie. »Schauen Sie sich einfach um. Auf der rechten Seite sind noch weitere alte Baderäume. Einige Türen stehen offen.«

Eigentlich bin ich zu unruhig dafür, aber da ich vermute, dass Sandra ungestört telefonieren will, schlendere ich durch den Korridor, auf den sie gewiesen hat. Wie im Gang, durch den ich hereingekommen bin, gibt es auch hier Dutzende von Türen, einige verschlossen, andere offen.

Mit zusammengekniffenen Augen blinzle ich in einen Raum hinein. An den Wänden befinden sich Reihen von schwarzen und weißen U-Bahn-Kacheln. Hinten an der Mauer steht eine Badewanne, und sogar bei diesem Funzellicht kann ich darin tiefbraune Flecken sehen.

Ich gehe weiter. Am Ende der Halle, zwischen zwei Räumen, gibt es eine verrostete Metalltür mit Griff, die wohl zu einem Abwurfschacht für schmutzige Handtücher und Bademäntel führt. Gleich vor mir befindet sich ein kleiner leerer Raum, der früher mal ein Aufenthaltsraum, vielleicht auch ein Vorratsraum gewesen sein muss. Durch schmutzige kleine Fenster kämpft sich ein wenig Licht herein. Eine Tür nach außen gibt es auch, aber die ist mit einem Vorhängeschloss versehen.

Ich kann mir um nichts in der Welt vorstellen, wer in diesem Gebäude eine Veranstaltung abhalten möchte. Das hier ist kein altes Badehaus, sondern ein Sanatorium, das aussieht, als würde es darin spuken.

Im Hintergrund höre ich Sandras monotone Stimme am Telefon. Ich setze die Geschenktüte auf einem Fensterbrett ab. Darin finde ich ein paar Gutscheine, eine kleine Flasche Wein, einen Lipgloss und eine der Kerzen, die Sandra besorgt hatte, als wir uns zufällig in der Stadt über den Weg liefen.

Ich ziehe sie aus der Tasche. *Sandelholz*, sagt ein Sticker auf dem gläsernen Untersatz. Ich rieche daran. Exotisch und holzig … und irgendwie vertraut.

Und dann erkenne ich ihn wieder. Es ist derselbe Duft, der mir in Guys Schlafzimmer aufgefallen war.

KAPITEL 24

Instinktiv presse ich die Hand auf meinen Mund. Das hat nichts zu bedeuten, sage ich mir. Millionen Menschen lieben Sandelholz. Nur weil Sandra diese Kerze ausgesucht hat, heißt es nicht, dass sie eine ähnliche in Guys Schafzimmer geschleppt hat. Es ist kein Beweis, dass sie mit meinem Ehemann geschlafen hat.

Und dennoch habe ich plötzlich Angst. Mir wird bewusst, dass mir seit der Sekunde, in der ich dieses Höllenloch betreten habe, unwohl ist. Ich stopfe die Kerze zurück in die Tüte. Plötzlich ist es mir nicht mehr wichtig, was Sandra zu Corcoran sagt. Ich will nur noch raus hier, und das so schnell wie möglich.

Ich verlasse den Raum und gehe wieder Richtung Lobby, mein ganzer Körper ist angespannt und auf der Hut. Auf halben Weg höre ich Sandras Stimme, die durch den schmalen, düstern Korridor schallt. Ich bleibe stehen und höre zu.

»Ja, ja«, sagt sie, offensichtlich immer noch am Telefon. »Ich muss jetzt aber wirklich auflegen. Jemand ist vorbeigekommen, um mich zu sprechen.«

Ihre Worte lösen eine Erinnerung aus: Sandra, die im Haus vorbeikommt, um mich in der Nachbarschaft willkommen zu heißen. Ich war auf der Veranda, als sie an die Tür klopfte, und fürchtete mich vor der Dinnerparty am Abend. Sie gab mir die Tüte mit Broschüren … und ich ihr eine Ausgabe von *Twenty Choices*, eine, die ich aus dem ersten Stock holen musste.

Und dann hallen Dereks Worte in meinem Kopf nach, als wir darüber spekulierten, wer das Geld genommen haben könnte. »Es muss jemand sein, der an diesem Donnerstag im Haus war.«

Die ganze Zeit über habe ich mich auf diejenigen eingeschossen, die an diesem Abend im Haus waren. Eve und die Kellner. Die Dinnergäste. Sogar Guy. Aber das Geld hatte schon seit dem Mittag in der Schublade gelegen. Es war schon da, als Sandra ins Haus kam und ich oben nach dem Buch schaute. Sie war da unten mindestens fünf Minuten allein. Ich habe erst nach dem Dinner wieder in die Schublade geschaut.

Ist sie diejenige, die das Geld genommen und die Streichhölzer dagelassen hat? Weil sie es mit meinem Mann getrieben hat und Unruhe stiften wollte?

Ist sie diejenige, die die Feuergeräusche ins Telefon spielte und das Schloss an der Verandatür beschädigte?

Jetzt rast mein Herz. Ich muss hier raus. Schwer atmend zwinge ich mich weiterzugehen. Als ich die Lobby erreiche, stopft Sandra gerade ihr Handy in die Tasche.

»Da sind Sie ja«, sagt sie lächelnd. »Ich hatte schon Sorge, Sie wären in eine der alten Badewannen gefallen und kämen nicht mehr raus.«

»Nein, ich habe nur ein bisschen gestöbert.« Ich bin so erschüttert, dass ich keinen klaren Gedanken mehr fassen kann.

»Gestöbert? Sie kichert, als fände sie meine Wortwahl lustig.

»Ich meine, ich habe mich nur in den Räumen umgesehen.«

»Und? Was denken Sie?«

»Interessant.«

Ich lasse meinen Blick kurz schweifen und schaue Richtung Vordereingang. Zum ersten Mal sehe ich, dass die Klinken beider Türen mit mindestens anderthalb Meter dicker Gliederkette umwickelt sind. Der einzige Fluchtweg führt zurück in den Korridor, aus dem ich gekommen bin. Aber Sandra steht genau davor, und ich müsste um sie herum laufen, um zu entkommen.

Du musst ruhig wirken, sage ich mir. Lass dir nicht anmerken, dass du panisch bist.

»So viele Menschen kamen über die Jahre hierher«, sagt sie und streckt dabei die Arme aus. »Sie dachten, das Wasser würde alle Wunden heilen.«

»Hat es geholfen?«

»Das Wasser?« Sie steht regungslos da, ihre Augen fixieren mich. »Wahrscheinlich hat es müde Muskeln gelockert, aber das war auch schon alles … Geht es Ihnen gut, Bryn? Sie sehen plötzlich ganz bleich aus.«

»Offen gestanden lösen diese kleinen Räume bei mir ein wenig Klaustrophobie aus. Ich brauche frische Luft.«

Ich wende mich etwas nach links, um an ihr vorbei zu schlüpfen. Ich will sie auf keinen Fall aufschrecken.

»Ich fürchte, das wird an einem Tag wie heute nicht helfen, sagt sie und legt ihren Kopf schief. »Es ist so stickig draußen. Hier, trinken Sie lieber einen Schluck Wasser.«

Meine Angst schlägt Purzelbäume. Ich kann spüren, dass sie meine Angst bemerkt. Sie macht einen Schritt auf den Tisch zu und greift nach einer ungeöffneten Wasserflasche.

»Danke, aber ich sollte wirklich gehen.«

»Ich dachte, Sie bräuchten wegen irgendetwas meine Hilfe.«

»Es war nicht so wichtig.«

»Hörte sich am Telefon aber anders an. Was ist los, Bryn? Ich merke doch, dass Sie ganz durcheinander sind.«

»Das hat Zeit, wirklich. Ist nicht so dringend.«

»Irgendwas ist passiert, nicht wahr? Hat jemand Sie angerufen, während ich telefoniert habe? Hat die Person Ihnen etwas Wichtiges erzählt?«

»Nein, es ist nichts. Ich brauche nur frische Luft.«

Sie kichert. »Ich bitte Sie, Bryn. Wofür halten Sie mich? So ein schlechter Menschenkenner bin ich nun auch wieder nicht.«

Sie tritt einen Schritt nach links, so dass sie wieder genau vor mir steht. Sie lächelt, aber diesmal wirkt es bösartig, das Lächeln einer Hexe. Mir wird klar, dass sie nicht die Absicht hat, mich gehen zu lassen. Es war ihr Plan, mich hierherzulotsen.

»Wissen Sie, ich mag Sie, Bryn«, sagt sie. »Obwohl ich zugeben muss, dass ich das nicht erwartet hatte. Eigentlich haben wir beide viel gemein.«

»Sie meinen beruflich?« Ich muss sie bei Laune halten, sie zwingen, unaufmerksam zu sein, und dann im richtigen Moment um sie herum rennen.

»Bitte«, sagt sie verächtlich, »das steht doch ohnehin fest. Ich rede über Guy.«

Also ist es wahr. Sie kennt Guy. Hat sie wirklich mit ihm geschlafen?

»Meinen Ehemann?«

»Ja. Er ist zu uns beiden böse gewesen, nicht wahr?«

»Ich weiß nicht, was Sie meinen.«

»Guy scheint so verdammt beflissen zu sein, so gefällig, aber eigentlich geht es ihm nur um eins, nicht wahr, Bryn?«

»Sie ... Sie hatten eine Affäre mit ihm?«

»Bei Ihnen hört sich das so klischeehaft an. Es war nicht einfach nur eine Affäre. Sie müssen wissen, dass Guy und ich etwas sehr, sehr Besonderes miteinander geteilt haben.«

»Sandra, Sie können ihn haben, wenn Sie möchten. Ich bin schon ausgezogen.«

Sie lächelt wieder. Ich schaue über ihre Schulter hinweg, kalkuliere die Entfernung zum Korridor. Ich muss den richten Moment zur Flucht abpassen, einen Augenblick, in dem sie es am wenigsten erwartet.

»Das weiß ich, Bryn. Ich habe sie nicht aus den Augen gelassen. Aber nicht Sie waren das eigentliche Problem. Guy hätte Sie früher oder später verlassen. Er wollte es allerdings langsam angehen, besonders wegen Ihres Zusammenbruchs nach dem Autounfall.«

So verzweifelt ich auch entkommen will, sosehr muss ich doch die Wahrheit wissen.

»Haben Sie die Streichhölzer in meine Schublade gesteckt?«

»Oh, seien Sie nicht so streng mit mir, Bryn. Ich habe mir einen kleinen Spaß daraus gemacht, in Ihrem Kopf ein wenig Unordnung zu stiften. Eigentlich wollte ich die Streichhölzer in Ihren Briefkasten stecken, aber als Sie nach oben gehumpelt sind, haben Sie mir die perfekte Gelegenheit verschafft. Das Bargeld war nur ein netter Bonus für meine Bemühungen.«

»Woher wussten Sie von meinem Unfall?«

»Guy hat es mir natürlich erzählt. Und wie Sie immer träger wurden. Guy ist ein aktiver Mensch und hat – nichts für ungut – wenig übrig für jemanden, dessen Lieblingsposition die Fötusstellung ist. Sie sollten das alles wirklich nicht so persönlich nehmen, Bryn.«

Sogar durch meine Angst hindurch spüre ich einen Stich

tiefer Traurigkeit. Guy hat mich nicht nur betrogen, er hat dieser schrecklichen Frau auch noch jede Menge privater Dinge erzählt.

»Und Sie wollten an diesem Abend in das Haus eindringen?«

Sie zuckt die Schultern. »Ich hatte mitbekommen, dass Guy ausgezogen ist und wieder in seinem Apartment war. Auch hier ging es nur um ein Späßchen. Wie ich schon sagte, Sie waren nie das eigentliche Problem. Das Problem war Eve, die Schlampe. Sie war diejenige, um die ich mich kümmern musste.«

Ich halte den Atem an. Sie war es. Sie hat Eve ermordet. Panik durchflutet mich, und sämtliche Knochen in meinen Armen und Beinen werden zu Gelee. Sandra wirft den Kopf in den Nacken und betrachtet mich abschätzig, als würde ich gar nichts kapieren.

»Er war wie besessen von ihr«, sagt sie. »Ich konnte das bei den Events sehen, die sie für ihn ausgerichtet hat. Er hat praktisch gesabbert. Als er mir sagte, wir müssten eine Weile kürzertreten, erklärte er das mit Ihrem Eintreffen in Saratoga. Sie hätten geradezu darauf bestanden, hier den Sommer zu verbringen. Aber ich kannte den wahren Grund. Er wollte bei Eve sein. Sie spielte mit ihm, hatte ihn vollkommen eingelullt, und es war nur eine Frage der Zeit, bis er seinen Willen bekam. Denn Guy kriegt immer, was er will, nicht wahr?«

Sie redet sich mehr und mehr in Rage. Ich habe keine Ahnung, wie ich an einer Frau vorbeikommen soll, die stark genug ist, einen Menschen mit einer Axt zu töten, aber ich werde es versuchen müssen.

»Das ist mir egal, Sandra«, sage ich. »Das ist eine Angelegenheit zwischen Ihnen und Guy.«

»Das ist Ihnen *egal*, Bryn? Sie haben doch die Leiche gefunden, wie kann Ihnen das *egal* sein?«

Irgendetwas in meinen Kopf macht klick.

»Sie waren diejenige, die mich an diesem Morgen angerufen hat? Sie wussten, dass ich Eve wegen des gestohlenen Geldes in Verdacht hatte.«

Sandra setzt ein schelmisches Lächeln auf. »Um der Wahrheit die Ehre zu geben, Bryn, das ist nicht auf meinem Mist gewachsen. Bevor ich zu Ihnen ins Haus kam, wusste ich nicht einmal, dass diese Schlampe das Dinner bei Ihnen zubereiten würde. Als ich anrief, wollte ich behaupten, dass Eve Ihnen etwas mitzuteilen hätte. Etwas über Guy. Ich habe vermutet, dass Ihre Alarmglocken schon schrillten, als Sie Eve bei sich zu Hause sahen. Verführerin mit jeder Pore, nicht wahr? Doch am Telefon habe ich schnell gemerkt, dass Sie glaubten, Eve sei nur die Diebin.«

»Aber warum mich zu ihr lotsen? Damit die Polizei denkt, ich war's?«

»*Spaß*, Bryn. Ein kleines Vergnügen. Außerdem eine Erinnerung für Sie, dass Sie immer noch sehr zerbrechlich sind. Ihnen wehtun wollte ich allerdings nie. Sie waren zu schwach, um eine Bedrohung zu sein. Ich hatte noch ein anderes Hühnchen zu rupfen.«

Ein Gedanke zerschmettert mir das Gehirn, hart wie eine Faust.

»Miranda«, rufe ich, bevor ich mich zurückhalten kann.

Wieder dieses schelmische Lächeln, als würden wir nur über den neuesten Skandal tratschen.

»Das ließ sich leider nicht vermeiden.«

»Hat sie mit Guy geschlafen?«

»Gott, nein.« In gespieltem Horror reißt sie die Augen auf. »Obwohl ich mir sicher bin, dass ihr das gefallen hätte.

Miranda hat Sie und mich in diesem Restaurant am See entdeckt. Deswegen musste ich meinen Arsch bewegen, um so schnell wie möglich dort wegzukommen. Guy hat mich oft in seine offiziellen Verpflichtungen eingebunden, und ich war mir ziemlich sicher, dass sie über uns Bescheid wusste. Mir war klar, dass sie Guy als Erstes am Montagmorgen erzählen würde, uns beide zusammen gesehen zu haben. Sie hat mir wirklich keine Wahl gelassen.«

Und ich soll wohl die Nächste sein. Nach alledem, was sie gebeichtet hat, wird sie auch mich ermorden.

»Sandra, ich kann Ihnen helfen. Wir können das gemeinsam bereinigen, da bin ich mir sicher.«

»Oh, bitte, Bryn. Eigentlich sind Sie doch die Expertin für Entscheidungen, also stellen Sie sich den Tatsachen. Es gibt nur einen Weg, diese Sache zu bereinigen. Und übrigens, mein Name ist nicht Sandra, also hören Sie verdammt noch mal auf, mich so zu nennen.«

Kurz huscht ihr Blick hinüber zum Tisch. Ich kann nicht anders, als ihm zu folgen. Unter den diversen Arbeitsutensilien befindet sich ein Hammer. Mein Herz rast in purer Angst, als Sandra mich ansieht und wieder dieses Hexengrinsen zeigt. Jetzt weiß ich, warum der Hammer da liegt. Sie will mir damit den Schädel einschlagen.

Fast ohne nachzudenken schaue ich über ihre Schulter, reiße die Hände hoch und schreie: »Wer ist da?« Bescheuert, aber es funktioniert.

In der Sekunde, als sie sich umdreht, renne ich durch die Lobby, aber sie hat mich in Windeseile eingeholt. Sie greift nach meiner Bluse, reißt mich zurück und schlägt hart gegen meinen Kopf. Es fühlt sich an, als wäre ein Teil meines Gehirns erschüttert. Ich stolpere seitwärts, reiße den Arm hoch und versuche, den nächsten Schlag abzuwehren.

Aber da kommt kein nächster Schlag. Mein Kopf explodiert, aber ich schaffe es, mich umzudrehen. Sie ist zurück am Tisch und greift nach dem Hammer. Ich werde sie niemals einholen können. Ich stolpere ein paar Schritte rückwärts. Ich bemerke, dass ich immer noch die Geschenktüte in der Hand halte. Mehr habe ich nicht, um mich zu verteidigen.

Sandra tritt vor, den Hammer erhoben. Ihre Augen sind dunkel und leer. Als sie ausholt, schwinge ich den Beutel so fest ich kann in ihre Richtung. Sie weicht nach links aus, verliert ein wenig die Balance. Ich bewege mich rückwärts, lasse sie aber nicht aus den Augen. Sandra richtet sich auf und hebt wieder den Arm.

Ich greife in die Tüte, schnappe mir die Kerze, umklammere sie fest und donnere sie in einer kraftvollen Bewegung gegen ihren Schädel.

Als die Kerze in ihrem Gesicht landet, heult sie auf vor Schmerz. Die Kerze fällt zu Boden und zerbricht. Ich renne wieder los. Seit Monaten bin ich nicht mehr gelaufen, aber ich renne so schnell ich kann. Keine Zeit, mein Handy hervorzuholen, ich muss es einfach bis zum Ende der Halle, bis zur Tür, bis zum Auto schaffen. Ich erreiche den Korridor und laufe weiter. Hinter mir kein Laut.

Und dann habe ich es fast geschafft. Erst als ich den kleinen Raum am Ende erreiche, erkenne ich meinen Fehler. Ich habe den falschen Korridor erwischt, den mit dem Vorhängeschloss an der Tür. Ich schreie vor Verzweiflung auf. Kein Ausgang. Kein Ausweg.

In der Hoffnung, dass es nicht richtig sitzt, rüttle ich trotzdem an dem Vorhängeschloss, aber die Tür ist zu. Hektisch suche ich den Raum ab, vielleicht finde ich irgendwo einen Schlüssel. Aber nichts. Ich muss zurück.

Ich drehe mich um und taumle wieder in den Korridor. Vielleicht gelingt es mir, mich in einem der Räume zu verbarrikadieren und die Polizei zu rufen. Bevor ich das versuchen kann, sehe ich Sandra. Sie steht am Ende des Korridors und kommt mir nun entgegen. Ich kann den Hammer in ihrer Hand sehen.

Wie soll ich entkommen? Ich habe keine Chance, sie einfach so zu überwältigen. Mein Blick fällt auf die Metalltür in der Wand, die Tür zum Abwurfschacht für Schmutzwäsche.

Es scheint verrückt, aber es ist meine einzige Chance. Ich trete vor, reiße die Metalltür auf und schwinge mich, die Füße zuerst, hinein.

Sobald ich mich innen festgeklemmt habe, stoße ich mich mit Armen und Beinen an den Seiten ab. Ich muss es schaffen, mich irgendwie den Schacht entlang zu schieben, aber als die Tür über mir mit einem klickenden Geräusch schließt, verliere ich jede Orientierung. Doch einen Augenblick später rase ich den Schacht entlang nach unten, wobei mein Körper hart gegen die Seiten prallt. Ich wappne mich für die Landung in dem Wissen, dass ich mir dabei den Hals brechen könnte.

Innerhalb von Sekunden ist es vorbei. Ich lande hart auf den Füßen, aber der Untergrund ist eher dicht und weich, kein Zement. Mein rechter Fußknöchel kriegt die größte Wucht des Aufpralls ab. Ich jaule vor Schmerz auf und breche zusammen.

Einen Moment lang bleibe ich einfach so liegen und versuche, zu Atem zu kommen. Es riecht und fühlt sich an, als wäre ich in einem großen Haufen modriger Badetücher gelandet. Alle Kraft hat mich verlassen, aber ich bin bei Bewusstsein. Ich versuche, jedes Gelenk zu bewegen. Mein

Knöchel schmerzt wie Hölle, aber sonst scheint alles intakt zu sein.

Ich kneife die Augen zusammen und schaue mich um. Der Keller ist riesig, der größte Teil liegt im Dunkeln. Nur in den Bereich, der mich umgibt, fällt trübes Licht, das sich durch ein paar kleine verschmierte Fenster quält. Etwas weiter entfernt sehe ich eine Reihe von altertümlichen Waschmaschinen und Trocknern, darüber jede Menge Metallrohre.

Ich taste nach meiner Umhängtasche, die ich nicht verloren habe, wühle verzweifelt darin herum, finde das Handy und versuche, meine zitternde Hand soweit zu beruhigen, dass ich den Notruf wählen kann.

»Jemand versucht, mich zu töten«, sage ich mit gedämpfter Stimme zu der Frau am anderen Ende. »Ich verstecke mich im Keller der Washington Baths. Schicken Sie sofort einen Wagen. *Bitte.*«

»Können Sie Ihren Aufenthaltsort wiederholen?«

»Die Washington Baths im Saratoga Park. Sie sind geschlossen, aber ich bin hier im Keller.«

»Sind Sie in unmittelbarer Gefahr?«

»Ja! Ja, ich bin ziemlich sicher, dass sie immer noch im Gebäude ist. Sie hat zwei Frauen ermordet, und sie hat mich mit einem Hammer angegriffen.«

Und dann höre ich ein Geräusch. Vier, fünf Meter über mir wird die Metalltür wieder geöffnet. Ich glaube nicht, dass Sandra mich von da oben sehen kann, aber um auf Nummer sicher zu gehen, krieche ich soweit zur Seite wie möglich, das Handy fest umklammert.

»Sind Sie noch am Apparat?«, fragt die Telefonistin.

»Ja«, flüstere ich heiser. »Aber sie ist immer noch im Gebäude.«

Ich höre, wie die Metalltür sich quietschend schließt. Aber Sandra gibt nicht auf. Sie wird ganz sicher nach mir suchen.

»Bitte beeilen Sie sich«, flehe ich und schaue mich panisch um. Obwohl ich im matten Licht ein paar Meter weit sehen kann, liegen weite Bereiche des Kellers im Dunkeln. Irgendwo wird es eine Treppe in den ersten Stock geben, aber wenn ich sie benutze, ist die Gefahr groß, Sandra direkt in die Arme zu laufen. Und mit meinem Knöchel kann ich nicht mehr wegrennen.

»Die Polizei ist auf dem Weg«, sagt die Frau. Und dann, als könne sie meine Gedanken lesen, fügt sie hinzu: »Können Sie sich irgendwo verbarrikadieren?«

»Ich weiß nicht. Ich … ich versuche, etwas zu finden.« Ich rutsche bis zum Ende des Stoffhaufens und setze mich auf. Ich taste an meinem Handy herum, um die Lampenfunktion einzuschalten, und leuchte den Bereich vor mir ab. Zuerst sehe ich nichts als eine endlose Mauer aus Beton. Aber zu meiner Rechten befindet sich so etwas wie ein Durchgang.

Ich zwinge mich aufzustehen. Dabei versuche ich, meinen rechten Fuß so wenig wie möglich mit Gewicht zu belasten. Inzwischen habe ich stechende Schmerzen. Das rechte Bein nachziehend, humple ich die Wand entlang.

Aber es ist kein Durchgang, eher eine Art primitiver Tunnel mit Wänden aus bröckligem Beton, aus dessen Tiefe es nach Schmutz und Verwesung riecht. Außer wenigen Metern, die mein Handy erhellt, ist da nichts als tiefe Schwärze. Es fühlt sich an, als stünde ich am Eingang zur Hölle. Unter keinen Umständen bringe ich es über mich, dort hineinzulaufen.

Und dann höre ich es. Schritte, ganz weit links. Sie steigen eine Treppe herab, bedächtig und wachsam wie eine Dschungelkatze.

»Sind Sie noch dran … hallo?«

»Sch«, flüstere ich. »Sie hört uns.« Ich beende das Gespräch und versuche, das Licht auszuschalten. Meine Finger sind zu feucht, es geht nicht. Ich tippe wieder und wieder auf das Display, endlich geht die Leuchte aus.

Ein wenig Licht von den Fenstern erreicht mich noch. Ich taste mich den Tunnel entlang, verkrieche mich in den dunkelsten Winkel. Eine Weile ist das rauschende Blut in meinem Kopf das einzige Geräusch. Aber da ist noch etwas. Eine aufschwingende Tür, gefolgt vom Tappen flacher Ballerinas. Ich ziehe mich noch tiefer in den Tunnel zurück. Die Schritte kommen näher. Ich bleibe wie erstarrt stehen, mache mich an der Wand so klein wie möglich.

Dann glücklicherweise das gedämpfte Geräusch eines sich nähernden Autos mit Sirene.

Ich höre Sandra fluchen, wahrscheinlich nicht weit vom Tunnel entfernt. Sie bewegt sich wieder, aber dieses Mal entfernen sich ihre Schritte, und kurz darauf knallt die Tür zu.

Dennoch verlasse ich die sichere Dunkelheit nicht. Endlich ist es wieder völlig still. Mit zusammengebissenen Zähnen trete ich aus dem Tunnel und suche mit den Augen den Keller ab, aber kein Zeichen von Sandra. Ich nehme eine Bewegung an einem der Fenster wahr und schaue hoch. Dort oben erkenne ich die untere Hälfte eines Mannes.

»Ich bin hier unten!«, schreie ich.

Kurz darauf beugt ein Mann sich nach unten und blickt durchs Fenster. Weil es so verschmiert ist, kann ich sein Gesicht kaum sehen.

»Wer sind Sie?«, fragt er.

»Bryn Harper! Eine Frau hat mich angegriffen.«

»Wir kommen!«, ruft er.

»Seien Sie vorsichtig, sie könnte noch im Gebäude sein.«

»Bleiben Sie, wo Sie sind.«

Das tue ich, während Tränen der Erleichterung über mein Gesicht strömen.

KAPITEL 25

Der Mann entfernt sich vom Fenster, und dann umgibt mich vollkommene Stille. Ich warte im fahlen Lichtschein und zähle die Sekunden, während mir das Herz in der Brust hämmert. Eine Minute später ertönt über mir ein kurzes Gepolter, heftiges Aufstampfen von Füßen vielleicht. Vielleicht ist es Sandra, die versucht zu entkommen.

Minuten vergehen, zehn vielleicht, jede einzelne von ihnen endlos. Schließlich höre ich, wie die Tür wieder aufschwingt. Die Lichtkegel von zwei Taschenlampen irrlichtern über den Fußboden. Das müssen die Cops sein. Dann tauchen aus der Dunkelheit zwei Männer in Uniform auf, jeder mit einer Stablampe in der einen und einer Waffe in der anderen Hand.

»Hier bin ich!«, rufe ich.

»Wie ist Ihr Name?«

»Ich bin Bryn Harper. Ich habe angerufen.«

»Ist da noch jemand?«

»Nein, die Frau, die mich angegriffen hat, hat mich bis hierher verfolgt, aber als sie die Sirene hörte, ist sie nach oben gelaufen.«

Sie kommen näher, und ich kann ihre Gesichter erkennen. Einer ist mindestens fünfzig, der andere höchsten fünfundzwanzig.

»Okay«, sagt der Ältere und steckt seine Waffe ins Holster. »Nichts wie raus hier.«

Sie geleiten mich durch den Keller und über eine dunkle, muffig riechende Treppe nach oben. Mein Knöchel schmerzt bei jedem Schritt, und der ältere Polizist bemerkt, dass ich das rechte Bein nachziehe. Ich erkläre ihm, dass ich mich bei der Flucht verletzt habe.

Von der Treppe geht es weiter in einen Flur, und schon stehen wir in der riesigen Lobby, wo vor kurzem noch Sandra versucht hat, mir einen Hammer auf die Schädeldecke zu donnern. Einfach wieder hier zu sein, facht meine Panik aufs Neue an. Nur die Geschenktüten sind noch da und einige verstreute Werkzeuge. Sie werden zur Glaubwürdigkeit meiner Geschichte beitragen.

Langsam führen die beiden Männer mich den Korridor entlang, durch den ich das Gebäude betreten habe, und hinaus auf den Parkplatz. Der jüngere Polizist bleibt ein wenig zurück und murmelt in ein Walkie-Talkie.

Nicht weit von meinem Wagen entfernt, stehen zwei Streifenfahrzeuge, aber Sandras Auto ist nicht mehr da. Ärgerlich, aber ich kann mich nur noch daran erinnern, dass es sich um eine dunkle Limousine handelte. Davon abgesehen kenne ich nicht einmal Sandras wirklichen Namen.

»Was ist mit der Frau, die versucht hat, mich zu töten?«, frage ich den älteren Polizisten. »Konnte sie entkommen?«

»Die Verfolgung wurde aufgenommen«, sagt er. »Erzählen Sie doch einmal, was passiert ist. Und wir sollten einen Platz finden, wo Sie sich hinsetzen können.«

Er bringt mich zu einer maroden Bank aus Beton nahe der Eingangstür. Mit ausgestrecktem Bein lasse ich mich vorsichtig nieder. Der ältere Cop, sein Namenschild weist ihn als Garcia aus, beauftragt den jüngeren, einen Krankenwagen zu rufen. Dann nickt er, zieht ein ledergebundenes Notizheft heraus und wendet mir seine Aufmerksamkeit zu.

Bevor er auch nur eine Frage stellen kann, platze ich mit allem heraus. Dass eine Frau, die von meinem Mann besessen ist, mich hierherlockte und versucht hat, mich zu töten, dass sie wortreich zugegeben hat, Eve Blazer und Miranda Kane ermordet zu haben, dass sie geflüchtet ist, als sie die Sirenen hörte. Garcia gelingt es, ein unbeteiligtes Gesicht machen, aber der jüngere Polizist sieht aus, als hätte ich gerade erklärt, Massen von außerirdischen Eiern lägen im Keller zum Ausbrüten bereit. Ich ignoriere ihn und konzentriere mich auf Garcia.

»Sie dürfen sie nicht davonkommen lassen«, sage ich flehentlich. »Ich kenne nicht ihren richtigen Namen, aber mein Mann bestimmt.« Ich gebe ihm Guys private und berufliche Telefonnummer.

Ich bemerke, dass ihm eine Frage auf der Zunge liegt, aber dann rollt ein Zivilfahrzeug auf den Parkplatz. Mazzola fährt, und Corcoran sitzt auf dem Beifahrersitz. Sobald das Auto steht, reißt sie die Tür auf und stapft auf mich zu, Mazzola im Schlepptau. Sie ist nicht überrascht, mich zu sehen, und mir wird klar, dass gewisse Fakten schon bei ihr angekommen sind, wahrscheinlich durch den Kollegen am Walkie-Talkie.

»Legen Sie los«, sagt sie, kaum dass sie die Bank erreicht hat.

Ich wiederhole, was ich dem uniformierten Polizisten erzählt habe, ergänze diesmal aber so viele Einzelheiten wie möglich. Während ich die Geschichte erzähle, wird mir klar, wie verzweifelt ich versuche, meine Worte so zu wählen, dass ich nicht verrückt oder schuldig oder beides klinge. Mein Wort gegen Sandras – oder wer auch immer sie ist. Das gilt mindestens so lange, bis sie man sie durch Beweise mit den Morden in Verbindung bringen kann.

Ich erwarte, dass Corcoran mich mit Fragen löchert, aber

sie hört hauptsächlich mit neutralem Gesicht zu. Bis zu dem Punkt, als ich von meiner Flucht in den Keller berichte. Verblüfft neigt sie den Kopf zur Seite.

»Sie wollen mir erzählen, Sie wären in den Schacht gesprungen und hätten dabei riskiert, sich den Hals zu brechen?«

Ich kann nicht anders, aber ihre Bemerkung empört mich.

»Ja. Eine Frau, die zugegeben hatte, zwei andere Frauen erschlagen zu haben, war mit einem Hammer hinter mir her. Ich hätte alles versucht, um ihr zu entkommen.«

Corcoran wiegt den Kopf, und es sieht so aus, als würde sie mir die Geschichte abnehmen, aber sicher bin ich mir nicht. Mazzola hingegen wirkt beeindruckt.

»Okay, wir müssen sie auf die Wache bringen, um eine vollständige Aussage aufzunehmen«, sagt Corcoran.

Was, wenn sie denkt, ich wäre verrückt?

»Detective«, unterbricht der ältere Polizist, »wir haben einen Krankenwagen bestellt. Sie hat sich den Fuß übel geprellt.«

Zur Bestätigung – denn ich weiß, dass mein Glaubwürdigkeitsfaktor bei Corcoran immer noch lausig niedrig ist – beuge ich mich vor und ziehe das Hosenbein meiner Jeans hoch. Inzwischen ist das Gelenk auf die Größe einer Honigmelone angewachsen.

Sie lässt ein frustriertes Aufstöhnen hören. Das kippt eine große Schaufel Sand in ihr Getriebe. Und wie aufs Stichwort ertönt die Sirene eines Krankenwagens. Corcoran nimmt den jungen Streifenpolizisten ins Visier.

»Begleiten Sie die Ambulanz zur Notaufnahme des St. Peter's«, verlangt sie, »und sagen Sie ihnen, diese Patientin hat Priorität. Wir brauchen sie auf der Wache, sobald sie untersucht wurde.«

Ein Teil von mir würde lieber das Krankenhaus auslassen und sofort aufs Revier fahren. Es geht mir nicht nur darum, die Vernehmung hinter mich zu bringen, ich will auch wissen, was ich wegen Sandra unternehmen kann. Es hieß, die Verfolgung sei aufgenommen worden, aber ich weiß nicht, ob sie überhaupt eine Spur haben. Das Krankenhaus wird mir auf jeden Fall ein wenig Zeit verschaffen, das Anwaltsbüro anzurufen und klarzumachen, dass ich mehr brauche als nur eine telefonische Beratung. Und auch Zeit zum Nachdenken.

Ich stehe auf und will zum Krankenwagen humpeln, als etwas um die Ecke des Gebäudes schießt. Ich verkrampfe mich in der Angst, es könnte Sandra sein, und einer der Polizisten legt eine Hand an die Waffe. Zu meinem Schreck sehe ich, dass es sich um Derek handelt.

»Sir, bleiben Sie stehen«, verlangt Garcia.

»Ich kenne ihn«, rufe ich. »Er ist ein Freund.«

Ist er das wirklich?

»Das geht trotzdem nicht«, sagt der Cop. »Das ist ein Tatort.«

»Bryn, sagen Sie mir nur, ob es Ihnen gutgeht?«, ruft Derek.

»Ja, nur ein bisschen mitgenommen. Aber woher wussten Sie, dass ich hier bin?«

»Ich musste die ganze Zeit an das denken, was Sie gesagt hatten über die Washington Baths. Mir fiel ein, dass die längst geschlossen sind.«

»Bleiben Sie, wo Sie sind!« Dieses Mal ist es Corcoran. Sie wendet sich an Mazzola und beauftragt ihn, Derek festzuhalten und zu befragen. Bevor ich etwas sagen kann, werde ich zum Krankenwagen eskortiert.

Kaum haben wir den Parkplatz verlassen, schneidet einer

der Sanitäter das rechte Hosenbein meiner Jeans auf. Er untersucht den Knöchel und vermutet, dass er lediglich verstaucht ist, nicht gebrochen. Doch nur ein Röntgenbild wird das bestätigen können. Das Krankenhaus, so sagt er, liege ganz in der Nähe. Während er den Knöchel kühlt, suche ich nach meinem Telefon und rufe die Kanzlei an. Ich erkläre der Assistentin, dass ich angegriffen wurde und so schnell wie möglich einen Anwalt brauche.

Fünf Minuten später bin ich in der Notaufnahme und bekomme eine Art VIP-Behandlung. Flott geht es zu einem Bett ein wenig abseits der übrigen Patienten. Der Streifenpolizist, der uns folgen soll, kommt fast gleichzeitig mit mir an. Er zieht einen Stuhl heran und setzt sich neben mein Bett. Zwei Minuten später erscheint eine Ärztin, zieht die Vorhänge rundherum zu und wirft einen ersten Blick auf meinen Knöchel. Auch sie glaubt nicht, dass es sich um einen Bruch handelt. Sie verspricht mir, dass wir so schnell wie möglich röntgen können.

Sie zieht den Vorhang wieder hinter sich zu, und ich fühle mich wie in einem dünnen Kokon.

Momentan bin ich mir nicht nur meines pochenden Knöchels, sondern auch meines restlichen Körpers voll bewusst. Leichte Kopfschmerzen, und der rechte Ellenbogen schmerzt, wahrscheinlich von der Reibung während meines Sturzes durch den Schacht. Außerdem ist da ein schräges Gefühl in Armen und Beinen, als ob Knallfrösche dicht unter meiner Haut säßen. Ich frage mich, ob mir nach dem gewaltigen Ausstoß von Adrenalin ein Zusammenbruch bevorsteht.

Ein Gedanke taucht wie aus dem Nichts auf: *Ich muss Guy anrufen.* Aber es ist nur ein Instinkt, ein Reflex aus der Zeit, den ich in Zukunft unterdrücken muss. Ich bin wieder allein. Immerhin, denke ich bitter, ist Guy kein Mörder. Er ist einfach nur die Person, die diese ganze Geschichte in Gang gesetzt hat.

Ich atme mehrfach tief durch, versuche mich zu beruhigen und lasse meinen Kopf auf das Kissen fallen. Nach ein paar Minuten bin ich etwas entspannter. Und dann, wie absurd, stiehlt sich ein Lächeln auf mein Gesicht. Abgesehen von allem, was mir noch bevorsteht, bin ich am Leben. Ich habe mich gerettet. Vielleicht waren einige meiner Entscheidungen in letzter Zeit dumm, aber als ich in diesem verfallenen Badehaus vor dem Schacht stand, hat mein Überlebensinstinkt sämtliche Optionen abgewogen und eine Wahl getroffen, die mir das Leben gerettet hat.

Es dauert zwei volle Stunden, bis ich im Fond eines Streifenwagens unterwegs zum Polizeirevier bin. Ich halte den Kopf gesenkt und bete, dass mich niemand erkennt. Mein Knöchel ist verstaucht und wird innerhalb weniger Wochen heilen. Ich wurde bandagiert, und man hat mir ein Paar Krücken verpasst.

Über E-Mail weiß ich, dass mich auf der Wache ein Rechtsbeistand erwartet. Es ist nicht der von Susan empfohlene – er ist anderweitig verpflichtet –, aber eine seiner Partnerinnen, Tina Oliver, die zumindest am Telefon mehr als kompetent klingt. Ich habe sie schon mit den Eckpunkten vertraut gemacht.

Als ich auf der Wache eintreffe, in Begleitung der Polizisten, wartet Oliver im kleinen Vorraum. Sie trägt einen dunkelblauen Hosenanzug und sieht motiviert aus. Sie ist eine Afroamerikanerin um die fünfzig, mit sehr kurz geschnittenem Haar und vollem Gesicht. Sie schüttelt mir die Hand und weist auf einen kleinen Besprechungsraum hin, der für uns bereitsteht. Sie ist kurz angebunden und macht dadurch klar, dass wir schweigen sollten, ehe wir unter uns sind.

Der Streifenpolizist muss uns angekündigt haben, denn kaum eine Minute später stößt Corcoran zu uns. Sie beäugt die Krücken und meinen Fuß, äußert sich aber nicht weiter. Immerhin grüßt sie Tina Oliver. Sie geleitet uns durch die Tür in einen anderen Raum.

Es genügen zwei Worte, um die Atmosphäre dort zu beschreiben: umgestürzter Bienenstock. Etwa ein Dutzend Cops sind bei der Arbeit, einige reden miteinander, andere in ihr Telefon. Fast alle drehen sich neugierig um, als wir ihre Schreibtische passieren und einen kurzen Flur betreten.

»Wir möchten Ms. Harpers Aussage so schnell wie möglich haben«, teilt Corcoran meiner Anwältin mit, als sie uns die Tür zu einem kleinen Raum aufschließt, der mit einem Tisch und diversen Stühlen überfüllt wirkt.

»Verstehe«, antwortet sie. »Aber ich möchte mich mit meiner Klientin zuerst allein unterhalten. Wir geben Bescheid, wenn wir fertig sind.«

Als Corcoran die Tür hinter sich geschlossen hat, lautet ihre erste Frage, ob ich überhaupt eine Aussage machen wolle.

»Sie haben eine Menge durchgemacht, Bryn – darf ich Sie so nennen? Ich kann das hier für Sie hinauszögern, bis Sie bereit sind.«

»Nein, ich möchte es hinter mich bringen«, sage ich. »Besonders, solange alles noch frisch ist. Zuerst muss ich aber wissen, ob man die Frau gefasst hat, die mich angegriffen hat?«

»Nach dem, was ich aufgeschnappt habe, soll eine Frau namens Lisa Wallins verhaftet worden sein. Ihr gehört eine kleine PR-Firma, und man nimmt an, dass es sich um die betreffende Person handelt.«

»Ist sie hier?«

»Nein, keine Angst. Sie wurde wohl ins örtliche Gefängnis gebracht. Das wird nicht ohne Grund geschehen sein. Der Privatdetektiv, den unsere Kanzlei beschäftigt, hat einem Backgroundcheck gemacht, und die Frau ist schon in zwei Fällen als Stalkerin auffällig geworden. Keine Haftstrafe allerdings.«

»Wow, sie ist also schon als Durchgeknallte bekannt. Gut, dass sie nicht hier ist. Sie noch einmal zu sehen, könnte ich nicht ertragen.«

»Ich muss Sie aber warnen. Offensichtlich befindet sich Ihr Mann im Gebäude.«

In mir zieht sich sofort alles zusammen. Nach Sandra ist er der letzte Mensch auf dem Planeten, den ich sehen will.

»Woher wissen Sie das?«

»Ich stehe mit Mr. Maycock in Verbindung und habe ihm mitgeteilt, dass ich nun übernehme. Er meinte, dass auch er auf dem Weg hierher ist. Ich habe ihn vor einer Stunde mit einem Mann gesehen, von dem ich annehme, dass es sich um Guy Carrington handelt. Er sah sehr mitgenommen aus.«

»Das hoffe ich doch«, sage ich, ohne meine Wut zu verhehlen.

Tina zieht ein Notizbuch aus ihrer Ledermappe, legt es auf den Tisch und fordert mich mit einer Geste auf, Platz zu nehmen.

»Ich weiß, dass Sie am Telefon schon eine Menge erzählt haben, aber lassen Sie uns die Sache noch einmal durchgehen. Und dann kümmern wir uns darum, Sie hier rauszuholen.«

Nachdem ich Tina so detailliert wie möglich ins Bild

gesetzt habe, kann ich die Geschichte allmählich nicht mehr hören. Aber Tina imponiert mir. Ihre Fragen sind klug und intuitiv. Sie ist gleichzeitig distanziert und mitfühlend.

»Mir ist klar, dass die Situation alles andere als angenehm für Sie ist, Bryn«, sagt sie, nachdem mir wirklich nichts mehr einfällt. »Aber ich bin bei Ihnen.«

Die Befragung durch Corcoran und Mazzola verläuft problemlos, besser als erwartet. Diesmal lässt nichts an ihren Fragen darauf schließen, dass ich irgendwie schuldig oder wenigstens eine üble Lügnerin sein soll. Man behandelt mich wie eine Zeugin, deren Informationen benötigt werden. Sie wollen alles über eine Lisa Wallins wissen, wann sie zum ersten Mal auftauchte, wie oft wir uns getroffen haben, was sie zu mir gesagt hat, insbesondere ihr Geständnis im Badehaus.

Es wundert mich nicht, dass Corcoran verärgert reagiert, als ich endlich mit der Geschichte über die Streichhölzer herausrücke, aber ich erkläre ihr, dass diese Information in keiner Weise mit dem Mordfall Eve Blazer in Verbindung zu stehen schien. Sie wirft mir einen Blick zu, der übersetzt heißt: Das hätten Sie lieber mir überlassen sollen!

Natürlich fragen sie auch nach Guy, ob ich einen Beweis für eine Beziehung mit Lisa Wallins habe.

Glaubt sie, ich wollte diese Lisa treffen, weil ich etwas vermutet habe?

»Ich hatte keine Ahnung«, sage ich. »Von einer Beziehung habe ich heute zum ersten Mal gehört.«

»Wie hat Ihr Mann reagiert, als Sie ihm erzählten, dass eine Frau vorbeigeschaut hätte, um Ihnen einige Broschüren vorbeizubringen?«

»Ich glaube nicht, dass er sie auch nur eine Minute im Sinn hatte.«

Corcoran tippt mit ihrem Kugelschreiber mehrfach auf die Tischplatte, bevor sie die nächste Frage stellt.

»Sie sagten, Sie wohnen gerade im Saratoga Arms. Leben Sie und Ihr Mann nicht mehr zusammen?«

»Nein, das tun wir nicht. Ich hatte irgendwann das Gefühl, dass zwischen ihm und Eve Blazer doch etwas war. Ich dachte nicht, dass ich ihm noch vertrauen kann.«

Ich belasse es dabei. Nach allem, was geschehen ist, was Guy mit seiner Untreue in Gang gesetzt hat, wird das Opernhaus ihn wohl kaum weiter beschäftigen, und ich möchte ihm nicht mehr schaden als nötig.

Später in der Vorhalle wispert Tina mir zu, ich hätte das sehr gut gemacht.

»Meine Aussage allein reicht nicht aus, nicht wahr?«, sage ich. »Sie brauchen noch weitere Bestätigungen, um Lisa Wallins festzunageln.«

»Das denke ich auch. Vielleicht haben sie Beweise gefunden, die auf sie hinweisen. Vielleicht das Prepaidhandy, dass sie benutzt hat, um Sie am Tag, an dem der Mord geschah, anzurufen. Aber jetzt müssen Sie sich ausruhen. Ich fahre Sie zur Pension.«

Plötzlich fällt mir ein, dass mein Wagen noch beim Badehaus steht. Allerdings könnte ich ihn momentan sowieso nicht fahren. Ich nicke dankend und frage mich, wie ich die nächsten Tage bewerkstelligen soll.

Sobald ich auf den Gehweg trete, sehe ich ihn: Derek.

»Bryn, was ist denn los?«, fragt er und läuft auf mich zu. »Ich habe versucht, Sie im Krankenhaus ausfindig zu machen, aber sie wollten mir keine Auskunft geben. Dann dachte ich, ich komme hier vorbei.«

Einem Teil von mir tut es gut, ihn zu sehen und dass er sich so bemüht hat, mich zu finden, aber mir ist immer noch unwohl bei dem Gedanken, dass er sich am Abend der Dinnerparty mit Eve in der Küche unterhalten hat.

»Das ist eine lange Geschichte. Kann ich Sie später anrufen? Ich möchte jetzt zurück in meine Pension.«

»Darf ich Sie wenigstens dort absetzen?«, fragt er.

Tina zieht die Augenbrauen hoch, als wolle sie fragen: Ist das für Sie in Ordnung? Ich überlege einen Moment und willige dann ein.

»Ich habe mir Sorgen gemacht« sagt Derek, sobald Tina sich verabschiedet hat.

Ich schaue ihn nur an.

»Warum haben Sie mir nie erzählt, dass Sie sich mit Eve unterhalten haben?«

»Was?«

»Bei unserer Dinnerparty. Ich weiß, dass Sie mit ihr gesprochen haben. Als wir uns dann während des Lunch über den Mord unterhalten haben, haben Sie nichts davon erwähnt. Und als ich Ihnen heute davon erzählte, dass der Kellner Eve mit einem Mann in der Küche gesehen hat, haben Sie nicht zugegeben, dass Sie das waren. Das ist doch eigenartig.«

»Ja, Sie haben recht. Erinnern Sie sich daran, dass sie für einen Freund von mir einen Abend ausgerichtet hatte? Sie hatten sich öfter getroffen, und er war ganz hin und weg von ihr. An diesem Abend sprach sie mich an und fragte mich über ihn aus. Sie hat ziemlich geflirtet. Irgendwas hatte sie vor, aber ich weiß nicht, was.«

»Warum haben Sie das nie erwähnt?«

»Meine einzige Entschuldigung ist, dass ich ihn schützen wollte. An dem Tag, als wir uns zum Lunch getroffen haben, kannten wir uns kaum, und ich hatte Angst, dass Sie es bei der Befragung erwähnen könnten und er dann die Polizei am Hals hätte. Ich wusste, dass er sie nie im Leben getötet haben konnte, aber er ist der Typ Mann, den die Cops für ihr Leben gern gepiesackt hätten.«

Ich schaue ihm in die Augen und versuche, seine Glaubwürdigkeit abzuschätzen. In den letzten Wochen hat man mir so viele Lügen aufgetischt, dass ich schon nicht mehr weiß, ob auch dies eine ist. Für den Moment allerdings will ich ihm glauben.

»Okay.«

Er sagt, er müsse seine Wagen holen, und rennt den Gehweg entlang. »Bin in zwei Minuten wieder da«, ruft er über die Schulter.

Ich stehe allein da und stütze mich auf den Krücken ab. Das Schmerzmittel, das man mir in der Notaufnahme gegeben hat, verliert langsam an Wirkung, und in meinem Knöchel pocht es wieder, eine böse Erinnerung an diesen Morgen.

Ein Schatten fällt auf den Bürgersteig, und als ich aufblicke, sehe ich zu meinem Schreck, dass Guy vor mir steht. Er trägt das Jackett über dem Arm und hat die Hemdärmel aufgekrempelt. Er sieht abgezehrt und bleich aus. So habe ich ihn noch nie gesehen, nicht einmal bei der Beerdigung seiner Mutter.

»Bryn«, sagt er und bleibt mit einigem Abstand zu mir stehen. »Bitte sag mir, dass es dir gutgeht.«

»Geh einfach weg, Guy.«

»Ich weiß ein wenig über das, was heute passiert ist. Es tut mir so leid, ich schäme mich. Wenn dir etwas passiert wäre …«

»Ach, bitte. Du bist nicht auf die Idee gekommen, dass dein Verhalten Konsequenzen haben könnte?«

»Ich wollte dir nie wehtun, Bryn. Ich habe mich im Frühling so allein gefühlt. Es sah so aus, als könnte ich dir einfach nicht helfen.«

Er ist so aalglatt, fällt mir wieder einmal auf. Kein Wunder, dass er Geldgeber so gut um den Finger wickeln kann.

»Ich sagte, geh weg, Guy. Ich will nichts mehr mit dir zu tun haben.«

»Aber …«

»Wenn du noch ein Wort sagst, rufe ich nach der Polizei.«

Er presst die Lippen aufeinander, dreht sich um und läuft mit hängenden Schultern die Lake Street entlang. Ich spüre, wie eine große Portion Bitterkeit sich in mir ausbreiten will, aber ich lasse es nicht zu.

Schließlich lebe ich. Ich habe alles auf eine Karte gesetzt und bin in einen Schacht gesprungen und habe überlebt. Und dafür bin ich dankbar.

KAPITEL 26

Fast vier Wochen später treffe ich mich an einem strahlenden Tag mit Derek auf dem Parkplatz des Saratoga National Historic Park, dem wichtigsten Schauplatz des Unabhängigkeitskrieges, etwa zwanzig Minuten außerhalb von Saratoga Springs. Ich bin in einem neuen Mietwagen hier, den ich mir für diese Fahrt Richtung Norden zugelegt habe. Ich lebe wieder in Manhattan und will hier höchstens achtundvierzig Stunden bleiben.

So sehr ich auch meine Angst im Zaum halten wollte, hatte ich seit dem Moment, als ich gestern Nachmittag auf den New York State Thruway fuhr, doch ein mulmiges Gefühl.

Kurz bevor ich Saratoga verließ, wurde Sandra Dowd, alias Lisa Wallins, der Morde an Eve Blazer und Miranda Kane angeklagt. Eine DNA-Analyse konnte sie glücklicherweise mit der Axt in Verbindung bringen, mit der Eve ermordet wurde. In den letzten Wochen haben die Staatsanwältin und ich uns mehrmals am Telefon unterhalten, aber sie wollte mich unbedingt persönlich treffen. Dort war ich heute Morgen in Begleitung von Tina.

Es gibt noch einen Grund für diesen Trip. Ich wollte Zeit mit Derek verbringen. Am Abend bevor ich Saratoga verließ, haben wir zusammen gegessen, nachdem ich mir den Grund für sein Gespräch mit Eve bestätigen lassen konnte, aber ich war immer noch so durch den Wind, dass ich mich kaum auf ihn einlassen konnte. Trotz des ganzen Aufruhrs in meinem Leben geht es mir jetzt besser. Meine Energie ist zurück, und ich habe mich auf diesen Nachmittag mit ihm gefreut. Er war derjenige, der ein Picknick auf dem Schlachtfeld vorgeschlagen hat.

Derek wartete schon auf dem Parkplatz, als ich ankam. In Jeans und einem grünen T-Shirt lehnte er im Sonnenschein an seinem Wagen, und sein Anblick erfüllte mich mit unvermuteter Freude.

»Haben Sie immer noch Lust darauf?«, fragt er, nachdem wir uns zur Begrüßung umarmt haben. Ich kann den Zitrusduft seiner Seife riechen.

»Absolut.«

»Und Ihr Knöchel schafft das?«

»Ja, es geht ihm schon viel besser«, sage ich lächelnd. »Alles gut, solange Ihr Plan mehr Picknick als Besichtigung vorsieht.«

»Alles klar.«

Er schnappt sich eine Tragetasche aus seinem Wagen, und wir ziehen los, kreuz und quer über das mit Wildblumen übersäte Gebiet, drum herum sattes Ackerland und im Hintergrund blaugrüne Berge. Es ist ein wundervoller Tag. Obwohl die Sonne hoch am Himmel steht, ist die Luftfeuchtigkeit niedrig, dazu weht eine sanfte Brise.

Derek erzählt ein wenig über die Schlacht hier, die eigentlich aus zwei Schlachten im Abstand von wenigen Tagen bestand. Ich empfinde Trauer, wenn ich an die vielen Toten denke und an die Einsamkeit der britischen Soldaten, tausende von Meilen von zu Hause entfernt, von Verwandten und Familien, die sie vielleicht nie mehr wiedersehen würden.

Nach etwa zwanzig Minuten erreichen wir ein abgeschiedenes Plätzchen mit Blick auf den glitzernden Hudson

River, der hier so viel schmaler ist als in New York. Derek schlägt vor, an dieser Stelle das Picknick vorzubereiten. Er zieht eine Decke aus der Tragetasche, ein Paket mit Sandwichs, eingewickelt in Butterpapier, und zwei Flaschen Mineralwasser. Und eine Tüte der berühmten Saratoga Kartoffelchips.

»Die konnte ich mir nicht verkneifen«, grinst er. »Sie sollten wenigstens ein paar positive Erinnerungen an Saratoga mitnehmen.«

»Oh, die Stadt selbst mag ich sehr. Nur nicht, was sich dort ereignet hat. Für mich ist auch das eine Art Schlachtfeld.«

Ich helfe ihm, die Decke auszubreiten, und wir nehmen Platz. Ich trage Shorts und Sandalen, und es fühlt sich großartig an, die Sonne auf Armen und Beinen zu spüren. Während Derek eine Flasche Mineralwasser öffnet, packe ich die Sandwichs aus. Sie entpuppen sich als Baguettes mit Tomaten, Basilikum und Mozzarella, und ich sage ihm, wie sehr ich diese Kombination liebe.

»Ich habe bei Ihnen auf eine Caprese-Liebhaberin getippt.«

»Irgendwann werde ich eine Pilgerfahrt nach Capri machen, um dieses Gericht in seinem natürlichen Biotop zu mir zu nehmen.«

»Schön, Sie so reden zu hören, ich meine, dass Sie sich auf die Zukunft konzentrieren und nicht auf den ganzen Mist, der Ihnen widerfahren ist.«

»Ja, ich versuche, nach vorne zu schauen. Ich denke an Reisen, die ich unternehmen möchte … an mein nächstes Buch. Es geht um Neuanfänge, und ich werde vielleicht darüber schreiben, was mir zugestoßen ist.« Ich lächle zaghaft. »Ich werde mich selbst neu erfinden müssen.«

Ich weiß nicht genau, was der Auslöser war, aber meine Schreibblockade scheint vorüber zu sein. Vielleicht, weil ich endlich wieder mehr mit mir im Reinen bin.

»Wie war Ihr heutiges Treffen?«

»Gut. Die Staatsanwältin scheint klug zu sein, und sie hat mich mit deutlich mehr Respekt behandelt als Corcoran. Gut möglich, dass Lisa – oh Gott, ich kann mich immer noch nicht daran gewöhnen, sie so zu nennen – auf Unzurechnungsfähigkeit plädiert und sich auf einen Deal einlässt. Aber es kann auch eine Gerichtsverhandlung geben, und ich muss mich dafür wappnen.«

Derek schüttelt unwillig den Kopf. »Wenn man sich überlegt, dass Miranda Kane praktisch wegen nichts gestorben ist, einfach nur, weil sie an diesem Tag im *Dock Brown's* war und Lisa sie bemerkt hat ...«

»Nun ja, auch Eve ist wegen nichts umgebracht worden. Guy hat ausgesagt, dass er nichts mit ihr hatte. Als ich mit Lisa zum Mittagessen war, hat sie behauptet, Eve hätte eine Affäre mit einem verheirateten Mann, aber ich glaube, sie wollte mich nur ärgern. Ich vermute, Eve sollte Guys *nächste* Eroberung werden. Er war nur noch nicht so weit.«

»Ich habe ein bisschen was über Lisa von meinem Reporterfreund gehört«, sagt Derek, nachdem er in sein Sandwich gebissen hat. »Er hat Leute interviewt, die sie kannten, größtenteils Kunden, denn viele Freunde hatte sie nicht. Ein Wort, das immer wieder auftauchte, war *angespannt*. Nicht beim ersten Treffen, aber wenn man sie näher kennenlernte. Es ist, als hätte sich ihre Verrücktheit über kurz oder lang gezeigt.«

»Wahrscheinlich ist das auch Guy so gegangen. An diesem Tag im Badehaus hat sie mir gesagt, dass er sich eine Weile von ihr fernhalten wollte, weil ich hierherzog. Jetzt denke ich, dass er gerochen hat, was für eine gestörte Frau sie ist.«

Derek berührt meine Hand und lächelt schwach. »Ich weiß, es hört sich makaber an, aber ich bin sehr froh, dass sie beschlossen hat, sich erst mal auf Eve zu stürzen, nicht auf Sie«, sagt er. »Sonst wären Sie wahrscheinlich nicht mehr am Leben.«

Auch ich lächle ihn an und mustere ihn, wie er lässig auf der Decke liegt, wie nichts an seiner Erscheinung harmonisch scheint und doch so attraktiv wirkt.

»Anfangs hat sie Eve ganz klar als Bedrohung gesehen«, sage ich. »Ich war ein Mühlstein um Guys Hals, aber sie rechnete sich aus, dass er mich im richtigen Moment schon loswerden würde. Sie musste nur dafür sorgen, dass ich mich noch deprimierter fühlte. Die verkohlten Streichhölzer, der Schock am Tatort, der Anruf mit dem knisternden Feuer all das sollte mich endgültig ausrasten lassen.«

»Warum nur hat sie am Ende beschlossen, Sie zu töten?«

»Sie hat mich die ganze Zeit über im Auge gehabt, zuerst aus Neugier, dann wohl, um sicherzustellen, dass ich nicht auf irgendwelche Ideen komme. Als ich sie anrief, um etwas Privates mit ihr zu besprechen, haben alle ihre Alarmglocken geschrillt. Sie hat mich ins Badehaus gelockt, ohne genau zu wissen, was ich vorhatte, aber fünf Minuten nach meiner Ankunft gemerkt, dass ich ihr auf die Schliche gekommen war.«

Ich nehme einen Schluck Wasser, reiße dann die Tüte mit den Kartoffelchips auf. Ich biete sie zuerst Derek an und bediene mich dann selbst.

»Ich muss wohl ein paar Packungen davon mit nach Manhattan nehmen.«

»Ist es für Sie okay, wieder in der Stadt zu sein?«

Derek schaut mich unverwandt an, und ich glaube in seinen grünen Augen eine Spur Wehmut zu entdecken. Mir ist klar, dass er mich gerne wiedersehen wollte.

»Es war gut, wieder zu Hause zu sein, meine Freunde um mich zu haben. Und obwohl ich ihn angefleht habe, nicht zu kommen, ist mein Bruder aus Djakarta eingeflogen. Zum Glück konnte er es mit ein paar geschäftlichen Terminen verbinden.«

»Schade, dass er auf der anderen Seite der Erdkugel lebt.«

»Ja, aber nicht mehr lange. Er zieht im November zurück. Ich fühle mich schuldig, weil ich bei dieser Entscheidung eine nicht ganz unwichtige Rolle gespielt habe, aber ich bin so selbstsüchtig, zuzugeben, dass ich dankbar dafür bin. Manchmal denke ich, dass er mir die Heirat mit Guy ausgeredet hätte, wenn er hier gewesen wäre. Natürlich weiß ich nicht, ob ich auf ihn gehört hätte.«

»Guy ist schrecklich charmant. Unfassbar, aber nachdem ich ihn kennengelernt hatte, habe ich tatsächlich hundert Dollar für seine Opernkompanie gespendet, dabei mag ich Oper nicht einmal sonderlich.«

»Aber ich bin diejenige, die ein Buch über Entscheidungen geschrieben und am Ende die dümmste aller Entscheidungen getroffen hat. Einer meiner Hauptfehler war wohl, dass ich diese Hochzeit nie als Entscheidung gesehen habe, die ich treffen oder eben nicht treffen konnte.«

»Warum nicht?«

Eine ziemlich direkte Frage, die viele so nicht stellen würden, aber ich bin froh darüber. Sie beweist die Geradlinigkeit, die ich an Derek so mag. Es ist eine Frage, die ich nicht so einfach beantworten kann.

»Einige Jahre nach dem Tod meiner Eltern war für mich jede tiefer gehende Beziehung tabu. Ich habe mich voll ins

Schreiben geworfen, hatte in Wahrheit aber wohl nur Angst davor, mich noch einmal fest zu binden. Manchmal hatte ich das Gefühl, ich würde nie wieder eine längere Beziehung mit einem Mann haben. Als ich Guy traf und mich Hals über Kopf in ihn verliebte, fühlte es sich magisch an, als hätten die Götter sich endlich entschlossen, mich von meiner Trauer zu befreien. Ich habe es als Geschenk angesehen, nicht wie etwas, bei dem ich abwägen muss, was für mich gut ist oder schlecht.«

»Es heißt, Guy sei entlassen worden.«

»Ja, aber nach dem, was ich gehört habe, war das wegen seines schlechten Benehmens hier in der Stadt. Ich weiß nicht, ob seine alten Sünden schon ans Licht gekommen sind.«

»Ob irgendjemand überhaupt alle seine Geheimnisse kennt?«

»Da bin ich inzwischen ziemlich gut informiert. Die Scheidungsanwältin hat einen Privatdetektiv verpflichtet, weil ich so viel wie möglich zusammentragen muss. Den Betrug in Dallas hat er bestätigt. Und Guy benutzte in Texas seinen mittleren Namen, weil er in Chicago viele seiner privaten Ausgaben über die Kreditkarte seiner Firma abgerechnet hatte. Das ist wohl alles. Immerhin ist er kein Soziopath wie Sandra. Er ist einfach nur ein schlimmer Kerl, jemand, der alle für seinen persönlichen Vorteil ausnutzt. Ich war für ihn einfach nur ein ansehnliches Bankkonto, aber ich glaube dennoch, dass ein Teil von ihm mich wirklich geliebt hat.«

Was ich nicht anspreche – warum auch? – sind Guys zahllose Mails und Anrufe in den letzten Wochen. Er will zu mir zurückkommen. Obwohl ich darauf nicht reagiere, habe ich sie doch gelesen und angehört. Dabei kam mir derselbe

Ausdruck wie damals im Congress Park in den Sinn: Er ist raffiniert. Mein Anwalt musste ihn auffordern, damit aufzuhören.

»Was ich Sie nie gefragt habe«, sagt Derek mit nachdenklichem Gesichtsausdruck, »ist, wann Sie gemerkt haben, dass an seiner Geschichte etwas faul ist?«

Ich erzähle ihm von meinen Hotelträumen, in denen ich immer ein Zeichen vermutet habe. Derek schüttelt ungläubig den Kopf.

»Unfassbar«, sagt er. »In meiner ersten Zeit als Lehrer hatte ich den klassischen Alptraum, total unvorbereitet vor meiner Klasse zu stehen, aber nie so schlimme Träume wie die Ihren.«

»Ich weiß, schon erstaunlich, wozu unser Unterbewusstsein in der Lage ist. Als die Träume zum ersten Mal auftauchten, war es nicht zu übersehen, dass sie etwas mit dem Unfall zu tun hatten. Ich wusste nur nicht, warum sie erst drei Monate danach begannen. Den ersten hatte ich hier in Saratoga. Dr. Greene glaubt, dass erst das ständige Beisammensein mit Guy sie heraufbeschwört hat, ich aber die Botschaft nicht verstehen konnte. Ich fühlte mich vage bedroht. Mein Unterbewusstsein wollte mir immer wieder etwas mitteilen, indem es wiederholte, was Paul Dunham mir an dem Tag im Auto erzählt hatte.«

»Ein ziemlich beeindruckendes Beispiel, wie unser Gehirn funktioniert.«

Ich nicke. Natürlich ist da immer noch etwas, was ich unbedingt wissen will, was vielleicht für immer im Dunkeln bleibt: Warum ist das Auto von der Straße abgekommen? Wenn meine Träume mir das nur erklären könnten …

Ich trinke einen Schluck Wasser. Das Sonnenlicht ist verführerisch, und ein Teil von mir wünscht sich, dieses Picknick möge nie enden, aber als ich auf die Uhr schaue, ist es fast drei. Ich muss zurück in Tinas Büro. Derek scheint Gedanken lesen zu können.

»Kann ich Sie irgendwie dazu verleiten, noch bis zum Dinner zu bleiben? Wir könnten irgendwo nördlich von hier etwas essen, oder auch bei mir zu Hause. So können Sie Guy unmöglich über den Weg laufen.«

»Danke, aber lieber nicht. Ich will morgen sehr früh los. Tut mir übrigens leid, dass ich nie vor Ihrer Klasse gesprochen habe.«

»Mein Reporterfreund ist eingesprungen. War nicht wirklich dasselbe, aber immerhin mal was anderes als immer nur ich.«

Wir stopfen alle Reste in die Tasche, schütteln die Decke aus und gehen zurück zum Parkplatz. Derek ist schweigsam, und ich kann spüren, dass ihm etwas auf der Seele liegt.

»Hey, ich habe vergessen zu fragen, was es mit dieser bösartigen Kim auf sich hatte? Haben Sie nicht irgendwann vermutet, dass sie hinter all dem stecken könnte?«

»Im Nachhinein glaube ich, dass sie mich einfach nur auf eine ziemlich verrückte Art als Konkurrentin empfunden hat. Die Streichhölzer, die sie mir im Restaurant überreicht hat, das war purer Zufall. Als wir unter uns waren, wollte sie mich aufs Glatteis führen, aber als Guy und ihr Mann wieder zu uns stießen, war sie zuckersüß.«

Derek zieht eine Augenbraue hoch.

»Welches Glatteis?«

Ich muss einen Moment nachdenken, um mich genauer an den Abend zu erinnern.

»Eigentlich ging es um Sie«, lächle ich. »Sie machte eine Bemerkung darüber, wie vertraut wir beide auf der Dinnerparty wirkten, als liefe da etwas zwischen uns.«

Er antwortet nicht sofort, und ich merke, dass ich etwas in Gang gesetzt habe. Obwohl da natürlich längst etwas zwischen uns passiert – warum sonst würden wir auf dieser Decke in der Sommersonne sitzen?

»Wahrscheinlich sollte ich Kim nicht böse sein«, sagt er. »Sieht aus, als hätte sie mich durchschaut.«

Wir haben jetzt meinen Mietwagen erreicht, und ich bleibe an der Fahrertür stehen. Ich spüre, dass da noch etwas ist, dass er sich endlich dazu äußern wird, was schon seit einer Weile in der Luft liegt.

»Von dem Moment an, als ich Sie an diesem Abend gesehen habe«, sagt er, »ist es mir schwer gefallen, nicht an Sie zu denken.«

Ich schaue ihm in die Augen.

»Ich habe das auch gespürt, Derek. Damals natürlich nur freundschaftlich, etwas anderes wäre nicht in Frage gekommen.«

Und das stimmt. Ich war Guy immer treu und hätte mir jedes Gefühl für einen anderen Mann sofort verboten.

»Aber wie sieht es jetzt aus?«, fragt Derek. »Ich weiß, dass Ihr Leben gerade sehr turbulent ist und dass ich ein ganz schlechtes Timing habe, aber ich möchte, dass wir uns wiedersehen. Nicht nur als Freunde. Dies soll kein endgültiger Abschied sein, Bryn.«

In den letzten Wochen habe ich oft an Derek gedacht, und ich muss zugeben, dass mein Interesse an ihm nicht rein platonisch war. Aber mehr habe ich mir nie vorgestellt. Da ist einfach noch zu viel, was ich aufarbeiten muss.

»Ich fühle mich zu Ihnen hingezogen, Derek es wäre ein Lüge, wenn ich etwas anderes behaupten würde. Aber es erscheint mir gerade einfach nicht möglich.«

»Mir ist klar, dass Ihre Ehe erst seit ein paar Wochen vorüber ist. Wir könnten es ganz langsam angehen.« Er lächelt. »Im Schneckentempo, wenn Sie wollen.«

Ein Teil von mir möcht ja sagen, möchte sich hineinstürzen und es sich einfach nur gutgehen lassen, aber ich habe mir geschworen, Entscheidungen bewusster zu treffen.

»Es fühlt sich einfach zu früh an für mich«, sage ich. »Ich muss noch über vieles nachdenken. Außerdem leben Sie hier und ich in New York, und ich möchte keine Fernbeziehung mehr führen. Nicht, dass ich grundsätzlich etwas dagegen habe, aber diese Art von Beziehung hat mich wahrscheinlich daran gehindert, den wahren Guy zu sehen.«

Er lächelt wieder, zieht dabei nur einen Mundwinkel nach oben.

»Wäre Januar zu früh?«

»Was?«

»Und sollte die Welt untergehen, werde ich am Ende des Herbstsemesters nach New York ziehen. Unterrichten, schreiben, was auch immer.«

Wie schön, denke ich instinktiv. Etwas, worauf ich mich freuen kann. Ich kann nicht anders und muss lachen.

»Das hört sich sehr verlockend an. Vielleicht nehmen Sie gegen Ende des Sommers einen Zug nach New York, und wir unterhalten uns bei einem ausgiebigen Abendessen darüber?«

Er umarmt mich und gibt mir einen zärtlichen Kuss auf die Wange. Ich merke, dass ich ein wenig erröte, und bin dankbar für das, was auch immer hier gerade passiert.

Ich bitte ihn, ruhig schon loszufahren, weil ich noch einen Anruf erledigen muss. Wir umarmen uns noch einmal, und als er kurz darauf den Parkplatz verlässt, winken wir uns zu. In Wahrheit muss ich niemanden anrufen, aber ich brauche ein paar Minuten, um meine Gedanken zu ordnen. Bis zum

Januar kann viel passieren, aber wer weiß? Die Vorstellung jedenfalls erfüllt mich mit Hoffnung.

Schließlich verlasse auch ich den Parkplatz und nehme die Landstraße, die zum Adirondack Northway führt. Die Gefahr, jetzt noch auf Guy zu treffen, dürfte verschwindend gering sein, aber immer noch halte ich im Rückspiegel regelmäßig Ausschau nach seinem dunkelblauen BMW.

Eine Zeit lang habe ich die Straße ganz für mich allein. Alles in Ordnung, sage ich mir. In weniger als einer halben Stunde bin ich in Albany und spätestens morgen zur Mittagszeit in New York. Außer an einem Verhandlungstisch oder im Gerichtssaal werde ich Guy nie wieder gegenübertreten müssen.

Gerade als mein Körper sich ein wenig entspannt hat, schießt etwas Rotbraunes aus den Wäldern auf meinen Wagen zu und streift den rechten Kotflügel. Ich trete auf die Bremse. Ein Eichhörnchen, und es war knapp. Ich stöhne auf, dankbar, dass ich es nicht überfahren habe.

Und dann, ohne Vorwarnung, beginne ich zu zittern. Ich zittere so stark, dass meine Hände das Lenkrad nicht mehr halten können. Und ich muss weinen. Was ist nur in mich gefahren?

Ich lenke den Wagen an den Seitenstreifen und bleibe stehen. Mein ganzer Körper zittert.

Dann kommt die Erinnerung hoch. Bruchstücke, eines nach dem anderen.

Paul und ich auf der Straße. Ich fahre mir mit der Hand durch die Haare, die damals noch lang sind und mir bis auf die Schultern fallen. Er hat es mir gerade erzählt, alles über Guy und Dallas.

»Das muss ein Irrtum sein, Paul«, sage ich. »Eine Verwechslung.«

»Das ist natürlich möglich. Aber ich habe sein Foto gesehen. Reden Sie doch mal mit meinem Freund.«

Ich schüttle den Kopf, nicht weil ich seinen Vorschlag ablehne, ich kann das alles nur nicht glauben. Und wenn es doch wahr ist? Nein, das kann nicht sein.

»Das wird sich schon klären, Bryn«, sagt Paul. »Und vielleicht ist es ja wirklich ein furchtbares Missverständnis. Ich könnte nur nicht damit leben, es nicht zur Sprache gebracht zu haben.«

Er konzentriert sich wieder auf den Highway. Ich sehe sogar die Straße vor mir. Aus irgendeinem Grund gibt es auf diesem Abschnitt kaum Verkehr, und wir sind eine Weile sogar der einzige Wagen weit und breit. Ich brüte schweigend vor mich hin.

Dann rennt wie aus dem Nichts ein Hund auf die Fahrbahn. Paul reißt das Steuer herum, und wir kommen von der Straße ab.

Mein Zittern lässt nach, aber die Tränen strömen mir weiterhin über das Gesicht. Ich mache einen halbherzigen Versuch, sie mit dem Ärmel wegzuwischen.

Endlich weiß ich es. Ich weiß, warum Paul die Kontrolle über seinen Wagen verlor. Es war keine Absicht. Und ich habe ihn nicht mit meinen Sorgen abgelenkt. Niemand ist schuld, es war einfach ein schrecklicher Unfall, der einem wunderbaren Mann das Leben gekostet hat.

Ich atme tief durch und schließe die Augen. Endlich, denke ich. Keine Geheimnisse mehr.

DANKSAGUNG

Die Arbeit an diesem Buch hat mir große Freude bereitet. Einerseits, weil ich viel Zeit in der wunderbaren Stadt Saratoga Springs in Upstate New York verbringen konnte. Andererseits, weil ich mich mit inspirierenden Menschen über Themen unterhalten konnte, die ich in meinem Buch aufgreife. Ich bin so dankbar für all die Zeit, die sie mir gewidmet haben.

Besonderer Dank geht an Nathanial White, einen Anwalt, an Barbara Butcher, Beraterin für forensische und gerichtsmedizinische Ermittlungen, an Cheryl Brown, die sich hervorragend mit Fundraising auskennt, an Maureen Rossley, die mich auf wundervolle Art durch Saratoga Springs geführt hat, an den Polizisten Caleb White, an die Psychologin Dr. Dale Atkins und die Psychiaterin Dr. Karen Rosenbaum.

Außerdem möchte ich meiner grandiosen Agentin Sandy Dijkstra, Mary Sasso von HarperCollins für all ihre Kreativität, was das Marketing betrifft, und meiner wunderbaren Lektorin Laura Brown danken, mit der die Zusammenarbeit großen Spaß gemacht hat.